BLAUE KRIMIS

James Grady

DIE OPFER DER MACHT

Kriminalroman

Deutsche Erstveröffentlichung

WILHELM HEYNE VERLAG
MÜNCHEN

HEYNE BLAUE KRIMIS
Nr. 02/2169

Titel der amerikanischen Originalausgabe
RUNNER IN THE STREET
Deutsche Übersetzung von Sepp Leeb

Herausgegeben
von
Bernhard Matt

Printed in Germany 1986
Umschlagfoto: MALL Photodesign, Stuttgart
Umschlaggestaltung: Atelier Ingrid Schütz, München
Gesamtherstellung: Elsnerdruck, Berlin

ISBN 3-453-10772-1

1

Das einzige Mal, daß ich Eddie Hampton lebend zu Gesicht bekam, war an jenem Montagmorgen, an dem er in mein Büro kam, um mir eine Reihe von Lügen aufzutischen; genauer gesagt, am 19. Mai 1980. Als ich bei Morgengrauen erwachte, spürte ich, daß dies ein harter Tag werden würde, obwohl ich weder Eddie Hampton kannte noch ahnen konnte, daß seine Ermordung auf fatale Weise den Zustand der amerikanischen Politik widerspiegeln und mich schließlich zu Tara führen sollte. Eddie Hampton war an diesem Morgen vor mir im Büro. Er hatte sich dort bereits eingefunden, während ich noch meine frühmorgendliche Jogging-Runde durch die abgasgeschwängerte Frühlingsluft von Washington D. C. drehte.

Im Erdgeschoß des Hauses, in dem sich mein Büro befindet, gibt es einen Buch- und Zeitschriftenhandel – The Eclectic. Rich, mein Vermieter, winkte mir durch das Schaufenster zu, als ich ausgepumpt auf dem Gehsteig stehenblieb.

»Na, und wie stehen die Überlebenschancen?« erkundigte sich Rich nach meinem Befinden, während er mir die *Washington Post* und die *New York Times* brachte.

»Nicht schlecht«, stieß ich keuchend hervor, »solange sich die verdammte Pumpe nicht selbst zu Tode schlägt.«

»Um so besser. Ich glaube nämlich fast, Sie haben einen Klienten.«

Richs Haarkranz um die spiegelnde Glatze und sein brauner Bart wiesen bereits auffällige graue Strähnen auf. Seine Augen waren von Lachfältchen und Krähenfüßen umgeben, und was seine pummelige Gestalt betraf, erinnerte er in etwa an ein auf dem Kopf stehendes Ausrufezeichen.

»Was sagen Sie da?« platzte ich erstaunt heraus.

»Vor ein paar Minuten ist hier ein Kerl aufgetaucht, der wissen wollte, ob Sie schon im Büro wären, beziehungsweise wann Sie hier auftauchen würden.«

»Und was haben Sie ihm gesagt?«

»Daß Sie beim Joggen wären. Das stimmt doch auch, oder nicht? Es sei denn, Maggie wäre augenblicklich gerade irgendwo in der Nähe stationiert, so daß Sie vielleicht auf ein kurzes Training bei ihr vorbeigerannt wären.«

»Lassen wir das Thema Maggie lieber.«

Sein Gesicht legte sich in neugierige Falten, die ich mit einem *c'est la vie*-Achselzucken beantwortete.

»Und was ist nun mit diesem Klienten?«

»Ich habe ihn nach oben gebracht. Er wartet dort auf Sie.«

»Wie bitte?«

»Na, ich dachte, Sie könnten mal wieder einen ordentlichen Auftrag brauchen, und dafür schien mir dieser Kerl genau der richtige Mann.«

»Rich, wenn das wieder so ein Irrer ist wie . . .«

»Keine Sorge. Dieser Kerl steckt wirklich in der Klemme.«

»Noch schöner! Und Sie haben ihn auch noch in mein Büro gelassen, *in mein Heim,* und ganz allein und unbeaufsichtigt . . .«

»Was wollen Sie denn? Die Tür zwischen Ihrem Büro und der Wohnung ist doch abgesperrt. Was soll der Kerl dort oben also schon groß anstellen? Auf den Teppich pinkeln? Und wenn schon, dann zahle ich eben die Reinigung. Ihr Schreibtisch und die Aktenschränke sind abgeschlossen. Und da auf Ihrem Anrufbeantworter sowieso niemand eine Nachricht hinterlassen hat, wird sich für Ihren Klienten auch auf diese Weise nichts Interessantes in Erfahrung bringen lassen. Da fällt mir natürlich ein – ich habe ganz den Stapel mit Visitenkarten auf Ihrem Schreibtisch vergessen. Gott behüte, daß er sich daran vergreift und in der ganzen Stadt für Sie Reklame macht. Als ich ihn dort oben zurückließ, saß er jedenfalls schön brav und ordentlich in dem Stuhl vor Ihrem Schreibtisch, wie es sich für einen anständigen Klienten gehört, der sich mit der Bitte um Hilfe an Sie wenden will.«

»Einfach so?«

»Ich bitte Sie. Was sollte er denn auch anderes erwarten, wenn er um sieben Uhr früh völlig unangemeldet hier auftaucht?«

»Wer ist der Mann?«

»Das hat er mir nicht gesagt, und ich habe ihn auch nicht danach gefragt. Jedenfalls sieht er aus, als stünde ihm das Wasser schon mindestens bis zum Hals. Und jetzt gehen Sie schon endlich rauf und nehmen Sie sich der Sache an. Nachdem Sie mit der Miete wieder mal um einiges im Rückstand sind, nehme ich an, daß Sie eine kleine Geldspritze durchaus vertragen könnten.«

»Wenn Sie gleich jemanden lauthals um Hilfe schreien hören«, seufzte ich, »dann verständigen Sie am besten schleunigst die Kavallerie zu meiner Rettung.«

»Glauben Sie, ich will mir von deren Gäulen den Gehsteig vollscheißen lassen?«

2

Als Türschild dient mir eine Visitenkarte mit der Aufschrift:

JOHN RANKIN

Privatdetektiv

Während ich nun auf die mit Klebestreifen an meiner Tür befestigte Karte starrte, versuchte ich mir vorzustellen, wer mich wohl dahinter erwartete. Ich hörte leise einen Stuhl knarzen. Um meinen unerwarteten Klienten nicht zu erschrecken, war ich nahe daran zu klopfen. Doch das war natürlich idiotisch. Schließlich handelte es sich hier um mein Büro.

»Tut mir leid, daß ich Sie warten lassen mußte«, entschuldigte ich mich beim Eintreten. Er wollte sich aus seinem Stuhl erheben, doch ich winkte ihm zu, er sollte sitzen bleiben.

»Aber nicht doch. Ich bin es, der sich zu entschuldigen hat. Ich – ich hätte warten sollen. Sie – Sie müssen wirklich entschuldigen. Ich bin es, der sich zu entschuldigen hat.«

Er war also einer von der überrücksichtsvollen, ständig mit Entschuldigungen um sich werfenden Sorte – ein täppischer, dicklicher Mann, Anfang Fünfzig, mit schütterem, grauem Haar. Sein rotes Gesicht mit den Hängebacken zierten eine zu große Nase und schlaff herabhängende Ohrläppchen. Er hatte kleine, blutunterlaufene Augen und einen verschüchterten Mund, den er weder ganz öffnete noch ganz schloß. Aus seinem grünlichen Zahnbelag und den braunen Flecken an Daumen, Zeige- und Mittelfinger der rechten Hand schloß ich, daß er einen beachtlichen Zigarettenkonsum haben mußte. Und das feine Netz aus roten Äderchen, das sein Gesicht überzog, deutete daraufhin, daß er auch noch einem anderen Laster frönte. Er trug einen schlecht sitzenden dreiteiligen, blauen Anzug, in dem er jedoch eher wie eine Vogelscheuche wirkte. Und daran konnten auch sein weißes Hemd und die sorgfältig gebügelte schwarze Krawatte nichts ändern. Seine Finger – seine Fingernägel hätten etwas Pflege vertragen können – zitterten, als er sich in meinem alten Besucherstuhl zurechtsetzte. Aus der Nähe roch er nach vertrocknetem Whisky und abgestorbenen Träumen. Erst vermutete ich, er hätte eine dieser Nächte hinter sich gehabt, um dann jedoch zu dem Schluß zu gelangen, daß es sich dabei wohl um eines dieser Leben handelte.

»Kann ich Ihnen irgend etwas anbieten?« fragte ich. »Eine Tasse Kaffee vielleicht?«

»Nein, danke, nicht nötig.«

Während dieses kurzen Wortwechsels fand ich Zeit, hinter meinem Schreibtisch Platz zu nehmen – und mich nach irgendwelchen Anzeichen einer Veränderung in meinem Büro umzusehen. Zur Beruhigung meiner Klienten halte ich die drei Aktenschränke immer verschlossen – eine rein kosmetische Vorkehrung, über die ich jedoch an diesem Tag ausgesprochen froh war. Vielleicht hatte mein Besucher das gerahmte Detektivpatent an der Wand in Augenschein genommen, um sich die Zeit zu vertreiben. Oder er hatte in der winzigen Toilette oder in dem Wandschrank gestöbert, wo ich meine Wintermäntel aufbewahrte. Die Tür, die in meine Wohnung führte, war jedenfalls, wie Rich sich vergewissert hatte, abgeschlossen. Ich lehnte mich in meinem Stuhl zurück und betrachtete meinen Besucher.

»Etwas ungewöhnlich, mit einem völlig Fremden in meinem Büro zu sitzen«, nahm ich schließlich unsere Unterhaltung wieder auf.

»Ich – ich weiß nicht recht, ob ich Ihnen meinen Namen sagen soll.«

»In diesem Fall hat es wohl keinen Sinn, hier weiter lange herumzusitzen.«

»Oh«, entgegnete er mit einem verqueren Lächeln, »das hat sehr wohl einen Sinn. Glauben Sie mir.«

»Na gut, ich bin ganz Ohr. Wegen Ihres Namens können wir uns dann ja später noch Gedanken machen.«

»Zuerst – Sie sind doch Privatdetektiv?«

Ich seufzte. »Allerdings dürfte mein Alltag ziemlich anders aussehen, als Sie sich das vorstellen.«

»Aber Sie haben doch eine Visitenkarte! Und Sie stehen im Branchenfernsprechbuch!«

»Auf meiner Visitenkarte steht ›Privatdetektiv‹. Ich übernehme keine Scheidungsfälle, Privatschnüffeleien oder Kriminalfälle. Meine Sache sind eher Zivilstreitigkeiten, Wirtschaftssachen und alles, was in den politischen Sektor hereinspielt. Früher habe ich meine Ermittlungen als Reporter angestellt. Inzwischen mache ich das für Privatpersonen; allerdings bin ich, was meine Klienten betrifft, ziemlich wählerisch. Demnach deutet also einiges darauf hin, daß ich nicht der Mann bin, den Sie suchen.«

»Ich dachte eigentlich schon, daß ich bei Ihnen an der richtigen Adresse sein könnte.«

»Und warum?«

»Sie sind der einzige Privatdetektiv mit einer Capitol Hill-Adresse.«

»Ich übernehme zwar politische Fälle, aber nichts Zwielichtiges. Ich mache auch keine Wahlkampfsicherung, aber ich kann Sie gern weiterempfehlen.«

»Die Wahlen stehen zwar unmittelbar bevor, aber . . . darum dreht es sich nicht.«

»Und worum dreht es sich dann?«

»Kann ich – kann ich vertraulich mit Ihnen sprechen?«

»Solange Sie mir nur überhaupt etwas erzählen, natürlich.«

»Ich meine, Sie behandeln doch alles, was ich Ihnen hier sage, streng vertraulich?«

»Jetzt hören Sie!« Ich wurde langsam ungeduldig. »Solange Sie mir nichts erzählen, das zu verschweigen ich mich eines Verbrechens schuldig machen würde, kann ich Ihnen versichern, daß ich schweigen werde wie ein Grab. Genügt Ihnen das endlich?«

Diese traurigen, müden und ach so rücksichtsvollen Augen sahen mich kurz an, um sich dann abzuwenden. Das zaghafte Lächeln kehrte zurück.

»Ich glaube, Sie halten Wort«, sagte er schließlich. »Sie machen einen vertrauenerweckenden Eindruck.«

Als Antwort darauf konnte ich nur noch mit den Schultern zucken. Jedenfalls schien dieser Jammerlappen langsam zu begreifen, daß meine Geduld am Ende war.

»Ich muß in Erfahrung bringen, was ein Kongreßausschuß vorhat.«

»Das klingt ganz so, als bräuchten Sie einen politischen Spion, Mister. Aber, bitte, ohne mich!«

»Hören Sie mich doch erst mal an! Eigentlich geht die ganze Geschichte gar nicht mich an, sondern . . . einen Bekannten. Und es handelt sich dabei um nichts Illegales. Möglicherweise würden dadurch sogar ein paar böse Machenschaften aufgedeckt werden.«

Da er spürte, daß ich ihm nicht glaubte, ging er aufs Ganze.

»Nehmen wir also mal an, da wäre dieser Kongreßausschuß, und im Zuge einer Untersuchung macht sich nun ein Mitglied dieses Ausschusses seine Beziehungen zu einer bestimmten Person zunutze, um – um eine andere Person auszuspionieren. Eine sehr wichtige Persönlichkeit, die sich nichts zuschulden hat kommen lassen, wenn sie auch aufgrund ihrer Position sehr anfällig für derlei Nachstellungen und die damit verbundenen Folgen ist.«

»Damit hätten wir inzwischen eine ganze Reihe von namenlosen Personen«, entgegnete ich. »Sie selbst. Dann der anonyme Mr. Anfällig. Und der Unschuldige Sonstwer, der von einem geheimnisvollen Mister Böse benutzt werden soll – damit Mr. Böse dann Mr. Anfällig über einen Untersuchungsausschuß des Kongresses zu Fall bringen kann. Und das Ganze geht nicht mit rechten Dingen zu, wenn auch nicht auf einer strafrechtlichen oder politischen Ebene. Habe ich Sie soweit richtig verstanden?«

»Ich glaube schon. Die Geschichte ist ziemlich kompliziert.«

»Tja.«

»Sie klingen aber trotzdem so, als wäre Ihnen die Vorstellung, ein Kongreßausschuß könnte gegen das Gesetz verstoßen, nicht unbedingt gleichgültig!«

»Dazu haben Sie sich bisher noch nicht deutlich genug ausgedrückt. Erstens: Welcher Kongreßausschuß? Davon gibt es bekanntlich Hunderte. Zweitens: Welches Gesetz? Die Verfassung? Bundesstaatliche Statuten? Von Staat zu Staat abweichende Bestimmungen? Kommunale Regelungen?«

»Was verlangen Sie von mir, damit Sie mir helfen?«

»Eine Menge mehr Fakten, wesentlich klarere Angaben und mindestens einen triftigen Grund, weshalb ich hinter irgendwelchen Phantomen herjagen sollte.«

»Und wie sieht es mit der finanziellen Seite aus?«

»Das ist nicht der erste Punkt auf meiner Liste.«

»Wieviel wollen Sie?«

»Mein Standardhonorar beträgt dreißig Dollar die Stunde, zuzüglich Spesen. Wenn es sich dabei um einen längerfristigen Auftrag handelt, läßt sich über das Honorar selbstverständlich reden. Doch in Ihrem Fall – wenn Sie endlich mal mit Fakten aufwarten würden und dieses nebulöse Geschwafel bleiben ließen . . .« Jetzt werde ich diesem Burschen aber mal ordentlich einheizen, dachte ich. »Würde ich erst einmal eine Grundgebühr von zweihundert Dollar veranschlagen, zuzüglich Spesen und vier garantierten Arbeitsstunden à fünfzig Dollar, so daß Sie der Spaß in etwa kosten würde – lassen Sie mich mal kurz nachrechnen . . .«

»Vierhundert Dollar«, antwortete mein Gegenüber, ohne mit der Wimper zu zucken. »Für diese Summe würden Sie den Fall also übernehmen und meinem Bekannten helfen?«

»Diese Summe ließe es mir zumindest schwerer fallen, nein zu sagen.«

»Demnach lautet Ihre Antwort im Augenblick also noch nein.«

»Ganz recht.«

Er dachte kurz nach. »Wenn ich Ihnen etwas mehr erzählen würde, könnten Sie es sich aber unter Umständen doch noch anders überlegen?«

»Wer weiß?«

»Natürlich. Ich kann Sie durchaus verstehen. Aber ich weiß im Moment einfach nicht, was ich tun soll.«

»Zumal dieses Problem ja auch Ihren *Bekannten* betrifft.«

Darauf stand er auf, ohne mir die Hand zu schütteln, was ich ihm jedoch nicht übelnahm. »Danke für Ihre Hilfe«, verabschiedete er sich.

»Sie haben nur meine Zeit in Anspruch genommen.«

Und dann wieder dieses verkümmerte Lächeln und ein letzter Blick aus seinen traurigen Augen. »Genau das ist etwas, was sich nie zurückzahlen läßt. Es tut mir aufrichtig leid. Falls ich jedenfalls zu dem Schluß gelangen sollte, daß Sie mir möglicherweise doch helfen können, werde ich mich wieder an Sie wenden.«

Und dann war er verschwunden. Ich hörte noch seine schweren Schritte auf der Treppe und das ferne Schlagen der Tür zur Straße. Ich machte mir nicht die Mühe, ihm von meinem Erkerfenster aus nachzusehen. Ganz gleich, in welcher Richtung er sich entfernte, er würde nicht mehr zurückkehren.

3

Bis neun Uhr fünfzehn hatte ich geduscht, mich angekleidet und meine erste Tasse Kaffee getrunken. Ich ging wieder ins Büro hinüber. Mein Arbeitstag begann. In frühestens einer Stunde erwartete ich den Anruf eines gewissen Thomas Armstrong aus Oregon. Ansonsten hatten sich keine Klienten angesagt. Andrerseits hatte ich natürlich auch mit dem Mann nicht gerechnet, der mir im Morgengrauen einen Besuch abgestattet hatte. Ich machte es mir hinter meinem Schreibtisch bequem und schlug die *Washington Post* auf, um festzustellen, daß die Erde in die Luft geflogen war.

Die Schlagzeile auf der linken Hälfte der Titelseite lautete: 8 TOTE BEI VULKANAUSBRUCH. Auch auf der rechten Seite stand zu lesen: AUFSTAND IN MIAMI DAUERT FORT. 18 TOTE. Die beiden dazugehörigen Berichte wurden durch ein Foto von einem gedrungenen Berg getrennt, aus dem dicke Qualmwolken in den Himmel emporstiegen. Dazu kamen am unteren Rand der Seite noch mehrere kleine Fotos von tumultartig durcheinanderstürzenden Menschenmassen inmitten von umgekippten Lastwagen, wobei auf den ersten Blick nicht ersichtlich wurde, welches Chaos nun zu welcher Schlagzeile gehörte.

Doch während ich das herauszufinden versuchte, klingelte das Telefon.

»Hallo, hier John Rankin.«

»Ich bin's, Dog.« *Mad Dog* Saul Lazarian, mit dem ich drei Jahre lang zusammengearbeitet hatte, als wir noch gemeinsam für Ned Johnsons Kolumne recherchiert hatten.

»Seit wann bist du denn vor zehn Uhr schon auf den Beinen, Dog?«

Er lachte schrill. »Hast du ... wie fandst du sie?«

»Wen?«

»Katie! Auf der Party! Kannst du dich nicht mehr erinnern?«

Ich konnte mich an mindestens zwei Dutzend Personen erinnern, die sich in Joey Mallettas kleinem Hinterhofgarten um ein Grillfeuer versammelt hatten, das allerdings mehr dekorativen Zwecken diente, da es neben der Verandabeleuchtung die einzige Lichtquelle an diesem etwas kühlen Samstagabend darstellte. Aus den Lautsprechern von Joeys Anlage, die er in das offene Fenster seiner Küche gestellt hatte, dröhnten gerade ein paar Hits der Stones. »Satisfaction.« »Under My Thumb.« »Tumbling Dice.« »Jumping Jack Flash.« Niemand tanzte, aber wir spürten alle den Rhythmus der Songs, die uns längst in Fleisch und Blut übergegangen waren. Meine Augen folgten einem Joint, der gerade in einer Gruppe von Freunden die Runde machte, und ich hing in Gedanken den guten alten Zeiten nach, als Saul mir ins Ohr flüsterte:

»Da ist sie. Dort drüben.«

Über den schmalen, efeugesäumten Fußweg durch den Garten kam eine auffallend blonde Frau mit strahlend blauen Augen.

»Wer soll *sie* sein?« fragte ich.

»Katie. Ist sie nicht schnuckelig?«

Schnuckelig?! Sie war sofort auf uns zugekommen, als Saul ihren Namen rief. Ich unterhielt mich etwa zwei Minuten mit ihr, während Saul neben mir nervös mit den Füßen scharrte. Sie verschwand wieder von der Party, ohne daß ich ihren Abgang bemerkt hätte. Während ich nun mit Saul telefonierte, wurde mir bewußt, wie gedrückt seine Stimmung plötzlich gewesen war, nachdem sie gegangen war. Offensichtlich hätte ich mehr auf sie achten sollen; aber es ist nun mal nicht immer so einfach festzustellen, wer zählt.

»Wie weit hat es dich denn in diese Geschichte schon reingezogen, Saul?« erkundigte ich mich.

»Nur . . . na ja . . . eigentlich nur . . .«

»Vergiß nicht: Die Liebe ist ein gefährliches Spiel.«

Er lachte leicht gequält. »Das mußt du ja am besten wissen.«

»Und was gibt es sonst Neues?« fragte ich.

»Ich bin hinter den ABSCAM-Bändern her.« Kein Wunder, daß Saul diese Geschichte – sieben Senatoren und Kongreßabgeordnete waren in einer geheimen FBI-Operation, Deckname ABSCAM, überwacht worden – interessierte. Allerdings beunruhigte mich etwas, daß er mir als altem Profi erst von dieser Katie erzählt hatte. Es mußte ihn also übel erwischt haben.

»Du versuchst also, den dicksten Fisch seit dem Watergate-Skandal an die Angel zu kriegen, wenn ich dich recht verstehe.«

»Tja, die Sache scheint die Mühe wirklich wert zu sein.«

»Du könntest allerdings auch eine Menge Zeit damit vergeuden.«

»Kennst du irgend jemanden, der darüber näher Bescheid wissen könnte?«

»Nein, aber ich kann mich ja mal umhören.«

»Irgendwie muß das doch zu machen sein. Man muß es nur versuchen. So ist es doch mit allem – ja, mit allem. Ist mit dir und Maggie noch alles in Ordnung?«

»Nicht unbedingt. Und wie sieht's bei dir aus?«

»Na ja.« Das klang nicht sonderlich zuversichtlich.

Nachdem wir eingehängt hatten, wandte ich mich wieder der *Post* und der *Times* zu. Allerdings stand mir der Sinn nicht nach zeitgenössischer Realität. In fünfundvierzig Minuten sollte mich Armstrong anrufen. Ich schloß meinen Schreibtisch auf und nahm den braunen Umschlag heraus, den mir unser gemeinsamer Freund im Stab eines Senators aus Oregon zugeschickt hatte. Dann schüttelte ich seinen Inhalt, ein paar Zeitungsausschnitte, vor mir auf den Schreibtisch.

Wenn ich die erste Meldung in der Zeitung gelesen hätte, wäre sie mir sicher nicht im Gedächtnis haftengeblieben.

FRAU, 21, STIRBT NACH ÜBERFALL

Laut Angaben der Polizei wurde gestern in der Durchfahrt eines Wohnhauses in Northwest Washington eine einundzwanzigjährige Frau mit zahlreichen Hieb- und Stichwunden in Brust und Bauch aufgefunden.

Die Frau wurde als Janet Deborah Armstrong, wohnhaft in 1694 Church St., Washington, identifiziert. Die schwer Verletzte wurde gegen vier Uhr früh von einer Bekannten entdeckt und sofort ins George Washington University Hospital eingeliefert, wo sie laut polizeilichen Angaben zwei Stunden später starb.

Das war alles. Eine gewisse Janet Deborah Armstrong, Hautfarbe unbekannt, Alter 21, Beruf unbekannt, Familie nicht erwähnt, war in einer Gegend niedergestochen worden, die je nach der Person, welche den 1600er Block der Church Street zu charakterisieren gehabt hätte, als (a) gefährliches Innenstadtgebiet, (b) Randgebiet oder (c) aufstrebendes Schickeria-Viertel zu bezeichnen gewesen wäre. Jedenfalls dürfte dem Vorfall kaum jemand größere Beachtung geschenkt haben, wäre dieser kurzen Notiz nicht wenige Tage später, am 1. Oktober 1979, ein ausführlicher Bericht auf der ersten Seite der *Post* gefolgt.

LEBEN UND TOD DER JANET ARMSTRONG

von

Cliff Palefsky

Redaktionsmitglied der Washington Post

Als Janet Deborah Armstrong vor vier Jahren an ihrer High-School in Oregon die Semestereröffnungsansprache hielt, blickte sie einer verheißungsvollen Zukunft entgegen. Abgesehen von einem Stipendium für Harvard war ihr die Unterstützung ihrer Familie gewiß, und sie sah einer aussichtsreichen Karriere im Opernfach entgegen. Letzten Donnerstag morgen wurde die Einundzwanzigjährige in den Straßen von Washington ermordet; sie hatte dort als Prostituierte gearbeitet.

Janet Armstrong wuchs in Eugene, Oregon, auf. Ihr Vater ist stellvertretender Leiter eines staatlichen Dienstleistungsbetriebes. Ihre Mutter unterrichtet an der University of Oregon. Das Mädchen entstammte also einer soliden mittelständischen Familie in einer liberalen Universitätsstadt mit land- und forstwirtschaftlich orientiertem Hinterland.

Während ihrer High-School-Zeit zeichnete sich Janet Armstrong sowohl durch ihre akademischen wie durch ihre musikalischen Leistungen aus. Innerhalb ihres Semesters, das 513 Studenten umfaßte, schnitt sie als Zweitbeste ab. Außerdem hatte sie sich bis dahin mehrfach als Sängerin ausgezeichnet, gehörte verschiedenen Chören an und hatte während der letzten zwei Jahre wichtige Rollen in Opernproduktionen der Universität übernommen. Sie gehörte der National Honor Society und einem Science-Club an und wirkte an verschiedenen Theateraufführungen mit.

Was bewegt nun eine intelligente, hochbegabte junge Frau dazu, all diesen Möglichkeiten für eine glänzende Zukunft den Rücken zu kehren und Prostituierte zu werden. Als erstes Anzeichen dafür, daß sie sich für eine, wie eine Freundin dies nannte, »alternative Lebensweise« entschieden hatte, mag der Umstand gelten, daß sie 1976 das Studium in Harvard abbrach.

»Der Grund hierfür waren keineswegs schlechte Noten«, erklärte eine Kommilitonin, die wie die meisten von Janet Armstrongs Bekannten nicht namentlich genannt werden wollte. »Was sie störte, war die ganze Umgebung und die Atmosphäre dort. Sie wollte nicht zu den oberen Zehntausend gehören.«

Janet Armstrong soll sich einmal beklagt haben, daß ihre Kommilitonen »nicht einmal Backgammon nur zum Spaß spielen konnten«.

Nachdem Janet Armstrong Harvard den Rücken gekehrt hatte, kehrte sie nach Eugene zurück. Sie fand dort eine kleine Wohnung in der Nähe der Universität, wo sie sich einst als musikalisches Talent hervorgetan hatte. Ihren Lebensunterhalt verdiente sie mit Gelegenheitsjobs. Eines Abends im Sommer 1977 lernte sie dann in einer Bar in Eugene einen Mann kennen, der sie schließlich überredete, mit ihm nach Washington zu gehen.

Verschiedene Quellen in Eugene verlauten, daß besagter Mann in einem schwarzen Cadillac in der Stadt auftauchte. Und in Übereinstimmung mit der Polizei von Washington äußern sie auch die Auffassung, daß dieser Mann in Eugene Prostituierte anwarb – eine Anschuldigung, die dieser mit Nachdruck zurückweist.

Zeitweise bewohnte er mit Janet Armstrong dann eine Dreizimmerwohnung in einem renovierten Haus in der Church Street. Als er sie blutüberströmt in der Durchfahrt besagten Hauses liegen sah, brachte er sie in seinem Cadillac ins Krankenhaus, wo sie ihren Verletzungen erlag. Die Polizei von Washington hat den Mann im Verdacht, Janet

Armstrongs Zuhälter gewesen zu sein, was der Beschuldigte jedoch leugnet.

In einschlägigen Kreisen Washingtons war Janet Armstrong als »Kristina Campbell«, kurz auch »Kris« oder »Crystal«, bekannt. Sie trug »fast konservative und eher gediegene Kleider und Kostüme« und nicht den sonst bei Prostituierten üblichen auffallenden und aufreizenden Fummel.

Zum Zeitpunkt ihres Todes trug sie einen Parka aus imitiertem Kaninchenfell, wie das bei vielen Straßenmädchen in diesem speziellen Bereich an der 14th Street üblich ist. Unter dem Parka hatte sie ein schlichtes Kleid an, das im Zuge des Kampfes mit dem Mörder zerrissen wurde. Die Lederschuhe, in denen sie ihre letzten Schritte gemacht hatte, unterscheiden sich kaum von den Schuhen, wie sie die meisten Frauen tragen. Das einzig Auffallende an ihnen war ihre leuchtendrote Farbe.

Nach Aussagen verschiedener Frauen im Umkreis von 15th Street und Vermont Avenue – an dieser Ecke operierte Janet Armstrong – war sie »in Ordnung« und »nett zu den Freiern«. Angeblich verlangte sie für ihre Dienste das gängige Honorar von fünfzig Dollar, wobei sie jedoch im Gegensatz zu den meisten Prostituierten über ihre Einnahmen genauestens buchführte.

Auf einer Cocktail-Party, auf der sie ganz beiläufig von ihrer Zugehörigkeit zum ältesten Gewerbe der Welt sprach, verwickelte sie sich in eine leidenschaftliche Diskussion über die verschiedenen Nuancen in der Deutung der Figur der Carmen, wobei sie die 1972er Version der New York Metropolitan Opera unter Leonard Bernstein als die ihrer Meinung nach stimmigste bezeichnete.

Sie war des unerlaubten Ansprechens von Passanten für schuldig befunden worden. Polizeibeamte, die sie kannten, bezeichneten sie als »intelligent und alles andere als die typische Prostituierte«.

»Sie war wirklich nett«, erinnert sich ein Polizist, der sie vor längerer Zeit festgenommen hatte. »Als ich ihr sagte, sie sähe aber gar nicht wie ein Straßenmädchen aus, kicherte sie amüsiert.«

Nach Aussagen der Mordkommission ist Raub als Mordmotiv auszuschließen. Des weiteren gibt es vorläufig noch keine Tatverdächtigen.

Und das Mädchen aus Eugene, Oregon, das die Oper liebte, nach Harvard ging und schließlich als eine von Hunderten von Washingtons Prostituierten endete – dieses Mädchen, das sympathisch war und amüsiert kicherte, ist tot.

Dieser Artikel wurde von zwei Fotos von Janet Armstrong begleitet. Das linke davon trug die Unterschrift: »Janet Armstrong in Harvard . . .«

Eine typische, gestellte Porträtaufnahme. Das etwas gekünstelte Engelslächeln von leicht getöntem, gewelltem Haar eingerahmt, das für das Foto offensichtlich toupiert und mit Haarfestiger behandelt worden war. Welche Farbe ihr Haar hatte, ließ sich anhand des Schwarzweißfotos nicht erkennen. Ihr Gesicht war eher schön als nur hübsch.

Wie in einer billigen Vorher-Nachher-Reklame führte die zweite Bildunterschrift die erste fort: ». . . und auf einem Foto jüngeren Datums.« Dieselbe Frau, doch diesmal ein Schnappschuß. Ihr Gesicht wirkte verändert. Die Glätte der Züge hatte einer unverkennbaren Markanz von Augen und Mund Platz gemacht, wobei die Frage war, ob diese Veränderung auf das Make-up, die Zeit oder die Schnappschußsituation zurückzuführen war. Ihr Haar wirkte natürlicher und frischer als auf der gestellten Aufnahme. Und auch das Lächeln, mit dem sie in die Kamera blickte, war echt. Es war das fröhliche Lachen einer sympathischen Frau, von der man sich durchaus vorstellen konnte, daß sie mit einem Polizisten, der sie gerade festnahm, herumkicherte.

Und während ich noch in Gedanken der Faszination nachhing, welche die Geschichte dieses Mädchens damals auf mich ausgeübt hatte, fiel mein Blick auf den dritten Zeitungsausschnitt aus dem Umschlag:

MANN DES MORDES AN JUNGER FRAU AUS OREGON ANGEKLAGT

Im Zusammenhang mit dem Tod von Janet Armstrong, einem Mädchen aus Oregon, das ihr Studium in Harvard abgebrochen und dann in Washington als Prostituierte gearbeitet hatte, wurde Herbert Jerome »Magic« Murphy, 33, des Mordes angeklagt. Des weiteren wurden Murphy verschiedentliche tätliche Übergriffe auf Janet Armstrong und eine zweite Frau, vermutlich ebenfalls eine Prostituierte, sowie andere Vergehen der Zuhälterei und Nötigung zur Last gelegt.

Janet Armstrongs Ermordung im Herbst letzten Jahres sowie ihre ungewöhnliche Lebensgeschichte haben in Washington, ihrem letzten

Wohnsitz, in Boston, wo sie in Harvard studiert hat, und in ihrem Heimatort, wo sie sich als besonders begabte Schülerin hervorgetan hatte, für einiges Aufsehen gesorgt. Die Post *sowie die Zeitung von Eugene, welche den Artikel der* Post *veröffentlichte, wurden von Bürgern Oregons wegen ihres Berichts über die Umstände von Janet Armstrongs Tod der Sensationsmache beschuldigt.*

Nach Angaben der Polizei entspann sich zwischen Murphy und Janet Armstrong ein Streit, der in Tätlichkeiten ausartete, in deren Verlauf Janet Armstrong aus der Wohnung floh. Murphy holte sie vor dem Haus ein, wo er mit einem spitzen Stück Glas von einem im Zuge des Streits zerbrochenen Fenster wiederholte Male auf sie einstach. Nachdem Murphy den Tatort fluchtartig verlassen hatte, kehrte er wieder dorthin zurück, um Janet Armstrong in seinem schwarzen Cadillac in die Klinik zu fahren, wo sie dann ihren Verletzungen erlag.

Nachdem Murphy auf nicht schuldig plädiert hatte und gegen Kaution auf freien Fuß gesetzt worden war, verließ er den Jurisdiktionsbereich des zuständigen Gerichts, um jedoch vierzehn Stunden später in Illinois aufgegriffen und an Washington ausgeliefert zu werden. Seinen Beruf gab er mit »arbeitsloser Musiker und Vertreter« an. Er befindet sich gegenwärtig in Haft. Der Zeitpunkt des Prozeßbeginns steht noch nicht fest.

Ich hatte diesen Bericht nicht gelesen, als er gerade aktuell war. Möglicherweise war ich gerade verreist gewesen. Und genau das war es, was ich auch in diesem Augenblick am liebsten gewesen wäre – über alle Berge. Ich hatte keine Lust, mit einem Mann zu sprechen, dessen Tochter ermordet war und deren Leben nun nur noch in Form verschiedener Zeitungsausschnitte auf meinem Schreibtisch ausgebreitet lag.

Doch unerbittlich klingelte um zehn Uhr vierzig das Telefon.

»Mr. Rankin? Hier spricht Tom Armstrong aus Eugene, Oregon.«

Ich stellte ihn mir in einer gemütlichen Frühstücksecke in einer blitzblanken Küche vor, wie er mit dem Telefon an einem massiven Kiefernеßtisch saß, einen Bleistift, einen dicken Ordner und einen Notizblock vor sich, auf den mein Name und meine Telefonnummer gekritzelt waren. Ein älterer Herr mit grauem Haar, vielleicht auch mit Glatze. Sicher makellos gekleidet. Bereit, sich nach Beendigung unseres Gesprächs in den

Arbeitsalltag zu stürzen. Wenn ich mir dazu noch die klare Landschaft Oregons und das Städtchen Eugene mit seinem idyllischen Gebirgsfluß vorstellte, tat sich vor mir der Inbegriff einer heilen Welt auf.

»Nennen Sie mich ruhig John. Wenn jemand ›Mr. Rankin‹ zu mir sagt, denke ich unwillkürlich an meinen Vater. Und ich bin nicht mein Vater.«

»Und ich bin Tom.«

Eine Weile sickerte nun teures Schweigen durch die Leitung, die uns verband.

»Hören Sie«, begann ich schließlich. »Ich habe Ihren Brief bekommen.«

»Demnach wissen Sie also, weshalb ich anrufe.«

»Nein, nicht wirklich.« Ich schluckte. »Ich weiß natürlich, was die Zeitungen über Ihre Tochter schreiben, und so bedauerlich ich das alles finde . . .«

»Danke«, erwiderte er, wie es mir schien, rein automatisch.

». . . hat es doch offensichtlich nicht den Anschein, als ließe sich in dieser Angelegenheit viel unternehmen. Die Polizei hat den mutmaßlichen Täter unter Anklage gestellt. Im übrigen befasse ich mich in der Regel nicht mit Strafsachen.«

»Ich weiß, daß die Polizei diesen . . . Mann unter Anklage gestellt hat. Als ich jedoch mit unserem gemeinsamen Bekannten sprach, meinte er, Sie könnten genau der richtige Mann für mich sein. Sie sind Detektiv, Sie stammen von der Westküste, Sie kennen das Leben hier, Sie sind Janets Altersgruppe näher als . . . Sie wissen vermutlich über Dinge Bescheid, von denen andere Leute keine Ahnung haben . . . Verstehen Sie, ich möchte nicht, daß Sie Nachforschungen anstellen, wer meine Tochter umgebracht hat. Das hat die Polizei bestens bewerkstelligt. Ich will nur die *Gründe* wissen.«

»Die Gründe wofür?«

»Nun ja, warum . . . Warum Janet auf diese Weise sterben mußte. Warum sie auf der Straße sterben mußte als . . .« Er gewann mühsam wieder die Kontrolle über seine Stimme zurück. »Ich möchte einfach wissen, *warum*. Wenn Sie mir nicht helfen, die Gründe dafür herauszufinden, dann wird das niemand tun. Bitte, helfen Sie mir!«

»Wissen Sie, die Gründe für das Verhalten einer Person herauszufinden – vor allem, nachdem diese Person ... nicht mehr am Leben ist – halte ich für ein Ding der Unmöglichkeit. Am ehesten könnte Ihnen vielleicht noch ein Psychiater helfen ...«

»Das habe ich bereits versucht. Aber die werfen doch nur mit Schlagworten wie *negative Gefühle* und *Loslassen* um sich. Das einzige, was die können, ist, einen so lange mit schlauen Reden zu bombardieren, bis man nicht mehr weiß, wo einem der Kopf steht.«

»Tom, ich würde selbstverständlich gerne ... Sie müssen verstehen, ich stelle lediglich Nachforschungen an. Ich könnte unter Umständen eine vermißte Person ausfindig machen – aber eine verlorene Seele?«

»Bitte, John.« Er ließ nicht locker. »Irgend etwas müssen Sie doch tun können. Meine Tochter ist tot, und ich verstehe die Welt nicht mehr.«

»Tom, bedenken Sie doch ...«

»Es ist doch schließlich mein Geld.«

»Das habe ich damit nicht gemeint ...«

»Aber früher oder später wird es darauf doch hinauslaufen. Machen Sie sich deswegen mal keine Sorgen. Die Kosten stellen kein Problem dar. Ich habe genügend Geld. Und wissen Sie, warum? Ich hatte eine Lebensversicherung auf Janet abgeschlossen, und nachdem sie nicht Selbstmord begangen hat, sondern ermordet ...«

»Tom, ich sagte Ihnen doch, daß Geld nicht das Problem ist. Was ich herausfinden könnte, würde Sie vielleicht wesentlich mehr schmerzen.«

»Was könnten Sie schon herausfinden, was ich mir nicht schon in den schaurigsten Farben ausgemalt habe, ohne zu wissen, ob es nun den Tatsachen entsprach oder nicht?«

»Wie hat eigentlich Ihre Frau ...«

»Seit dem Begräbnis wacht sie jeden Morgen etwas weniger totenhaft auf. Aber ich weiß nicht, ob sie jemals wieder so wird wie früher.«

»Und was wird es ihr nützen, falls ich zusage?«

»Vielleicht könnten Sie ihr damit irgendwie helfen. Sie müssen uns helfen, mir und meiner Frau.«

Ich konnte diesen Mann am Telefon natürlich mit einem klaren Nein abwimmeln und ihm die Wahrheit sagen, daß es nämlich absolut nichts gab, was ich in diesem Fall tun konnte. Oder ich konnte *ja* sagen. Und mich als Gottvater aufspielen, wobei ich allerdings bezweifelte, daß ich dieser Stimme aus Oregon irgendwelchen Trost würde spenden können.

Doch wenn ich mich nun einfach aus der Affäre zog, würden mich sicher eine ganze Weile das Echo seiner flehentlichen Bitten und der Geist eines Mädchens verfolgen, dessen einzige Realität noch aus ein paar Zeitungsausschnitten bestand.

»Also gut, Tom, ich kann Ihnen zwar nichts versprechen, aber ich werde sehen, was sich machen läßt.«

»Oh, vielen Dank!« hörte ich ihn hervorstoßen, und dann begann er zu weinen. »Danke! Kann ich . . . Gibt es irgend etwas, das ich . . . ganz gleich, was . . .«

Das ging an die Grenze dessen, was wir beide ertragen konnten. Um ihn jedoch nicht nur wieder mit einem vagen Versprechen von einem weiteren Fremden abzuspeisen, stellte ich ihm die einzige Frage, die mir einfiel.

»Welche Haarfarbe hatte Janet?«

»Keine einheitliche Farbe. Vielleicht kastanienbraun. Mehr ins Bräunliche, aber . . . aber mit roten Schattierungen – wie Kupfer oder Rost.«

4

Ich nahm die U-Bahn zur K Street, Ecke Connecticut Avenue, und ging dann zu Fuß zur N Street, wo die Kanzlei von Art Dillon lag, die mit ihren zwölf Mitarbeitern selbst in juristischen Kreisen mehr oder weniger unbekannt war. Doch Art war ein Mann, der jeden Moment kometenhaft aus seiner Anonymität hervorschießen konnte. So hatte ich zum Beispiel mit einem seiner Partner eine Wette laufen, daß Art eines Tages den juristischen Scharmützeln den Rücken kehren und sich nach South Carolina absetzen würde, um dort für den Kongreß zu kandidieren. Jedenfalls gab es in Washington 1980 die stattliche Anzahl von 25 903 Anwälten, aber nur einen Art Dillon.

»Was weißt du eigentlich über Erbangelegenheiten?« begrüßte er mich, als er in die kleine Bibliothek gerauscht kam, wo ich auf ihn gewartet hatte. Art war immer in Gedanken ganz bei dem, womit er sich gerade beschäftigte.

»Falls es sich um eine Lebensversicherung handeln sollte, ist mir heute morgen bereits eine Lektion zu diesem Thema erteilt worden.« Ich sank in einen der Stühle um den Konferenztisch nieder.

»Übernimmst du seit neuestem auch Versicherungsfälle?«

»So würde ich es nicht unbedingt nennen.«

»Und wie würdest du es dann nennen?«

»Tja, damit wären wir genau bei dem Grund, weshalb man uns *Privat*detektive nennt.«

Er lachte. »Nimmt dieser andere Fall deine gesamte Zeit in Anspruch, oder hast du zwischendurch noch ein paar Stunden frei?«

»Das wird sich bestimmt machen lassen. Übrigens, dieser Diskriminierungsprozeß, den du mir zugeschustert hast, konnte sich wirklich sehen lassen.«

»Das habe ich bereits gehört. Bei der Kanzlei ist das ja auch weiter kein Wunder. Ist Cheryl Johansen immer noch atemberaubend?«

»Soweit ich weiß – ja.«

»Spiel hier bitte nicht den Ahnungslosen. So weit *ich* gehört habe, wird sich Cheryls und dein Verhältnis um einiges über die anfängliche Anwalt-Detektiv-Basis hinausbewegen, sobald die Geschichte mit Maggie endgültig bereinigt ist – und bitte keine Widerrede! Solange du deine Unschuld nicht beweisen kannst, solltest du die Anklagepunkte am besten einfach ignorieren. Und was hast du sonst noch laufen?«

»Alles mögliche. Acht Meinungsfreiheitsfälle.«

»Plus diesen neuen Klienten, auf den wir noch immer nicht zu sprechen gekommen sind.«

»Ich dachte, du wolltest vorhin über irgendwelche Erbschaftsangelegenheiten sprechen.«

»Richtig. Sagt dir der Name Jonestown etwas?«

»Jonestown? Ich weiß nicht recht . . .«

»Reverend Jim Jones und . . .«

»Natürlich, diese Geschichte mit dem Massenselbstmord im Dschungel. Und was hast du damit zu schaffen?«

»Ich versuche ein paar Leuten zu helfen, die mit der Regelung der dadurch aufgeworfenen Erbschaftsangelegenheiten Schwierigkeiten haben. Ich habe insgesamt vierundzwanzig Klienten zu betreuen – Verwandte verstorbener Sektenmitglieder. Als Jones und seine Anhänger in Guyana in den Tod gingen, löschten sie damit zwar ihre Kirche aus, aber sie hinterließen dessenungeachtet ein beachtliches Vermögen. Und das gilt es nun mühsam auseinanderzudividieren.«

»Möglicherweise spielen in diesem Zusammenhang ja auch ein paar saftige Versicherungspolicen eine Rolle.«

»Die hat Jones nach Aussagen meiner Klienten beiseite gebracht. Wenn allerdings ein paar Lebensversicherungen trotzdem noch weitergelaufen sein sollten, wären sie infolge Selbstmords ungültig. Andrerseits wurden jedoch auch Stimmen laut, ob diese neunhundert und etwas Leutchen wirklich freiwillig Selbstmord begangen haben.«

»Hast du vielleicht schon mal von unfreiwilligem Selbstmord gehört?«

Art mußte grinsen. »In diesem Punkt bin ich leider überfragt. Und ich werde mich auch tunlichst hüten, diese Frage auf juristischer Ebene zu klären zu versuchen. Unter Umständen könnten wir allerdings geltend machen, daß dieser Jones seine Anhänger betrogen hat.«

»Aber wo bleibt in diesem Fall der freie Wille.«

»Das ist heutzutage längst ein höchst verschwommener Begriff, John. Jedenfalls haben sich diesem Jonestown-Schlamassel die Behörden angenommen. Kannst du denen also ein wenig auf den Zahn fühlen, damit wir in etwa abschätzen können, was unsere Klienten in bezug auf ihre Erbschaft zu erwarten haben?«

»Wenn du glaubst, die Sache ist einen Versuch wert, kann ich es ja mal versuchen.«

»Also dann mach dich schon mal an die Arbeit.«

»Aber was erwartest du dir von dieser Geschichte, Art? Das kann doch Jahre dauern. Und in diesem Fall könnte deinen Klienten nicht nur der Unternehmungsgeist, sondern auch das Geld ausgehen.«

»Das Ganze ist eine reine Erbschaftsangelegenheit. Jones hat diese Leute, die mit ihm gestorben sind, hereingelegt. Und das war natürlich nur möglich, weil sie jede Verantwortung auf ihn abgewälzt haben. Das heißt, sie haben mit all ihren Sorgen und Problemen auch ihren gesamten Besitz auf ihn abgeladen. Ihr Mann in Guayana konnte auf dem Wasser wandeln, also waren sie von den Wirrnissen ihres Lebens erlöst. So etwas ist natürlich immer kompletter Blödsinn, und ein dementsprechendes Schlamassel haben sie ja auch hinterlassen. Trotzdem liegt unter diesem Haufen Scheiße eine Menge Gold begraben – Haus- und Grundbesitz, Bargeld, Kirchenbänke und vielleicht auch ein paar von deinen Lebensversicherungen. Und wenn sich niemand der Angelegenheit annimmt, sickert dieser Schatz einfach langsam in das System oder an Jim Jones' Kumpel ab, oder er löst sich einfach in Luft auf. Und das wäre doch eindeutig jammerschade; deshalb werde ich mich für die Belange dieser Leute einsetzen. Findest du das nicht auch vernünftig?«

»Hört sich zumindest nicht übel an.«

5

Maggie sprühte an diesem Abend vor Streitlust. Als ich die Bar betrat, saß sie mit dem Rücken zur Wand an einem Tisch für zwei Personen. Sie trug ihr teuerstes Kleid. Vor ihr stand ein Drink auf dem Tisch, und von der Zigarette zwischen ihren Fingern kräuselte ein dünner Rauchfaden zur Decke hoch. Sie wußte, daß ich Zigarettenrauch nicht ausstehen konnte. Sie gierte nach Blut, als ließe sich ihre Verletztheit nur mit Blut wegwaschen.

»Dein Drink kommt gleich«, kündigte Maggie an, als ich mich setzte und ihre vollgestopfte Swissair-Tasche so beiläufig wie möglich abstellte. »Und damit du's weißt – er geht auf meine Rechnung.«

»Was bekomme ich denn?«

»Gin Tonic. Wir haben doch Sommer. Nein, *bitte* verzeih meine Ungenauigkeit. Es ist natürlich erst Frühling.«

Als ich darauf nichts erwiderte, fuhr sie fort: »Heute sitze ich mal mit Blick zur Tür, worauf du sonst immer bestanden hast. Du wirst ausnahmsweise also einmal nur mit mir und der Wand konfrontiert sein.«

Ich hatte mich zu diesem unerfreulichen Treffen eingefunden, weil ich es für feige gehalten hätte, mich zu drücken. Die Tasche enthielt allen möglichen Kram, der Maggie gehörte, und den zusammenzupacken sie sich nicht mehr die Mühe gemacht hatte, als sie abgerauscht war. Offensichtlich war ihr damals jedenfalls mehr an einem stolzen Abgang als an einem tränenreich kramenden Rückzug gelegen gewesen. Mir sollte das recht sein, solange sie nur ihren Abgang machte.

»Ich werde mich heute abend nicht mit dir streiten, Maggie.«

Sie drückte ihre Zigarette aus und wartete, bis die Bedienung meinen Gin Tonic vor mir abgestellt hatte. »Für mich auch noch einen«, sagte Maggie. »Und bringen Sie für den Herrn auch gleich noch einen. Im Trinken ist er ziemlich schnell.« Maggie strich sich eine Strähne ihres kurz geschnittenen braunen Haars aus der Stirn und steckte sich eine neue Zigarette an. »Soll ich dir mal sagen, weshalb wir nie gestritten haben?«

»Was soll das denn noch?«

»Natürlich. Du hast nicht das geringste gegen eine kleine Auseinandersetzung. Nur steht für dich bei Frauen nie genug auf dem Spiel, als daß du es für nötig befinden könntest, dich darüber in die Haare zu kriegen. Immer schön alles unter Kontrolle halten – das ist für dich doch das größte, John.«

»Na und, was soll daran so schlimm sein?«

»Es macht dich absolut unantastbar. Ich würde nur zu gern wissen, wie du es geschafft hast, diese Tour einunddreißig Jahre lang durchzuziehen.«

»Es hat wohl kaum einen Sinn, dir zu beweisen, daß du dich in mir täuschst, Maggie.«

»Aber für *mich* hat es einen Sinn.« Sie nahm einen Schluck aus ihrem Glas und wandte ihren Blick ab, um schließlich mit sanfterer Stimme fortzufahren.

»Du hast mich doch auch geliebt, oder etwa ... Setz bitte nicht gleich diese eisige Miene auf, bloß weil ich das Wort Liebe in den Mund nehme. Mein Gott, wie du dieses Wort verabscheuen mußt!«

»Du täuschst dich, Maggie.«

»Wirklich? Ich kann mich noch genau erinnern, als du zum erstenmal davon gesprochen hast. Wie behutsam du die Monate davor alle deine Worte abgewogen hast ...«

»Ich habe dir nie etwas vorgemacht, Maggie. Ich habe dich nie belogen.«

»Mit Worten sicher nicht. Mit Worten bist du sehr vorsichtig.«

»Mit den Worten bin ich nicht vorsichtig – nur mit dem, was sie meinen.«

»Wie zum Beispiel mit dem Wort Liebe. Ich kann mir genau vorstellen, wie du damals alles fein säuberlich durchkalkuliert hast: ›Tja, ich mag sie tatsächlich verdammt gern. Eigentlich sogar mehr, als daß man noch von *mögen* sprechen könnte. Folglich muß ich sie lieben. Irgendwie.‹ Ich kann dich förmlich hören, wie du noch dieses Irgendwie angehängt hast. Und dann bist du mir mit dem großen Ich-liebe-dich gekommen. Nur war es nicht so überwältigend, stimmt's?«

»Ich habe es zumindest versucht, Maggie.«

»Ja, das hast du. Darüber kann ich mich nicht beklagen.«

»Du hast auch keinen Grund, dich über etwas anderes zu beklagen.«

»Du willst damit sagen, daß meine Klagen rational nicht gerechtfertigt sind. Doch was bin ich zu *fühlen* berechtigt?«

»Ich bezweifle, daß wir in diesem Punkt einer Meinung wären.«

»Allerdings nicht, John. War es eigentlich mit den anderen auch so? Von Anfang an ein abgekartetes Spiel? Ich bin mir jedenfalls sicher, daß sie dich alle geliebt haben. Wenn nicht, hättest du schleunigst den Rückzug angetreten. Wer ist schließlich schon gern auf der Verliererseite, Johnnyboy?«

»Wohl niemand.« Ich hätte gern einen Blick auf meine Uhr geworfen, um zu sehen, wie viel Zeit ich hier schon vergeudet hatte. »Und für dich gilt das ganz besonders, John. Das ist mir heute gekommen. Du bist immer der erste, bei dem der Ofen aus ist. Und dann drehst du es so hin, daß sie dir den ganzen Kram hinwerfen – sprich: dich von deiner Verantwortung befreien und dich in der vermeintlichen Sicherheit deiner Unantastbarkeit zurücklassen. Vermutlich hast du sogar schon einen passablen Ersatz an der Hand, der nur darauf wartet, meine Stelle einzunehmen – irgend jemand, mit dem du schon ins Bett gegangen bist, während du mich dazu getrieben hast, das ganze Theater nicht mehr mitzumachen?«

»Seit ich dir dieses Versprechen gegeben habe, habe ich mit keiner anderen Frau geschlafen.«

»Vielleicht nicht in der Realität. Aber wie sieht es in deinen Gedanken aus?«

»Ich würde sagen, das ist seit letzter Woche nicht mehr deine Sache.«

»Gut, natürlich geht mich das nichts mehr an. Trotzdem ist es mir nicht egal. Vielleicht bin ich hoffnungslos naiv und altmodisch und ... Eine Weile dachte ich, ich würde dich noch immer lieben. Aber das trifft *nicht* mehr zu!« Sie begann zu weinen, hielt aber ihre Tränen mit einem dreimaligen, abrupten Schniefen zurück. »Nein, das tue ich wirklich nicht mehr, du ... du verdammtes ...! Ich ... ein Teil von mir haßt dich, aber ein anderer Teil mag dich auch noch und ...«

»Ich mag dich doch auch noch, Maggie. Du bist mir nicht mit einem Schlag gleichgültig geworden.«

»Laß mich bloß damit in Frieden, du mieses ... Du belügst tatsächlich niemanden, du wählst nur deine Worte so geschickt, daß man unwillkürlich über die Feinheiten hinwegsieht. Ich kenne niemanden, der mich so rasch so weit an sich herangelassen hat, aber trotzdem ist dann plötzlich diese Wand da .. ach, Johnny!«

Diesmal konnte sie die Tränen nicht zurückhalten. Da ich ihren Schmerz nur vergrößert hätte, wenn ich sie getröstet hätte, saß ich nur da, während sie haltlos schluchzte; ich kam mir ziemlich dämlich vor, meine privaten Querelen in der Öffentlichkeit auszutragen.

Schließlich fing sie sich wieder. »Es tut mir leid ... Mein Gott, seh sich das mal wieder einer an! Ich bin hierher gekommen, um ... Und jetzt ende ich damit, mich zu entschuldigen. Du behältst wohl immer die Oberhand, wie? Aber was bringt dir das letztlich? Du sehnst dich mehr als irgend jemand sonst, den ich kenne, nach Liebe. Und genau das ist der Grund, weshalb die Angelas und Saras und – und Maggies so auf dich fliegen. Wir bilden uns ein, dieses Loch in dir füllen zu können, und dann würde alles ganz wunderbar werden. Aber das gelingt uns nicht. Denn du läßt dich nicht hinter deiner Wand hervorlocken.

Was willst du eigentlich, Johnny? Worauf hast du all die

Jahre gewartet? Mir kannst du es sagen; wir sind doch Freunde.« Sie lachte. »Aber du wirst mich ja doch wieder nur mit Worten abspeisen. Du wartest wohl immer noch auf die große Liebe, hm?«

»Wenn man nicht aufs Ganze geht, dann besteht das Leben eben nur aus Halbheiten . . .«

»Meine Güte, Johnny, du glaubst wohl immer noch an die Liebe, wie du sie als Teenager im Kino vorexerziert bekommen hast – dieses große, unsterbliche Gefühl, das dich auf einer gewaltigen Woge davonträgt?«

»Aber . . .«

»Jedenfalls ist es mir nicht gelungen, dich hinter dieser Mauer hervorzulocken, stimmt's?«

»Dafür kann niemand, Maggie, und trotz dieses schmerzlichen Gefühls . . .«

»Du verspürst doch keine schmerzlichen Gefühle, Johnny. Dir ist das Ganze höchstens lästig.«

»Na gut, dann eben: Trotz dieses krampfigen Gesprächs hier bedaure ich nichts, was zwischen uns gewesen ist.«

Sie schüttelte lächelnd den Kopf und griff nach ihrer Handtasche. Nachdem sie kurz darin gekramt hatte, legte sie fünfzehn Dollar auf den Tisch, was mich überlegen ließ, wie viel sie bereits vor meinem Auftauchen getrunken haben mochte. »Du bedauerst also nichts. Wie edel von dir, John. Wie edel und großzügig. Was mich betrifft, ich glaube, ich bedaure es schon.« Dann stand sie auf und zwängte sich zwischen den Tischen hindurch, und als sie sich noch einmal umdrehte, hätte ich wetten können, daß sie ihren letzten Satz sorgsam eingeprobt hatte.

»Und wenn ich jemanden bedaure, dann bist das du, Johnny. Du willst verdammt viel, aber ich kann dir jetzt schon sagen, daß du es nicht bekommen wirst.«

Und während sie sich wieder abwandte, schoß mir der Gedanke durch den Kopf: *Jedenfalls nicht mit dir.*

Nachdem ich Maggie im Spiegel durch die Tür verschwinden gesehen hatte, winkte ich die Bedienung an den Tisch, um zu zahlen. Als ich dann aufstand, um zu gehen, glaubte ich in ihren Augen ein nicht nur rein berufsmäßiges Lächeln aufblitzen zu sehen.

Beim dritten Versuch sprang mein klappriger, blauer Datsun schließlich an. Zu Hause angekommen, hörte ich als erstes meinen privaten und meinen geschäftlichen Anrufbeantworter ab.

Unter anderem hatte auch Cheryl angerufen. *»Ich – möchte dich nicht drängen«*, ertönte ihre Stimme vom Band. *»Ich habe mir nur Sorgen gemacht, John! Deinetwegen. Wenn du – wenn du willst, brauchst du nur anzurufen, und ich komme bei dir vorbei. Ich will dir doch nur helfen.«*

Sie hätte sich zu viele Sorgen gemacht, wenn ich nicht zurückgerufen hätte. »Hallo, Kleines.«

»Ach John!« Ich stellte mir vor, wie sie auf dem Bett saß und telefonierte. »Wie war's? War es schlimm?«

»Es ging.«

»So klingst du aber nicht unbedingt.«

»Vielleicht hörst du nur zu genau hin.«

»Ich weiß, John. Wirklich. Wenn du möchtest, komme ich noch vorbei. Wir brauchen ja nicht – nichts miteinander machen. Ich schlafe notfalls sogar auf deiner Couch.«

»Warten wir lieber bis morgen, ja? Lieber erst dann. Ausgeschlafen, frisch und munter.«

»Wirklich?«

»Klar.«

»Ich nehme dich beim Wort, ist dir das klar?«

»Das kannst du doch immer. Und jetzt sollten wir lieber mal ordentlich schlafen.«

»Wie soll ich jetzt schlafen, wenn ich dauernd daran denken muß, was es zum Frühstück gibt?«

Ich mußte lachen. »Ich hoffe nur, du bist auch tatsächlich so unverbesserlich, wie du klingst.«

»Das wirst du schon sehen«, witzelte sie zurück.

Nachdem sie aufgelegt hatte, wanderte ich gähnend durch mein Büro und in meine Wohnung, wo ich den Wecker auf halb sechs stellte und die Lichter löschte. Ich würde zwar von der Morgendämmerung geweckt werden, die durch das Oberlicht über meinem Bett fiel, aber ich wollte auf jeden Fall für Cheryl bereit sein.

Als ich dann im Bett lag, lauschte ich den Geräuschen der Stadt und starrte durch das Oberlicht in den Himmel hinauf.

Doch ich sah keinen einzigen Stern. Wolken, Luftverschmutzung oder die Lichter der Großstadt – jedenfalls waren die Diamanten der Nacht meinen Blicken entzogen. Und ich dachte an die wunderbaren Frauen aus der Vergangenheit, die mich geliebt hatten – an Angela, an Sara, an Maggie und an die anderen, für die Liebe nicht ganz das richtige Wort gewesen wäre. Und an Cheryl.

Und dann, in dem Augenblick, bevor ich endgültig einschlief, dachte ich an den Mann, der mich am Morgen aufgesucht hatte – an den Mann, der mir nicht verraten hatte, daß sein Name Eddie Hampton war. Ich wußte damals noch nicht, wie er hieß. Ebensowenig, wie ich wußte, daß im Dunkel neben mir sein Schatten lag.

6

Am nächsten Tag, dem Tag, an dem Eddie Hampton ermordet wurde, schlief ich viermal mit Cheryl – zweimal am Morgen vor der Arbeit und zweimal am Abend nach der Arbeit. Wir aßen gemeinsam zu Abend, und dann ging sie nach Hause.

»Bist du sicher, daß du nicht willst, daß ich über Nacht bleibe?« fragte sie am Morgen, als wir im Flur meiner Wohnung planten, wie wir den Abend verbringen sollten.

»Ich würde . . . Ich möchte lieber allein sein.« Mein zögernder Tonfall deutete zärtliche Unschlüssigkeit an, aber der einzige Punkt, hinsichtlich dessen ich unschlüssig war, bestand darin, wie ich sie abwimmeln könnte, ohne ihre Gefühle zu verletzten. »Das kann ich verstehen«, erwiderte sie, obwohl ich das bezweifelte. »Aber ich möchte nicht ständig nur ein angenehmes Intermezzo bleiben.«

»Natürlich nicht. Das läge auch nicht in meinem Interesse.«

Ich küßte sie noch einmal zum Abschied, worauf sie mit sinnlicher, träger Gelassenheit die Treppe hinunterschritt – üppiges, braunes Haar, volle Brüste, strammer Hintern, das dringliche Verlangen ihrer Ankunft im Morgengrauen verflogen. Und dennoch wirkte sie nun irgendwie sinnlicher als zuvor. Ich ging in mein Büro und machte mich an die Arbeit.

Man könnte meine Tätigkeit als eine Art Mikado-Spiel bezeichnen. Washington ist ein Haufen kreuz und quer durcheinanderliegender, verschiedenfarbiger Stäbchen. Und bei dem Spiel geht es darum, jeweils ein Stäbchen von dem Haufen zu entfernen, ohne daß sich die anderen Stäbchen bewegen. Ich versuche nun, auf die Situation in Washington übertragen, herauszufinden, warum und wie genau die einzelnen Stäbchen einander berühren und wodurch ich in diesem gigantischen Haufen eine möglichst große Erschütterung hervorrufen könnte. Denn die Stäbchen dieser Stadt erstrecken sich bis in die entferntesten Winkel der Welt; sie reichen vom Capitol bis zu den Maisfeldern Iowas, den vergoldeten Kuppeln des Kreml, zu allen möglichen Sekten in Kalifornien und zu den religiösen Camps in den Dschungeln Guyanas.

Ich wählte eine wohlvertraute Nummer.

»Guten Morgen, Senator Neibergs Büro.«

»Könnte ich bitte David Henderson sprechen«, sagte ich.

»Hey, David Henderson ist am Apparat.«

»Ich rufe im Auftrag eines vermögenden arabischen Scheichs an, ob der Herr Senator dem Scheich für ein paar Millionen Dollar vielleicht in einer leidigen Einbürgerungsgeschichte unter die Arme greifen könnte. Man hat mir gesagt, du wärst der Mann, an den ich mich in dieser Frage wenden sollte.«

»Ganz recht. Weshalb sollten wir mit derlei Belanglosigkeiten auch die kostbare Zeit des Herrn Senators in Anspruch nehmen. Wozu braucht er zu wissen, was er veranlaßt. Sie brauchen nur das Geld vorbeizubringen . . .«

»Wir könnten das Geld beschaffen«, warf ich spaßhaft den aufgrund seiner ständigen Wiederkehr zu trauriger Berühmtheit gelangten Satz aus den Watergate-Bändern ein.

»Nur ist uns mit Geld nicht gedient«, bremste mich David. »Ich will Diamanten, kein Bargeld.«

»Im übrigen rufe ich nicht an, um dich zu bestechen, alter Gauner.«

»Das mag ich, Rankin. Enttäusche mich nur. Erst läßt du wochenlang nichts von dir hören, und dann enttäuschst du mich.«

»Würdest du mir trotz deiner Enttäuschung einen Gefallen tun?«

»Na, wer tut schon jemandem ohne ein kleines Bestechungsgeld gern einen Gefallen?«

»Könntest du mal den Computer des Congressional Research Service nach sämtlichen Ermittlungsdaten über die Jonestown-Geschichte abfragen? Das war, wo . . .«

»Ich weiß, wo Jonestown war, du Idiot! Glaubst du wirklich, die Library of Congress hat nichts Besseres zu tun, als dir zu helfen? Außerdem, was willst du überhaupt mit dieser Jonestown-Geschichte? Falls du übrigens auf der Suche nach Gott sein solltest, kann ich dir nur sagen, daß er seinen Abgang gemacht hat.«

»Es dreht sich um einen Fall.«

»Ach, du *arbeitest*! Das ist natürlich etwas *ganz* anderes. Wann brauchst du die Daten?«

»Ab wann könnte ich sie haben?«

»Heute nachmittag, wenn ich einem der Leutchen dort ordentlich einheize, obwohl selbstverständlich Mittwoch oder Donnerstag besser wäre.«

Mein zweiter Anruf nahm weniger Zeit in Anspruch.

»Guten Morgen, Washington Post.«

»Könnte ich bitte mit Cliff Palefsky, einem Ihrer Reporter, sprechen?«

»Einen Augenblick bitte.«

Die Leitung erstarb, während das Telefonfräulein Palefsky zu erreichen versuchte.

Nach einer Weile kam ihre Stimme wieder zurück. »Tut mir leid, Mr. Palefsky scheint nicht in der Redaktion zu sein.«

»Könnten Sie ihm bitte eine Nachricht hinterlassen? Er soll John Rankin anrufen.« Ich gab ihr meine Telefonnummer durch. »Es handelt sich um einen seiner Artikel.«

Um die nächste Nummer in Erfahrung zu bringen, rief ich erst die Informationsstelle der Polizei an. Als ich die Nummer dann wählte, meldete sich eine gelangweilte Stimme:

»Detective Bechtel, Mordkommission.«

»Könnte ich bitte den Beamten sprechen, der den Fall Armstrong bearbeitet hat?«

»Welchen Fall?«

»Janet Armstrong. Eine Studentin, die dann als Prostituierte arbeitete und . . .«

»Ach, jetzt weiß ich, welchen Fall Sie meinen. Einen Augenblick, bitte. Hey, Sergeant! Wer hat diesen Fall bearbeitet – Sie wissen schon, diese ermordete Nutte? . . . Nein, letztes Jahr, dieses Mädchen, das in Harvard studiert hat.«

Eine Stimme im Hintergrund murmelte etwas Unverständliches. Darauf wandte sich Bechtel wieder an mich: »Detective Nick Sherman wäre der Mann, den Sie suchen. Er hat allerdings gerade einen Termin . . . Hey! Sherman! Ein Anruf für Sie. Ich stelle ihn gleich durch.«

»Nick Sherman am Apparat«, meldete sich nach einem leisen Klicken eine angenehme Tenorstimme. »Womit kann ich dienen?«

»Mein Name ist John Rankin. Ich bin Privatdetektiv . . .«

»Nein wirklich.« Shermans Tenor klang mit einemmal hart und unpersönlich.

»Janet Armstrongs Vater hat mich beauftragt . . .«

»Ich wußte gar nicht, daß er mit unseren Leistungen unzufrieden war.«

»Dem ist auch nicht so. Ich hätte gern mal ausführlich über die ganze Angelegenheit mit Ihnen gesprochen.«

»Leider habe ich gleich einen Gerichtstermin, Mister Rankin, und danach habe ich bis Mitternacht Dienst. Trotzdem bin ich natürlich an allem interessiert, was mit einem Mordfall zu tun hat, den ich bearbeitet habe – und dies vor allem, wenn ich einen Anruf von einem Fremden in dieser Sache bekomme, von dem ich noch nie gehört habe.«

»Wenn Sie erst Ihre Erkundigungen über mich einziehen wollen, bitte – gerne . . .«

»Danke.«

Unser Verhältnis verschlechterte sich zusehends. »Ich erwarte stündlich ein Schreiben Mr. Armstrongs, das mich ermächtigt, mich dieser Angelegenheit anzunehmen. Außerdem wird der Mann, der mich Mr. Armstrong empfohlen hat – er arbeitet für einen Senator aus Oregon – für mich bürgen.«

»Wie schön für ihn.«

»Ich sehe schon, der Zeitpunkt ist nicht sehr günstig gewählt. Könnten Sie mich vielleicht später zurückrufen?«

»Mit dem größten Vergnügen.«

»Ich gebe Ihnen schon mal meine Telefonnummer, falls Sie

ein paar Augenblicke Ihrer kostbaren Zeit erübrigen können.« Ich ratterte die Nummer herunter. »Und vielen Dank für Ihre geschätzte Aufmerksamkeit«, fügte ich schließlich noch mit aller mir noch zu Gebote stehenden Höflichkeit hinzu.

»Stets zu Diensten.«

Den Rest des Tages verbrachte ich mit der Erledigung allen möglichen Kleinkrams, ohne daß jemand angerufen hätte, von dem ich interessante Neuigkeiten erwartet hätte. Um halb sechs kam Cheryl vorbei. Um acht gingen wir zum Essen. Als sie mich dann gegen zehn Uhr wieder bei mir zu Hause absetzte, las ich noch eine Weile und hörte mir das *No Nukes Concert*-Album an. Um halb zwölf lag ich schließlich im Bett, und um Mitternacht schlief ich tief und fest. Ich konnte mich noch an das Trommeln des Regens auf dem Oberlicht erinnern. Zwanzig vor drei riß mich das Telefon neben dem Bett aus dem Schlaf. – »Ja?«

»Spreche ich mit John Rankin?« Die forsche Männerstimme kam mir bekannt vor.

»Ja.«

»Hier spricht Detective Nick Sherman. Wir haben bereits heute mittag miteinander gesprochen. Habe ich Sie geweckt?«

»Schon gut, das ist nicht weiter schlimm.«

»Da ich gerade über Ihre Nummer gestolpert bin, dachte ich, ich rufe lieber gleich mal an.«

»Finden Sie den Zeitpunkt dafür nicht etwas spät gewählt?«

»Oh, ich habe Ihre Nummer nicht aus meinem Notizbuch. Ich habe Sie von einer Ihrer Visitenkarten.«

»Wie sind Sie denn an die gekommen?«

»Ich habe sie in der Westentasche eines Toten gefunden.«

Eine rasiermesserscharfe Klinge zuckte durch meine Eingeweide. »Wer . . . wer ist der Tote?«

»Das hatte ich eigentlich von Ihnen zu erfahren gehofft. Ich dachte, Sie hätten sicher nichts dagegen, kurz am Tatort vorbeizukommen, bevor wir den Toten ins Leichenschauhaus schaffen.«

»Wo sind Sie jetzt?«

»Sie brauchen sich nicht zu bemühen. Vor Ihrem Hauseingang wartet bereits ein Streifenwagen auf Sie. Sie werden doch kommen, oder?«

7

Der Regen hatte aufgehört, aber die Straßen waren noch naß. Nachdem die zwei uniformierten Polizisten in dem blau-weißen Streifenwagen meine Identität überprüft hatten, fuhren wir schweigend los.

Unsere wortlose Fahrt durch die schlafende Stadt endete in einem Hinterhof an der 15th Street zwischen O und P Street. Wir befanden uns nicht allzu weit von der Stelle entfernt, wo Janet Armstrong den Tod gefunden hatte. Der Eingang des Hinterhofs war durch einen Krankenwagen und eine Funkstreife verstellt, deren in gleichmäßigen Abständen aufzuckendes Rotlicht die trostlose Szenerie in ein gespenstisches Licht tauchte. Die feuchte, kühle Nachtluft war vom Gestank verfaulenden Mülls erfüllt, als wir auf drei Männer in Zivil und zwei Uniformierte in der Einfahrt zutraten.

Die Polizisten in der Einfahrt drehten sich nach mir und meinem Geleit um, und der größte der drei Männer in Zivil – er maß etwa einsfünfundachtzig – trat einen Schritt auf mich zu, um dann wartend stehenzubleiben.

»Sie sind sicher John Rankin«, begrüßte mich eine müde, aber angenehme Tenorstimme. Als er mir dabei entgegengrinste, fiel mir in seinem oberen Mundwinkel ein abgebrochener Eckzahn auf. Sein Gesicht war mit Sicherheit nicht schön, doch vermochte es in einem Betrachter bestimmt die unterschiedlichsten Emotionen und Eindrücke zu wecken – sympathisch, gewinnend, immer entschlossen und unbeirrt, und bisweilen auch zweifellos bedrohlich und einschüchternd. Und als mich dieses Gesicht mit diesem halb zahnlückigen Grinsen ansah, konnte ich mich seinem Charme vom ersten Augenblick an nicht entziehen. »Tut mir leid, Sie zu so nachtschlafender Stunde aus den Federn zu holen. Ich bin Nick Sherman.«

Sein Händedruck hätte mir problemlos die Finger brechen können.

»Im Augenblick haben wir nur einen ermordeten Mann. Irgend jemand hat ihm mehrere Male mit einem stumpfen Gegenstand, vermutlich einem Rohr oder einer Eisenstange, auf den Kopf geschlagen. Zumindest liegen hier in der näheren Umgebung genügend von den Dingern herum. Keine Brieftasche, keine Uhr, kein Geld, keine Schlüssel, keine Papiere, nichts. Mit Ausnahme Ihrer Visitenkarte in seiner Westentasche, die der Mörder bei einer raschen Durchsuchung des Toten vermutlich dort übersehen hat. Würde es Ihnen was ausmachen, sich den Toten anzusehen und uns zu sagen, wer er ist?«

»Ich kann's zumindest mal versuchen.«

»Gut. Ich hoffe, ich habe Ihre Frau durch meinen Anruf nicht zu sehr beunruhigt.«

»Ich bin nicht verheiratet.«

Er berührte mich ganz leicht am Ellbogen, um mich auf die Stelle zuzuführen. »Die Tatsache, daß ein Mann nicht verheiratet ist, besagt noch lange nicht, daß er allein schläft.«

Dazu blitzte wieder dieses zahnlückige Grinsen auf. Ein wohlwollendes Grinsen. Gefolgt von einem zweiten Zivilbeamten traten wir auf einen uniformierten Polizisten zu, der neben einem Haufen Kleider auf dem Boden stand. Die Szenerie war von mehreren, auf den umstehenden Mülltonnen abgelegten Taschenlampen erhellt. Wir duckten uns unter einer zwischen zwei Hinterausgängen gespannten Wäscheleine hindurch und schritten auf das zu, was dort auf uns wartete. »Ich war trotzdem allein«, nahm ich auf Shermans letzte Bemerkung Bezug.

»Tja«, erwiderte Sherman in unverfänglich humorvollem Ton, »man kann eben nicht immer Glück haben. Übrigens«, er riß seinen Kopf herum, »das ist mein Partner Arnie Gustafson.«

»Freut mich«, grummelte der Mann hinter mir.

»Klar«, nickte ich. »Wie könnte es anders sein.«

Der Tote lag, alle viere von sich gestreckt, rücklings auf dem Boden des düsteren Hinterhofs. Er wirkte jämmerlich, fast absurd und lächerlich. Vielleicht hätte ich Ekel verspürt, wenn er stärker geblutet hätte. Und dann starrte ich in dieses ehemals rosige, nun aber totenbleiche Gesicht mit der großen Nase und den geschlossenen, rücksichtsvollen Augen. Über seine Stirn zog sich ein dicker, brauner Strich. Ich kam mir außerordentlich fehl am Platz vor.

»Genau so haben wir ihn gefunden«, brach Sherman schließlich das Schweigen. Dann bückte er sich und rollte den Toten auf den Bauch. Dabei pendelte der linke Arm der Leiche steif durch die Luft, um schließlich mit einem deutlich vernehmbaren Klatschen auf dem Betonboden des Hinterhofs aufzuschlagen. Tot. Das graue Haar am Hinterkopf des Toten war von einer bräunlich verkrusteten Masse verklebt.

»Das meiste Blut hat der Regen fortgewaschen«, erklärte Sherman. »Er hat mindestens einen über die Stirn bekommen – vermutlich den ersten – und dann noch ein paar weitere auf den Hinterkopf, während er bereits am Boden lag.«

»Sagt Ihnen der Mann irgend etwas?« fragte Sherman schließlich mit einem kurzen Nicken in Richtung auf den am Boden liegenden Toten.

»Er hat mich gestern früh in meinem Büro aufgesucht. Bei dieser Gelegenheit hat er wohl eine meiner Visitenkarten eingesteckt.«

»Wer ist der Mann?«

»Er hat mir seinen Namen nicht genannt.«

Sherman sah mich mit seinen durchdringenden Augen unverwandt an. Ich überlegte, welche Farbe sie wohl bei Tageslicht hatten. »Ich glaube«, erklärte er ruhig, »ich glaube fast, Sie möchten mit uns aufs Revier kommen.«

8

»Haben Sie Ihrer Aussage noch irgend etwas hinzuzufügen, das wir noch nicht festgehalten haben?«

Detective Gustafson starrte weiter unverwandt auf die Tasten der alten Schreibmaschine vor ihm, während er auf meine Antwort wartete. Währenddessen behielt mich sein Partner Sherman – er lehnte gegen die harte Kante eines Metallschreibtisches – scharf im Auge.

Ich hatte ihnen alles über den Besuch dieser Leiche und ihre vage Geschichte erzählt, und wir waren das Ganze mehrmals von vorn bis hinten durchgegangen, bevor sie einen kleinen Schreibmaschinentisch angerollt hatten, um meine Aussage zu Protokoll zu nehmen.

»Nicht, daß ich wüßte«, antwortete ich auf diese abschließende Routinefrage. Am liebsten hätte ich unter lautstarkem

Protest auf meiner totalen Unschuld bestanden. Aber das unterließ ich lieber.

»Würde es Ihnen etwas ausmachen, noch einen Moment zu warten, während wir das Protokoll auf Tippfehler durchgehen?« Sherman deutete mit dem Kopf in eine Ecke des Bereitschaftsraums, worauf ich auf eines der sechs hohen Fenster dort zutrat. Sherman beugte sich zu seinem Partner herab, um sich flüsternd mit ihm zu unterhalten.

»Ich fahre Sie jetzt nach Hause«, wandte sich der Detektiv nach einer Weile wieder an mich.

»Wer hat den Mann umgebracht?« fragte ich.

»Erst einmal gilt es herauszufinden, wer er war.«

»Irgend welche Anhaltspunkte?«

Sherman zuckte mit den Schultern. »Es könnte jemand gewesen sein, der ihn nicht mochte – oder jemand, dem absolut nichts an seiner Person lag. Vielleicht hat er einfach nur ein paar zu kräftige Hiebe übergezogen bekommen. In dieser Gegend und noch dazu nachts wäre das weiter kein Wunder. Vielleicht wollte er sich ein paar Blocks weiter, wo die Nutten immer stehen, eine Begleiterin für den Abend anlachen. Aber das wird sich noch zeigen. Wir machen hier nichts weiter, als die einzelnen Möglichkeiten auszuschalten und aus dem, was dann noch übrigbleibt, unsere Schlüsse zu ziehen.«

»Trifft das auch auf mich zu? Bin ich auch so eine Möglichkeit, die abgehakt werden muß?«

»Im Augenblick sind Sie lediglich ein Bürger, der die Polizei bei ihren Ermittlungen unterstützt.«

»Als Zeuge – oder als Verdächtiger?«

Als Antwort darauf bedachte er mich nur mit seinem zahnlückigen Grinsen.

Ich warf einen kurzen Blick hinüber zu Gustafson, der gerade die Durchschläge des Protokolls ordnete. »Dies ist vermutlich schon wieder nicht der passende Zeitpunkt, um über Janet Armstrong zu sprechen.«

»Das haben Sie ganz richtig erfaßt.« Sherman nickte. »Ich habe heute bereits fünf Stunden vor Gericht verbracht, ganz zu schweigen von den vierzehn Stunden Dienst. Bis Freitag bin ich vollauf beschäftigt, am Wochenende werde ich mich igendwo verkriechen, wo niemand mich findet, und was nächste Woche betrifft, bin ich ebenfalls voll ausgebucht. Nachdem gestern schon ein neuer Mordfall hereingekommen ist, nun auch das noch. Mir steht im Augenblick der Kopf anderswo, als mich mit Janet Armstrong zu befassen.«

»Im Grunde weiß ich sowieso nicht, was das Ganze soll«, entgegnete ich. »Vermutlich konnte ich einfach zu einem gramgebeugten Vater nicht nein sagen. Ich weiß wirklich nicht, was ich noch viel für ihn tun könnte, zumal Sie ja den Mörder inzwischen geschnappt haben.«

»Das haben wir allerdings«, erwiderte der Detektiv. »Aber das soll nicht weiter Ihre Sache sein. Ich habe nach Ihrem Anruf mit Mr. Armstrong telefoniert. Er hat mir erzählt, warum er Sie mit weiteren Nachforschungen beauftragt hat.«

»Tja. *Warum.* Die Antwort auf diese Frage scheint eigentlich ganz simpel. Die gute Janet hat sich in gefährliches Gelände vorgewagt und hat dabei einen abbekommen. Bedauerlich, aber damit muß man in so einem Fall eben rechnen.«

Shermans Augen – im grellen Neonlicht des Bereitschaftsraums konnte ich erkennen, daß sie von seltenem, purem Schwarz waren – schienen mich bis ins Innerste zu durchschauen. »Die Dinge klar und deutlich beim Namen zu nennen, heißt nicht unbedingt zu wissen, was man sagt.«

Während er mich nach Hause fuhr, saßen wir wortlos nebeneinander. Kaum, daß er ein Auf-Wiedersehen über die Lippen brachte, als ich ausstieg. Aber er behielt mich ständig im Auge. Er wartete, bis ich mir die Haustür aufschloß, und auch dabei ließ er mich keine Sekunde aus den Augen.

Oben in meiner Wohnung gelangte ich zu dem Schluß, daß ich zum Laufen zu müde, zum Schlafen zu überdreht war. Es war halb acht – zu früh, um in einer gerade erwachenden Welt in Aktion zu treten. Also holte ich mir bei Rich meine Zeitungen und schlenderte die Pennsylvania Avenue zu einem Café hinunter, das mehr einer Fernfahrerkneipe als einem Capitol Hill-Imbiß glich, und nahm dort ein Frühstück zu mir, das freilich mehr dem Zweck diente, die Zeit totzuschlagen als meinen Bauch zu füllen. Der Tote von gestern nacht stand noch nicht in der *Post.* Ähnlich war es ja auch im Fall Janet Armstrongs gewesen.

Nach dem Frühstück besorgte ich mir zwei Taschenbücher über Jim Jones und seine Sekte im Dschungel von Guayana.

Wieder zurück in meinem Büro, schrieb ich an Tom Armstrong und bat ihn um eine Liste von Janets Freunden. Ich war mir sicher, daß er solch eine Liste bereits erstellt und auch einzusetzen versucht hatte.

Dann rief ich Cheryl an, um ihr die ganze Geschichte zu erzählen. Nachdem sie mir kostenlosen, sachverständigen juristischen Rat zu der Angelegenheit erteilt hatte, auf den ich verzichten konnte, kam sie auf persönlichere Dinge zu sprechen.

»Und es ist auch wirklich alles in Ordnung?«

»Klar.«

»Ich könnte mir frei nehmen und bei dir vorbeischauen . . .«

»Dann aber bitte nicht, um mir dein Beileid zu bekunden.«

Sie mußte lachen. »Dieser Scheidungsfall aus der Vorstadt hat erst nach Büroschluß Zeit. Ich könnte also danach . . .«

»Mach dir mal deswegen keine Sorgen«, tröstete ich sie. »Du weißt, daß ich dich gern sehen wüde, aber das kann ich natürlich verstehen.« Das stimmte zwar, wenn ich ihr auch nicht erzählte, daß ich froh war, die Nacht allein zu verbringen. »Vielleicht klappt es dann morgen.«

Der Rest des Tages zog sich dahin. Ich telefonierte mit Saul und ließ mir von Katie und seiner Jagd nach den ABSCAM-Bändern erzählen. Hauptsächlich ging es jedoch um Katie. Außerdem rief ich noch eine Reihe anderer Freunde an, um mich mit ihnen über Gott und die Welt zu unterhalten.

Doch die ganze Zeit über behielt ich den Stuhl im Auge, in dem er gesessen hatte. Und je länger der Tag sich hinzog, desto mehr wurde die Erinnerung an den Mann in dem Stuhl vor mir von der Erinnerung an den Mann auf dem Betonboden dieses Hinterhofs verdrängt. Gegen drei Uhr aß ich ein paar Reste und legte mich dann ins Bett. Sonnenlicht umspielte die vorgezogene Jalousie über dem Oberlicht, während ich mich zwischen den Laken wälzte. Und eben bevor ich in unruhigen Schlaf verfiel, drehte ich mich auf den Rücken, so daß mein linker Arm neben mir auf die Matratze plumpste.

9

»Sie waren gestern etwas still«, bemerkte Rich am nächsten Morgen, als er mir meine Zeitungen aushändigte. Außerdem holte er ein paar Briefe unter dem Ladentisch hervor. »Nicht einmal Ihre Post haben Sie abgeholt.«

»Ich hatte einen anstrengenden Tag gestern.«

»Ich wäre froh, wenn ich das mal von mir sagen könnte. Das Geschäft könnte wirklich besser gehen.«

Während ich mit der Post und den Zeitungen nach oben ging, überflog ich kurz die Schlagzeilen. In der Post befand sich nur ein unerwarteter Brief. Die Adresse war mit einer mir unbekannten Handschrift auf die Vorderseite des Umschlags geschrieben. Kein Absender. Ich öffnete das Kuvert, während ich mich setzte, und leerte seinen Inhalt auf den Schreibtisch.

Gut, daß ich mich gesetzt hatte. Denn als der Brief sich im Herausfallen entfaltete, purzelten zehn Hundertdollarscheine über meinen Schreibtisch. Zehn der größten Scheine, die der Durchschnittsamerikaner je zu sehen bekommt. Auf der einen Seite prangte die Independence Hall von Philadelphia, während die andere ein Porträt von Benjamin Franklin zierte – Rebell, Drachenflieger und Vater zweier unehelicher Kinder. Ich griff nach dem Brief.

Lieber Mr. Rankin,
obwohl ich Ihr Zögern sehr gut verstehen kann, scheinen Sie mir doch der geeignete Mann für mein Vorhaben zu sein, zumal ich Ihnen vertrauen zu können glaube. Anbei übersende ich Ihnen tausend Dollar in bar – also das Doppelte Ihrer voraussichtlichen Honorarforderung, zuzüglich einer Prämie von zweihundert Dollar. Es handelt sich hier um eine höchst prekäre Angelegenheit. Ich werde Sie nicht mit der Aufzählung der Namen meiner Auftraggeber behelligen, noch werde ich näher auf die Natur des möglichen Unrechts eingehen. Nachdem Sie ein paar simple Informationen beschafft haben werden, werde ich die Lage ausreichend einschätzen können. Bei dem in Frage kommenden Kongreßausschuß handelt es sich um den Kongreßunterausschuß für allgemeine und besondere Ermittlungen. Die Probleme meiner Auftraggeber wären gelöst, wenn Sie in Erfahrung bringen könnten, womit ein Mitglied dieses Ausschusses namens Scott Oliff sich befaßt, beziehungsweise sich zu

befassen vorhat. Ich glaube nicht, daß in Zusammenhang mit diesem Unterfangen irgendwelche Probleme legaler oder ethischer Natur auftreten könnten. Allerdings darf weder Mr. Oliff noch sonst irgend jemand von Ihren Aktivitäten erfahren. Es braucht Sie nicht zu interessieren, wie sich seine Aktivitäten auf die Ihnen gegenüber erwähnte persönliche Beziehung auswirken. Darüber werde ich Klarheit haben, sobald ich Ihren Bericht in Händen halte. Stellen Sie darüber hinaus keine weiteren Nachforschungen an. Beschwören Sie auf keinen Fall durch irgendwelche Indiskretionen eine Katastrophe herauf. Ich werde mich in einigen Tagen mit Ihnen in Verbindung setzen, um mich über den Stand Ihrer Nachforschungen zu informieren.

Nein, das würde er nicht tun. Keine Unterschrift, aber mir war trotzdem klar, daß dieser in zittriger Hand geschriebene Brief von keinem anderen stammen konnte als von dem unscheinbaren Mann, der vor meinem Schreibtisch gesessen war, eine meiner Visitenkarten an sich genommen hatte und sich dann in einem dunklen Hinterhof den Schädel hatte einschlagen lassen.

Ich hatte gedacht, ihn nie mehr wiederzusehen, nachdem er mein Büro verlassen hatte. Dann hatte ich gedacht, endgültig mit ihm fertig zu sein, nachdem ich meine Aussage der Polizei gegenüber unterzeichnet hatte. Und nun schickte mir dieser Tote, dessen Namen ich nicht einmal kannte, mehr Geld, als ich verlangt hatte, drängte mir einen Auftrag auf, an dem ich nie das geringste Interesse gezeigt hatte, und ließ mich nun auch noch ganz allein vor einer schweren Entscheidung zurück.

Ich konnte die Polizei verständigen und mich wieder einmal Shermans durchdringenden, schwarzen Augen stellen. Doch viel mehr konnte ich ihm nicht mehr weiterhelfen. Sherman würde den Brief – und vermutlich auch das Geld – an sich nehmen, und er würde allen möglichen Leuten eine Unmenge von Fragen stellen, die alle mehr oder weniger auf meine Person abzielen würden. Meine Tätigkeit basierte auf strengster Diskretion. Ich konnte es mir also in dieser Stadt, in der jeder jeden kannte, nicht leisten, im Zuge einer polizeilichen Ermittlung zu oft genannt zu werden. Eher konnte ich meinen Job gleich an den Nagel hängen.

Zum anderen konnte dieser Brief eine Menge unangenehmer Folgen nach sich ziehen. Mein namenloser Klient hatte recht. Die kleinste Indiskretion stürzt oft eine Menge unschuldiger Personen in ernsthafte Schwierigkeiten. Dieser Scott Oliff hatte es nicht verdient, in einen Mordfall verwickelt zu werden, mit dem er möglicherweise nicht das geringste zu tun hatte.

Dazu kam noch, daß mich der Mann, von dem dieser Brief stammte, bisher zwar nur in Scherereien gestürzt hatte, aber er hatte sich immerhin als höchst anständig erwiesen. Er hatte mir sein Vertrauen geschenkt und er hatte mich ordentlich bezahlt. Irgend etwas war ich ihm also für seine tausend Dollar schuldig.

Tausend Dollar! Das Geld konnte ich wirklich brauchen! Tausend Dollar und dazu noch steuerfrei.

Wenn ich das Geld nun einfach einsteckte, ohne etwas zu unternehmen, betrog ich einen Toten, der sich nicht mehr wehren konnte. Einem Polizisten, der seine Arbeit ernst nahm, etwas zu verschweigen, war eine Sache, aber unschuldigen Menschen eine Menge Scherereien zu verursachen, eine andere.

Aber nur vielleicht. Nur vielleicht.

Detective Sherman hatte mich gründlich ausgequetscht. Vielleicht konnte ich mehr für ihn tun, als ihm ein paar neue Informationen für den Fall Mr. Namenlos zuspielen? Vielleicht würden sich die Dinge durch den Brief in ein klareres Licht rücken lassen? Vielleicht würde Sherman mir als Gegenleistung gewisse Informationen im Fall Janet Armstrong zukommen lassen . . .

Vielleicht konnte ich sogar dem Toten einen Gefallen erweisen. Vielleicht konnte ich in Erfahrung bringen, was dieser Scott Oliff, Mitglied eines Kongreßunterausschusses, Beunruhigendes vorhatte. Vielleicht konnte ich auf diese Weise auch die »Auftraggeber« meines Toten ausfindig machen – falls es sie überhaupt gab – und ihnen – in aller Diskretion, versteht sich – die gewünschten Informationen zukommen lassen. Es bestand also durchaus die Möglichkeit, mir mein Honorar zu verdienen oder es zumindest zu versuchen.

Vielleicht, aber nur vielleicht.

Jedenfalls griff ich als erstes mal nach dem *Verzeichnis der Mit-*

glieder von Kongreßausschüssen, das neben anderen aufschlußreichen Werken mein Bücherregal zierte.

Dort wurden erst einmal die Aufgaben und Zielsetzungen des Kongreßunterausschusses für allgemeine und besondere Nachforschungen aufgeführt, gefolgt von einer Liste der einzelnen Stabsmitglieder.

Scott Oliff war dort als einer der zwei Ermittlungsbeauftragten des Unterausschusses aufgeführt. Sein Kollege war Bill Welch, eine alte Informationsquelle aus den Zeiten, da ich noch für Ned Johnson im Dreck gewühlt hatte. Die Liste enthielt übrigens noch einen mir bekannten Namen – Gloria Trang, die Dienststellenleiterin. Gloria war eine große, schlanke Frau, deren pechschwarzes Haar bis auf die Krümmung ihres strammen Hinterns hinabfiel. Lange Beine, volle Brüste und ein anmutiges, intelligentes Gesicht. Ich hätte sie schon immer gern über unsere gelegentlichen beruflichen Kontakte hinaus etwas näher kennengelernt.

Das Verzeichnis enthielt auch kurze Lebensläufe der einzelnen Ausschußmitglieder, und dem von Scott Oliff entnahm ich, daß er ein Jahr älter war als ich und eine ähnliche Laufbahn hinter sich hatte. Gesprächsstoff würde sich im Fall eines zufälligen Kennenlernens demnach mehr als genug finden lassen. Es galt also nur noch, eine solche »zufällige Begegnung« geschickt herbeizuführen.

Inzwischen war es halb elf. Ich konnte also gerade noch vor Beginn der Mittagspause in den Büros des Unterausschusses »vorbeischauen«. Zwar hatte ich für Art Dillons Jonestown-Fall einiges zu erledigen, und auch in der Angelegenheit Janet Armstrong hätte ich verschiedene Anrufe zu machen gehabt, aber andrerseits starrten mir von meinem Schreibtisch zehn Porträts von Ben Franklin entgegen, die sich vor meinem geistigen Auge mit dem totenstarren Gesicht eines ach so rücksichtsvollen Mannes überlappten. Nach kurzem Zögern schob ich das Geld und den Brief in eine Schreibtischschublade, und nachdem ich diese verschlossen hatte, verließ ich mein Büro.

10

»Ich dachte, es wäre mein Kollege, als ich die Tür hörte.«

Bill Welch bedachte mich mit einem argwöhnischen Lächeln und deutete mit dem Kopf auf einen Stuhl neben seinem Schreibtisch.

»Mit wem arbeitest du denn zur Zeit zusammen?« erkundigte ich mich im Setzen.

»Mit einem gewissen Scott Oliff. Ein guter Mann.«

»Ist er gerade beim Mittagessen? Gloria wohl auch?«

»Da kennst du Gloria schlecht. Eben ist sie mit unserer Empfangsdame und einer ehemaligen Praktikantin zu einer ausgedehnten Mittagspause losgezogen. Scott wird den dreien mit Sicherheit nicht Gesellschaft leisten. Vermutlich stürmt er gerade wie ein aufgescheuchter Hornissenschwarm durch die Büros.«

»Wieso? Was hat ihn denn so aus der Fassung gebracht?«

»Diese Praktikantin – jung und gefährlich. Als sie letzten Winter hier gearbeitet hat, hat sich zwischen den beiden etwas angesponnen. Aber irgendwann hat sie ihm dann den Laufpaß gegeben. Na ja, und Scott gerät deswegen eben immer noch etwas aus dem Häuschen, wenn sie hier gelegentlich wieder auftaucht.«

»Scott ist doch sicher auch unsere Altersgruppe?« Ich hoffte, Bill Welch würde nicht stutzig werden, woher ich das wissen konnte. »Demnach sollte er doch langsam gelernt haben, daß man sich am Arbeitsplatz nicht verlieben sollte, und schon gar nicht in so ein junges Ding. Die wissen doch gar nicht, wie gefährlich sie sind. Nimm doch nur mal Julia – sie war erst vierzehn –, und dann sieh dir mal an, was aus Romeo geworden ist.«

»Gute Ratschläge sind meistens leichter zu geben als zu befolgen. Doch was führt dich zu mir, Rankin?« Bill wechselte abrupt das Thema. »Seit du nicht mehr für die Zeitung arbeitest, läßt du dich hier ja kaum noch blicken . . .«

»Ach, ich wollte eben unseren Kontakt etwas warmhalten. Zumal ich möglicherweise einen Auftrag übernehmen kann, bei dem ich gern wieder auf meine alten Informationsquellen zurückgreifen würde.«

In gewisser Weise stimmte das ja tatsächlich.

Wir unterhielten uns etwa zwanzig Minuten. Und als mir langsam der Gesprächsstoff auszugehen drohte, hörte ich, wie die Tür aufging.

»Tag.« Ein tiefer Bariton. Kurz angebunden.

Der Eintretende hatte frühzeitig ergrautes Haar, nervöse Augen, einen teuren Anzug und sich selbst nur mühsam unter Kontrolle. »Irgendwelche Anrufe für mich?«

»Nichts.« Bill schüttelte den Kopf und fügte dann nach einer absichtsvoll langen Pause hinzu: »Die *ganze* Mannschaft ist auf ein ausgedehntes Mittagessen ausgeflogen.«

Der Neuankömmling brummte nur barsch.

»Scott Oliff, das ist ein alter Freund von mir, John Rankin. Er hat mal als Reporter für Ned Johnson gearbeitet.«

»Freut mich«, sagte ich, als wir uns die Hände schüttelten. »Sie helfen Bill also dabei, die Probleme nicht abreißen zu lassen.«

»Darin bin ich wirklich gut.«

Der scharfe Ton in seiner Stimme verriet mir, daß ich bei ihm mit Subtilitäten nicht weit kommen würde. Entweder ich konnte ihm mit einem unvermittelten, harten Ruck entreißen, was ich wissen wollte, oder mein Angelhaken würde seinem wütenden Zubiß mitsamt dem Köder zum Opfer fallen. »Was treibt ihr denn in letzter Zeit so?« Das war doch eine absolut unschuldige und unverfängliche Frage.

Scott war keineswegs innerlich so aufgewühlt, daß er darüber jede Vernunft hätte fallengelassen. Um so besser für dich, dachte ich, während er Bill einen fragenden Blick zuwarf.

»Rankin arbeitet nicht mehr für die Presse.«

»Außerdem«, brummte Scott mürrisch, »könnte ich ihn selbst dann mit meinen Antworten problemlos an der Nase herumführen.«

»*Offiziell,* wie es in Pressekreisen heißt«, wandte er sich mir darauf wieder zu, »hat unser Ausschuß letzte Woche zugesagt, den Bericht über den GSA-Skandal – Sie wissen sicher noch: das war vor der ABSCAM-Chose, aber nach Watergate – auf den neuesten Stand zu bringen. Offiziell, wie gesagt, dokumentieren wir also den gegenwärtigen Stand der Ermittlungen.

»Aber wir haben wie gesagt 1980, das Jahr der Präsidentschaftswahl. Wir sind doch nur die Lakaien der Demokraten, denen der Arsch mehr und mehr auf Grundeis geht, und zwar an vorderster Stelle unserem demokratischen Präsidenten, der Bob Dylan zitiert und vor vier Jahren mit dem Versprechen in die Hauptstadt eingezogen ist, hier endlich mal reinen Tisch zu machen. Und da kommt ihm plötzlich dieser GSA-Skandal in die Quere. Er macht sich daran, den Saustall auszumisten, bei welcher Gelegenheit ein hohes Tier ins Gras beißen mußte, das wiederum ein ganz spezieller Freund des demokratischen Sprechers des hiesigen Repräsentantenhauses ist. Und unser Sprecher sieht das natürlich gar nicht gern, so daß sein Kumpel eben einen neuen Job kriegt – und zwar im Weißen Haus eben des Präsidenten, der eigentlich den Saustall aufräumen wollte, den besagtes hohes Tier in seinem früheren Amt hinterlassen hat.

Natürlich läßt das uns Lakaien gegenüber niemand verlauten, aber die Zeichen an der Wand sind ganz unmißverständlich zu deuten. Falls wir den Kahn ins Schaukeln bringen sollten, wird er uns unter dem Arsch weggeschossen werden, und vermutlich sogar genau von den Leuten, in deren Interesse wir ihn ursprünglich ins Schaukeln gebracht hätten.

Das alles läuft natürlich nur unter dem Vermerk *inoffiziell.* Genausogut könnte man also auch sagen, ich sitze hier nur meine Zeit ab. Und wissen Sie, was ich jetzt tue? Jetzt werde ich einen langen Spaziergang durch dieses beschissene Marmormuseum machen. Und dann werde ich mich draußen ins Gras legen und mich fragen, was ich hier eigentlich soll. Genau das werde ich machen.«

Nachdem das Echo der zuschlagenden Tür endgültig verhallt war, bemerkte Bill nach kurzem, betretenem Schweigen. »So schlimm ist es nun auch wieder nicht. Er ist heute nur besonders schlechter Stimmung.«

Ich nickte verständnisvoll und verabschiedete mich: »Ich muß jetzt auch wieder langsam los.« Und damit ließ ich Bill in seinem Kabuff zurück, wo es nun wirklich nicht so schlimm war.

11

Ein steter Strom unbekannter Gesichter glitt an meinem Lächeln vorbei, als ich die Pennsylvania Avenue hinunterging. Warm schien die Sonne vom Himmel. Ich war aufs äußerste mit mir zufrieden. Ich hatte meine Verpflichtungen meinem toten Klienten gegenüber erfüllt, ohne mir dabei die Finger schmutzig zu machen. Folglich konnte ich nun auch Sherman verständigen und ihm den Brief aushändigen. Das Geld konnte ich vermutlich sogar behalten. Außerdem konnte ich dem Detektiv von meinem Treffen mit Scott Oliff erzählen und ihm damit ersparen, ihm ein zweites Mal auf die Finger zu fühlen. Das hatte ich wirklich bestens hingekriegt. Und dann sah ich sie.

Eigentlich erkannte ich nur Gloria Trang, das pechschwarze Haar eine durchaus aufregende Figur umspielend. Zusammen mit zwei anderen Frauen kam sie gerade lachend aus einem Restaurant. Die eine ihrer zwei Begleiterinnen, die ich deutlich erkennen konnte, war der durch und durch amerikanische, mit Kernseife geschrubbte Frauentyp mit braunem Haar. Sie und Gloria verstellten mir fast ganz den Ausblick auf ihre Begleiterin, von der ich nur erkennen konnte, daß sie orangefarbene Shorts und Turnschuhe trug und endlos lange, schlanke Beine hatte. Ihr zerzaustes, blondes Haar stand in reizvollem Gegensatz zu Glorias üppiger, schwarzer Haarpracht.

Warum nicht, dachte ich mir. Da war zwar Cheryl, aber sie war offensichtlich im Augenblick nicht die einzige Verlockung, welche das Leben zu bieten hatte. Ich beschleunigte also meine Schritte, um ganz »zufällig« auf die drei zu stoßen.

»Gloria!« rief ich dann auch wenige Augenblicke später, als wir uns genügend genähert hatten. »Ich komme eben aus deinem Büro. Wie geht's, wie steht's?«

»John! Danke, gut. Ich . . . kennst du eigentlich . . .« Sie brach mitten in ihrer Frage ab und deutete statt dessen auf ihre Begleiterinnen. »Nein, leider hatten wir bisher noch nicht das Vergnügen«, erwiderte ich.

»John Rankin, das ist Bonnie Colden, unsere Sekretärin.« Die braunhaarige Frau nickte lächelnd. Hübsch, aber nichts weiter. »Und das hier ist Tara Woodson. Tara hat mal bei uns praktiziert.«

Es war nicht so sehr ihr Aussehen als die Art, wie sie meinen Blick erwiderte. Sie war groß und schlank, aber zu geschmeidig und kräftig, als daß man sie als mager hätte bezeichnen können; etwa eins siebzig groß. Ich mußte unwillkürlich an den armen Scott Oliff denken und auch daran, daß sie jung, gefährlich und mir vermutlich verdammt ähnlich war. Ihr Haar hatte einen leichten Stich ins Rötliche, der ihm einen kupfernen, ständig sich verändernden Glanz verlieh, wenn die Sonne sich darin brach. Es war natürlich gewellt, auf Schulterlänge geschnitten und aus dem Gesicht gekämmt. Ihr herzförmiges Gesicht lief in hohen Backenknochen aus; dazwischen saß eine kleine Nase, und das Kinn wies ein leichtes Grübchen auf. Sie hatte volle, sinnliche Lippen und weit auseinanderstehende Augen, aus deren klarem Weiß die strahlend blauen Ringe um die onyxschwarzen Pupillen mit auffallender Deutlichkeit hervortraten. Und diese Augen verrieten nicht die geringste Unsicherheit oder Verlegenheit, als sie mich ansahen.

»Hallo«, begrüßte mich Tara mit rauchiger Stimme, die für ihre zierliche Gestalt überraschend tief war. Sie trug ein weißes Baumwollhemd. Wäre sie weniger durchtrainiert gewesen, wäre sie vermutlich platt wie ein Bügelbrett gewesen. Sie trug keinen BH, und ich konnte ganz schwach die winzigen Kreise ihrer Brustwarzen durch das Hemd erkennen.

Meine Augen wanderten wieder zurück zu Gloria. »Wo wollt ihr drei denn hin?«

»Wir haben etwas zu feiern«, verkündete Gloria. »Das Wochenende, Taras Besuch, ihren Universitätsabschluß und die Tatsache, daß sie sich demnächst hier niederlassen wird. Wenn das nicht ausreichend triftige Gründe für ein ausgedehntes Mittagessen sind. Bis auf weiteres konnten wir allerdings noch in keinem Restaurant einen Platz ergattern.«

»Was dagegen, wenn ich euch Gesellschaft leiste?« Bereits bevor das einladende Lächeln von Glorias Lippen gewichen war, hatte ich mich wieder Tara zugewandt. »Schon mal im Tune Inn gewesen?«

»Wo ist das denn?«

»Nur ein Stück die Straße runter. Einverstanden?« Die Frage war an Gloria gerichtet, doch meine Blicke wanderten zwischen ihr und Tara hin und her.

»Warum nicht?« meinte Gloria.

Mit einer großzügigen Geste gab ich ihr und Bonnie zu verstehen, sie sollten doch vorausgehen, während ich mich hinter ihnen – neben Tara – anschloß.

»Das letzte Mal, daß ich den Namen Tara gehört habe, war in einem Film mit Clark Gable und Vivien Leigh«, versuchte ich, mit ihr ins Gespräch zu kommen.

»Meine Mutter mochte vor allem das Buch.« Sie zuckte mit den Schultern, und ich befürchtete schon, alles versaut zu haben.

»Mir hat vor allem der Film gefallen«, grinste ich. »Das Buch habe ich nie gelesen.«

»Ich auch.« Sie lächelte zurück, und alles war wieder in Butter.

»Wo hast du denn studiert?« Es lag schon Jahre zurück, daß ich mit dieser trivialen Frage ein Gespräch angeleiert hatte. Und ich kam mir auch etwas komisch dabei vor. Aber gleichzeitig war ich auf ihre Antwort so gespannt, daß ich mir nichts weiter dabei dachte.

»Am Bryant College, dann an einer kleinen Kunstschule auf Rhode Island. Nach dem Studium in Europa habe ich hier praktiziert. Arbeitest du auf dem Capitol Hill?«

»In etwa.«

»Das nenne ich eine klare Antwort.«

Ich mußte lachen. »Das Ganze klingt vermutlich wesentlich aufregender, als es in Wirklichkeit ist. Ich stelle private Nachforschungen an – sozusagen als Privatdetektiv.« Den Privatdetektiv schob ich ganz bewußt nach.

Sie neigte ihren Kopf leicht zur Seite und lächelte. »Klingt tatsächlich interessant.«

»Die meiste Zeit verbringe ich damit, Fragen zu stellen.«

»Ich habe schon immer gern Fragen gestellt.«

»Und ich habe schon immer gern Antworten bekommen.«

Lachend folgten wir unseren beiden Begleiterinnen ins Tune Inn, einem unauffälligen Allerweltslokal mit Country and Western-Musik und ausgestopften Tierköpfen an den Wänden. Wir hatten Glück und fanden einen freien Tisch.

»Hier fühle ich mich wohler als in diesen schnieken Restaurants«, erklärte ich Tara, als wir uns setzten. Sie und Gloria saßen auf der einen Seite, Bonnie und ich auf der anderen. »Außerdem erinnert mich das immer an zu Hause.«

»Woher kommst du denn?« wollte Tara wissen.

»Nicht von hier. Kaum jemand kommt schließlich aus Washington. Wir enden nur alle hier. Ich stamme aus Montana. Und du?«

»Aus Washington – allerdings dem Staat. Kommst du aus Butte?«

»Ja. Aber du bist doch nicht aus Seattle oder Spokane? Oder sonst irgendeiner der größeren Städte?«

»Nein.« Sie sah sich in dem Lokal um, ließ ihre Blicke über die Gewehre an der Wand, den gigantischen Karnevalssombrero über uns und die ausgestopfte Eule über der Bar wandern. »Hier gefällt's mir.«

»Hier hört man zumindest nicht so viel von dem typischen Washingtoner jungdynamischen Gelabere wie anderswo.«

»Na, wie wär's statt dessen mit einer netten, kleinen Psychokonversation im Stil von: Also ich bin O.K., und Sie?«

»Also wissen Sie, solange Sie diese Erfahrung nicht selbst gemacht haben . . .«, witzelte ich los.

»Oder wie wär's mit Sternzeichen«, unterbrach mich Tara heiter.

»In diesem Punkt lüge ich immer«, gestand ich. »Zum Beispiel behaupte ich, ich wäre Jungfrau, und warte, daß die andere Person sagt: ›Hab ich's doch gewußt!‹ Und wenn sie dann mit dem Aszendenten und dem ganzen Kram anfangen, erzähl ich, daß ich am ersten Mai Geburtstag habe. Du solltest mal deren Gesichter sehen, wenn sie merken, daß ich gar nicht dem Sternzeichen zugehöre, das sie beschrieben haben.«

»Ich sage in solchen Fällen immer, ich bin ein Kind der Sonne mit dem aufgehenden Mond über Cincinnati«, fiel Tara ein.

Wir mußten beide lachen. Gloria und Bonnie lächelten amüsiert.

Auf diese Weise witzelten wir noch eine Weile weiter, bis ich den dreien schließlich etwas ausführlicher von meiner Arbeit zu erzählen begann.

»Wieso schaut ihr drei auf eurem Weg zurück zur Arbeit nicht noch auf einen Sprung in meinem Büro vorbei«, schlug ich vor, als wir mit dem Essen fertig waren. »Allem Anschein nach habt ihr im Augenblick doch sowieso nichts Besonderes zu tun. Vielleicht könnt ihr euch auf diese Weise eher einen Reim darauf machen, was ich so treibe.«

Es bedurfte gar nicht allzu großer Überredungskünste, um sie von dieser absurden Logik zu überzeugen. Im übrigen bestritten den Großteil der Unterhaltung beim Lunch Tara und ich. Das hatte nichts weiter zu bedeuten, redete ich mir ein. Außer daß wir beide am meisten miteinander gemein hatten.

»Viel gibt es eigentlich nicht zu sehen«, erläuterte ich, als ich sie erst durch mein Büro führte. In meiner Wohnung studierte Tara mit zur Seite geneigtem Kopf die Buchtitel in meinem Bücherschrank. Ich mache das übrigens auch immer.

»Nach welcher Art von Job willst du dich eigentlich umsehen, wenn du dich hier niederläßt?« fragte ich Tara, als wir wieder in mein Büro gingen.

»Der Job müßte wohl erst noch erfunden werden. Irgendeine Kombination aus Politik, Schreiben und ... Na ja, ich habe was für Film übrig.«

»Du meinst, fürs Kino?« fragte ich nach.

»Äh ... ja.«

»Wo willst du denn wohnen, bis du was Eigenes gefunden hast?«

»Ich habe schon verschiedene Wohnungen in Aussicht.«

»Aber nichts Konkretes, solange du keinen festen Job hast und dir eine Wohnung leisten kannst.«

Sie zuckte mit den Schultern. Na und, du hast es doch genauso gemacht, als du hier angefangen hast.

»Wieso bleibst du so lange nicht einfach hier?« Die Worte sprudelten aus mir heraus, ohne daß ich viel überlegt hätte.

Gloria schien überraschter als Tara.

»Warum nicht«, fuhr ich um so dringlicher fort, je mehr diese Schnapsidee Zeit hatte, sich in meinem Kopf festzusetzen. »Die Couch läßt sich zu einem Bett ausklappen. Die kleine Duschkabine hier im Büro kannst du ganz für dich allein haben, zumal ich hier sowieso erst im Lauf des Vormittags zu arbeiten anfange. Das ist doch jedenfalls besser als dieses Schlafsacklager bei Gloria.«

»Das ist ... Ich weiß nicht, ob ich ...«

»Mir macht das wirklich nichts aus«, versicherte ich ihr. Und das stimmte auch. »Ich habe nichts gegen etwas Gesellschaft, und für dich ist das eine günstige Ausgangsbasis, um den Capitol Hill nach Jobs abzuklappern.«

»Ich – ich weiß nicht.«

»Mach dir deswegen mal jetzt keine Sorgen. Und noch was: Schicke deine Bewerbungsunterlagen an mich oder Gloria. Dann werden wir dir schon einen Job besorgen, bis du endgültig hier eintrudelst. Ich kenne eine Menge Leute in der Politik und bei der Presse. Ich werde mich mal umhören, und vielleicht läßt sich ja irgend etwas tun.«

Sie lächelte mich bezaubernd an. »Danke.«

»Ich glaube, wir beide sollten uns langsam wieder an die Arbeit machen«, erklärte Gloria. »Kommst du auch mit, Tara?«

»Äh . . . ja.« Sie ging hinter den beiden auf die Tür zu. »Und noch mal vielen Dank.« Sie drehte sich zu mir um.

»Ach was.« Ich zögerte, doch dann stellte ich ihr die Frage doch. »Es klingt vielleicht etwas komisch, aber dein Name kommt mir irgendwie bekannt vor.«

»Senator Woodson ist mein Vater«, gab sie in neutralem Ton zur Antwort. »Macht das etwas aus?«

»Mir jedenfalls nicht.« Meine Antwort kam ebenso neutral. Sie ließ meine Worte kurz einsickern, um dann lächelnd zu nikken und hinter den beiden anderen Frauen das Büro zu verlassen.

Was ich zuletzt gesagt hatte, stimmte nicht ganz. Schon die ganze Zeit war mir dieser Gedanke nicht aus dem Kopf gegangen. Tara Woodson. Tara *Woodson.* Wer hatte Scott Oliff »den Laufpaß gegeben«? Eine spezielle, intime Beziehung. Das war durchaus zu verstehen. Andrerseits: na und? Demnach war es also Scott Oliff vom Unterausschuß des Kongresses für allgemeine und besondere Nachforschungen, mit dem sie ihre Spielchen gespielt hatte. Wie hatte es doch dieser bedauernswerte Mann gleich wieder ausgedrückt? Jemand, der einem Kongreßausschuß angehört; jemand, den er später als Scott Oliff identifizierte; jemand, der sich seine »spezielle Beziehung« zu einer unschuldigen Person zunutze machen könnte, um einem dritten Beteiligten Schaden zuzufügen, und zwar einem dritten Beteiligten, der aufs engste mit besagter unschuldiger Person verbunden war. Tara hätte diese unschuldige Person sein können. Tara *war* eine unschuldige Person. Und was diese andere Person betraf, die aufs engste mit ihr verbunden war, so hatte sie nun einmal einen Vater, der zufällig gerade das Amt eines Senators bekleidete.

Für einen Zufall waren das eindeutig zu viele glückliche Übereinstimmungen. Und während ich nun aus meinem Erkerfenster auf die Menge der Passanten unter mir hinabstarrte, türmte sich das dräuende Unheil, das ich noch vor zwei Stunden so schlau abgewendet zu haben glaubte, nur noch um so bedrohlicher vor mir auf. Doch dazu kam noch eine weitere Krisensituation, verborgen in den Augen von Tara Woodson, die – ich suchte vergeblich nach einem Wort, ihr Wesen zu erfassen – ein guter, ein unschuldiger Mensch war. Wenn es in der Welt auch nur einen Funken Gerechtigkeit gab, dann würde sie nicht in den Dreck gezogen werden, der aus dem verfaulenden Leichnam dieses bedauernswerten Toten sickerte. All meine moralischen Verpflichtungen dem Gespenst dieses Fremden gegenüber erschienen plötzlich vollkommen bedeutungslos angesichts der zwingenden Forderung, daß ich diesem Mädchen auf keinen Fall etwas Schlimmes zustoßen lassen durfte. Ich stand am Rand einer tiefen Grube, so dunkel wie das Innere ihrer Augen, und bevor mir noch bewußt wurde, wie ich dorthin gelangt war, setzte ich meinen Fuß in dieses undurchdringliche Dunkel.

12

»Senator Woodsons Büro, guten Tag. Womit kann ich Ihnen dienen?«

»Könnte ich bitte mit der Privatsekretärin des Senators sprechen?«

»Wer ist bitte am Apparat?«

»Mein Name würde ihr nichts sagen.«

Der Tonfall der Frauenstimme am anderen Ende der Leitung wurde plötzlich wesentlich kälter. »Einen Augenblick.«

Meine Uhr stand auf zwei Uhr vierunddreißig. Der Senator konnte natürlich gerade weiß Gott wo sein, aber versuchen konnte ich es ja mal.

»Sue Harris. Ich bin Senator Woodsons Privatsekretärin. Unsere Empfangsdame sagte mir, Sie wollten ihr Ihren Namen nicht nennen.«

»So würde ich es nicht unbedingt nennen. Ich sagte lediglich, daß Ihnen mein Name nichts sagen würde.«

»Kommt das denn nicht auf das gleiche hinaus?«

»Ich bin John Rankin, Privatdetektiv, und muß unbedingt Senator Woodson sprechen. Nun ist es in der Regel so . . .«

»Ich kann mir schwerlich vorstellen, weshalb oder wie Senator Woodson Ihnen bei Ihren – Bemühungen behilflich sein könnte, Mr. Rankin. Sind Sie denn miteinander bekannt?«

»Nein, und es geht auch nicht darum, daß er mir helfen soll.«

»Worum geht es dann, Mr. Rankin? Können Sie das nicht auch mir als seiner Sekretärin . . .«

»Miß Harris«, setzte ich nun an. »Mir ist selbstverständlich klar, daß Senatoren normalerweise keine Verabredungen mit Fremden treffen, und dies gilt vor allem für Fremde, die einen etwas zwielichtigen Job haben und sich nicht näher über ihre Wünsche äußern. Trotzdem möchte ich dringend mit ihm sprechen. Und ich gebe Ihnen mein Wort, daß diese Angelegenheit wirklich wichtig ist.«

»Wie sollte ich mich auf Ihr Wort verlassen, Mr. Rankin, nachdem ich Sie nicht einmal kenne.«

»Ich habe mehr als ein Jahr für Senator Applegate gearbeitet, und ich weiß, daß er und Ihr Boß befreundet sind«, brachte ich einen meiner besten Trümpfe ins Spiel. »Senator Applegate wird sich bestimmt für mich verbürgen. Ich könnte Ihnen auch noch ein paar andere Namen nennen, allerdings wäre es mir lieber, von der ganzen Geschichte nicht so viel Aufhebens machen zu müssen.«

»Betrifft diese ›wichtige Angelegenheit‹ Senator Applegate?«

»Nein, er weiß nicht das geringste darüber. Ebensowenig weiß er, daß ich Sie jetzt bitte, bei ihm Erkundigungen über mich einzuziehen. Aber er wird in jedem Fall für mich bürgen.«

»Gut, ich werde das gleich einmal weiterleiten. Allerdings brauche ich Ihnen wohl nicht ausdrücklich zu erklären, daß Senator Woodson zur Zeit sehr beschäftigt ist. Vielleicht kann er Sie bei Gelegenheit zurückrufen.«

»Übers Telefon läßt sich diese Angelegenheit wohl kaum abwickeln.«

»Sie klingen ja, als ginge es um Leben und Tod.«

»Bis wann können Sie mir wegen eines Termins Bescheid geben?«

»Ich weiß noch nicht, wann ich den Senator zu Gesicht bekommen werde«, log sie. »Wenn Sie mir bitte Ihre Nummer hinterlassen würden, rufe ich Sie zurück.«

Ich gab ihr die Nummer und erklärte ihr dann: »Ich werde hier warten, bis ich von ihm gehört habe. Für den Fall, daß bei mir in nächster Zeit mehrere Anrufe eingehen sollten, werde ich mich noch einmal bei Ihnen melden.«

»Offensichtlich ist Ihnen sehr daran gelegen, möglichst bald mit dem Senator zu sprechen.«

»Je früher das Ganze erledigt ist, desto besser für alle Beteiligten.«

Zwei Stunden später klingelte mein Telefon.

»Mr. Rankin? Hier ist Sue Harris im Auftrag Senator Woodsons. Könnten Sie sich heute abend acht Uhr im Haus des Senators einfinden?«

Natürlich konnte ich das. Sie erklärte mir noch den Weg dorthin; dann hängte sie ein.

Senator Robert Woodson, bekannt als Hinterbänkler mit silbergrauem Haar und einem aufrichtigen Lächeln, galt ansonsten als stoisch, was man vermutlich auch auf weniger nebulöse Weise mit schweigsam hätte ausdrücken können. Er hatte eine Frau, Ann, und zwei Kinder, Tara und James. Seine Frau war 1974 gestorben, sein Sohn 1971 in Vietnam gefallen.

Während der halbstündigen Fahrt über den Potomac zum herrschaftlichen Wohnsitz des Senators in Virginia kam mir der Gedanke, daß eine tote Frau und ein gefallener Sohn möglicherweise ausreichend Grund für seine Schweigsamkeit waren. Nach der Abzweigung von der Hauptstraße erreichte ich schließlich über eine asphaltierte Privatstraße den zweistöckigen Backsteinbau, in dem der Senator residierte; das Gebäude hätte ohne weiteres der Dekoration von »Vom Winde verweht« entsprungen sein können. Auf dem geräumigen Parkplatz vor dem Haus erwarteten mich bereits drei Wagen – ein weißer Mercedes, ein blauer BMW und ein knallroter Maserati. In entsprechend gebührendem Höflichkeitsabstand parkte ich folglich auch meinen bescheidenen Datsun. Während ich auf den Eingang zuschritt, fiel mein Blick auf den nierenförmigen Swimming-pool. Stumm und still ragte das Sprungbrett in das Dunkel hinaus.

Der silberhaarige Mann kam höchstpersönlich an die Tür. Eigentlich hatte ich mit einem Butler oder einem Hausmädchen gerechnet, aber da stand er selbst vor mir, fünf Zentimeter größer als ich und in seinem maßgeschneiderten Freizeithemd mindestens doppelt so gut angezogen. Er sah wirklich verdammt beeindruckend aus. Seine Augen waren vom selben tiefen Blau wie die Taras und von einer Offenheit, daß man das Gefühl hatte, in den Ursprung aller Aufrichtigkeit selbst zu blicken. Auch seine tiefe, sonore Stimme war das genaue männliche Gegenstück zu Taras rauchiger Stimme.

»Schön, daß Sie gekommen sind, Mr. Rankin«, begrüßte er mich. Das hatte er wirklich elegant ausgedrückt. Sein Händedruck war fest, würdevoll. Ich fragte mich unwillkürlich, was an seinem Verhalten aufgesetzt und was daran echt war. Aber das ist eine Frage, die sich einem bei jedem guten Politiker stellt.

»Sie können wirklich von Glück reden, daß Sie mich hier antreffen«, fuhr mein Gastgeber fort, während er mich durch die mit dicken Teppichen ausgelegte Eingangshalle auf ein Portal mit Mahagonitüren zuführte. »Für nächste Woche bin ich bereits voll mit Terminen ausgebucht, und dazu kommt natürlich noch der Wahlkampf.«

»Ihre Wiederwahl dürfte doch kein Problem darstellen, finden Sie nicht, Sir?« Der Senator hatte wirklich etwas Ehrfurchterweckendes an sich. »Bisher hat es doch keine politische Gruppe auf Sie abgesehen.«

»Irgend jemand hat es doch immer auf einen abgesehen, Mr. Rankin«, hielt er dem mit einem Lächeln entgegen, während er die Doppeltür öffnete.

Als wir darauf die Bibliothek betraten, erwarteten uns die beiden Männer dort stehend. Der eine stand vor einem antiken Sofa – ein stattlicher Mann mit schütterem, weißem Haar, gut gekleidet. Er hatte ein dümmliches Lächeln aufgesetzt, das einfach fehl am Platz wirkte. Seine Arme hingen steif an seinen Seiten herab; seine Hände öffneten und schlossen sich unablässig. Der zweite Mann hatte sich vor dem reichverzierten Tisch in der Mitte des Raums postiert. Auch seine Kleider hatten offensichtlich eine hübsche Stange Geld gekostet, wenn ihr Besitzer ihnen auch nicht die entsprechende Pflege angedeihen ließ. Seine Krawatte hing lose von seinem Kragen. Er war kleiner als ich, untersetzt. Und er starrte mich mit vorgerecktem Kinn aus seinen braunen Knopfaugen unverwandt an. Zweifellos war er der Besitzer des feuerroten Maserati.

Mr. Nervös und Mr. Schlitzohr, dachte ich.

»Das ist mein Anwalt, Fred Thomas«, machte mich der Senator mit Mr. Nervös bekannt. Sein Händedruck fühlte sich feucht an.

»Und das hier ist mein Assistent, Mr. Martin Mercer.« Der Senator deutete auf Mr. Schlitzohr, der sich auf die Kante des Tisches zurücksinken ließ, anstatt mir die Hand zu reichen. Dieser Positionswechsel von Mr. Schlitzohr/Martin Mercer gab den Blick auf ein großes Tondbandgerät frei, das auf dem Tisch stand und das die rechte Hand des Senators nun mit einer kurzen Handbewegung einschaltete.

»Sie haben doch nichts dagegen, wenn wir unsere Unterhaltung auf Band aufnehmen?« wandte Mercer sich an mich.

Der Senator lächelte entschuldigend. »Man kann heutzutage nicht vorsichtig genug sein. Vor allem mit Fremden.«

ABSCAM-Paranoia, dachte ich. Diese Burschen wollten sich gegen alle Eventualitäten absichern. Falls ich unser Gespräch heimlich aufnehmen sollte, würden sie einwandfrei nachweisen können, was sie in seinem Verlauf hatten verlauten lassen, selbst wenn ich meine Aufnahme etwas auffrisieren sollte.

»Nichts dagegen einzuwenden«, erklärte ich.

»Würden Sie sich dann bitte ausweisen«, forderte mich Mercer weiter auf, »bevor Sie uns erklären, weshalb Sie sich unbedingt mit Senator Woodson treffen wollten?«

»Mein Name ist John Rankin, lizenzierter Privatdetektiv für Columbia.« Dann kam ich ihnen zuvor, indem ich freiwillig meine Papiere zückte und Mr. Nervös, dem Anwalt, reichte. »Das ist meine Lizenz und mein Personalausweis. Da wir nun schon mal alles zu Protokoll geben, würde es Ihnen etwas ausmachen, sich ebenfalls für die Aufnahme zu identifizieren?«

Sie kamen meiner Aufforderung nach – Anwalt Thomas zögernd, Mercer gereizt. Der Senator sprach völlig neutral, als wäre er an derlei bizarre Rituale bereits zur Genüge gewöhnt. Auf sein Nicken hin machten wir vier es uns dann in den Sesseln bequem, die im Halbkreis um den Tisch mit dem Tonbandgerät aufgestellt waren.

»Würden Sie uns nun nach Erledigung dieser Formalitäten erklären, Mr. Rankin«, begann der Senator, »was Sie veranlaßt hat, dieses Treffen herbeizuführen?«

»Das ist eine dieser langen Geschichten, Sir.«

»Das Band läuft allerdings nur neunzig Minuten«, maulte sein Assistent.

»So lang ist sie nun auch wieder nicht«, beruhigte ich ihn und begann dann ganz am Anfang, als der inzwischen Tote mich überraschend in meinem Büro erwartet hatte. Ich erging mich darüber, wie ich mir Scott Oliff unter die Lupe genommen hatte, um *jenen* zu schützen, der in die Sache verwickelt hätte sein können, und wie ich schließlich zu dem Schluß gelangte, daß der Tote sich die ganze Geschichte nur eingebildet hatte.

»Und dann habe ich Ihre Tochter kennengelernt, Senator.«

»Tara?!« Der Tonfall seiner Stimme verriet etwas wie Besorgnis, Überraschung. »Aber wieso . . . Ach so! Bei diesem Ausschuß hat sie damals ihr Praktikum gemacht. Ich wußte nicht, daß Sie sich kennen, und wir haben auch gar nicht mehr miteinander gesprochen, seit sie nach Rhode Island gefahren ist.«

»Als wir uns nun anfreundeten«, ich legte besondere Betonung auf das letzte Wort, »wurde mir plötzlich bewußt, daß Sie beide auffällige Übereinstimmungen mit den in dem mysteriösen Brief beschriebenen Personen aufweisen.«

»Aber das sind doch lediglich wüste Spekulationen Ihrerseits«, warf der Anwalt ein.

»So würde ich das nicht ausdrücken«, erwiderte ich. »An den Übereinstimmungen zwischen Tara und dem Senator beziehungsweise den in dem Brief beschriebenen Personen besteht nicht der geringste Zweifel. Im Bereich der Spekulation muß lediglich bleiben, ob dieser Mann damit tatsächlich auf den Senator und seine Tochter anspielen wollte. Jedenfalls möchte ich mit meinem Wissen nicht unnötigen Schmutz aufwirbeln und sowohl Tara wie dem Senator unnötige Scherereien ersparen. Denn wenn ich diesen Brief an die Polizei weiterleite, könnte sich die Presse binnen kürzester Zeit einen üblen Reim auf die ganze Geschichte machen. Und es ist in diesem Land nun leider so, daß es sich ein Senator, der mitten im Wahlkampf steht, nicht leisten kann, irgendwelche Anschuldigungen zurückzuweisen, wie sehr diese auch aus der Luft gegriffen sein mögen.«

»Wer war dieser Tote eigentlich?« wollte Mercer wissen.

»Das weiß ich nicht. Doch das entscheidende Problem können wir auch lösen, ohne daß wir seinen Namen kennen.« Ich sah Woodson an. »Hatten Sie irgend jemanden damit beauftragt, sich wegen einer beruflichen oder privaten Angelegenheit an mich zu wenden?«

»Selbstverständlich nicht!« erklärte der Senator mit Nachdruck, was mich ein erleichtertes Seufzen ausstoßen ließ. »Weshalb sollte ich auch? Keiner meiner Aufgabenbereiche steht doch auch nur im entferntesten im Zusammenhang mit dem Tätigkeitsbereich dieses Unterausschusses. Aus welchen Gründen sollte man sich dort für meine Arbeit interessieren? Und was könnte dieser junge Mann, der Tara kennt, gegen mich ... Ich meine, welche Verbindung könnte zwischen ihm und mir bestehen, außer daß wir beide für den Kongreß arbeiten und beide Tara kennen?«

»Dieser Mann könnte dem Santor doch gar nichts anhängen, selbst wenn er wollte«, fiel Mercer ein. »Es handelt sich dabei um einen untersuchenden Ausschuß, nicht wahr? Nehmen wir mal an, er hegte irgendeinen alten Groll gegen den Senator. Vielleicht ... Na ja, Tara war schon immer etwas schwierig. Nehmen wir mal an, er wollte sich an ihr für irgend etwas rächen, das sie gesagt oder getan oder auch nicht getan hat.« Mir mißfiel sein prüder Ton. »Bekanntlich gibt es ein Gesetz, wodurch ausdrücklich verhindert wird, daß irgendwelche Ausschüsse beziehungsweise deren Mitglieder Nachforschungen über andere Ausschußmitglieder anstellen.«

»Dadurch soll dafür Sorge getragen werden, daß wir uns nicht vermöge unserer offiziellen Befugnisse ständig gegenseitig am Ast sägen«, warf der Senator erklärend ein.

»Sie sehen also, daß diese Beschreibung durchaus auf meine Tochter und mich zutreffen könnte, wenn wir auch nicht als Opfer dieses Scott Oliff in Frage kommen können. Falls sich dieser Mann tatsächlich etwas zuschulden hat kommen lassen, dann kann seine Intrige jedenfalls nicht gegen mich gerichtet gewesen sein.

Wenn Sie meine Meinung hören wollen, war dieser Fremde einer von diesen Irren, wie sie in Washington zu Hunderten frei herumlaufen. Sie wissen schon, diese Leutchen, die sich einbilden, sie wären die letzte Tochter des Zaren, oder der FBI hätte ihnen Mikrophone in die Zähne eingesetzt und dergleichen Unsinn mehr.

Nun wurde dieser Mann bedauerlicherweise ermordet, aber auch dieser Umstand paßt doch durchaus in das Gesamtbild, wenn er nicht sogar als endgültiger Beweis für seine Verrücktheit herangezogen werden kann. Ich meine, welcher halbwegs vernünftige Mensch treibt sich heute in einer amerikanischen Großstadt schon nachts in dunklen Hinterhöfen herum?

Trotzdem möchte ich Ihnen versichern, daß ich Ihre Besorgnis – sowohl um mich wie um meine Tochter – durchaus zu würdigen weiß.«

»Und mich freut es um so mehr, daß meine Besorgnis unbegründet war«, erwiderte ich.

Wir vier lächelten uns gegenseitig an, während das Tonband weiterlief, bis Martin Mercer schließlich hinter sich griff und das Gerät ausschaltete. Wir erhoben uns. Der Senator ging an meiner Seite, während die anderen beiden uns folgten.

»Werden Sie meine Tochter wiedersehen?«

»Ich bin ihr bei ein paar Dingen behilflich.«

»Ich kann mir vorstellen, daß es gut für sie ist, Sie zum Freund zu haben.« Er lächelte.

»Was werden Sie hinsichtlich dieses Briefs unternehmen?« erkundigte sich Martin Mercer. »Müssen wir noch mit mehr solchem Blödsinn rechnen?«

»Falls es sich bei diesem Mann tatsächlich um einen Irren gehandelt haben sollte, sähe ich es selbstverständlich nur ungern, wenn Scott Oliff wegen dieser dummen Geschichte Scherereien bekommen sollte.« Seinen beiden Speichelleckern keinerlei Beachtung schenkend, sprach ich nur mit dem Senator, als wir schließlich an der Eingangstür noch einmal kurz haltmachten. »Ich werde mir noch ein paar Tage Zeit nehmen, um festzustellen, ob die Angaben in dem Brief nicht doch auf jemanden zutreffen könnten, und dann werde ich ihn früher oder später in jedem Fall an die Polizei weiterleiten müssen. Und keine Sorge: Wenn es soweit sein wird, werde ich Sie vorher verständigen, und ich werde der Polizei auch von meinen falschen Mutmaßungen hinsichtlich Taras und Ihrer Person berichten, Sir, damit man dort nicht noch einmal auf dumme Gedanken kommt.«

»Das ist sehr freundlich von Ihnen«, entgegnete Woodson. »Aber wie gesagt, was mich betrifft, können Sie den Brief der Polizei jederzeit aushändigen, da er uns nicht im geringsten betrifft.«

Wir schüttelten uns die Hand. Gegenüber Anwalt Thomas und Assistent Mercer sparte ich mir diese Geste jedoch.

Geräuschvoll fiel die Eingangstür hinter mir ins Schloß und ließ für einen Moment die Grillen verstummen. Bevor ich mich jedoch hinters Steuer meiner Rostbeule geklemmt hatte, setzten sie ihr Konzert bereits wieder fort. Meine Erleichterung auskostend, lauschte ich ihnen erst noch eine Weile. Das war vielleicht ein Auf und Ab heute, dachte ich, als ich schließlich den Anlasser drückte. Als ich einen letzten Blick zum Haus zurückwarf, sah ich gerade noch, wie sich an einem der Fenster die Vorhänge leicht bewegten.

13

»Komm!« flüsterte Cheryl. Ihre Hände drückten gegen meine Ohren und zogen mich nach oben. Sie stöhnte leise, als ich ihren zitternden Bauch küßte. Ihr sonnendurchflutetes Schlafzimmer war erfüllt vom durchdringenden Geruch von Sex und Schweiß. Meine Hände glitten von ihrem sanft geschwungenen Po über ihre feuchte Haut, die Rippen hoch, um sich schließlich um ihre vollen Brüste zu legen, die seitlich an ihrem Brustkorb hinuntersackten. Meine Hände schwelgten in ihrer samtenen Wärme. Sie wogten unter meinem Griff, die steifen, von Blut angeschwollenen Brustwarzen meine Handflächen kitzelnd. Unter dem sanften Druck meiner Hände stöhnte sie erneut und zog mein Gesicht an ihre linke Brust, bis mein Mund ihre Knospe erreichte, um sie mit der Zungenspitze zu umkreisen. Würden wir wohl sehr leise sein müssen, wenn Tara bei mir einzog? Stöhnend griff Cheryl unter meine Arme und drängte mich höher. Ein Kuß auf ihren Hals, vor allem auf *diese Stelle* und sie stöhnt, küßt meine Schläfen, die Finger in meinem Haar verschlungen, ihre Schenkel kräftig und verschwitzt um meine Hüften geschlungen, ihr Schamhaar leicht kratzend, wenn sie sich stöhnend bewegt. Wir wälzen uns herum, sie plötzlich schwer auf mir und dann rasch – ganz herum – hoch aufgerichtet wie ein Panther über mir; ihre Arme, seitlich gegen den Körper gelegt, pressen ihre Brüste zusammen. Ich spreize meine Finger – der Daumen auf der einen Brustwarze, erreiche ich mit dem kleinen Finger kaum die andere. Sie rollen unter meiner Berührung, große Kugeln; ich drücke fester, und *sie stöhnt.* Sie drückt gegen meine Hände, formt sie um ihre volle Brust. Ihre Finger gleiten über meinen Brustkorb, schlängeln sich durch die Behaarung auf meinem Bauch, über meinen Hüftknochen, tiefer, zwischen meine Schenkel, die Fingernägel näher streifend, bis sie mich packt, mich hält, mich führt, zieht, schiebt: eng, aber sie ist ganz glitschig, ganz glitschig und feucht und *drin*! Warm, feucht, heiß, und so ist es schön, so ist es schön. *Ahhh* sie stöhnt *ahhh.* Vor und zurück, vor und zurück, vor und zurück, ja so ist es gut, und wenn ich Nick Sherman sehe, werde ich ihm erzählen müssen . . . vor und zurück. Sie hebt ihre Knie an, nimmt sie weiter auseinander, und ich rutsche tiefer, tiefer vor und zurück, vor und zurück. Ihre Beine strecken sich, krümmen sich wieder wie Anführungsstriche um meinen Unterleib. »*Ja*!« Ihre Hüften erzittern unter ihrem Zugriff. »*Ja*!« Schneller, nicht lachen, wenn das Bett quietscht, gegen die Wand rumpelt, was wohl ihre Nachbarn denken werden? »*Ja*!« Schneller und schneller und schnellerschneller schneller ihre Hüften erzittern Feuer ja wogen UND! Und. Und.

So ist es gut.

Ruhe! ZUCKENSCHAUDERN!

Halt. Ende.

Ruhe. Eine Minute, nicht mehr.

»*Oohhh*« Cheryl noch ganz außer Atem, während ich zur Seite rolle, neben ihr liege. Sie legt mir ihren Kopf auf die Brust. »Uff.«

»Na«, ich zwickte sie scherzhaft in die Nase.

»Ich bin einfach verrückt nach dir«, seuftze sie. »Weißt du das?«

»Ja.«

Das Wochenende über hatte ich davon allerdings nicht sonderlich viel gemerkt. *»Wie meinst du das: Sie wird möglicherweise deine neue Mitbewohnerin?!«*

Das war am Samstag gewesen. Ich hatte das Ganze ständig vor mir hergeschoben, überlegt, wie ich es ihr am besten beibringen könnte, bis ich schließlich auf die klassisch beiläufige Einleitung zurückgriff, *»ach übrigens . . .«*

»Die Kleine braucht eine Unterkunft. Sie ist eine Bekannte guter Freunde«, hatte ich argumentiert. »Was hätte ich denn tun sollen?«

»Es geht doch hier darum, was du getan *hast*«, fuhr mich Cheryl an.

»Das einzig Richtige«, würde ich doch sagen – eine Logik, der sie schwer etwas entgegenzusetzen gehabt hätte, wenn ihre Miene auch keineswegs überzeugt wirkte.

»Wie sieht diese ›Kleine‹ übrigens aus?«

Meine Stirn legte sich in offenkundiger Konzentration in Falten. »Groß, schlank, blond.«

»Und hübsch.«

Ich zuckte mit den Schultern. »Doch – ich glaube schon.«

»Was ist denn plötzlich aus deiner hochgeschätzten Zurückgezogenheit geworden?«

»Die steht eben nicht über allem. Eine verbindliche Zusage ist nun mal eine Zusage.«

»Und was haben wir denn Miß Tara zugesagt?«

»Bisher habe ich ihr nur das Angebot gemacht. Die Einzelheiten können wir ja regeln, wenn sie darauf zurückkommt.«

»Mhm.«

»Du bist doch nicht etwa . . . Ich meine, du hast doch nichts dagegen?«

»Natürlich nicht«, log sie.

Das war am Samstag gewesen. Danach hatten wir noch im

Biograph *Citizen Kane* angesehen. Sonntag morgen hatte sich Cheryl dann wieder einigermaßen beruhigt, wenn sie die Geschichte auch noch keineswegs ganz verdaut hatte.

Freitags war ich ziemlich beschäftigt gewesen. Tara hatte ihre Bewerbungsunterlagen im Büro des Unterausschusses hinterlegt. Als ich sie dort abholte, benutzte ich eine längere Unterhaltung mit Gloria dazu, mir Einblick in die geplanten und laufenden Projekte des Ausschusses zu verschaffen. Scott Oliff hatte mir nichts vorgemacht, als er sich beklagt hatte, daß sie außer dem zusammenfassenden Bericht über den GSA-Skandal nichts zu tun hätten. Der Tote hatte sich das alles offensichtlich wirklich nur eingebildet.

Da ich schon mal in der Gegend war, schaute ich auch gleich mal bei David Henderson im Russell Building vorbei. An drei Meter hohen Mahagoni-Doppeltüren vorbei schritt ich den prachtvollen Marmorflur hinunter, vorbei an der Tür mit dem Namensschild des Senators, bis ich schließlich Eingang D erreichte. Dahinter saß David – knallrosa Hemd, graue Hose, samt strahlend schnurrbärtigem Grinsen – unter seinen Postern von stillen Bergseen an seinem Schreibtisch.

»Von einer Vorzimmerdame hast du Arschloch wohl auch noch nie was gehört?« begrüßte er mich.

»Ich habe schon immer Hintereingänge bevorzugt.«

Mit einem mürrischen Grunzen erhob sich David von seinem Stuhl und griff nach einem großen, braunen Umschlag auf seinem Schreibtisch. »Komm«, forderte er mich auf und führte mich aus dem hektischen Getriebe des Büros wieder nach draußen auf den Gang, wo er sich gegen die Wand lehnte.

»Da, für dich.« Er reichte mir den Umschlag. »Die staatliche Jim Jones-Bibliographie.«

»Was hältst du von einem kleinen Tauschgeschäft?« Ich reichte ihm einen dünnen Ordner.

»Was ist das?«

»Bewerbungsunterlagen.«

»Rankin! Du willst doch nicht etwa ein ehrbares Leben beginnen?«

»Nein, nicht ich, eine Bekannte. Tara Woodson.«

»Woodson? Wie der . . .«

»Wie der.«

»Und?« Er hob fragend die Augenbrauen.

»Ich habe dir doch bereits gesagt – eine Bekannte.«

»Mhm. Und was möchte diese *Bekannte* nun genau?«

»Du weißt doch, frisch von der Uni; sucht irgendeine aufregende Tätigkeit. Allerdings hat die Kleine tatsächlich was auf dem Kasten.«

»Tatsächlich?«

»Komm schon, David. Sie ist noch ein halbes Kind. Sie erinnert mich ganz stark an uns damals.«

»Und deshalb dachtest du dir, du solltest ihr vielleicht mal etwas unter die Arme greifen – oder auch woandershin . . .« Er hielt auf meinen wütenden Blick beschwichtigend die Hände hoch. »Ist ja schon gut. Unter Freunden wird man doch nicht gleich jedes Wort auf die Waagschale legen müssen. Ich bin übrigens sicher, daß mein Boß der Tochter eines seiner Kollegen nur zu gern behilflich wäre.«

»Senator Woodson hat mit dem Ganzen nichts zu tun. Nur sie, wie sie sich in diesen Unterlagen darstellt. Daddys Beziehungen sollen in diesem Fall ausdrücklich aus dem Spiel bleiben.«

»Ich verstehe: Nur sie – und vielleicht noch du, in deiner Funktion als *Bekannter*.«

Ich zuckte nur mit den Schultern, lächelte.

»Wie kann ich Miß Woodson erreichen, falls ich was für sie finden sollte?«

»Ruf einfach mich an. Falls sie nicht sowieso bei mir wohnt, weiß ich zumindest, wo sie zu finden ist.«

»Na, eure Freundschaft scheint ja schon ziemlich weit fortgeschritten«, stichelte er, und bevor ich etwas erwidern konnte, war er bereits in seinem Büro verschwunden.

Der braune Umschlag enthielt einen Computerausdruck, so lang, wie ich groß bin, mit Informationen über die Jonestown-Affäre. Nach einer Reihe von Anrufen konnte ich schließlich den Namen des zuständigen Beamten beim State Department an Land ziehen, der für die Angelegenheit zuständig war. Als ich ihn jedoch anzurufen versuchte, war er nicht anzutreffen.

Den Freitag nachmittag verbrachte ich damit, mich etwas genauer mit Janet Armstrongs Lebensgeschichte nach ihrem Ausscheiden aus Harvard zu befassen. Ich fuhr im Lift in den dritten Stock des Gerichtsgebäudes hoch, wo sich das Archiv für die Gerichtsakte befand. In dem nüchternen Raum wimmelte es von Angestellten, Anwälten mit ihren Mandanten und deren besorgten Angehörigen.

Und Janet Armstrong hatte auch tatsächlich Spuren hinterlassen. Ich fand ihren Namen im alphabetischen Prozeßverzeichnis des Jahres 1979; sie war wegen Erregung öffentlichen Ärgernisses und Anstiftung zur Prostitution angeklagt und schuldig gesprochen worden. Während ich mir dann am Ausgabeschalter von einem Angestellten ihre Gerichtsakte bringen ließ, fielen mir zwei andere Wartende auf, die zu mir herüberstarrten – ein etwa vierzigjähriger Schwarzer in einem schicken weißen Anzug mit dazu passendem Hut, der an einen ehemaligen Football-Spieler erinnerte, der etwas Fett angesetzt hatte. Sein weißer Begleiter hatte eine Glatze und eine Hakennase und trug einen dreiteiligen, blauen Anzug. Er hatte einen nervösen Tick im Gesicht und blickte mich aus seinen fast farblosen Augen unter seiner Nickelbrille hervor an. Zu seinen Füßen klaffte eine altmodische Aktentasche aus Leder auf. Mit Sicherheit ein Anwalt und höchstwahrscheinlich ein jüdischer. Die beiden taxierten mich kurz, um sich dann wieder den langen, schluchtartigen Regalen mit Akten zuzuwenden. Nach fünf Minuten kam der Archivangestellte mit Janets Akte zurück.

Sie hatte ursprünglich auf nicht schuldig plädiert und sich einen Anwalt genommen. Ich notierte mir seinen Namen sowie den ihres Richters und des Polizisten, der sie verhaftet hatte. Im weiteren Verlauf der Verhandlung hatte sie sich dann doch schuldig bekannt, worauf sie zu einer Geldstrafe von zweihundert Dollar und einer dreißigtägigen Ausgangssperre verurteilt worden war, welche sich auf die zehn Blocks zwischen Vermont Avenue und K Street bezog, wo sie festgenommen worden war, und zwar für den Zeitraum zwischen Mitternacht und sechs Uhr morgens.

Wieder zu Hause, fand ich einen Brief von Janet Armstrongs Vater vor, welcher eine Liste ihrer Freunde und Bekannten mit deren Adressen und Telefonnummern enthielt. Er versicherte mir, alle diese Personen anzuschreiben und um ihre Mitarbeit zu bitten. Außerdem wollte er wissen, was ich in Erfahrung gebracht hätte.

Ich versuchte noch einmal, Cliff Palefsky von der *Washington Post* zu erreichen, allerdings wieder ohne Erfolg. Diesmal hinterließ ich in meiner Nachricht auch den Namen Janet Armstrong.

Das war also am Freitag gewesen. Am Abend war ich dann bei Cheryl zum Essen eingeladen. Samstags hatte sich das Klima merklich abgekühlt, und sonntags setzte dann wieder Tauwetter ein. Nun hatten wir Montag, der wegen des Memorial Day ein Feiertag war, und ich lag in Cheryls geschmackvoll möbliertem Schlafzimmer und beobachtete die länger werdenden Schatten der untergehenden Sonne an der Wand.

»Möchtest du mit mir duschen?« fragte ich.

»Nein!« heulte sie auf. »Du willst doch nicht etwa *jetzt* gehen?«

»Die Pflicht ruft.«

»Erzähl doch keinen Blödsinn!«

»Nachdem du dir auch noch morgen freigenommen hast, wirst du lange aufbleiben und morgen lange schlafen, während ich früh zu Bett will, damit ich morgen fit fürs Joggen bin und mich ausgeruht in den harten Kampf ums Überleben stürzen kann. Heute nacht gäben wir beide also wohl kaum ein harmonisches Gespann ab.«

»Du denkst wohl auch nur ans Fressen und Ficken.«

Ich schwang meine Beine über die Bettkante, während sie sich auf den Ellbogen aufstützte und mich mit einem leichten Stirnrunzeln ansah. Ich streichelte ihre Wange, um meine Hand dann ihre Brust hinuntergleiten zu lassen und mit dem Daumen ihre Brustwarze zu massieren. Ich spürte, wie sie steif wurde. Über ihre Lippen legte sich ein Lächeln.

»Wenn dem tatsächlich so sein sollte, dann bist du daran aber nicht ganz unbeteiligt, Frau Anwalt.«

Sie streckte mir die Zunge heraus.

»Ich werde mich schrecklich allein fühlen unter der Dusche.«

»Vielleicht leistet dir ja deine Scheißlogik Gesellschaft.«

»Schon möglich.«

Nach einer kurzen Pause fragte sie: »Wirst du mir wenigstens den Rücken schrubben?«

»Nur den Rücken?«

Einen Block von zu Hause entfernt verlangsamte ich bereits die Fahrt, um nach einem Parkplatz zu suchen. Da ich jedoch die ganze rechte Seite der 7th Street hinunter keinen fand, wendete ich, um es auf der anderen Seite zu versuchen. Dabei schenkte ich den drei Schwarzen, die vor Kresge's Dime Store herumlungerten, keinerlei Beachtung. Sie entfernten sich, während ich wendete. Einen Block weiter bog ich links ab, wo ich vor dem städtischen Hallenbad einen Parkplatz fand. In keinem der Häuser auf der gegenüberliegenden Straßenseite brannte Licht. Über den beleuchteten Parkplatz der Bank, auf dem ein paar einsame Autos standen, konnte ich zur Pennsylvania Avenue hinübersehen, wo sich mein Vermieter Rich vor dem McDonald's auf der anderen Straßenseite mit jemandem unterhielt. Vielleicht kannte Rich ein paar Leute, denen ich Taras Bewerbungsunterlagen unterjubeln konnte. Ich kann mich noch erinnern, innerlich über die verschlungenen Wege des Schicksals gekichert zu haben, während ich den Kram auf dem Rücksitz – ein paar Bücher und die schmutzige Wäsche von meinem Wochenende bei Cheryl – zusammenpackte.

Sie fielen über mich her, als ich mich bückte, um den Wagen abzuschließen. Klägliche Schwäche breitete sich in meinem Körper aus, und im nächsten Augenblick blieb mir auch schon die Luft weg, weggeblasen von dem schockierend schmerzhaften Brennen in meinen Nieren, das von einem gezielten Schlag herrührte. Ich hörte das Schlurfen ihrer Sohlen auf dem Asphalt. *»Zeig's ihm, Mann.«* Hände wirbelten mich herum. Ich schleuderte meine schmutzige Wäsche einer gesichtslosen Fratze entgegen, die Züge durch einen braunen Nylonstrumpf entstellt. Viel zu kurz versperrten ihm meine schmutzigen Jeans die Sicht. Eine zweite bestrumpfte Fratze hielt mein linkes Handgelenk umklammert und drängte mich gegen die Reihe der geparkten Wagen zurück: Der hat mir den Schlag in die Nieren versetzt, dachte ich, und Adrenalin schoß durch meine Blutbahn, als ich plötzlich wieder zu Atem kam. Ich riß mich los, was ihn sichtlich überraschte. Meine rechte Gerade kam ziemlich schwach, riß ihn aber doch ein Stück zurück. Mehr aus Verblüffung als vor Schmerz faßte er sich an sein Kinn. Bevor ich jedoch vor dem ersten Mann wegrennen konnte, der inzwischen den Kampf gegen meine schmutzige

Wäsche siegreich beendet hatte, stellte ich fest, daß ich mich bezüglich des Kerls, der mir den Schlag in die Nieren verpaßt hatte, getäuscht hatte. Das war nicht der Mann gewesen, dem ich gerade eine Rechte unters Kinn gesetzt hatte, sondern ein dritter, der hinter mir stand und mir nun einen neuerlichen Schlag in die Nieren verpaßte. Meine Arme zuckten von meinem Körper weg, während ich gegen einen neuerlichen Anfall von Schmerz anzukämpfen versuchte. Meine Knie wurden weich. Der dritte Mann nahm mich in einen fachgemäßen Nelson, so daß meine Arme weit von meinen Seiten abstanden, während seine Hände sich in meinem Nacken verschränkten. Du weißt doch, wie man aus diesem Griff freikommt, dachte ich. Aber mein Körper war zu geschwächt, um den präzisen Anweisungen meines Hirns zu folgen. Nun trat mich der zweite Mann, dem ich einen Schlag versetzt hatte, in den Unterleib. Die Beine sackten mir weg, und ich würgte trocken. Säure schoß durch meine Adern. Ich hörte ihre fernen Stimmen, spürte ihre fremdartige Berührung. *»Da!«* Meine Armbanduhr wurde von meinem Handgelenk gestreift. *»Hey! Ich nehme mir mal seinen Wagen vor.«* Meine Brieftasche glitt aus meiner Gesäßtasche. Als ich langsam wieder sehen konnte, fiel mein Blick auf mein schmutziges T-Shirt, das sich über die Straße meinen Wagen hochschlängelte und in einem Loch verschwand. Was war das nur für ein Geruch? *»Beeil dich, Mann! Überlaß ihn mir!«* Die Fratze hinter mir riß mich hoch und schleuderte mich stolpernd über die Straße auf eine Gestalt in einer blauen Jacke und schwarzen Handschuhen zu. Aber sie hatte kein Gesicht, kein Gesicht. Ich konnte ihr Gesicht nicht erkennen, während ich mich auf den Beinen zu halten und meine Arme schützend vor mich zu heben versuchte. Die schwarz behandschuhten Fäuste schnellten in die Deckung eines Boxers hoch, die Füße streiften in einem erregten Tanz über den Boden. Er summte einen hirnlosen Schlager und fintete zweimal mit seiner Linken. Als sein Handschuh dann gegen meine Wange krachte, konnte ich nur noch leicht nach hinten ausweichen. Ich wirbelte herum und ging zu Boden, wo ich mit dem Kinn gegen den Beton krachte, so daß es aufplatzte und die umstehenden Autos mit Blut bespritzte. Von meinem Gesicht breitete sich ein klebriger warmer, roter Fleck aus. Der

Boxer schien enttäuscht, daß ich den Kampf schon so früh aufgegeben hatte. *»Los, hauen wir ab!«* zischte einer seiner Kumpane. *»Bin gleich fertig!«* ließ sich die Fratze neben meinem Datsun verlauten. Er fummelte mit seinen Händen herum. Der Boxer rammte mir seinen Turnschuh unterhalb des Magens in den Bauch, daß meine Beine nach oben zuckten und mein Gesicht aus der Blutlache schnellte. *»Kümmern Sie sich künftig um Ihren eigenen Kram, Rankin!«* Ich versuchte, dem nächsten Tritt mit dem Gesicht auszuweichen. Er traf mich seitlich am Hals, so daß ich herumwirbelte, und dann driftete ich langsam hinüber, alle viere von mir gestreckt auf der Straße liegend. Meine Augen rollten auf eine Seite und sahen drei Schatten mit dem Dunkel verschmelzen. Und gleichzeitig baumelte eine brennende Schlange aus dem Tank meines Datsun. *KaWumm!!* Der Tank explodierte. Ein Feuerpilz zuckte im Innern meines Wagens auf, trat durch die zerschmetterten Fenster aus, und gleichzeitig stieg dicker, schwarzer Rauch zum Himmel auf, um die Sterne zu verdunkeln. Hitze überflutete mich. Ich kann mich beim besten Willen nicht von der Stelle rühren, zuckte es durch meinen Kopf. Nicht lachen. Das ist nicht komisch. Schritte – Jogger? Hände, die mich über Härte zerren.

»Gütiger Gott!« entfuhr es Rich, während er mich von dem Inferno wegschleppte. Sirenen. Ich kann mich noch erinnern, daß sein Hemd Blutflecken aufwies. Ich wollte mich entschuldigen, ihm anbieten, es waschen zu lassen, aber ich konnte nicht sprechen. Er wiegte mich weinend in seinen Armen; seine Tränen tropften in mein Gesicht. »Mein Gott, John! Es ist alles in Ordnung! Alles wird wieder gut werden! Keine Angst, es wird alles wieder gut!«

Und dann war ich endgültig weg.

14

Von allen, die mich im Krankenhaus besuchten, war Nick Sherman eindeutig am bedrohlichsten. Zweifellos hätten mich dort noch wesentlich gefährlichere Zeitgenossen aufsuchen können, aber auch sein Kommen war schon schlimm genug.

Allerdings konnte ich auch nicht über erfreuliche Besucher

klagen. Cheryl hatte sich in der Notaufnahme zu Rich gesellt, um dort einen Teil der Nacht zu verbringen und dann zum Frühstück noch einmal vorbeizukommen. Vor dem Mittagessen tauchte dann – in Begleitung der strohblonden Katie – Saul auf. Joey Malletta kam mit zwei anderen Kollegen aus meiner Zeit als Reporter vorbei, und sogar Ned Johnson persönlich rief aus East Jesus, Oklahoma, oder irgend so einem Kaff an, wo er gerade eine Rede hielt. Senatsadjutant David Henderson klang bei seinem Anruf verblüffter über mein Schicksal, als ich das selbst war. Art Dillon wollte sofort wissen, gegen wen er Anklage erheben sollte. Mein ehemaliger Chef, Senator Applegate, rief an und erkundigte sich, was er für mich tun könnte. Sogar Maggie meldete sich: Ich hatte Schlagzeilen gemacht. Maggie klang sogar noch kläglicher als ich.

Aber dann erschien Nick Sherman von der Mordkommission auf der Bildfläche. Während ich gerade mit Maggie zu Ende telefonierte, kam er in mein Krankenzimmer geschlendert und lehnte sich gegen das Fensterbrett. Er legte sein schwarzes Funksprechgerät auf die Heizkörperverkleidung. »Ihre Ärzte sagen, die Gehirnerschütterung sei nicht mehr weiter tragisch.«

»Das war sie wohl auch noch nie.«

»Und wie geht es Ihnen sonst?«

»Einundzwanzig Stiche am Kinn, in drei Schichten. Außerdem glauben sie, daß die Nieren etwas gequetscht sind. Also nichts weiter Schlimmes.« Ich kam mir reichlich dämlich vor, wie ich in meinem hochgestellten Krankenhausbett saß. Zumindest hatte mir Cheryl frische Kleider gebracht, so daß ich nicht mehr diesen absurden Kittel trug.

»Was soll ich nur mit Ihnen machen? Wo Sie auftauchen, kommt es zu Mord und Totschlag. Erst stecken Sie Ihre Nase in den Fall Janet Armstrong . . .«

»Sie wissen genauso gut wie ich, daß daran nicht das geringste auszusetzten ist.«

». . . dann tauchen Sie plötzlich in der Westentasche von Eddie Hampton auf.«

»Wer soll Eddie Hampton sein?«

»Ein in einem Hinterhof ermordeter Buchhalter, dessen Bekanntschaft Sie kurz vor seinem Tod gemacht haben. Keinerlei

Vorstrafen, keinerlei Hinweise auf irgendwelche Beziehungen zum Kongreß. Ein kleiner, unscheinbarer Buchhalter aus Maryland, von dem seine Nachbarn kaum etwas wußten, wenn sie auch vermuteten, daß er trank. Allerdings haben weder sie noch die Leute, die in der Umgebung des Tatorts wohnen, Sie auf Ihrem Foto wiedererkannt.«

»Auf was für einem Foto?«

»Wir haben ein sehr gut getroffenes 18 × 24-Porträt von Ihnen, das wir rundum gehen ließen.«

So war das also. »Meine Mutter würde sich bestimmt über einen Abzug freuen.«

»Vielleicht sollten wir jetzt noch mal ein paar Fotos von Ihnen machen – für eine Vorher-Nachher-Serie.«

Das fand ich gar nicht zum Lachen.

»Ich war gerade an dem Punkt, wo ich zu der Überzeugung gelangte, daß Sie eine saubere Weste haben, als bei der Mordkommission eine Meldung eingeht: brutaler Raubüberfall mit Brandstiftung, Opfer schwer verletzt, ins George Washington Hospital eingeliefert. Einer unserer Leute hat sich des Falls angenommen – reine Routinesache, versteht sich. Und stellen Sie sich vor, um wen es sich bei besagtem Opfer handelt, als wir seine Personalien feststellen? John Rankin. Also, wenn das kein Zufall ist. Gustafson und ich haben uns gerade *African Queen* in der Glotze angesehen. Trotzdem sind wir sofort in die Klinik gefahren. Und dann sind Sie uns nicht mal abgekratzt.«

»Das tut mir ehrlich leid.«

Er zuckte mit den Schultern. »Da Sie also überleben werden, geht Ihr Fall an die Detektive des Ersten Bezirks, die für Ihr Viertel zuständig sind. Trotzdem kann ich mir ein gewisses Interesse an Ihrem Wohlergehen nicht verkneifen. Wie ist das alles passiert?«

»Ich bin ausgeraubt worden.«

»Das haben Sie schon den Beamten erzählt, die Sie gestern nacht verhört haben. Drei junge Schwarze, mit Strumpfmasken, die zufällig auch Ihren Namen kannten.«

»Sie haben mir die Brieftasche vorher abgenommen.«

»Ja, Ihre Brieftasche – ihr Inhalt war über die ganze Straße verstreut. Vielleicht haben sie dabei Ihren Führerschein gesehen.«

»Vielleicht wußten sie, wo ich wohne, und haben mir aufgelauert. Mein Name steht schließlich an der Tür. Sie dachten vermutlich, bei mir wäre etwas Geld oder zumindest eine Schußwaffe zu holen.«

»Fällt Ihnen vielleicht noch eine andere Erklärung ein?«

Ich wich dem Blick seiner schwarzen Augen nicht aus. »Nicht, daß ich wüßte.«

»Könnten diese Männer vielleicht Freunde von Eddie Hampton gewesen sein?«

»Das müßten Sie besser wissen als ich.«

»Natürlich. Die Polizei weiß immer mehr. Aber irgend etwas müssen Sie doch auch wissen, Herr Privatdetektiv.«

Verflucht, ich saß ganz schön in der Klemme. Mir war wesentlich mehr als ihm daran gelegen herauszufinden, weshalb ich in diesem Krankenhausbett gelandet war. Aber ich konnte ihm nicht trauen. Allerdings ließ mir Shermans zahnlückiges Grinsen herzlich wenig Spielraum. Ich konnte ihm weder die ganze Wahrheit sagen, noch konnte ich bei irgendwelchen rasch zusammengestopselten Lügen und Ausflüchten Zuflucht suchen.

»Leider nichts, was mich in diesem Fall weiterbrächte«, erwiderte ich ausweichend.

»Spielen Sie hier lieber nicht den Geheimnisvollen«, drohte der Detektiv kaum merklich.

»Na ja, ich habe im Gerichtsarchiv etwas in Janet Armstrongs Akte herumgewühlt. Vielleicht haben mich dabei ein paar Kerle beobachtet. Außerdem stelle ich für einen Anwalt Nachforschungen an – etwas ungewöhnlich diese Geschichte, aber nicht gefährlich – zumindest, soviel ich weiß. Natürlich habe ich auch an – wie hieß er doch gleich wieder? – Eddie Hampton gedacht. Ob diese Geschichte mit ihm in Zusammenhang stehen könnte. Aber ich habe nichts getan, was irgend jemanden gegen mich hätte aufbringen können – und schon gar nicht diese drei Schlägertypen.«

»Manchmal tritt man bei jemandem ganz gewaltig ins Fettnäpfchen, ohne daß man sich dessen auch nur im geringsten bewußt wird.« Ich weiß nicht, wie lange wir uns noch solche Wortgefechte und Blickduelle geliefert hätten, wenn nicht *er* hereingekommen wäre.

»Na, wie geht's, altes Haus?« Die Stimme schien einer Höhle tief im Innern eines Berges entsprungen.

Ein Mythos füllte den Eingang zu meinem Zimmer, ein Mythos von einem Mann – der ein Mythos war. Er war eindeutig der gefährlichste Mensch in diesem und auch in den meisten anderen Räumen. Sherman erhob sich von seiner Fensterbank, die Arme nicht ohne eine gewisse lauernde Bereitschaft an seinen Seiten herabbaumelnd, seine Augen unverwandt auf den Hünen in der offenen Tür gerichtet. Sherman war zwar größer, aber um die Brust und in den Armen nicht so muskulös wie mein unerwarteter Besucher, dessen Cashmere-Blazer maßgeschneidert aussah. Das Freizeithemd, das sich, am Kragen offen, um den Blick auf eine Goldkette aus Thailand freizugeben, um seinen Brustkorb spannte, kam jedoch von der Stange. Unter seinen Levi Strauss-Jeans kamen Cowboystiefel hervor, die aus dem Leder eines offensichtlich längst ausgestorbenen Tiers gefertigt sein mußten. In seiner Linken trug er eine Handtasche aus leuchtendblauem Nylon. Sein Haar war an diesem Tag ziemlich kurz geschnitten, wild gelockt und rötlich braun gefärbt. Er ließ Shermans Gestalt seine feuerblauen Augen füllen, um dann in den Raum zu treten, wo er sich gegen die hintere Wand lehnte, so daß er Sherman zu seiner Rechten, die Tür zu seiner Linken hatte. Er bewegte sich leicht schaukelnd, ein bewußtes, rhythmisches Schreiten. Ich kannte diesen Gang aus Turnhallen, die sich *dojos* nannten und wo die Anwesenden komische weiße Pyjamas trugen, die von langen, schwarzen Stoffgürteln zusammengehalten wurden. Ich hoffte, daß er unter seinem gewaltigen Walroßschnauzer lächelte. Jedenfalls kam ich mir vor wie ein Stück Fleisch, das seinem Schicksal entgegenharrte.

»Wo kommst du denn her?« stieß ich erstaunt hervor, langsam meine Fassung wiedererlangend. »Detective Nick Sherman, das ist ein Freund von mir . . .«

»Mark Augustine«, log mein mythenhafter Besucher. Zumindest ging ich davon aus, daß er log, da er sich bis dahin in meiner Gegenwart noch nie so genannt hatte.

Die zwei Männer nickten einander zu, ohne sich jedoch näher zu kommen.

»Sind Sie hier, um unseren lädierten Kumpel zu besuchen?« erkundigte sich Sherman.

»Ja. Und Sie?«

»Unter anderem. Ich bin allerdings auch hier, weil Ihr Freund Opfer eines Verbrechens wurde. Und ich bin von der Polizei.«

»Na so was.«

»Leben Sie hier irgendwo in der näheren Umgebung.«

»Ich bin viel unterwegs.«

»Wir sind alte Freunde«, schaltete ich mich ein. »Wir kennen uns schon ewig lange.«

»Dann lasse ich Sie also in guten Händen zurück«, meinte Sherman.

»Und ob«, erwiderte ich.

Das trug dem Detektiv ein Lächeln unter dem Walroßbart ein. Beide Männer schienen leicht in sich zusammenzusinken, und die entspanntere Atmosphäre ließ auch mich wieder atmen.

»Tja«, erklärte Sherman und nahm behutsam sein Sprechfunkgerät an sich. »Dann werde ich mich mal wieder auf den Weg machen.« Er drehte das Sprechfunkgerät lauter, während er lässig auf die Tür zuschritt, wo er sich noch einmal umdrehte, um sich das Äußere dieser Erscheinung, die gegen die Wand lehnte, noch einmal genauestens einzuprägen. »Hat mich gefreut, Mr. Mark Augustine.« Sein zahnlückiges Grinsen blitzte auf, und an mich gesandt: »Bis demnächst also.«

Wir lauschten dem Rauschen seines Walkie-talkie, das langsam leiser wurde. Mein unerwarteter Besucher trat an die Tür und warf einen kurzen Blick den Flur hinunter. Zufrieden wandte er sich wieder mir zu.

»Na, wie geht's, Paul?« erkundigte ich mich.

»Jedenfalls besser als dir – oder Mark Augustine.«

»Wer ist das denn?«

»Ein Toter. Er ist frech geworden, hat eins über die Rübe gekriegt, und das hat er nicht überlebt. Du hast mir doch versichert, dieser Privatdetektivscheiß wäre völlig ungefährlich.«

»Ist er ja auch. Das sind einfach nur die Zeiten – und diese Stadt.«

»Bist du auch sicher?«

»Klar.«

Er hörte sie als erster und wirbelte herum: Tara stand in der

Tür. Ihre Miene wirkte angespannt – Besorgnis vielleicht, Angst. Jedenfalls stieg wilde Genugtuung in mir auf.

»Mein Vater hat in der Zeitung gelesen . . . er hat mir erzählt . . .«

»Sie müssen wohl Maggie sein.« Paul streckte ihr mit einem breiten Grinsen seine mächtige Pranke entgegen. Sie reichte ihm ihre Hand, aber bevor sie etwas erwidern konnte, korrigierte ich Paul:

»Nein, nein, das ist Tara Woodson.«

»Habe ich mich also getäuscht«, erklärte Paul, ohne zu erröten. »Ich bin ein alter Freund von John – Paul Burke.«

Tara wandte sich mir zu. »Wie fühlst du dich? Alles in Ordnung?« Sie trug ein einfaches Baumwollhemd, Jeans und Turnschuhe und hatte sich einen Pullover über die Schultern geworfen.

»Wenn sie mir mal den Verband abnehmen, wird mir als Erinnerung nur eine kleine Narbe bleiben – das ist schon alles. Wie war deine Abschlußfeier?«

»Ach ja, ganz nett. Mein Vater hat mir übrigens erzählt, du hättest wegen Scott Oliff . . .«

»Das ist eine lange Geschichte«, fiel ich ihr ins Wort. »Aber ich werde sie dir gleich erzählen.«

»Ich habe leider nicht mehr viel Zeit, Alter«, sagte Paul. »Aber ich kann dich ja noch gleich nach Hause bringen.«

»Wie bist du denn hierher gekommen?« fragte ich Tara.

»Mein Vater hat mir einen Wagen geschenkt. Ich habe zwar meinen Führerschein verloren, aber . . . mein Wagen steht unten vor der Klinik.«

»Hast du für die nächsten paar Stunden schon was vor?«

Sie schüttelte den Kopf.

»Weißt du noch, wo ich wohne?« Als sie nickte, holte ich meine Schlüssel aus meiner Hosentasche. »Fahr schon mal voraus. Du kannst dir ja ein paar Platten anhören, bis ich komme. Es wird nicht lange dauern. Dann werde ich dir alles erzählen, einverstanden?«

Sie zuckte mit den Schultern. »Wenn du meinst.« Darauf nickte sie Paul und mir kurz zu. »Bis dann also.« Und ging.

Auch diesmal vergewisserte sich Paul erst, daß mein Besuch außer Hörweite war, bevor er zu sprechen begann.

»Tut mir leid wegen dieser Maggie-Geschichte, aber so hieß sie doch, als ich das letzte Mal mit dir telefoniert habe.«

»Das mit Maggie ist schon eine Weile aus. Und mit Tara – das ist etwas anderes.«

»Das habe ich mir bereits gedacht. Du hast ihr deine Wohnungsschlüssel gegeben.«

»Vielleicht zieht sie bei mir ein.«

»Ich dachte, das wolltest du bis auf weiteres unter allen Umständen vermeiden.«

»Zwischen uns ist nichts. Im Augenblick bin ich mit einer gewissen Cheryl zusammen. Tara ist nur eine Bekannte, die eine Bleibe braucht.«

»Es ist wirklich nicht einfach, auf dem laufenden zu bleiben, was die Namen deiner Freundinnen betrifft. Weiß Cheryl von der Blonden?«

Ich nickte.

Paul seufzte. »Für meinen Geschmack lebst du eindeutig zu gefährlich, Alter.«

Nachdem ich einen Stapel Formulare, von denen ich kein einziges las, unterzeichnet hatte, gab das Krankenhaus mich frei. Paul holte mich in einer großzügigen Limousine am Eingang ab, um mich nach Hause zu bringen. Als wir auf der Fahrt dorthin am Weißen Haus vorbeikamen, fiel mir ein, daß Paul dort einmal gearbeitet hatte – in welcher Funktion allerdings, konnte ich mir nicht recht vorstellen.

»Stehst du eigentlich immer noch auf diesen ganzen Machtscheiß?« In einer ausladenden Geste fuhr er über die Stadt und alles, wofür sie stand.

»Ich könnte mir nichts anderes vorstellen.«

Nachdem wir wieder eine Weile schweigend dahingefahren waren, fragte ich Paul: »Wie geht es eigentlich dir? Ich weiß gar nicht, was du in letzter Zeit so alles treibst . . .«

»Hast du das denn schon jemals gewußt?« Er grinste.

»Nicht ganz, aber . . .«

»Aber ich habe dir tolle Geschichten für Ned Johnson geliefert, was?«

»Das war keineswegs alles.«

Gefühle waren Paul immer etwas peinlich. »Diese Jungs, die dich fertiggemacht haben, waren das Profis?«

»Sie haben mir mein Geld abgenommen. Und wenn man für eine Sache Geld bekommt, ist man wohl oder übel ein Profi.«

Paul bedachte mich mit einem Blick, der mir unmißverständlich zu verstehen gab, daß er von dieser Art von Humor nicht allzu viel hielt. »Ich weiß nicht so recht, Paul, was ich davon halten soll«, fuhr ich deshalb in geschäftsmäßigem Ton fort. »Drei Ganoven gegen einen harmlosen Zivilisten? Ich bezweifle fast, daß es sich um Profis gehandelt hat.«

»Hast du deine Finger in irgendeiner Sache, die – wie soll ich sagen – etwas in meine Welt hineinreicht?«

»Nein.«

»Ich habe bereits meine Erkundigungen eingezogen. Meinetwegen haben sie dich jedenfalls nicht in die Mangel genommen.«

»Das habe ich auch keine Sekunde für möglich gehalten. Wie hast du von der Geschichte überhaupt erfahren?«

»Ich habe eben nach wie vor mein wachsames Auge auf dich. Und jetzt hör mal gut zu. Du versuchst herauszufinden, wer es war, und dann machen wir die Kerle zur Schnecke. Ruf einfach diese spezielle Nummer an und verlang unter diesem anderen Namen nach mir. Dann ist bereits alles geschehen. *Geschehen.* Falls du sonst irgend etwas brauchst – Geld, ein paar Leute, die dir den Rücken decken . . .«

»Das dürfte nicht nötig sein«, winkte ich ab, »aber trotzdem, vielen Dank.«

»Du mußt herausfinden, wer das war. Das ist dir doch hoffentlich klar, oder?«

Ich schwieg.

»In deinem Job kannst du es dir nicht leisten, einfach Gras über die Sache wachsen zu lassen.«

»Das ist allerdings richtig«, pflichtete ich ihm bei. »Ich weiß über meinen Job Bescheid.«

»Nicht nur das. So ist das nun mal im Leben. Jemand wischt dir eins aus. Du mußt ihm das Ganze mindestens doppelt so übel heimzahlen, weil sie sonst alle über dich herfallen werden, sobald einer dies ungestraft tun konnte. Genau so wird man nämlich erledigt.«

»Man kann auf sehr unterschiedliche Art und Weise erledigt werden«, entgegnete ich.

»Bleib mir mit deinem abstrakten Geschwafel vom Hals«, fuhr er mir über den Mund. »Mach dir lieber über *dieses* Problem Gedanken.«

»Ich bin mir über die Natur dieses Problems leider noch keineswegs im klaren.«

»Dann klemm dich gefälligst dahinter. Sobald du weißt . . .«

»Werde ich sehen, was sich tun läßt.«

»Du kannst *alles* tun, wenn du es nur willst!«

Ich schüttelte den Kopf. »Meiner Macht sind gewisse Grenzen gesetzt.«

»Das sind nur Grenzstriche, die nur dazu da sind, überquert zu werden. Laß dich nicht kleinkriegen.«

»Das muß ich schon auf meine Weise erledigen, Paul.« Ich zuckte mit den Schultern.

»Sei doch nicht blöd, Mann. Und vor allem: Rede dir nicht schon vorher ein, was du alles nicht kannst, bevor du überhaupt weißt, worum es geht.« Er grinste. »Du könntest dein blaues Wunder erleben.«

»Hast du gerade einen Fall, mit dem diese Geschichte in Zusammenhang stehen könnte?« fragte er nach einer kurzen Pause probeweise weiter.

»Ich weiß nicht recht.« Ich wagte nicht, ihm von Janet Armstrong oder Jonestown zu erzählen. Er würde nicht ruhen, bis er mir nicht jede erdenkliche »Hilfestellung« hätte angedeihen lassen. Sobald er einmal in Fahrt geraten war, gab es keine Möglichkeit mehr, ihn zu stoppen. Wenn seinen Handlungen auch nur die besten Absichten zugrunde lagen, ließ sich über die Folgen in nicht wenigen Fällen streiten.

Er spürte, daß ich ihm nicht alles erzählte, aber er war auch klug genug, nicht in mich zu dringen.

»Dieser Polyp macht gar keinen so üblen Eindruck. Ist er ein Freund von dir?«

»Das kann ich jetzt noch nicht sagen.«

»Behalte ihn im Auge.« Wir hielten vor einer Ampel. »Und das gleiche gilt für diese Tara, die bei dir einziehen will. Ihre Augen erinnern mich an Eisberge . . .«

»Du mußt es ja wissen.«

Er grinste und parkte vor Richs Laden in zweiter Reihe.

»Kannst du noch eine Weile hier bleiben?«

»Ich muß leider schon wieder weiter.«

»Wann werde ich dich wiedersehen?«

»Du hast mich diesmal gar nicht gesehen.« Er reichte mir den blauen Beutel. Er wog etwa fünf Kilo. »Ich habe dir was mitgebracht.«

»Also hör mal! Das ist doch absolut nicht nötig . . .«

»In diesem Fall vielleicht doch.«

»Was ist denn da drin?«

»Zwei Dinge. Zum einen ein .357er Magnum-Revolver. Ich persönlich bevorzuge zwar eine .45er Automatik, aber du wärst mit so einem Ding offensichtlich überfordert.« Mit einem wohlwollenden Lachen klopfte er mir – seiner Kraft entsprechend – leicht auf die Schulter.

»Außerdem habe ich noch eine Schachtel Munition beigefügt. Damit kannst du diesen Scheißkerlen mal ordentlich einheizen. Vermutlich machen sie schon allein von dem Krach, den die Dinger machen, vor Angst halb in die Hosen! Ich möchte nicht, daß du in dieser beschissenen Stadt vor die Hunde gehst.«

»Paul, ich . . .« Mir erstarben die Worte auf den Lippen. Ich hielt den Schlüssel zu einer Tür in der Hand, über deren Natur ich mir nicht im klaren war; zu einer Tür, die mir Angst machte. Und dieser Schlüssel lag schwer in meiner Hand. Ich wollte Paul nicht vor den Kopf stoßen, aber . . . »Meines Wissens verstößt es gegen die Bestimmungen, in Washington D. C. so ein Ding zu tragen.«

»Na und? Die halbe Stadt verstößt doch gegen die sogenannten Bestimmungen. Abgesehen davon ist die Magnum absolut harmlos im Vergleich zu dem, was dieser Beutel außerdem noch enthält.«

Ich wollte ihn lieber nicht nach diesem zweiten Etwas fragen, und er wußte das auch.

»Fünfzehn Gramm Koks.«

»Absolut erstklassiger Stoff. Ich weiß, daß du ein paarmal diesen Scheißstoff probiert hast, den man auf dem freien Markt zu kaufen kriegt. Betrachte das einfach als eine kleine Ablenkung von deinem Unfall. Ein paar Freunde von dir, die gehört haben, daß du ein paar abgekriegt hast, haben es dir zukommen lassen. Versuche nicht, den Stoff zu verscherbeln, und nimm nicht zuviel auf einmal.«

»Paul . . .«

»Paß künftig besser auf, an welchen Fäden du ziehst, Alter. Sei bezüglich deiner Fragen etwas vorsichtiger. Dein in der Verfassung verbürgtes Recht, über die Vorgänge in diesem Staat Bescheid zu wissen, steht auf etwas wackligen Beinen, seit du die Schreiberei an den Nagel gehängt hast. Und vergiß vor allem eines nicht: Diese hochtrabenden Worte schützen nur den Besitz von *Wissen.*«

»Was soll ich dazu noch weiter sagen?«

»Sag schön brav: ›Ich werde vorsichtig sein.‹ Und beherzige diese Worte auch.«

Ich stieg aus, und er fuhr los, ohne daß ich ihm noch hinterhergeblickt hätte. Ich kam mir vor, als wären aller Augen auf mich gerichtet, als ich mit dem blauen Beutel in meiner Hand auf den Hauseingang zuschritt.

Das Treppenhaus dröhnte ein Stück Geschichte herunter, als ich zu meinem Stockwerk hochstieg – ein Stück Geschichte, eingefangen auf Band und wiedergegeben über meine Stereoanlage.

14. Dezember, 1978; Winterland, San Francisco. Ein überfüllter Konzertsaal, Marihuanaduft in der Luft. Die Aufnahme ist verkratzt und rauscht – eine Raubpressung, zweimal überspielt, bevor sie in meine Hände geriet, aber trotzdem kann man die paar tausend eingefleischten Fans ganz deutlich rufen hören: *»Bruce! Bruce! Bruce!«* Und als ich dann auf meine Wohnungstür zuschritt, spürte ich das einleitende Donnern des Schlagzeugs mehr in meinem Bauch, als daß ich es hörte. Und als ich in mein Büro trat, fielen das Piano und die Gitarren abrupt ein, und Bruce Springsteen legte mit »Badlands« los.

Als Tara mich sah, suchte sie sofort nach dem Lautstärkeregler und stellte die Anlage leiser.

»Eine schönere Begrüßung zu Hause hätte ich mir gar nicht wünschen können«, sagte ich, während die Musik leiser wurde.

Sie deutete auf die Stereoanlage: »Ein Privatdetektiv, der Rockmusik hört?«

»Diese Musik ist mein Leben«, fühlte ich mich plötzlich bemüßigt, ihr einen Vortrag zu halten. »Unsere Eltern hatten den Zweiten Weltkrieg und Frank Sinatra. Wir haben Vietnam und Rockmusik. Die Stimme unseres Jahrzehnts . . .«

Sie hob skeptisch die Augenbrauen.

»Na und ob. In seiner besten Rede hat Präsident Carter Bob Dylan zitiert. Rich, dem dieser Zeitschriftenladen unten gehört, hat mal erzählt, ein schottischer Philosoph hätte erklärt, er könnte jedes Königreich beherrschen, wenn er nur dessen Barden unter seiner Kontrolle hätte. Und unsere modernen Barden sind die Rock- und Country and Western-Sänger. Ihre Lieder hören mehr Menschen, als sie *New York Times* lesen. Was davon auch zu halten sein mag, mehr Menschen nehmen Rockmusik ernster als die *New York Times* oder politische Beschlüsse.«

»Zumindest trifft das auf dich zu.«

Grinsend trat ich hinter meinen Schreibtisch und ließ den blauen Beutel so beiläufig wie möglich in meiner Schreibtischschublade verschwinden. »Nur manchmal«, entgegnete ich. »Und wenn, dann vor allem Bruce Springsteen.«

»Ich kenne seine Musik nicht sonderlich gut . . .« Sie brach unsere oberflächliche Unterhaltung abrupt ab und wechselte mit einem leichten Seufzer das Thema: »Mein Vater hat mir von dem Mann erzählt, der ermordet wurde und der dir vorher noch in einem Brief Geld geschickt hat. Und daß du Scott ausgehorcht hast . . .«

»Ich werde dir alles erzählen«, unterbrach ich sie. »Aber zuallererst muß du eines wissen: Du hast mit der ganzen Sache nichts zu tun. Auf diesen möglichen Zusammenhang zwischen dir und deinem Vater und diesem Toten kam ich erst, nachdem du mir gesagt hattest, wer dein Vater ist. Und selbst wenn ich schon vorher davon gewußt hätte, hätte das nichts an der Tatsache geändert, daß ich dich . . . Ich meine, ich mag dich einfach so oder so, Tara. Keinerlei Hintergedanken, wirklich nicht. Und als dieser Schatten auf deine Person fiel, wollte ich eben Gewißheit haben, daß du nicht in diese zwielichtige Geschichte verwickelt warst, und nachdem sich dies glücklicherweise bestätigt hat, ist die Sache ein für allemal bereinigt.«

Bitte, glaub mir, flehte ich sie innerlich stumm an. Denn es *muß* wahr sein!

»Du bist verprügelt worden.«

»Bekanntlich kommt so etwas in Washington des öfteren vor, und dies vor allem, wenn man, wie in meinem Fall, sich in bestimmten Bereichen bewegt . . .« Ich beeilte mich, ihr keinen unnötigen Anlaß zur Besorgnis zu liefern. »Damit will ich natürlich nicht sagen, ich ließe mich auf irgendwelche zwielichtigen Geschäfte ein. Beileibe nicht. Aber hin und wieder gerät man doch in gewisse Grenzbereiche . . .«

»Wem erzählst du das«, unterbrach sie mich mit einem fast verschwörerischen Grinsen.

Hätte mich auch sehr gewundert, wenn nicht, dachte ich und sagte: »In meiner Gegenwart hast du nichts zu befürchten.«

»Bist du auch sicher?« Diesmal lächelte sie mich unverhohlen an.

»Na und ob«, versicherte ich ihr. »Ich bin eben zusamengeschlagen und ausgeraubt worden. Was soll daran schon groß sein? So etwas kann jedem mal passieren. Ursache und Wirkung, Umstände und Zufall. Du und ich, wir haben mit diesem Quatsch nichts zu tun. Schließlich sind wir gute Freunde.«

Für einen Augenblick überkam mich Besorgnis, wie sie meine letzte Feststellung aufnehmen würde. Aber sie lächelte und setzte sich wieder. »Habe ich denn eine Wahl?«

»Keineswegs. Du ziehst hier ein und damit basta.« Da sie noch zu zögern schien, beeilte ich mich hinzuzufügen: »Für mich wäre es jedenfalls verdammt praktisch. Du kämst mir wirklich sehr gelegen.«

Ihre Stirn legte sich in Falten.

»Verdammte Scheiße.« Ich hob meine Arme langsamer und vorsichtiger, als ihre Steifheit es wirklich erfordert hätte. »Ich bin zwar nicht gerade ein Krüppel, aber eine helfende Hand könnte hin und wieder bestimmt nicht schaden.«

Sie zuckte mit den Schultern, grinste. »Wer ist Maggie?«

»Mit Maggie ist es aus. Meine jetzige Freundin heißt Cheryl. Du wirst sie noch früh genug kennenlernen. Sie wird darauf bestehen, ein paarmal die Woche hier zu übernachten.«

»Und wer ist dein Freund Paul?« Diese Frage kam ruhiger, kühler, sachlicher heraus.

»Am besten ließe sich diese Frage vielleicht auf einer ziemlich abstrakten Ebene beantworten«, schlug ich vor. »Natürlich nur, wenn du dich damit fürs erste zufriedengibst.«

»In Japan glaubte man einst an eine bestimmte Art von Herrschaft und damit auch an eine bestimmte Lebensform – nämlich die der Samurais. Die Zeiten änderten sich, der Glaube an diese Art von Herrschaft schwand – aber da waren noch immer die Samurais, die sich keine andere Lebensform vorstellen konnten. Sie nannten sich nun Ronin, und für ein paar Jahrzehnte seiner Geschichte hatte Japan schwer unter diesen Ronin zu leiden. Umgekehrt galt dies natürlich auch für die Ronin. Nun hat auch Amerika einmal an eine bestimmte Art von Herrschaft geglaubt. Nach dem Vietnamkrieg ist das endgültig aus und vorbei. Wie damals in Japan ist auch in uns dieser Glaube gestorben. Geblieben sind uns unsere Ronin, und auch sie wollen sich dem neuen Lauf der Geschichte nicht fügen.«

»Und das trifft also auch auf deinen Freund Paul zu?«

»In seinem Fall liegt die Sache nicht ganz so einfach. Er ist der außergewöhnlichste und gefährlichste Mann, den du je kennenlernen wirst. Einen besseren Freund könntest du dir nicht vorstellen.«

»Und auch keinen schlimmeren Feind.«

»Das trifft den Nagel auf den Kopf.«

»Das sollte wohl eine kleine Warnung sein, nicht wahr?«

»Auf den Kopf gefallen bist du wirklich nicht, Kleine.«

»Kleine«, sie rümpfte verächtlich die Nase.

»In meiner Familie ist es üblich, jemanden Kleine oder Kleiner zu nennen, wenn man ihn mag.«

»Hast du viele Leute wie diesen Paul kennengelernt, als du noch für Ned Johnson gearbeitet hast?«

»Leuten wie Paul begegnet man nirgendwo häufig. Und wenn doch, dann sollte man besser bereit sein.«

»Scheint fast so, als ob du dich durch nichts so leicht unterkriegen lassen würdest.«

Mir wurde es ganz warm ums Herz, als wir uns dabei anlächelten.

Wenn ich mir's so überlegte – und eigentlich hatte ich mir die Sache schon durch den Kopf gehen lassen, seit ich die Treppe hochgekommen war –, hatte sie bisher eine prächtige Figur abgegeben. Abgesehen davon konnte ich mich des Gefühls nicht erwehren, sowieso keine Wahl mehr zu haben. Es gab kein Zurück mehr.

»Hör mal«, kam ich wieder zum Thema zurück. »Du wirst vorläufig hier wohnen. Und keine Widerrede. Ich glaube, ich hatte schon vom ersten Augenblick an das Gefühl, daß ich dir trauen kann.«

»Danke.« Ein kaum hörbares Flüstern. Sie *mußte* verstehen.

»Nein, ich bin es, der zu danken hat. Es gibt nicht viele Menschen, denen man trauen kann – ich meine, voll und ganz. Ich, äh ... Ich habe Sachen gemacht, von denen ich lieber nicht möchte, daß sie an die Öffentlichkeit dringen. Im Zusammenhang mit meiner Reportertätigkeit bei Ned Johnson, als Privatdetektiv, und natürlich auch in Angelegenheiten, die nur mich allein etwas angehen.«

Ihr Daumen glitt behutsam über ihren Zeigefinger – vor und zurück, vor und zurück –, als wartete sie ungeduldig darauf, daß ich vor ihren Augen den grausigen Inhalt einer geheimen Schreibtischschublade ausbreitete. Ich mußte die Sache direkt angehen. »Weißt du, ich gehöre noch zur Sechziger-Generation ... Nimmst du Drogen?«

Sie lachte. »Klar. Allerdings nur in Grenzen. Trips werfe ich zum Beispiel keine mehr. Das war mal nur so eine Phase.«

»Habe ich nie genommen.«

»Und so was wie Heroin schon gar nicht. Früher habe ich mal eine Menge Gras und Shit geraucht.«

»Klar, wer hat das nicht.«

»Na ja, in letzter Zeit hat sich das etwas geändert.« Sie tastete sich vorsichtig vor. Offenbar spürte sie, daß sie den richtigen Knopf noch nicht gedrückt hatte.

»Ab und zu nehme ich auch Kokain«, half ich ihr daraufhin etwas nach.

»Ich auch.« Eine Welle der Erleichterung strömte zwischen uns hin und her. »Aber wer kann sich das schon auf Dauer leisten?«

»Ich sicher nicht, aber ich habe Glück gehabt.«

Diesmal war ihre unausgesprochene Frage keineswegs ausweichend.

»Du, äh ...«, druckste ich noch etwas herum. »Willst du eine Prise Koks probieren. Jetzt?«

Sie breitete ihre Arme aus. »So ein großzügiges Angebot abzulehnen, wäre wohl eine unverzeihliche Dummheit.«

Als ich darauf besagte Schreibtischschublade herauszog, achtete ich sorgsam darauf, daß Tara den blauen Beutel nicht sehen konnte. Ich tastete in seinem Inneren an einer Papiertüte vorbei, die etwas Kaltes, Schweres enthielt – den Revolver und die Munition. Schließlich erfühlten meine Finger eine Plastiktüte mit einem weißlichen Pulver.

»Das hat mir Paul mal gegeben«, erklärte ich, während ich mit meiner freien Hand nach dem Taschenmesser auf meinem Schreibtisch griff. »Das ist doch ein gebührender Anlaß, um sein Geschenk zu testen.« Ich reichte Tara einen von Eddie Hamptons Hundertern. Zwar weiteten sich ihre Augen sichtlich erstaunt, aber trotzdem ließ sie sich zu keinerlei Bemerkung hinreißen. Wie oft zog sie es einfach vor zu schweigen.

»Wenn schon, denn schon«, erklärte ich in spöttischer Großspurigkeit. Mit einem Achselzucken rollte sie den Geldschein zu einem Röhrchen zusammen, während ich die Tüte öffnete. Ich zog ein Taschenbuch aus dem Bücherregal und schaufelte mit der Messerspitze vorsichtig ein Häufchen von der Größe eines Vierteldollars auf den Einband.

»Das ist ja nicht gerade wenig«, flüsterte Tara.

»Wir haben ja auch nicht gerade wenig.« Behutsam zerteilte ich das Häufchen in acht etwa zwei Zentimeter lange Reihen.

»So viel habe ich in meinem ganzen Leben noch nicht gesehen.« Tara schien sichtlich beeindruckt, was mich insgeheim Paul aufrichtig danken ließ, daß er mir zu einem derart coolen Einstieg verholfen hatte.

»Laß erst mich.« Ich nahm ihr das Geldscheinröhrchen ab, um es mir ins rechte Nasenloch zu stecken und mich über den Buchdeckel zu beugen. Und dann schnupfte ich eine Reihe Koks. Nachdem ich das Röhrchen ins andere Nasenloch übergewechselt hatte, nahm ich mir die zweite Reihe vor.

»Da.« Ich schob Tara das Buch über den Schreibtisch zu. »Zieh dir auch zwei rein. Mal sehen, was dann passiert.«

Und ob etwas passierte! Die erste Wirkung zeigte sich, als ich Tara das Buch zuschob. Ein mächtiges, elektrisierendes Kitzeln durchzuckte mein Gesicht, schoß zwischen meinen Ohren hin und her, tanzte durch mein Gehirn. Meine Kehle schnürte sich unmerklich zusammen, meine Zähne wurden taub, die Schmerzen in meinem Körper verflogen, mein Herz pochte wie wild, und die Welt ... Die Welt wirkte solid und greifbar und herrlich, und ich fühlte mich absolut großartig. Ich beobachtete Tara, wie sie, Gott sei Dank, ohne sich zu zieren, zwei Reihen wegschnupfte und sich dann zurücklehnte. Ich sah, daß auch sie die Wirkung spürte. Ihre Pupillen vergrößerten sich. Über ihre Lippen breitete sich ein Lächeln. Auch sie spürte es. Wir spürten es, wie das Kokain uns davontrug.

»Das ist ja ...«

»Enorm«, sprach ich den Satz für sie zu Ende.

Sie nickte.

»Möchtest du einen Kaffee?« fragte ich sie kurz darauf. Wir waren in eine Unterhaltung von rasender Intensität verstrickt, allerdings nicht im gewöhnlichen Sinn. Ich wollte alles von ihr wissen, ihr alles erzählen, was ich zu sagen hatte. Einfach nur mit dieser wunderbaren neuen Freundin sprechen. Denn das war sie. Eine neue Freundin. Nun erst gestand ich mir zu, mich daran zu weiden, wie ansehnlich ihre schlanke Figur mit dem kleinen, runden Hintern ihre Jeans ausfüllte. Der Körper einer Joggerin? Das Haar so golden, so fein; die Lippen so weich, so sinnlich. *Das hat noch Zeit,* hörte ich tief in meinem Innern eine Stimme wispern, die ich jedoch einfach ignorierte. Und ich führte unsere oberflächliche Unterhaltung mit dem Satz fort: »Ich habe Unmengen von Kaffee zu Hause.«

»Ich steh unheimlich auf Kaffee. Ich bin mehr oder weniger ...«

»... kaffeesüchtig. Ich übrigens auch.« Wir machten uns auf den Weg in die Küche. »Kaffee und Koks, das kommt übrigens verdammt gut. Ach ... Cheryl wird übrigens in etwa zwei Stunden vorbeikommen.« Tara lächelte nur. »Bis dahin ...« Ich nickte in Richtung Schreibtisch, wo noch vier Reihen Koks auf dem Buchdeckel warteten. »Ich meine, was sonst sollten wir bis dahin machen?«

15

Sehr geehrter Mr. Rankin,
mein Onkel Tom Armstrong hat mich gebeten, Ihnen von Janet zu erzählen. Ich hoffe, Sie können ihm helfen, diese schreckliche Geschichte endlich hinter sich zu bringen.

Ich bin Janets Cousine, siebzehn Jahre älter als sie. Ich lebe in Eugene, wo ich an verschiedenen Grundschulen Musik unterrichte und private Klavierstunden erteile. Mein Mann arbeitet für eine Holzverarbeitungsgesellschaft; aufgrund der wirtschaftlichen Lage werden wir jedoch möglicherweise unseren Wohnsitz aufgeben müssen. Ich habe Janet von klein auf gekannt.

Am besten kann ich mich an ihre Klavierstundenzeit erinnern. Sie begann mit sieben, und mit zwölf war sie bereits so gut, daß ich ihr nichts mehr beibringen konnte. Wenn ich nur diese schrecklichen Monate vergessen könnte, die sie in Washington verbrachte. Es fällt uns allen immer noch schwer, das Wort in den Mund zu nehmen, das die Tätigkeit bezeichnet, mit der sie dort ihren Lebensunterhalt verdiente – Prostitution. Janet rief mich gelegentlich aus Washington an, aber sie lachte mich nur aus, wenn ich sie darauf ansprach. Janet war ein Einzelkind, wobei man mich noch am besten als so etwas wie eine Schwester hätte bezeichnen können. Vielleicht wäre sie heute noch am Leben, wenn ich tatsächlich ihre Schwester gewesen wäre.

Ja, diese Klavierstundenzeit. Wir hatten eine Menge Spaß miteinander; wir lachten viel. Trotzdem arbeitete Janet hart; sie hatte eine Menge Talent. Sie nahm sogar zweimal die Woche Stunden und übte unermüdlich. Unsere kleine Miß Perfektionist nannte ich sie damals ihren Eltern gegenüber spaßhaft. Wenn die Stunde um war, ging ich in der Regel in die Küche, um für Janet ein Glas Milch und Kekse oder einen Apfel zu holen. Und wenn ich dann zurückkam, hatte sie bereits die Noten aufgeräumt und saß, die Hände artig im Schoß gefaltet, auf dem Klavierhokker, um auf mich zu warten.

Janet wuchs unter gesunden und von außen ungetrübten Verhältnissen heran. Sie war damals ein richtiger kleiner Star; anders könnte man es wohl kaum beschreiben. Mit zwölf stellte sich heraus, daß sie auch hervorragend singen konnte. Von da an setzte ihre Begeisterung für die Oper ein. Gleichzeitig brachte sie auch in der Schule hervorragende Leistungen. Mit ihren Eltern kam es nie zu ernsthaften Schwierigkeiten; natürlich gab es hin und wieder Reibereien, aber so etwas gehört in die-

sem Alter nun mal dazu. Schließlich erhielt sie dann sogar ein Stipendium für Harvard.

Im nachhinein fallen mir vielleicht ein paar Dinge ein, die etwas ungewöhnlich an ihr gewesen sein könnten. Vielleicht war sie etwas durcheinander. Aber wer kann denn heute noch sagen, was eigentlich verrückt ist, solange einem in unzähligen Fernsehshows erzählt wird, man bräuchte sich keine Sorgen zu machen, wenn man sich etwas verrückt fühlt; das wäre vollkommen in Ordnung. Ich weiß auch nicht. An Janet begannen sich diese komischen Eigenschaften vielleicht etwa zu dem Zeitpunkt bemerkbar zu machen, als sie nach Harvard ging – vielleicht sind sie uns bis dahin auch nur nicht aufgefallen. Wenn sie irgend etwas Eigenartiges tat oder sagte und ich sie deshalb zur Rede stellte, brauste sie meistens in für sie ungewohntem Maße auf, um dann eine Weile nicht mehr mit mir zu sprechen. Also habe ich mich bemüht, keine Notiz mehr davon zu nehmen.

Als sie dann mit diesem Mann fortging, wußte niemand von uns näher über ihn Bescheid. Irgendwann suchten dann eine Freundin und ihr ehemaliger Freund ihre Eltern auf, um ihnen über das Wie und Warum zu erzählen. Kurz danach – und glauben Sie mir, Janets Eltern glaubten ihnen einfach nicht – rief Janet aus Chicago an, und ich glaube, daß sie ihnen schon damals reinen Wein eingeschenkt hat – klipp und klar, ohne irgendwelche Beschönigungen. Sie waren danach wie am Boden zerstört.

Wir sind zur Polizei gegangen, aber es gab nichts, was man dort hätte unternehmen können. »Volljährig«, lautete damals das Zauberwort, das jegliches Einschreiten verhinderte. Ihre Eltern versuchten zumindest, »die Kommunikation nicht abreißen zu lassen«, wie es so schön heißt. Janet rief sie auch hin und wieder an; auch mit mir telefonierte sie alle paar Wochen. Bei diesen Gelegenheiten mußte ich eine Menge Tränen und bittere Vorwürfe hinunterschlucken.

Aus irgendeinem Grund war sie sehr um uns besorgt – daß wir »Dummheiten machen« oder uns unnötig sorgen könnten. Immer wieder sagte sie: »Ich kann jederzeit aussteigen, wenn ich nicht mehr will.« Sie war sich dessen, was sie da tat, offensichtlich sehr nachhaltig bewußt. Sie war kein oberflächliches junges Ding. Und sie war der Überzeugung, daß ein sein Leben bewußt lebender Mensch aufgrund einer Art karmatischen Bestimmung – ich glaube inzwischen zu wissen, was dieses Wort bedeutet – in der Lage sein sollte, sowohl die Tiefen wie die Höhen des Lebens unbeschadet zu überstehen. Dahinter stand wohl die

Vorstellung: »Ich werde mein Ich läutern, beziehungsweise ein neues, verständnisvolleres Selbst in mir zum Leben erwecken, wenn ich diese Erfahrung gemacht habe.« Allerdings hatte sie nie vor, Prostituierte zu werden. Sie bildete sich ein, sie würde diesem Mann lediglich helfen, seine Finanzen etwas aufzubessern. Sie hat mir erzählt, daß sie einen Jazz-Club aufmachen wollten, wo sie dann ihren neuen Gesangsstil – eine Mischung aus Rock und Pop und Jazz und Oper – kreieren wollte. Wenn sie damit genügend Geld verdient hätte, wollte sie eventuell sogar wieder weiterstudieren. Gegen Ende zu hat sie davon allerdings kaum mehr gesprochen; aber zu Beginn war sie noch voll von solchen Vorstellungen.

Manchmal erzählte sie auch von ihrer Arbeit. Einmal war sie von der Polizei verhaftet worden. Sie prahlte auch damit, daß sie keineswegs ein gewöhnliches Straßenmädchen wäre, sondern auch feste Verehrer hätte. Einflußreiche Persönlichkeiten, behauptete sie. Unter anderem einen Mann, der für den CIA arbeitete und für den Schutz des Präsidenten zuständig war. Sie hat ihn ihrer Mutter beschrieben und ihr gesagt, sie sollte im Fernsehen nach ihm Ausschau halten. Mir erzählte sie, daß sie an der besten Ecke stünde und sich ihre Kunden wirklich aussuchen könnte.

Gegen Ende zu machte sie sich jedoch langsam Gedanken, ob sie noch einmal aus diesem Milieu herauskommen würde. Andrerseits meinte sie jedoch, sie bräuchte einfach nur alles liegen- und stehenzulassen und könnte jederzeit aufhören. Einmal kam sie sogar zu Besuch hierher, aber wir konnten sie nicht zurückhalten, wieder nach Chicago zurückzukehren.

Und Sie können sich natürlich denken, welches Aufsehen Janets Tod – oder besser die Pressemeldungen darüber – hier in Eugene erregt haben. Es ist immer etwas anderes, ob man so etwas in der Zeitung liest oder ob es einen unmittelbar betrifft.

Jedenfalls haben wir uns im Kreis der Familie endlos darüber ergangen, weshalb sie das getan haben könnte. Die Meinungen gingen natürlich sehr auseinander. Einige meinen, es hinge damit zusammen, daß dieser Zuhälter ein Schwarzer war und Janet gegen jeglichen Rassismus rebellieren wollte. Aber ich halte das für ziemlich ausgeschlossen.

Janets Mutter ist der Ansicht, daß Drogen im Spiel waren und dieser Mann Janet süchtig gemacht hat. Auch das halte ich für ziemlich ausgeschlossen. Aber woher soll ich so etwas schon wissen. Schließlich bin ich nur eine einfache Musiklehrerin.

Wenn man mich nach einem Grund fragen würde, dann fände ich die plausibelste Erklärung, daß das Ganze etwas mit Hypnose oder Gehirnwäsche zu tun hatte, wie man es heute von diesen religiösen Sekten kennt. Vielleicht hatte Janet mehr Probleme und Schwierigkeiten, als wir ahnen konnten. Das hätte es diesem Mann nur leichter gemacht. Vielleicht war es auch nur eine Frage der Zeit. Anstatt ein Beatnik oder Hippie oder Demonstrant wurde sie eben, was sie wurde. Ich bin davon nicht überzeugt, aber ausschließen kann ich es natürlich nicht. Ich weiß, daß Janet einiges falsch gemacht hat. Aber für mich zählt das nicht. Ich mochte sie. Nichts wird mich davon überzeugen, daß sie ein schlechter Mensch gewesen sein könnte. Ich bete nur, daß mich Gott noch vor meinem Tod ihre Beweggründe verstehen lassen wird – und daß ich Janet wiedersehen werde.

Mit freundlichen Grüßen
Beth Yates

Während der zwölf Tage zwischen dem Überfall auf mich und dem neunten Juni, an dem ich diesen Brief erhielt, hatte sich meine berufliche Tätigkeit darin erschöpft, meine Post zu lesen und mir den Kopf zu zerbrechen, wer meine Feinde sein könnten. Ich rief Nick Sherman an und erzählte ihm von den zwei Männern, die möglicherweise mitbekommen hatten, wie ich im Gerichtsarchiv Janet Armstrongs Akte angefordert hatte. Er versicherte mir, meiner Beschreibung nach sagten ihm die beiden nichts, aber er wollte sich die Sache trotzdem mal durch den Kopf gehen lassen. Außerdem klang er etwas freundlicher. Tara zog am Tag nach meiner Entlassung – unter Cheryls wachsamen Blicken – bei mir ein. Über eine oberflächliche Konversation hinaus kamen die beiden sich nicht näher. Hin und wieder warf ich Tara ein wissendes Lächeln zu, wenn Cheryl gerade wegsah.

Cheryl bestand darauf, jeden Abend bei mir zu übernachten, und wenn sie dann morgens zur Arbeit mußte, saß ich noch mit Tara weiter am Küchentisch, in endlose Gespräche verstrickt. Ich fühlte mich magnetisch von ihr angezogen. Wir waren uns so verdammt ähnlich. Binnen drei Tagen hatte sie einen Job als Bedienung gefunden. Außerdem bewarb sie sich an allen möglichen und unmöglichen Stellen im Umkreis des Capitol Hill um einen richtigen Job.

»Ich habe den idealen Job!« platzte sie heraus, als sie am Dienstag, den 3. Juni in mein Büro gestürmt kam. »Bei der *American Media Review,* einer neuen Zeitschrift. Ich muß Korrekturen lesen, Botengänge erledigen und so weiter. Viel werde ich natürlich dabei nicht verdienen, aber sie haben mir eine Stelle als Redaktionsassistentin in Aussicht gestellt und . . .«

»Wer sollte den Job schon kriegen, wenn nicht du«, versicherte ich ihr, stolz auf ihren Erfolg, aber auch etwas enttäuscht, daß ich ihr nicht dazu verholfen hatte.

Selbst Cheryl schien begeistert über Taras neuen Job, wenn auch noch nicht ganz so begeistert wie über die am nächsten Tag eintreffende Nachricht, daß sie vier Blocks weiter in der E Street ein kleines Apartment gefunden hatte. Außer sich vor Begeisterung war Cheryl allerdings erst, als sie von dieser neuen Bekanntschaft Taras hörte.

»Er ist wirklich sehr nett«, berichtete mir Tara. Ich lächelte ihre ganze Erzählung hindurch. »Er ist der zuständige Redakteur für Kunst bei der *Time.* Ich habe ihn bei der Arbeit im Restaurant kennengelernt. Auch solche Jobs haben ihre Vorteile.«

Wir mußten beide lachen, worauf sie fortfuhr: »Im Augenblick scheint er genau der Richtige zu sein. Er will nicht zuviel und nicht zuwenig. Ich kann also noch in Ruhe meinen Plänen nachgehen.«

»Klingt nicht übel«, nickte ich. Während unserer ausgiebigen morgendlichen Gespräche hatte ich Tara natürlich auch von Maggie und den anderen erzählt. Und von Cheryl. Ich hatte ihr Dinge anvertraut, wie man sie eben nur einem guten Freund erzählt. Tara spielte in diesem Zusammenhang auf verschiedene Männerbekanntschaften aus ihrer Vergangenheit an und fragte mich, ob auch ich dabei immer das Gefühl gehabt hätte, der richtige Partner wäre nicht dabeigewesen. Und natürlich war es mir genau so gegangen. Diesen Zufall unterzogen wir einiger Überlegung. Als sie mir von dem Mann von *Time* erzählte, mußte ich nur grinsen.

Cheryl lachte, als ich ihr die Neuigkeit unterbreitete: »Na, da hat sie sich aber einen sauberen Verehrer angelacht! Und sie zieht hier aus! Großartig! Du hast doch nicht etwa auch noch vor, deiner kleinen Tara beim Umzug zu helfen?«

»Warum nicht?«

»Nach allem, was du schon für sie getan hast?«

»Ich habe nur einer Freundin geholfen. Und wenn du schon beim Aufrechnen bist – was ist dann mit dem Wagen?«

Diesen Wagen konnte selbst Cheryl nicht einfach vom Tisch wischen. Tara hatte ihn von ihrem Vater geschenkt bekommen, konnte ihn aber nicht fahren, da ihr wegen zu schnellen Fahrens für ein Jahr der Führerschein entzogen worden war.

»Wenn es nur nach mir ginge, würde ich auch ohne Führerschein fahren«, hatte Tara erklärt, »aber . . . na ja, du weißt ja, die Wahl steht vor der Tür, und für ihn wäre das in dieser Situation nicht gerade angenehm.« Sie nannte den Senator nie beim Namen, sagte auch kaum einmal »Vater« oder zärtlicher »Dad«. »Außerdem brauche ich den Wagen im Moment nicht. Die Redaktion ist nur acht Minuten zu Fuß von meiner Wohnung entfernt. Und nachdem es ohne dich sicher nicht so einfach gewesen wäre, hier Fuß zu fassen . . .«

»Das möchte ich bezweifeln«, warf ich ein.

»Du kannst den Wagen haben, und wenn ich ihn mal brauche, dann hole ich ihn mir einfach. Sonst steht er doch nur herum und verrostet.«

»Ich wollte ihn nicht mal«, erklärte sie mir, während wir zu der Stelle gingen, wo besagter Wagen geparkt stand, »aber wenn man nach Abschluß der Uni einen Sportwagen geschenkt bekommt, dann muß der wenigstens etwas hermachen. Möglicherweise hat er ihn sogar seinen Anwalt oder Martin Mercer aussuchen lassen, wie ich ihn kenne.«

»Es ist ein gebrauchtes Modell, Baujahr 1978«, fuhr sie fort, während wir auf den Randstein zusteuerten. »Hier ist dein Schlüssel. Ich habe auch einen. Einverstanden?«

»Einverstanden« wäre eine Beleidigung für diesen Wagen gewesen. Ich hatte mit einem verbeulten, alten MG mit geflicktem Verdeck oder etwas Ähnlichem gerechnet, aber vor mir stand ein bestens gepflegter Silberporsche 911 Coupé mit schwarzen Ledersitzen und einem Tacho, der bei zweihundertfünfzig Stundenkilometern endete.

»Nicht schlecht«, erklärte ich anerkennend, während ich mich hinters Steuer klemmte. Der Motor sprang ohne Zögern an. Verschiedene Köpfe wandten sich nach dem behaglichen

Brummen des silbernen Traumgefährts um, nach der gut aussehenden Blondine und dem unrasierten Clown, der sich aus irgendeinem verrückten Zufall in solch illustrer Gesellschaft befand. »Nicht schlecht.«

Mein Stoppelbart fiel schließlich an dem Tag, an dem der Brief von Janets Cousine mit der Post ins Haus flatterte. Zwei Tage zuvor hatte man mir die Fäden gezogen, so daß die Wunde noch ein häßlicher Schorf überzog; aber dem anstehenden Besuch war mein Penneraussehen keineswegs angemessen.

»Er«, wie Tara ihn zu nennen pflegte, hatte über seine Sekretärin einen Termin mit mir vereinbart. Die Dame war von ausgesuchter Höflichkeit gewesen, als sie mich anrief. Jede Person, mit der sich ihr Chef zweimal traf, mußte schon etwas Besonderes sein. Wir einigten uns auf einen privaten Lunch im Speiseraum der Senatoren im Capitol für Montag 12 Uhr 30. Die Gründe hierfür konnte sie mir nicht nennen. Auch Tara war überfragt, als ich sie darauf hin ansprach. Sie schien jedoch leicht besorgt, sprach wenig, stellte keine Fragen.

Ich war gerade mit dem Rasieren fertig, als das Telefon klingelte.

»Ich habe mich hinsichtlich Ihrer Person etwas umgehört«, erklärte Detektiv Sherman, nachdem ich mich gemeldet hatte. »Bei ein paar Freunden im Regierungsviertel und bei einem Reporter, der etwas über Ned Johnson Bescheid weiß.«

»Ein paar biographische Daten zur Ergänzung Ihres Fotoalbums?«

»Unser Verhältnis läßt sich leider nicht als ganz ungetrübt bezeichnen. Aber dabei muß es nicht unbedingt bleiben.«

»Ich wäre der letzte, der dagegen etwas einzuwenden hätte.«

»Dann hätte ich Ihnen einen Vorschlag zu machen, Herr Privatdetektiv. Sie stellen Nachforschungen in einem Mordfall an – ganz gleich, wie Armstrong ihre Aufgabe definieren mag. Und ich könnte wetten, daß Sie keine Ahnung haben, wie man sich bei einem Mordfall zu verhalten hat.«

»Die Wette haben Sie bereits gewonnen.«

»Dann hätte ich Ihnen gern einen Gefallen getan. Sie brauchen sich keine Gedanken zu machen, ich könnte Sie als Gegenleistung dafür Ihrerseits um eine Gefälligkeit bitten.«

»Muß ich das wirklich nicht?«

»In diesem Punkt müssen Sie mir leider vertrauen.«

Er lachte, als ich darauf nichts erwiderte, und fuhr schließlich fort: »Was halten Sie davon, ein paar Detektive von der Polizei während der Ermittlungen zu einem Mord zu begleiten? Würden Sie dafür – sagen wir mal – fünf oder sechs Nächte opfern? Danach könnten wir ja im Fall Janet Armstrong weitersehen.«

»Auf so ein Angebot kann meine Antwort natürlich nur ja lauten. Ich muß Ihnen . . .«

»Sie werden demnächst von mir hören«, schnitt er mir das Wort ab und legte auf.

Zu meinem Lunch mit Senator Woodson in einem der Restaurants im Capitol, das man ausschließlich in Begleitung eines Senators oder seines Adjutanten von innen zu sehen bekam, fand ich mich etwas zu früh ein, was mir eine Reihe von mißtrauischen Blicken von seiten des Oberkellners am Eingang eintrug, bis schließlich Senator Woodson erschien und mir die Hand schüttelte. »Ich hoffe, ich habe Sie nicht warten lassen, Mr. Rankin.«

»Ich bin etwas früh gekommen«, entschuldigte ich mich, daß er gezwungen gewesen war, sich bei mir zu entschuldigen.

Mit einer tiefen Verbeugung führte uns der Oberkellner in das Restaurant. Woodson deutete auf einen Ecktisch an der Rückwand, wo wir gleich drauf Platz nahmen.

»Wir werden erst später bestellen, Jimmy«, erklärte der Senator dem Kellner, der mit den Speisekarten an unseren Tisch geeilt kam.

»Sehr wohl, Sir.« Jimmy lächelte mich an und verschwand.

Woodson setzte seine Brille auf, um die Speisekarte zu studieren, die er vermutlich schon unzählige Male zuvor überflogen hatte. »Vielleicht sollten wir doch gleich bestellen«, meinte er dann. »Es wird sicher gleich sehr voll werden.«

»Zuerst einmal möchte ich Ihnen danken, daß Sie sich die Zeit genommen haben, sich mit mir zu treffen«, begann Woodson schließlich, nachdem sich Jimmy mit unseren Bestellungen vom Tisch entfernt hatte. Der Senator steckte seine Brille in die Brusttasche seines dreiteiligen, blauen Nadelstreifenanzugs. »Ich weiß, daß Sie ziemlich beschäftigt sind.«

»So beschäftigt nun auch wieder nicht.«

»Ich wünschte, ich könnte das auch von mir behaupten. Die Zeit zerrinnt mir unter den Fingern. Aber zuerst möchte ich mich noch für die Form, in der unser erstes Zusammentreffen abgelaufen ist, bei Ihnen entschuldigen.«

»Dafür besteht nicht der geringste Anlaß.«

»Vielleicht nicht. Trotzdem hat mir das Ganze mißfallen. Diese Vorsicht, dieses Mißtrauen.«

Während er eine kurze Pause machte, um einen Schluck Wasser zu trinken, stellte sich mir unwillkürlich die Frage, ob der Senator seine Reden wohl selbst schrieb.

»Zu meinem Bedauern müssen wir jedoch noch einmal auf die Punkte zu sprechen kommen, mit denen wir uns an jenem Abend befaßt haben. Um meiner selbst willen. Um meiner Tochter willen – und vielleicht auch um Ihrer selbst willen. Bitte, nehmen Sie kein Blatt vor den Mund. Ich versichere Ihnen, daß kein Mensch etwas vom Inhalt dieser Unterhaltung erfahren wird. Hat das, was Ihnen zugestoßen ist, irgend etwas mit dem zu tun, worüber wir gesprochen haben? Mit Tara oder diesem Mord oder . . .«

Ich unterbrach den Senator: »Nein, Sir, mit Sicherheit nicht.«

Mit einem schweren Seufzer lehnte sich Woodson in seinen Stuhl zurück. »Ich kann Ihnen nicht sagen, welche Erleichterung mir diese Zusicherung bedeutet. Am meisten habe ich mir wegen Taras Sicherheit Sorgen gemacht.« Er lächelte. »Ich kann mir fast vorstellen, daß daran auch Ihnen einiges gelegen sein dürfte.«

»Natürlich. Sie ist eine sehr gute Freundin.«

»Das hat sie mir bereits erzählt. Wir haben miteinander gesprochen, nachdem sie in . . . Ihrem Büro eingezogen ist. Sie hält große Stücke auf Sie. ›Ein ganz besonderer Freund‹ – das waren, glaube ich, ihre Worte. Angesichts der kurzen Zeit, die Sie sich kennen, finde ich das durchaus bemerkenswert.«

»Sie ist eben eine bemerkenswerte Frau.«

»Das kann man wohl sagen. Zu meiner Beschämung muß ich jedoch gestehen, daß dies nicht unbedingt mein Verdienst ist. Ich bringe leider nicht die Zeit für sie auf, wie sich das für einen anständigen Vater gehören würde.«

Als ich darauf nicht einging, fuhr er fort: »Ich weiß wirklich zu schätzen, was Sie für Tara getan haben – sie bei sich aufzunehmen, ihr bei der Arbeitssuche behilflich zu sein.«

»Letzteres hat sie auch allein ganz gut hingekriegt.«

»Trotzdem haben Sie ihr dabei geholfen.«

Das Essen kam, und wir aßen mehrere Minuten schweigend. Seine Anspannung hatte sich auch nach meiner Zusicherung nicht gelöst. Plötzlich fiel sein Gesicht in sich zusammen, und er runzelte die Stirn, als hätte er sich entschlossen, auf das geringere Übel zurückzugreifen.

»Ich mache mir Taras wegen Sorgen. Sie scheinen ihr einziger wirklicher Freund zu sein. Wissen Sie eigentlich viel über sie?«

»Vermutlich mehr als die meisten Menschen.«

»Das sollte mich nicht wundern. Ist sie . . . hat sie je über ihre Familie gesprochen? Ihre Mutter? Ihren Bruder? Mich?«

Das hatte sie nicht, aber ich erwiderte: »Sir, Sie müssen natürlich entschuldigen, aber . . .«

»Sie haben selbstverständlich recht«, fiel mir Woodson ins Wort. »Sagen Sie mir nichts. Ihre Geheimnisse bedeuten ihr sehr viel.«

»Sollten sie demnach nicht auch ihre Geheimnisse bleiben?«

»Ich gelange zusehends weniger zu der Überzeugung, daß irgend jemandem seine Geheimnisse etwas nutzen könnten. Ich weiß nicht, warum ich Ihnen das alles erzähle. Vielleicht möchte ich mich nur einer Aufgabe entledigen, die ich selbst immer nur sehr ungenügend erfüllt habe . . .«

»Ich war leider noch nie besonders scharf darauf, für anderer Leute Fehler geradezustehen.«

»Das verlangt auch niemand von Ihnen. Hören Sie mir bitte erst einmal zu. Tara sagt, auf Sie wäre Verlaß. Entscheiden Sie selbst, was Sie mit dem, was Sie jetzt zu hören bekommen, anfangen werden.

Taras Mutter, meine Frau Ann . . . Wir waren ziemlich anders, als wir am Tag unserer Hochzeit geglaubt hatten. Obwohl sie mich zu meiner politischen Karriere ermutigte, erwartete sie doch etwas anderes von mir. Was das allerdings war, ist mir bis zum heutigen Tag nicht klargeworden. Jedenfalls blieb sie mit den Kindern zu Hause in meinem kleinen Heimatort in Oregon, wenn ich für die Sitzungsperioden in die Bundeshauptstadt reiste. Ich besuchte sie selbstverständlich, wann immer mir dies möglich war. Das ist nun einmal das Schicksal der meisten Kinder von Kongreßabgeordneten – oder Handlungsreisenden. Doch selbst nach meiner Wahl in den Senat, als wir es uns hätten leisten können, mit der ganzen Familie hierher zu ziehen, blieb Ann zu Hause. Sie liebte das Land – das Kleinstadtleben war ihr zuwider – aber sie liebte das Land, unsere kleine Farm. Dieses fruchtbare Fleckchen Erde mit seinen grünen Hügeln ...

Sie hat Selbstmord begangen«, platzte er unvermittelt heraus. »Offiziell wurde das natürlich nie bekannt. Die Leute zu Hause haben sich wirklich großartig benommen. Obwohl jeder davon wußte, ist nichts an die Öffentlichkeit durchgedrungen. Es hieß, sie hätte einen Herzinfarkt erlitten, als sie im Winter den Wagen aus der Garage fahren wollte. Möglicherweise hat sie es ganz bewußt so gemacht, um diese Erklärungsmöglichkeit anzubieten – sozusagen eine letzte wohlwollende Geste. Sie hat keinen Abschiedsbrief hinterlassen – nur Tara und mich.

Mein Sohn James war damals nämlich schon tot. Vielleicht hat Vietnam sie beide getötet. Mit ihm hat Ann offensichtlich auch noch etwas anderes verloren ...

Die arme Tara verlor nun nach ihrem Bruder auch noch die Mutter. James war für Tara das, was eigentlich ich hätte sein sollen. Die beiden waren unzertrennlich. Als sie vierzehn war und sich langsam von Jims Tod erholt hatte, schickte Ann Tara für eine Woche zu einer Tante, und dann setzte sie sich in ihren Wagen, ließ den Motor an und starrte in der völlig dunklen, geschlossenen Garage auf die Wand vor sich, während der Motor lief. Sie fuhr in den Tod.«

»Das tut mir sehr leid für Sie.«

»Tja, was soll man dazu noch mehr sagen.« Er winkte dem Kellner, seinen halbvollen Teller zu entfernen.

»Danach versuchte ich, Tara mit hierher zu nehmen. Das hat nicht geklappt. Sie war damals schon so stark und unabhängig; kümmerte sich allein um sich. Ich war sehr beschäftigt. Da uns die Nähe offensichtlich beiden nichts nützte, kamen wir schließlich überein, Tara sollte wieder nach Hause zurückkehren. Sie lebte bei ihrer Tante, während sie noch die High-School besuchte. Dann ging sie aufs College. Jetzt lebt sie endlich in derselben Stadt wie ich – wenn auch nicht mit mir.

Ich muß Sie um einen Gefallen bitten, John. Passen Sie gut auf sie auf – wenn nötig, auch berufsmäßig. Ich zahle alles, was Sie – nein, winken Sie nicht von vornherein ab . . . ich weiß. Aber falls nötig . . .« Ich nickte. »Sie sagen also, es bestünde keinerlei Zusammenhang zwischen dem, was Ihnen zugestoßen ist, diesem Mord und Tara. Verschaffen Sie sich Gewißheit. Tun Sie alles, sie zu schützen. Seien Sie ihr Freund.«

Er lächelte. »Ich hätte nichts dagegen, wieder einen Sohn zu haben. Doch verstehen Sie mich bitte nicht falsch.

Das wäre alles«, erklärte er mit einemmal abrupt. Er unterzeichnete die Rechnung und führte mich nach draußen. Und im Augenblick konnte ich wirklich Hilfe brauchen. Seine letzte Bemerkung hatte mich wie betäubt zurückgelassen. Er schüttelte mir die Hand, bevor er durch die Doppeltür schritt, welche in den Plenarsaal des Senats führte, wo über das Schicksal der Welt entschieden wurde. Ich hatte plötzlich das Gefühl, als wären zu viele Dinge meiner Kontrolle entglitten. Und dies hatte nichts und alles mit dem Mann zu tun, der mir die Hand schüttelte und zumindest auf einen höflichen Abschiedsgruß wartete.

»Danke«, war alles, was ich hervorbrachte.

16

Im Bereitschaftsraum der Mordkommission roch es nach Schweiß, kaltem Zigarettenrauch und Putzmittel. Ich kam mir reichlich dämlich vor, als ich mit Jackett und Krawatte an einem Schreibtisch saß und das geschäftige Treiben des Schichtwechsels beobachtete.

Nach einer Weile tauchte Nick Sherman auf und warf diesem und jenem Kollegen eine kurze Bemerkung zu, während er auf mich zu kam. Schließlich knallte er zwei Formulare vor mir auf den Schreibtisch und forderte mich auf: »Wenn Sie die beiden Wische ausgefüllt und unterzeichnet und damit Ihre

Seele verkauft haben, können wir los. Haben Sie schon die Bekanntschaft dieser miesen Type gemacht?« Er deutete mit einem Nicken auf einen Detektiv, der einen Schreibtisch weiter in seine Zeitung vertieft war und darüber ganz vergaß, daß er seine obere Gebißhälfte aus dem Mund geschoben hatte. Als er meinen erstaunten Blick gewahr wurde, lutschte er seine falschen Zähne schmatzend wieder zurück und reichte mir die Hand, während Nick Sherman fortfuhr: »Sein Name ist Dan Barlow, aber ich möchte hier lieber nicht sagen, wie er sonst noch genannt wird.«

»Hören Sie nicht auf ihn, John«, grinste mich Barlow an, während wir uns die Hände schüttelten. »Freut mich.«

»Danny ist mein neuer Partner«, erklärte Sherman.

»Dann erzählen Sie ihm aber lieber nicht, was aus Gustafson geworden ist«, meinte Barlow.

»War es vielleicht meine Schuld, daß diese Treppe unter ihm zusammengekracht ist!« verteidigte sich Sherman.

»Notfalls können Sie es dann ja meiner Witwe schonend beibringen, John«, wandte Barlow sich an mich.

»Aber selbstverständlich.«

»Nicht so voreilig, junger Mann. Sie haben meine Frau noch nicht kennengelernt«, gab Barlow zurück.

»Barlow wird sich heute abend erst später zu uns gesellen«, erklärte mir Sherman. »Er hat nämlich noch gleich eine kurze Unterhaltung mit unserem Lieutenant. Und da es dabei vermutlich hoch hergehen wird, schlage ich vor, wir beide machen uns schon mal auf die Socken.« Er wandte sich mir zu. »Haben Sie die Formulare schon ausgefüllt?«

Das hatte ich.

Als wir auf den Ausgang zugingen, drehte sich Sherman noch einmal nach Barlow um. »Und sehen Sie zu, daß Sie sich die Blutflecken vom Hemd gewischt haben, bevor Sie losfahren.«

Als Antwort streckte ihm Barlow nur sein Gebiß heraus.

Eine Stunde später sollten wir dann über Funk wieder von ihm hören:

»Streife 914 an Zentrale. Könnten Sie bitte an die Streife mit Detective Sherman durchgeben, er soll sich auf Tac-1 mit mir in Verbindung setzen.«

Während der Stunde, die wir langsam durch die Straßen der nächtlichen Stadt gekreuzt waren, waren wir uns allmählich nähergekommen, um schließlich bei Nick und John anzulangen.

Nun drehte Nick also an einem Knopf des Funkgeräts und griff nach dem Mikrophon. »Streife 47 an 914. Was gibt's, Danny?«

»Sieht ganz wie ein natürlicher Todesfall aus. Ein Mann mittleren Alters. Keinerlei Spuren von Gewalttätigkeit, aber eine Menge Blut.«

»Wo sind Sie gerade?«

Barlow gab eine Adresse in der 9th Street durch.

Im Weiterfahren brummte Sherman die Adresse mehrere Male laut vor sich hin, bis er schließlich zufrieden grinste. »Jetzt hab ich's. Dort war ich schon mal wegen eines Mordes. Danny ist erst seit kurzem bei der Mordkommission. Ein guter Mann, aber er hat noch nicht genügend Tote gesehen.« Nick runzelte die Stirn. »Ich kann mir schon denken, was dort auf uns wartet. Eine Menge Blut und so ein Zeug, das ein bißchen aussieht wie Kaffeesatz.«

»Sie wissen schon, woran er gestorben ist?«

»Wenn ich mich in der Adresse nicht täusche, wohnen in dem Haus eine Menge Säufer. Dieser Kerl hat vermutlich so viel gesoffen, daß seine Eingeweide nicht mehr mitgemacht haben. Plötzlich kann man dann nichts mehr bei sich behalten und blutet sich aus seinem Arsch zu Tode. Dieser Kaffeesatz, das sind seine Ausscheidungen. Was wetten wir?«

»In diesem Fall möchte ich lieber nicht gegen Sie wetten.«

Um das dreistöckige Holzhaus, das zwischen zwei größeren Ziegelbauten eingeklemmt stand, hatten sich bereits ein halbes Dutzend Schaulustige versammelt. Außerdem standen drei Funkstreifen, eine Zivilstreife und ein Krankenwagen vor dem Eingang. Alle Gesichter, mit Ausnahme derer, die eine Dienstmarke trugen, waren schwarz.

»Gut, daß Sie da sind.« Barlow kam durch die klapprige Eingangstür. »Die Blutspur macht mir Sorgen. Sie beginnt hier . . .«

Wir folgten ihm nach drinnen. Der Flur machte einen schrecklich heruntergekommenen Eindruck. Die Decke hing gefährlich durch, Kakerlaken verschwanden hinter der abblätternden Farbe an den Wänden. Geduckt folgte ich der Spur von eingetrockneten, rostfarbenen Flecken auf dem Boden, die uns der Lichtkegel von Danny Barlows Taschenlampe vorzeichnete.

»Ja«, nickte Sherman, »da haben wir es schon. Das dort hinten ist die Toilette. Er mußte mal; dachte, er müßte scheißen; als es dabei allerdings nicht blieb, ist er wieder zurück auf sein Zimmer. Wir werden ja gleich sehen.« Er deutete auf eine von zwei offenen Türen am Ende des Flurs.

»Der Hausbesitzer hat die Tür aufgebrochen, als von drinnen keine Antwort kam«, erklärte Danny. »Die Leute hier drinnen«, er deutete mit dem Daumen auf einen Raum gegenüber der eingeschlagenen Tür, »haben dort gestern abend ordentlich gesoffen. Als sie dann heute bei ihm geklopft haben, hat er nicht geantwortet.« Mit gesenkter Stimme fuhr er fort: »Vermutlich hatte der Kerl die Flasche bei sich, aber sie waren natürlich nur um sein Wohlergehen besorgt.«

»Haben Sie schon mit dem Hausbesitzer gesprochen?«

»Er ist oben. Ein wirklich sympathischer Zeitgenosse. Ihn interessiert vor allem, wann er das Zimmer wieder vermieten kann.«

»Sehen Sie sich das mal an.« Nick richtete sich an mich und leuchtete mit Barlows Taschenlampe auf die Flecken am Boden. »Habe ich's Ihnen nicht gesagt? Kaffeesatz.« Dann hielt er Danny den Vortrag, den ich zuvor schon im Wagen zu hören bekommen hatte. In diesem Augenblick kam ein Mann in Uniform, ein goldenes Abzeichen an der weißen Hemdbrust, über den Flur auf uns zu.

»Tag, Lieutenant«, rief ihm Sherman entgegen. »Ich wußte gar nicht, daß Sie inzwischen für diesen Bezirk zuständig sind.«

Ich warf Danny Barlow einen fragenden Blick zu, der ihn kurz verständnislos die Stirn runzeln ließ, bis er schließlich lächelnd begriff und den Kopf schüttelte: Das war nicht der Lieutenant, mit dem er eben seine Auseinandersetzung gehabt hatte.

»Tja, seit zwei Monaten«, antwortete der Lieutenant. »Was haben wir denn hier, Nick? Mord oder natürliche Todesursache?«

»Ohne die Leiche gesehen zu haben, würde ich wetten: natürlich. So natürlich, wie es eben sein kann, wenn die Leber nicht mehr mitmacht.«

»Reden wir lieber nicht von der Leber.« Der Lieutenant verzog das Gesicht und betastete seine Seite. »Das macht mich ganz nervös. Brauchen Sie noch irgendwelche Unterstützung?«

»Das dürfte nicht nötig sein. Nein danke, Sir.«

»Na, dann noch einen angenehmen Abend«, verabschiedete sich der Lieutenant.

Während es am Eingang des Gebäudes nach menschlichen Exkrementen, Urin, Essensüberresten und schimmligen Tapeten roch, erfüllte das Ende des Flurs ein eigenartig süßlicher Geruch.

Auf dem Bett lag, wie ein Embryo in sich zusammengerollt, eine Gestalt in Unterhemd und -hose, die fadenscheinigen Jeans auf die Knöchel gerutscht, nur noch eine Socke an den Füßen. Das Bett in dem winzigen Raum war mit Flecken übersät, die weder von Rost noch von Kaffeesatz herrührten. Und die Gestalt auf dem Bett, ein etwa fünfzigjähriger Schwarzer, war tot.

»Genau, wie ich mir's gedacht habe«, nickte Sherman. Er überprüfte den Fenstergriff und die unbeschädigten Scheiben, bevor er ans Bett trat und den Toten zur Seite rollte.

»Keinerlei Spuren von äußerer Gewaltanwendung«, erklärte er zwei Minuten später, während er der Leiche das Hemd wieder über Bauch und Rücken zog. »Sollen sich die Leiche lieber noch die Leute im Leichenschauhaus ansehen, aber mir sieht das Ganze eindeutig nach totgesoffen aus.«

»Eigentlich dachte ich das auch«, bemerkte Danny Barlow dazu. »Aber das viele Blut hat mich doch stutzig gemacht.«

Nachdem die beiden Detektive die restlichen Formalitäten geklärt hatten, schickten wir uns zum Gehen an.

Keiner von uns sprach viel, während wir zum Revier zurückfuhren. Nick verbrachte ganze vierzehn Minuten damit, sich auf der blitzblank geputzten Toilette die Hände zu waschen. »Das hasse ich an meinem Job am meisten«, bemerkte er dazu. Bis wir dann wieder in unserer Streife losfuhren, hatte sich unsere Stimmung wieder etwas gebessert.

Plötzlich glitten die Häuser der Church Street an uns vorbei. Wir näherten uns einer Hausnummer, die mir irgendwie bekannt vorkam.

»Hier ist es passiert«, erklärte Nick, während er in eine schmale, gepflasterte Durchfahrt zwischen zwei Wohnhäusern einbog, die auf einen länglichen Parkplatz führte. Nick wendete, und während er langsam wieder zurückfuhr, deutete er aus dem Fenster nach oben.

»In dieser Wohnung im zweiten Stock haben Janet Armstrong und dieser Mr. Magic Murphy, ihr Zuhälter, gewohnt. Nachdem es bereits dort zu Tätlichkeiten kam, rannte sie nach unten – er ihr hinterher. Irgendwie ging das Küchenfenster der Wohnung im Erdgeschoß zu Bruch. Magic hat sich davon ein längliches, spitzes Bruchstück gegriffen.«

Nick fuhr langsam durch die Durchfahrt zur Straße.

»Den Blutflecken nach zu schließen, hat er sie etwa hier erwischt. Er hat ein paarmal auf sie eingestochen, ihr das Gesicht zerschnitten. Sie blieb auf dem Boden liegen, und er ist in seinen Zuhälterschlitten gesprungen und losgerast – voll über sie hinweg. Ein Zeuge, der nebenan wohnt, hat Schreie gehört. Außerdem sah er die Bremslichter eines großen Wagens, der ohne Licht auf die Straße hinausschoß. Und gerade als dieser Wagen in die Straße einbog, kam dort ein anderer Wagen vorbei, so daß der fliehende Wagen in dessen Scheinwerferlicht deutlich zu erkennen war. Der Zeuge sagte aus, es hätte sich bei diesem Gefährt um einen schwarzen Cadillac gehandelt, an dessen Steuer ein Mann saß – allein. Leider konnten wir den Fahrer des zweiten Wagens, der in besagtem Moment hier vorbeifuhr, nicht ausfindig machen.

Janet war indessen noch nicht tot. Allerdings konnte der Zeuge von seiner Wohnung aus nicht sehen, wo sie lag. Jedenfalls ist sie dann hier entlang gekrochen, als wollte sie wieder zurück in die Wohnung.« Er deutete auf eine Stelle auf dem Gehsteig neben einem Telegraphenmast. »Dort ist sie dann zusammengebrochen.

Und dort hat Magic sie dann zwanzig Minuten später auch gefunden, als er wieder zurückkam. Und dann hat er ganz schnell geschaltet. Ihm war selbstverständlich klar, daß er Hauptverdächtiger Nummer eins sein würde. Er war über und über mit Blut beschmiert. Also hat er sie in seinen Caddy gepackt – auf diese Weise hatte er eine Erklärung für das Blut auf seinen Kleidern – und ins George Washington Hospital gefahren.«

»Wo auch ich neulich gelandet bin.«

»Ja, nur haben Sie es über den Vordereingang wieder verlassen.«

In diesem Augenblick drang eine blecherne Stimme aus dem Funk: »Alle Einsatzwagen der Mordkommission, bitte melden.«

»Scheiße«, fluchte Nick und griff nach dem Mikrophon. »Streife siebenundvierzig.«

»Setzen Sie sich bitte mit Funkstreife dreiunddreißig wegen eines abgeschlossenen Falls in Verbindung. 11th Street, Nummer 717, Apartment 8.«

»Ich notiere«, sprach Sherman ins Mikrophon, und an mich gewandt: »Von dort kommen wir doch gerade.«

»Was bedeutet ein ›abgeschlossener Fall‹?«

»Daß sie den Täter schon haben – das heißt, den mutmaßlichen Täter«, fügte er mit einem schiefen Grinsen hinzu.

Die Straße machte einen etwas weniger heruntergekommenen Eindruck als der Block, in dem wir den toten Alkoholiker gefunden hatten. Ein uniformierter Streifenpolizist am Eingang winkte uns nach drinnen. Oben im ersten Stock kamen uns zwei weitere Uniformierte entgegen, die einen gedrungenen, kahlköpfigen Schwarzen abführten. Sie hatten ihm hinter dem Rücken Handschellen angelegt.

»Ist das der Tatverdächtige?« fragte Nick, worauf einer der Polizisten nickte. »Haben Sie ihn auf seine Rechte aufmerksam gemacht?« Ein neuerliches Nicken. »Stimmt das, Sir? Hat man Sie auf Ihre Rechte aufmerksam gemacht?« wandte Nick sich an den Festgenommenen.

»Sie haben mir diesen Vortrag gehalten, wie das die Polente im Fernsehen auch immer tut«, erwiderte der Mann mit mürrischer Stimme.

Nick ordnete an, ihn auf die Wache zu schaffen und mit dem Verhör auf ihn zu warten.

»Übrigens, Mr. Detective«, wandte sich der Schwarze an Nick.

»Ja, Sir?«

»Meine Medizin – sie wollen sie mich nicht mitnehmen lassen.«

»Sie liegt auf dem Küchentisch neben der Stelle, wo das Opfer zu liegen kam, als er – als sie erschossen wurde«, erklärte einer der Uniformierten.

»Sir«, wandte Nick sich wieder mit ausgesuchter Höflichkeit an den Schwarzen, »Ihre Medizin darf im Augenblick nicht entfernt werden, bis wir hier mit der Spurensicherung fertig sind. Haben Sie ein Herzleiden?«

»Nein, nur eine Erkältung.«

»Ich werde Ihre Medizin mit aufs Revier bringen, wenn wir uns unterhalten werden.«

Darauf führten die zwei Polizisten den Mann nach unten.

»Und vergessen Sie meine Brille nicht!« rief der Mann noch einmal von der Treppe herauf. »Bringen Sie auch meine Brille mit! Sie liegt auch auf dem Tisch.«

»Heute abend ist ja wirklich eine Menge los«, bemerkte ich, als wir auf eine offene Tür zuschritten.

»In der Regel ist es zum Glück etwas geruhsamer. Wir stellen nur unsere Nachforschungen an oder sitzen tagelang im Gerichtssaal herum.«

Die Leiche auf dem Boden war noch warm, sagte Nick. Eine Frau mittleren Alters. Die Blutlache begann allmählich zu gerinnen. Der Küchentisch, auf dem Lebensmittel und Konservendosen lagen, war zur Seite geschoben. Mir stachen vor allem das Medizinfläschchen und die Brille in die Augen – und eine winzige, schimmernde Pistole mit einem zierlichen Perlmuttgriff.

Die Laborleute machten ihre Fotos und bestimmten die Bahnen der fünf Kugeln, die abgefeuert worden waren. Zwei davon hatten die Frau getroffen (einmal unter dem Schlüsselbein; einmal am Kopf), drei hatten bleistiftdicke Löcher in die Wand gerissen. Nick faßte den Tathergang folgendermaßen zusammen:

»Sie kam vom Einkaufen nach Hause. Vielleicht war sie aus irgendeinem Grund besonders geladen; vielleicht war er wegen seiner Erkältung gereizt gewesen, oder vielleicht hatten sie sowieso in ständigem Streit gelebt. Und diesmal war ihm eben endgültig der Kragen geplatzt. Seine Wut war erst wieder verraucht, nachdem er fünf Schüsse aus seiner zierlichen Pistole abgefeuert hatte und sie getroffen zu Boden gestürzt war. Während sie also blutend da liegt, sammelt er noch schön säuberlich die Patronenhülsen auf und wirft sie in den Mülleimer, und dann ruft er die Polizei an.«

Wir verbrachten vierzig Minuten damit, alles aufzunehmen. Als wir damit fertig waren, wandte sich Nick an mich: »Ich hatte übrigens unrecht, als ich vorhin behauptete, am meisten würde ich es hassen, diese Leichen zu untersuchen. Noch schlimmer ist es, den Angehörigen die traurige Nachricht zu übermitteln.« Und damit gingen wir nach unten, wo inzwischen die knapp zwanzigjährige Tochter der ermordeten Frau wartete.

Wieder zurück auf der Wache, saß ich tatenlos herum, während Nick den Täter verhörte und die endgültigen Berichte zusammenstellte, bis die Kollegen von der Frühschicht langsam eintrudelten.

»Wie kommen Sie nach Hause?« fragte er mich, als wir durch den Eingang auf die Straße hinausschritten.

Als ich in Beantwortung seiner Frage nur mit dem Kopf auf den Porsche deutete, meinte er: »Scheint fast, als hätte ich den falschen Beruf gewählt.«

»Das würde ich nicht sagen.«

»Jedenfalls haben Sie Ihre Sache heute abend gut gemacht. Denken Sie, Sie wollen noch eine Weile weitermachen?«

Ich nickte. »Glauben Sie denn, ein paar Nächte werden wirklich genügen?«

»Letztlich lernt man doch nie aus.« Er zuckte mit den Schultern. »Je nachdem, was in den nächsten Tagen passiert, können Sie eine Menge lernen.« Er ließ seine Blicke zur Union Station hinüberschweifen, der die ersten Leute auf dem Weg zur Frühschicht entströmten.

»Und um noch einmal auf Janet Armstrong zurückzukommen«, fuhr er dann unvermittelt fort. »Wissen Sie, was mit ihr war? Sie ist ermordet worden. Weil sie nämlich zu dem überraschenden Schluß gelangt war, daß es doch besser war, in Harvard zu studieren, als für Magic Murphy auf den Strich zu gehen. Und diese Erkenntnis stellte selbstverständlich eine beträchtliche Beeinträchtigung seines Selbstwertgefühls dar, von seinem Bankkonto einmal ganz zu schweigen. Ihr war natürlich klar, daß der gute Magic von ihrem Entschluß nicht gerade viel halten würde, deshalb täuschte sie den Anruf eines Freiers vor, um sich in Wirklichkeit mit so einem komischen Heini zu treffen, der offensichtlich eine Schwäche für die Nutten in dieser Gegend hat, und sich aus dem Staub zu machen. Und wissen Sie, weshalb sie dann doch im Leichenschauhaus gelandet ist? Weil Magic ein alter Fuchs ist. Er hat gespürt, daß sie nervös wurde. Und deshalb hat er – mit welchen Mitteln auch immer – versucht, sie zurückzugewinnen. Ich weiß nicht, wie er das angestellt hat. Jedenfalls hat er ihr in der Woche vor ihrem Tod noch zwei Dinge geschenkt – eine Zimmerpflanze aus Plastik und einen jungen Beagle.

Die Sache mit dem fingierten Anruf klappte auch. Wie gewohnt, verschwand Magic aus der Wohnung. Aber anstatt sich von diesem komischen Heini direkt zum Flugplatz fahren zu lassen, mußte sie noch einmal in die Wohnung zurück, um den Hund zu holen. Allerdings war Magic inzwischen wieder nach Hause gekommen. Und sobald sie dort auftauchte, wußte er natürlich, was gespielt wurde. Das würde er sich von seiner Nutte nicht bieten lassen. Und dann hat er ihr's gezeigt.«

»Haben Sie eigentlich außer ihrem Zuhälter und den Familienangehörigen jemanden gefunden, dem etwas an Janets Schicksal gelegen war?«

»Sie denn?« antwortete er mit einer Gegenfrage.

»Da wären zum Beispiel drei Kerle mit Strumpfmasken.«

»Na, was die sich da einzumischen hatten, würde mich auch brennend interessieren.«

»Wem sagen Sie das?«

»Ich sehe nur keinen rechten Zusammenhang, woher diese drei plötzlich ins Spiel gekommen sein sollen. Tja, vielleicht war es tatsächlich so, wie Sie gesagt haben. Dieser schnieke Bimbo mit seinem jüdischen Anwalt, der Sie beobachtet hat, als Sie sich im Archiv die Armstrong-Akte herausgeben ließen. Vielleicht ist auch jemand rein zufällig auf Ihre Verbindung zu Janets Vater gestoßen – obwohl ich das bezweifle. Wen sollte das Ganze denn noch kümmern. Ich meine, das Mädchen ist tot, und Magic befindet sich hinter Schloß und Riegel . . . Kein

Mensch aus der Nutten- und Zuhälterszene kann sich heute noch an diese Geschichte erinnern. Ich möchte wetten, daß Sie sich Ihre Tracht Prügel von anderswoher eingehandelt haben.«

»Kann schon sein«, erwiderte ich. »Jedenfalls werde ich mich weiter umhören.«

»Schließlich haben Sie ja auch einen Auftrag.«

»Allerdings.« Ich schüttelte den Kopf. »Vor kurzem hätte ich mir jedoch nicht im Traum einfallen lassen, daß sich die Geschichte so ausweiten könnte. Ich dachte eigentlich, das schlechte Gewissen des alten Armstrong würde sich ziemlich rasch beruhigen, und der Fall wäre für mich erledigt. Dem Sinn des Lebens hinterherzujagen ist zumindest nicht gerade mein Bier.«

»Aber jetzt läßt Sie die ganze Geschichte doch nicht mehr los.«

»Auf diese Weise bin ich wenigstens für eine Weile beschäftigt.« Ich zuckte mit den Schultern. »So etwas hält einen davon ab, auf dumme Gedanken zu kommen.«

»Genau so ist es mir auch gegangen, als ich von dem Fall plötzlich nicht mehr loskam.« Sherman betrachtete mich prüfend und gelangte schließlich zu einer Entscheidung. Er stellte seine Aktentasche auf die Kühlerhaube seines Wagens und entnahm ihr einen schweren Ordner, den er mir reichte.

»Sie machen sich besser, als ich dachte.« Und mit einem zahnlückigen Grinsen deutete er auf die Akte in meinen Händen. »Das sind die Unterlagen für den Fall Janet Armstrong. Vielleicht wollen Sie den Kram ja mal näher durchsehen, bevor Sie ihn mir wieder zurückgeben.«

Mein Lächeln sagte mehr als alle Worte des Dankes.

Sherman setzte sich ans Steuer seines Chevy und kurbelte das Seitenfenster herunter.

»Obwohl Sie, wie Sie selbst gesagt haben, die Morde mehr als dutzendweise am Hals haben, hat es Ihnen dieser Fall Armstrong also angetan«, sagte ich. »Ich weiß zwar nicht, warum Sie ausgerechnet wollen, daß nun ich noch meine Nase in diese undurchsichtige Geschichte stecke, aber anscheinend erwarten Sie sich etwas davon. Was das sein könnte und was Sie dazu bewegt, ist mir allerdings nicht im geringsten klar.«

»Über diese Frage können wir uns ja später mal den Kopf zerbrechen.« Sein Chevy sprang hustend an. »Dann also bis heute abend.«

Mit dem Porsche fuhr ich zum Capitol Hill zurück. Für mich ging der Tag zu Ende, während er für die meisten gerade begann. Ich frühstückte, obwohl ich eigentlich zu Abend hätte essen sollen, ging in meine Wohnung, während andere die ihre verließen. Ich hätte gern Tara angerufen und mich mit ihr über die Erlebnisse der letzten Stunden unterhalten, da sie eindeutig die Person war, die mich am ehesten verstand. Aber vermutlich duschte sie gerade oder war joggen. Statt dessen rief ich wie versprochen Cheryl an und teilte ihr mit, daß niemand mich aus dem Hinterhalt niedergeschossen hatte. Sie lud mich zum Abendessen ein, das für mich Frühstück sein würde, bevor ich wieder meinen Streifzug durch die nächtliche Stadt antrat. Cheryl flüsterte mir ein paar aufmunternde Worte zu, die ich mit müdem Murmeln erwiderte. Janet Armstrongs Akte schepperte schwer, als ich sie in die unterste Schublade meines Aktenschranks plumpsen ließ. Janet Armstrongs grausige Vergangenheit konnte bis morgen warten. Und dann knipste ich die Schreibtischlampe aus, die ich die ganze Nacht hatte brennen lassen.

17

Von der Kaffeetasse, die vor mir auf dem Schreibtisch stand, stieg der Dampf auf, um sich vor meinen Augen zu verflüchtigen. In meiner Hochstimmung hatte ich das Gefühl, als könnte ich mich davon forttragen lassen. Mit meinem Leben schien alles im reinen zu sein. Alles sprach dafür, daß ich Opfer eines Überfalls geworden war, aber trotzdem war es besser, mich gegen alle Eventualitäten abzusichern.

Noch gleich am selben Morgen war ich ins Gerichtsarchiv gegangen, um mich bei dem Angestellten, der mich damals bedient hatte, zu erkundigen, ob er sich vielleicht an den auffällig gekleideten Schwarzen und seinen jüdischen Anwalt erinnern konnte.

Er konnte nicht.

Am Nachmittag rief ich dann beim Verein sektengeschädigter Eltern an, ob man dort von irgendwelchen Aktivitäten von Jim Jones' Anhängern in Washington wußte.

Auch hier Fehlanzeige.

Obwohl die Frage nach dem Wie und Warum meiner kleinen Abreibung weiterhin offenstand, war ich mir meiner Sache wieder sicher.

Außer meiner Arbeit hatte ich auch noch Cheryl. Und wenn unsere anfängliche Begeisterung sich auch etwas gelegt hatte und wenn wir auch nicht ganz so viele Gemeinsamkeiten hatten, wie ich anfänglich gedacht hatte, und wenn ... Ich meine, sie war trotzdem immer noch Cheryl und hatte etwas für mich übrig. Nein, nicht nur etwas – eine ganze Menge.

Aber im Augenblick wartete einiges an Arbeit auf mich. Ich sollte Nick Shermans Akte studieren und eine Antwort auf die Fragen von Janet Armstrongs Vater finden. Je mehr ich mich jedoch letzterem Thema widmete, auf mehr Ungereimtheiten und überraschende Wendungen stieß ich, so daß ich mehr und mehr daran zu zweifeln begann, jemals Licht in dieses Dunkel bringen zu können. Nichts, was mit Janet Armstrong zusammenhing, schien gewiß – außer, daß sie tot war.

Während ich mich nun über die Akte Janet Armstrong hermachte, stach mir als erstes eine längere Liste in die Augen, welche nur aus Namen bestand. Oben auf der ersten Seite stand: ZUSAMMENSTELLUNG DER SECHS NOTIZBÜCHER DES OPFERS MIT DEN ADRESSEN VON FREIERN.

Sechs Seiten mit Adressen. *Sechs Seiten!* In den meisten Fällen handelte es sich lediglich um Vornamen. Manchmal waren die Eintragungen ergänzt durch kurze Bemerkungen wie »einmal« oder »ein Freund von Jenny«. Bevor ich die einzelnen Namen durchzugehen begann, fing ich erst einmal zu zählen an. 404 Adressen insgesamt. Um ganz sicherzugehen, zählte ich sogar zweimal. Vierhundertundvier Eintragungen, vermutlich lauter Kunden und vermutlich nur der Bodensatz von Freiern, die zu notieren sie sich die Mühe gemacht hatte. Tja, sich Notizen zu machen, war mit Sicherheit etwas, was man in Harvard lernte. Ich blätterte wieder zur ersten Seite zurück und begann die Liste der Namen zu studieren.

Und plötzlich sackte mir der Boden unter den Füßen weg.

Seite drei, etwa in der Mitte:

»Martin M.«

Die Stenotypistin, welche die Liste zusammengestellt hatte, hatte vermerkt, daß dieser Name in Janets Adreßbuch besonders gekennzeichnet gewesen war.

Meine Hand, mit der ich die sechs Seiten hielt, zitterte. Ich stand vom Schreibtisch auf, durchquerte den Raum, und als ich wieder an den Schreibtisch zurückkehrte, stand dieser Name immer noch auf der Liste.

Es gab kein Entrinnen, wie sehr mein Verstand sich auch bemühte, mir irgendwelche Erklärungen und Ausflüchte unterzuschieben. Janets Eintragung konnte sich natürlich auf eine Million anderer Martin M.s beziehen als auf Martin Mercer, Assistent von Senator Robert Woodson. Auf jeden Fall mußte ich mir in diesem Punkt Gewißheit verschaffen.

Angenommen, Martin Mercer war tatsächlich dieser Martin M. aus Janets Adreßbuch. Er könnte nur einer unter unzähligen anderen Freiern gewesen sein, ohne jede Bedeutung für Janet. Die Tatsache, daß er in ihrem Notizbuch stand, mußte nicht unbedingt mehr besagen, als daß eben auch Assistenten von Senatoren gewissen Lastern frönten. Was hatte Janet ihren Eltern und ihrer Tante erzählt? Sie hätte »einflußreiche« Persönlichkeiten als Kunden. Möglicherweise war Martin M. tatsächlich Martin Mercer und damit eben einer dieser VIPs.

Und trotzdem.

Und trotzdem.

Waren das nicht zu viele Zufälle auf einmal? Doch welche Rückschlüsse sollte ich daraus ziehen? Falls Janet und Mercer irgend etwas miteinander zu tun gehabt hatten, welche Folgen konnte dieser Umstand für mich haben? Stand diese Bekanntschaft in irgendeinem Zusammenhang mit dem Überfall auf mich? Ich ging die Liste der Freier zu Ende durch, ohne auf irgendwelche weiteren Namen zu stoßen, die mir bekannt waren. Keine Woodsons und keine Eddie Hamptons.

Arme Tara. Sie hatte keine Ahnung, welches Unheil sich da über ihr zusammenbraute. Falls Mercer durch den Dreck gezogen wurde, würde auch ihr Vater ein paar Flecken abbekommen. Sie hatte genügend Schlimmes durchgemacht. Ich mußte dieses Unheil von ihr abwenden, wobei ich nicht vorhatte, ihr etwas von dieser unangenehmen Geschichte zu erzählen. Ich wollte nicht einmal, daß sie sich deswegen Sorgen machen mußte.

Aber um auf mich zurückzukommen. Ich hatte nicht gedacht, daß meine Angreifer etwas mit Janet Armstrong zu tun haben könnten. Allerdings hatte ich bis dahin nicht gewußt, daß möglicherweise zwischen Janet Armstrong und Martin Mercer ein Zusammenhang bestand. Weshalb Mercer mir übel gesinnt sein sollte, hätte ich vorläufig noch nicht sagen können, aber zumindest eröffnete diese Möglichkeit eine Reihe von interessanten Ausblicken. Die wahren Hintergründe herauszufinden, würde jedoch mit Sicherheit nicht einfach werden. Doch genau das war es, was ich tun mußte. Selbstverständlich konnte ich mich nicht direkt an Mercer selbst wenden. Ich wußte zu wenig, um mehr zu erreichen, als ihn zu warnen und ihm damit einen zusätzlichen Vorteil in die Hand zu spielen. Auch Nick Sherman konnte ich nicht um Hilfe bitten, da ich ab diesem Punkt die Kontrolle über den Lauf der Dinge aus den Händen verloren hätte.

Mein Kaffee war inzwischen kalt geworden – ein bitterer, dunkler See. Und ich konnte nicht auf den Grund dieses Sees blicken.

18

Als es mir schließlich gelang, den für die Jonestown-Affäre zuständigen Mann beim State Department anzutreffen, teilte mir dieser lakonisch mit, daß die Gerichte einen kalifornischen Anwalt mit der Bearbeitung sämtlicher Erbangelegenheiten betraut und für die Einreichung aller diesbezüglichen Anträge eine Frist gesetzt hatten, die bereits irgendwann im letzten Jahr abgelaufen war.

Als ich Art Dillon darauf diese Hiobsbotschaft überbrachte, ließ er sich jedoch keineswegs sonderlich beeindrucken.

»Schicke mir mit deiner Rechnung die Adresse dieses Anwalts in Kalifornien«, bat er mich. »Wäre doch gelacht, wenn wir an diesem lächerlichen Termin scheitern sollten.«

»Eigentlich habe ich nichts getan, was eine Rechnung rechtfertigen würde.«

»Ach was, Rankin, selbst Privatdetektive müssen hin und wieder was essen.«

»Was hältst du von einem kleinen Tauschgeschäft?«

»Kommt darauf an.«

»Ein gewisser Herbert Jerome Murphy ist wegen Mordes verurteilt worden.«

»Seit wann übernimmst du auch Kriminalfälle?«

»Murphy ist ein Zuhälter, der eines seiner Mädchen gekillt hat . . .«

»Was hast du dir denn dabei gedacht – für einen abgetakelten Luden zu arbeiten?«

»So ist das also – von wegen, vor dem Gesetz ist jeder gleich. Abgesehen davon ist Murphy nicht mein Klient.«

»In einem Strafprozeß gibt es meines Wissens immer nur zwei Seiten. Du arbeitest nicht für den Angeklagten, aber doch wohl auch kaum für den Staat.«

»Vielleicht versuche ich mich eben in Kreativität – ähnlich einem Anwalt, der einen toten Messias zu belangen versucht.«

»Na, hoffentlich hast du etwas mehr Glück als ich. Also, was willst du von mir?«

»Alles, was du mir an Aufzeichnungen über die Verhandlung beschaffen kannst.«

»Damit begibst du dich auf keineswegs ungefährliches Gelände. Hast du schon einen guten Anwalt an der Hand?«

»Die Antwort auf letztere Frage dürftest wohl du selbst sein.«

»Na gut, in diesem Fall werde ich sehen, was sich machen läßt.«

»Noch etwas: Wer weiß davon, daß du mich auf diesen Jonestown-Fall angesetzt hast?«

»Nur unsere Klienten und meine Mitarbeiter. Wieso?«

»Erinnerst du dich nicht mehr an meine drei Freunde?«

»Was willst du damit sagen, John?«

»Ach, nur so eine Frage.«

»Du glaubst also . . .«

»Religion und Geld gehören zu den Dingen, bei denen die meisten Leute nicht mit sich spaßen lassen, Art.«

»Ich weiß, John, die Welt ist voller Verrückter. Aber trotzdem kann ich mir nicht vorstellen, daß dir deine Abreibung wegen dieser Geschichte verpaßt worden ist.«

»Na ja – hattest du eigentlich irgendwelche Scherereien?«

»Nicht in dieser Hinsicht. Übrigens, ich habe gehört, du führst seit neuestem einen Harem in Capitol Hill.«

»Wer hat dir denn das erzählt?«

»Cheryl hat dir wohl nicht genügt. Du mußtest dir auch noch dieses junge Ding an Land ziehen. Soviel ich gehört habe, hat sie Beine bis rauf zum Arsch.«

»Tara ist eine gute Freundin von mir, Art.«

»Ah, in diesem Punkt bist du wohl etwas empfindlich, was?«

»Ich versuche nur, keine falschen Vorstellungen zu wekken.«

»Na gut, wir werden ja sehen.«

Keine falschen Vorstellungen wecken. Hinsichtlich Taras. Das entwickelte sich zusehends zu einem kleinen Problem. Ständig erzählte ich irgendwelchen Leuten, wie gute Freunde wir waren. Wie toll sie war. Wieviel wir gemeinsam hatten. Aber daß wir eben nur gute Freunde waren. Sogar Mad Dog mußte ich das an jenem Morgen wieder des langen und breiten auseinanderlegen, als wir einen kleinen Spaziergang durch den Lafayette-Park machten und uns wunderten, wo die Sonne vom Tag zuvor verschwunden sein mochte.

»Klar ist sie was ganz Besonderes«, erklärte ich, ohne daß er mit einer Wimper gezuckt hätte. »Aber immerhin ist sie erst zweiundzwanzig. Und trotzdem schon so verdammt clever! Nur gut, daß sie nicht zwei Jahre älter ist – sonst wäre ich vermutlich rettungslos verloren.«

»Und außerdem ist da ja noch Cheryl«, warf Mad Dog hilfreich ein.

»Natürlich. Auch wenn es nicht mehr so toll läuft, ist sie . . .«

»Seit wann das?«

»Na ja, eigentlich schon von Anfang an . . . wahrscheinlich.«

»Den Eindruck hast du damals aber nicht erweckt.«

»Selbst du täuschst dich eben manchmal. Ich kann wirklich

von Glück reden, daß Tara noch ein halbes Kind ist, sonst ginge es mir am Ende noch so wie dir mit Katie. Was tut sich eigentlich in letzter Zeit mit ihr?«

»Es läuft bestens!« Ich lächelte, ohne etwas zu erwidern. »Ich ... Das muß ich dir noch mal genauer erzählen ... Sie ist einfach großartig!«

»Hast du sie also doch rumgekriegt?« Ich sah ihn mit einem Augenzwinkern an.

»Was heißt hier rumgekriegt? Es hat sich einfach so ergeben.«

»Ach so.« Ich nickte verständnisvoll. »Und was wolltest du mir noch weiter erzählen?«

»Nicht von Katie«, kam Mad Dog widerstrebend wieder auf den eigentlichen Grund unseres Treffens zurück. »Möglicherweise brauche ich in dieser ABSCAM-Geschichte deine Hilfe.«

»Ich habe doch schon alles mögliche versucht, Dog. Niemand, den ich kenne, hat Zugang zu den Bändern, Videos oder Skripten ...«

»Die sind schon lange nicht mehr das Problem. Vermutlich habe ich sie nämlich schon.«

Ich blinzelte Dog ungläubig an. Er grinste wie ein kleiner Junge, der sein erstes Tor geschossen hatte.

»Ich brauche irgendeinen Ort, wo ich sie lagern und mir anhören kann, damit sie die Bänder nicht kriegen, falls sie sich einen Hausdurchsuchungsbefehl für meine oder Ned Johnsons Wohnung besorgen. Und ich möchte die Bänder auf keinen Fall schon wieder aus den Händen geben, bevor ich sie mir nicht vollständig angehört habe. In deinem Fall liegen keine ausreichenden Gründe vor, um ebenfalls einen Hausdurchsuchungsbefehl zu erwirken. Außerdem habe ich keine Stereoanlage zu Hause.« Sein »Zuhause« war ein unaufgeräumtes Loch mit einer Matratze auf dem Boden und einem Bad, das sogar einer Tankstelle Schande gemacht hätte. »Bei Katie geht es nicht – wegen ihrer Mitbewohnerinnen.«

»Klar«, nickte ich. »Das werden wir schon schaukeln.«

Zum Mittagessen war ich mit Tara verabredet. Das war nicht weiter ungewöhnlich. Wir telefonierten fast täglich und trafen uns häufig, wenn sich dazu Gelegenheit fand. An diesem Tag trug Tara eine modische schwarze Hose und einen purpurroten Pullover, der ihr rötlichblondes Haar hervorragend zur Geltung brachte. Sie sah wirklich großartig aus, als wäre sie schnurstracks einer eleganten Modezeitung entsprungen. Ich mußte mir Mühe geben, sie nicht geradewegs heraus anzustarren, wobei mir auffiel, daß die Männer an den Tischen um uns herum nicht unbedingt solche Zurückhaltung übten.

Ich erzählte Tara von meinen jüngsten Erlebnissen mit Detective Nick Sherman und wie ich mich mehr und mehr von der Person und dem Fall Janet Armstrongs angezogen fühlte.

»Ich habe das Gefühl, als würde ich immer tiefer in diesen Fall verstrickt. Dabei wollte ich ursprünglich nur ihrem Vater einen Gefallen tun. Vielleicht wurde ich wirklich nur rein zufällig überfallen, aber vielleicht ...« Ich zuckte mit den Schultern.

»Die Antwort darauf wirst du wohl nie erfahren«, meinte Tara.

»Vermutlich hast du recht. Aber versuchen werde ich es trotzdem. Außerdem, je mehr ich mich mit dem toten Mädchen befasse, desto mehr fasziniert sie mich. Fast scheint es ...« Ich mußte lächeln. »Ich kann mich des Gefühls nicht erwehren, als wäre ich ihr irgendwie verfallen, als hätte sich plötzlich unter meinen Füßen eine Falltür aufgetan.«

»Ich verstehe nicht so recht, was du damit meinst.«

»Man denkt, man stünde absolut über den Dingen, und plötzlich wird einem der Boden unter den Füßen weggezogen, und man verliert die Kontrolle über die Dinge.«

»Ja, das Gefühl kenne ich auch«, stimmte sie mir mit einem leichten Schaudern zu. »Ziemlich unangenehm so etwas.«

»Das muß nicht unbedingt sein«, korrigierte ich sie. »Manchmal ist es sogar nicht annähernd so schlimm, wie ich bis vor kurzem immer noch gedacht habe.«

Sie zuckte mit den Schultern, lächelte. »Gehen wir heute abend also ins Kino?«

»So war's doch abgemacht, oder nicht?«

»Schon, aber ... Ich dachte, nachdem dies dein erster freier

Abend seit Tagen ist, wolltest du vielleicht mit Cheryl allein etwas unternehmen . . .«

»Mach dir mal Cheryls wegen keine Sorgen. Sie kommt mit.«

»Gut. Ich . . . äh . . . kannst du dich noch an diesen Typen erinnern, der für Senator Barnes arbeitet?«

»Ja.« Verschwommen konnte ich das zumindest noch.

»Hast du was dagegen, wenn er mitkäme? Ich war mir nicht sicher, ob du Zeit haben würdest und . . .«

»Nein, nein, das geht schon in Ordnung«, beruhigte ich sie. »Kein Problem.«

»Er ist kein übler Kerl.«

»Wie sollte er auch. Aber was denkt der Mann von *Time* darüber?«

»Ich bin doch ein freier Mensch«, entgegnete sie mit einem Lächeln.

»Sind wir das nicht alle?« Wir lachten beide. »Im übrigen ist es gar nicht schlecht, wenn er mitkommt. Das entschärft die Lage.«

»Ich dachte schon, daß Cheryl über den Verlauf des heutigen Abends nicht unbedingt in Begeisterungsstürme ausbrechen würde.«

»Ich glaube nicht, daß wir uns Cheryls wegen noch allzu lange Gedanken werden machen müssen.«

»Und – und wie ist dir dabei zumute?«

»So etwas ist immer traurig.« Und dann fügte ich mit einem Achselzucken hinzu: »Aber es ist besser so.«

Sie senkte ihren Blick auf den Teller vor ihr. »Hast du schon irgendeine Ahnung, was – was dann kommen wird? Hast du schon das nächste – Abenteuer parat?«

»Eigentlich nicht«, erwiderte ich.

»Ich habe es von Anfang an gewußt!« platzte Tara plötzlich heraus. »Ich mag Cheryl. Sie ist wirklich nett und sympathisch; sie hat mir geholfen, als ich eine Stelle suchte und . . . und es tut mir aufrichtig leid für sie. Sicher ist sie sehr verletzt, dich zu verlieren.«

Die geschwätzige Menge um uns herum schien plötzlich zu verschwinden. Tara hob ihre schlanken Hände vor ihr Gesicht, als hielte sie eine unsichtbare Schale. »Cheryl hat sich nur leider völlig in dir getäuscht. Sie hat nicht gesehen, wer du wirklich bist oder wie ich dich sehe!« Ihre Hände schaukelten beim Sprechen leicht hin und her, und ich wußte – ich *wußte* es einfach! –, daß Tara durch irgendein Wunder mein ganzes Leben in ihren weißen Händen trug. »Da ist einfach noch so viel mehr!«

Soweit also zu Taras Zauber.

Schließlich lösten wir unsere Blicke voneinander. Ich legte ein paar Scheine auf die Rechnung. (»Wer verdient mehr?« würgte ich jede weitere Diskussion ab.) Dann gingen wir. Als wir unterwegs an einem anderen Restaurant vorbeikamen, konnte ich durch die beschlagenen Scheiben der Glastür undeutlich einen Mann erkennen, der, im Gehen begriffen, abrupt stehenzubleiben schien, als wollte er uns nachstarren. Beziehungsweise Tara, korrigierte ich mich. Wen hätte er schon anstarren können außer ihr?

Als wir uns schließlich an der nächsten Straßenecke, wo ihr Büro lag, trennten, drehte sie sich an der Fußgängerampel noch einmal um und lächelte mir zu. Die Ampel schaltete auf Grün, und sie lief leichtfüßig, ihr blondes Haar im Wind fliegend, über die Straße.

»Ich fand Taras neuen Bekannten ganz nett«, erklärte ich, als ich am selben Abend mit Cheryl nach Hause kam.

»Woher willst du das wohl wissen?« fuhr sie mich an. Sie war schon den ganzen Abend geladen wie eine Bombe gewesen. »Er hat doch kaum Gelegenheit gefunden, auch nur ein Wort zu sagen, von mir ganz zu schweigen. Wenn jemand geredet hat, dann du und Tara. Vor dem Film, nach dem Film, in der Bar, unterwegs zu seinem Wagen. Warum seid ihr beide eigentlich nicht gleich allein ins Kino gegangen?«

»Weil es nicht so abgemacht war«, antwortete ich, während ich an meinen Schreibtisch trat, nachdem ich die Wohnungstür aufgeschlossen hatte.

»Ach ja, natürlich.« Wütend stakte Cheryl in meine Wohnung. Ich wollte erst meinen Anrufbeantworter abhören, damit sie etwas Zeit hatte, sich abzuregen. Draußen regnete es in Strömen – also keineswegs der Zeitpunkt für eine hitzige Szene.

Cheryl war in diesem Punkt allerdings anderer Meinung. Als ich sie im Bad herumkramen hörte, folgte ich ihr dorthin.

»Was machst du denn hier?« fragte ich, obwohl ich genau wußte, was das Ganze sollte.

»Ich packe meine Sachen zusammen.«

Und dann wurde ich plötzlich wütend. Ich hatte keine Lust auf die von ihr inszenierte Farce! Meine Frage paßte offensichtlich nicht so recht in ihr Drehbuch: »Warum?«

»Weil ich mich hier nicht wohl fühle.«

»Für diesen Quatsch ist es doch wohl schon etwas spät, findest du nicht auch?«

»Das finde ich keineswegs.« Sie warf die Tür des Spiegelschränkchens zu, riß ihre Handtasche an sich und wirbelte herum, als wollte sie gleich auf mich losgehen. »Ich komme nicht hierher zurück, bis ich mich wieder wohl hier fühle!«

»Bitte, wie du meinst. Vergiß nur nicht . . .«

»Leck mich am Arsch!« platzte sie nun heraus.

Ich starrte sie einen langen Augenblick eisig an, drehte mich dann um und ging aus dem Bad. Über die Schulter rief ich ihr zu: »Ich bringe dich zu deinem Wagen.«

»Du brauchst dich nicht zu bemühen!« Ihre Handtasche gegen ihre wogende Brust gepreßt, drängte sie sich an mir vorbei. Ihr Gesicht wies leuchtendrote Flecken auf, aber sie verkniff sich ihre Tränen.

»Das hat nichts mit dir zu tun«, erwiderte ich. Sie funkelte mich erbost an, während ich weiterredete: »Die Gegend hier ist nachts nicht ganz ungefährlich, und wenn du überfallen wirst . . .«

»Mir kann diese Scheißgegend mitsamt dir gestohlen bleiben!«

»Inzwischen zählt schon nicht mehr, warum du das tust«, konterte ich. »*Wie* du es tust, reicht schon.«

»Ich kann es einfach nicht glauben!« Sie lehnte sich gegen die Tür. »Hör dich doch mal an. So gemein warst du bisher noch nie – und damit meine ich auch vor meiner Zeit.«

»Na, du würdest dich wundern.«

»Nein, John, du brauchst mir nichts vorzumachen . . . du . . . du bist so ein Idiot! Du weißt nicht einmal, in welche Scheiße du da getreten bist!«

»Ich dachte, mit dir wäre das anders geworden . . .«

»Laß bitte mich aus dem Spiel. Trotzdem solltest du dir im klaren darüber sein, daß ich jetzt gehe und daß das eher dir zum Nachteil gereicht als mir.«

»Wenn du meinst«, erwiderte ich, ohne mit der Wimper zu zucken.

Sie schüttelte den Kopf und stapfte die Treppe hinunter.

Ich beobachtete sie von meinem Erkerfenster aus, wie sie durch den Regen auf ihren Wagen zulief, der in der 7th. Ecke Pennsylvania geparkt war. Sie wischte sich mit dem Ärmel über das Gesicht, als sie die Wagentür aufsperrte. Die Handtasche sauste auf den Rücksitz, und dann stieg sie ein und fuhr los.

19

Der dicke braune Umschlag, der am nächsten Tag mit der Post kam, wies keinen Absender auf. Er enthielt einen dicken Pakken Fotokopien sowie eine maschinengeschriebene Notiz: »Du kannst noch mehr von diesem Kram bekommen, den du eigentlich nicht zu Gesicht bekommen solltest, aber im Augenblick ist an Gerichtsakten nicht ganz einfach heranzukommen. Viel Spaß bei der Lektüre. Dein anonymer Freund.«

Namens Art Dillon. Er hatte wirklich keine Zeit verloren. Die Sendung bestand aus der genauen Urteilsbegründung für den Zuhälter von Janet Armstrong sowie einer genauen Bestandsaufnahme des gegen ihn verwendeten Beweismaterials. Letzteres kannte ich zum Teil bereits aus Nick Shermans Akte, einiges war mir jedoch neu.

Aber im Moment interessierte mich das alles herzlich wenig. Nachdem ich schon vor Tagesanbruch aufgewacht war, hatte ich den ganzen Morgen unruhig in meiner Wohnung herumgekramt, bis es schließlich zu spät zum Joggen und noch zu früh zum Arbeiten war. Tara ging früh in die Redaktion. Es war besser, sie dort anzurufen, als nach der Arbeit zu Hause. Besser früh als spät.

»Cheryl ist ab sofort kein bestimmender Faktor mehr in meinem Leben«, resümierte ich in einer Parodie des allgemein üblichen politischen Jargons die Ereignisse des gestrigen Abends.

Ich hatte mir meine Worte genau überlegt und diesen Satz mehrmals insgeheim geprobt, aber als die Worte nun im Hörer meines Telefons widerhallten, kamen sie mir reichlich abgeschmackt und alles andere als witzig vor.

»Oh! Das ... das ... nein, eigentlich tut es mir nicht leid!« Sie lachte. »Ich habe eigentlich von Anfang an damit gerechnet, wenn auch nicht so früh. Und wie geht es dir dabei? Alles in Ordnung?«

»Ja«, antwortete ich nicht unbedingt wahrheitsgemäß, was sie auch unwillkürlich spürte.

»Möchtest du ... willst du darüber sprechen?«

»Ja.« Ich gab mir Mühe, mir meine Aufregung nicht anmerken zu lassen. Ich wollte sie nicht verschrecken. »Ich würde sehr gern mit dir darüber sprechen. Hast du für heute abend schon was vor?«

»Eigentlich wollte ich mit dem Mann von *Time* essen gehen.«

Pause. »Das macht nichts. Und wie sieht's mit morgen aus?«

»Natürlich. Ich kann heute abend auch absagen, wenn du willst ...«

»Nein, nein, das ist ... das ist schon in Ordnung. Ich ruf dich später vielleicht noch mal an.«

»Dann bis morgen«, verabschiedete sie sich und legte auf.

Ich schob die Gerichtsakte von einer Ecke des Schreibtisches in die andere, um sie schließlich doch wieder auf ihren alten Platz zurückzulegen. Ich konnte nicht still sitzen. Auch im Büro auf und ab zu gehen, half nichts. »Verfluchte Scheiße.« Ich schob die Gerichtsdokumente in einen Aktenordner und zog mich zum Laufen um.

Ich war kaum den Capitol Hill hinuntergetrabt, als mich bereits die Kräfte verließen, obwohl dies höchstens zwanzig Prozent meines üblichen Pensums waren. Den Rückweg legte ich teilweise sogar im Gehen zurück. Vom Regen der letzten Nacht glänzten die Bäume in sattem Grün. Die Wolken hatten sich aufgelöst, und die Sonne tauchte die Stadt in strahlendes Licht – Vorbote eines herrlichen Sommertages.

Rich putzte gerade das Schaufenster seines Ladens. »Blendend sehen Sie heute aus«, begrüßte er mich mit unverhohlenem Sarkasmus.

»Ich habe einen anstrengenden Tag hinter mir, Rich; oder besser, eine anstrengende Nacht.«

»Ach ja?«

Als ich ihm darauf von Cheryl erzählte, schüttelte er den Kopf. »Na ja, was soll ich dazu schon groß sagen.«

Ich wußte darauf nicht viel zu erwidern und wich seinem Blick aus.

»Und was steht jetzt als nächstes an?« erkundigte sich Rich weiter.

Am besten über die Arbeit reden, dachte ich. Über etwas Konkretes. »Tja, Sie wissen ja selbst, Rich, daß ich zur Zeit ziemlich beschäftigt bin. Dieser letzte Auftrag hat sich als zeitraubender erwiesen, als ich dachte.«

»Na, dann kann ich nur hoffen, daß Ihnen Ihr heutiger Besucher mehr Glück bringt als dieser Mann letztesmal. Diesmal ist es jemand Besonderes – jemand, den Sie kennen.«

Ich wagte nicht, ihn nach meinem Besuch zu fragen; mir blieb nur zu hoffen.

Rich neigte sich mir zu und verzerrte sein Gesicht wie ein groteskes Kinomonster, um dann mit heiserer Stimme folgende Worte hervorzustoßen: »Es ist Mad Dog!«

»Scheiße!«

»Oh, entschuldigen Sie bitte.« Er richtete sich in gespielter Gekränktheit auf. »Ich dachte, Sie beide wären Partner und eng befreundet.«

»Das sind wir – natürlich«, nickte ich. »Nur ... habe ich nicht mit ihm gerechnet.«

»Wann rechnet man schon mit einem tollwütigen Hund.«

»Das stimmt allerdings. Seit wann ist er denn schon hier.«

Rich zuckte mit den Schultern. »Wie lange sind Sie etwa weg?«

Oben in meinem Büro wanderte Mad Dog auf demselben Pfad, auf dem vorher bereits ich mein Glück versucht hatte, auf und ab.

»Hör mal, Saul«, begrüßte ich ihn. »Ich habe dir zwar meine Hilfe zugesagt, aber heute fühle ich mich absolut nicht in der Lage ...«

»Es geht um diese Sache, über die wir neulich gesprochen haben.«

»Laß mich bloß mit deinen blöden ABSCAM-Bändern in Ruhe. Ich kann heute nichts mehr davon . . .«

»Nicht die ABSCAM-Bänder, die andere Geschichte.«

»Was für eine andere Geschichte?«

Keiner von uns rührte sich.

»Du meinst doch nicht etwa Katie?«

Er nickte. »Ich . . . ihr Praktikum neigt sich dem Ende zu, und sie redet schon die ganze Zeit davon, zu diesem Typen in New Mexico zurückzukehren. Ich weiß ganz genau, daß sie gar nicht so sonderlich auf ihn steht, auch wenn sie das abstreitet. Du kennst ja diese ständigen Machtspielchen, dieses ewige Hin und Her. Ich bin überzeugt, daß ich sie halten kann . . . deshalb . . .« Er zwang sich, mir gerade in die Augen zu sehen. »Was hältst du davon, wenn ich sie fragen würde, ob sie mich heiraten will?«

Noch vor vier Monaten hätte ich es für absolut undenkbar gehalten, daß Mad Dog Saul Lazarian das Wort »Heirat« auch nur in den Mund nehmen könnte, aber die Zeiten änderten sich eben, und manchmal verdammt rasch.

»Liebst du sie denn?« war alles, was ich darauf zu erwidern wußte.

»Ja! Und nicht wenig!« Er scharrte mit den Füßen. »Und sie liebt mich auch. Ich habe Angst . . . ich habe Angst, sie zu verlieren. Und in diesem Fall ist eine Heirat doch das beste, oder nicht? Sind das nicht die Spielregeln? Du liebst jemanden, du willst ihn nicht verlieren – also heiratest du ihn.«

»Warum nicht?«

»Keine Einwände? Ich hätte nie gedacht, daß du . . . du warst doch sonst nie . . .«

»Ich weiß, Dog«, nickte ich. »Doch diesmal kann ich mir nur zu gut vorstellen, wie dir zumute ist.«

Na, was sollte das denn bedeuten, wurde mir mit einem Schmunzeln bewußt.

Seine Stirn legte sich in Falten. »Cheryl?«

»Sie ist gestern abend abgerauscht.«

»Also Tara?«

»Wie kommst du darauf . . .?«

»Wir sind doch nicht auf den Kopf gefallen, John. Hältst du uns wirklich für so blöd?«

»Ich weiß auch nicht.« Ich schüttelte den Kopf. »Vermutlich werde ich mich morgen abend mit ihr treffen.«

»Wieso lange warten?«

»Der Zeitpunkt wäre schlecht gewählt.«

»Ich finde sie sympathisch.«

»Fang nicht schon an, die Hochzeitsglocken läuten zu hören! Bis dahin ist es noch ein weiter Weg. Ich finde sie auch sehr nett, und . . . und ich weiß auch nicht, wohin das alles führen wird und was dabei noch herauskommt . . . Na ja, du weißt ja selbst.«

»Ja«, stimmte er mir nickend zu. »Das kann man wohl sagen.«

Darauf erging er sich noch etwa weitere zehn bis fünfzehn Minuten zum Thema Katie.

»Und wann willst du sie fragen?« wollte ich schließlich wissen.

»Ich habe sie bereits gefragt. Gestern nacht.« Das war nun wirklich eine Überraschung. »Ich dachte, du würdest dir an den Kopf fassen, deshalb wollte ich es dir schonend beibringen. Vermutlich wäre es jedoch gar nicht nötig gewesen.«

»Und was hat sie dazu gemeint?«

»Sie hat mich gebeten, ihr ein paar Tage Zeit zu lassen – zum Nachdenken.«

»Das ist durchaus verständlich.«

»Natürlich ist das verständlich! Und ich weiß – ich weiß, daß sie ja sagen wird. Ich weiß es einfach. So etwas habe ich im Gefühl.«

»Na, dann wollen wir mal hoffen, daß dich dein Gefühl nicht trügt, Dog.«

Nachdem er gegangen war, stand ich eine Weile in meinem Erker und versuchte an Saul und Katie zu denken, was mir jedoch nicht so recht gelingen wollte.

Das Telefon klingelte.

»Ich bin versetzt worden!« Es war Tara. »Der Mann von *Time* hat für heute abend abgesagt. Wenn du willst, können wir also etwas unternehmen. Sollen wir essen gehen?«

Sie unter diesen Umständen in der Öffentlichkeit zu treffen . . . »Kann ich nach der Arbeit bei dir vorbeikommen?«

»Sicher. Wie wär's, so gegen sieben – nein, lieber erst um acht.«

»Einverstanden.«
»Wirklich alles in Ordnung, John?«
»Natürlich!« Ich nickte mir selbst zu. »Alles in Ordnung.«

20

Es gibt Momente in unserem Leben, an die zu glauben einem in der Erinnerung manchmal schwerfällt. Sind sie wirklich geschehen? Haben wir uns das nicht nur so sehr gewünscht, daß wir schließlich daran geglaubt haben?

In meinem Bauch schwelte ein schmerzendes Feuer, als ich mich an jenem Abend auf den Weg zu Taras Wohnung machte. Mein ganzes Leben schien in der Schwebe.

Und dann öffnete mir eine Vision in Gold – kuschliger weißer Pullover aus Mohair, lange, schlanke Beine unter den Jeans – die Tür.

»Hallo«, nahm sie mich in Empfang und hängte meine Lederjacke an den Türknopf. »Ganz schön chaotisch hier.«

»Wann ist es das nicht.« Ihre Gegenwart verlieh dem ansonsten schäbigen Apartment mit seiner Möblierung aus provisorischen Regalen und Tischen einen unleugbaren Charme. Die typische Studentenbude kurz nach dem Einzug.

»Hoffentlich habe ich mit meinem Anruf deine Pläne für heute abend nicht durcheinandergebracht.«

»Nein, nein, keineswegs.«

»Hast du auch wirklich nichts, John. Du siehst etwas . . .«

»Keine Sorge, ich bin ganz in Ordnung – wirklich.«

»Das behauptest du zwar schon die ganze Zeit, aber die Trennung von Cheryl . . .«

»Ach, das hat nichts bedeutet.« Tara setzte sich währenddessen im Schneidersitz auf das Bett in der Ecke, über das eine verblichene, blaue Tagesdecke geworfen war. Ich schritt im Raum auf und ab. Obwohl ich vermeiden wollte, sie anzusehen, fanden meine Blicke sie überall. »Es klingt vielleicht etwas geringschätzig, wenn es auch nicht so gemeint ist. Weißt du, das Ganze ist – ist ziemlich schwierig und komisch. Könntest du . . . Würde es dir was ausmachen, mir einfach eine Weile zuzuhören. Nur so. Ja?«

Sie nickte. Ihre Miene versteinerte sich merklich. Mein Gott, ich drängte sie in die Enge!

»Es ist nichts Schlimmes! Mach dir also bitte keine Sorgen. Es ist wirklich nichts Schlimmes.« Ich benahm mich schlimmer als ein pickliger Teenager, der zuvor schon fünfmal geduscht und trotzdem schon wieder sein bestes Hemd durchgeschwitzt hatte; ganz zu schweigen von dem entsetzlichen Mundgeruch, obwohl er sich mindestens zehnmal die Zähne geputzt hatte. Die Worte purzelten von meinen Lippen wie Lemminge, die sich am Ende ihrer Wanderung von einer Klippe ins Meer stürzten.

»Es mag vielleicht etwas abgeschmackt klingen«, stieß ich schließlich hervor, »aber du bist wirklich der Mensch, der mir am nächsten steht.«

»Ich weiß, was du meinst«, erwiderte sie. »Ich habe eine Freundin, mit der ich in Europa war. Manchmal bekomme ich regelrecht Schuldgefühle, weil sie mir nicht so nahe ist wie du. Niemand war mir je so nahe.«

»Ich möchte das nie wieder verlieren. Nie.«

»Ich auch nicht.« Ihr Kinn begann zu zittern.

»Ich liebe dich«, stieß ich hervor.

Tara brach in Tränen aus.

»Ich konnte einfach nicht anders.« Ich versuchte, sie zu beschwichtigen. »Ich habe das nicht gewollt, Tara, aber ich konnte einfach nicht anders. Ich liebe dich, Tara, ich liebe dich, wie ich mir nicht einmal vorstellen konnte, daß ich jemals jemanden lieben könnte. Ich habe dich von dem Augenblick, da wir uns zum erstenmal gesehen haben, geliebt, und dieses Gefühl ist von Tag zu Tag stärker geworden. Ich weiß, für dich kommt das ungelegen, und ich ... Ich wollte es dir eigentlich gar nicht sagen. Aber ich konnte einfach nicht anders!«

Ihr ganzes Gesicht war von einem feuchten Schimmer überzogen. Ich kauerte mich vor ihr auf den Boden. »Nicht weinen!« flehte ich sie an. »Bitte, Tara, nicht weinen!«

Sie winkte mit der Hand meine Bedenken beiseite und wischte sich die Tränen aus den Augen. »Ist schon gut«, stammelte sie leise und sanft. »Ist schon gut. Mir sind einfach nur die Tränen gekommen.«

Langsam, ganz langsam, bewegte ich meine Hand auf ihre

Wange zu, um kurz davor anzuhalten, so daß ich schon die Wärme ihrer feuchten Haut in meinen Fingerspitzen prickeln spürte. Und dann berührte ich sie, ließ meine Hand durch ihr weiches Haar gleiten, während sie sich gegen meinen Hals lehnte und weinte. Wir legten uns ausgestreckt nebeneinander, und Tara vergrub ihr Gesicht an meiner Brust, während stille Tränenbäche ihre Wangen hinunterflossen.

»Jetzt habe ich alles versaut«, begann ich mit meinen Selbstanklagen, doch sie schüttelte nur den Kopf. »Was willst du so mit mir anfangen?«

»Ich habe alles versucht, Tara!« Ich schwebte über dem Bett, über meinen Worten. Ich hing vollkommen in der Luft – so schutzlos und verletzbar, den Umständen total ausgeliefert. Und dennoch fühlte ich mich seltsamerweise freier denn je zuvor. Ich hatte nichts zu verlieren. Meine einzige Belohnung würde das sein, was sie mir gab. Was hatte ich also zu befürchten?

»Tara, ich habe versucht, die Bedrohung, die du für mich darstellst, zu entschärfen, indem ich dich in irgendeine Schublade gesteckt habe. Aber du paßt nun mal in keine Schublade. Ich kenne natürlich deine Fehler und Schwächen, aber . . . die zählen einfach nicht.«

»Mit dir ist es doch genau dasselbe.« Ihre Augen glitten über mein Gesicht. »Das weißt du doch, nicht wahr? Ich kann . . . ich kann dich einfach nicht in einer dieser Schubladen verschwinden lassen.« Und dann preßte sie wieder ihren Kopf gegen meine Brust und weinte.

»Ich möchte kein Abenteuer werden wie der Mann von *Time* oder Peter aus Harvard oder Senator Barnes' vielversprechendster junger Assistent oder . . .«

»Wie könntest du das! Mit dir ist alles anders.«

»Ich liebe dich, Tara. Ich habe dich immer nur geliebt. Und ich glaube, du liebst mich auch. Jeder spürt das, wenn wir zusammen in einen Raum kommen. Wirklich verrückt ist das. Aber vielleicht will ich auch zu viel.« Ich spürte, wie sie an meiner Brust den Kopf schüttelte. »Aber ich will viel! Ich möchte nicht . . . ich meine, vielleicht brauchst du erst noch etwas Zeit, um dir das Ganze durch den Kopf gehen zu lassen. Ich will dir hier keine Fristen und Termine und Ultimaten stellen . . .«

»Ich weiß«, flüsterte sie, »ich weiß.« Und sie nickte. Und weinte.

Und so ging es noch eine ganze Weile weiter. Ich lag neben ihr auf dem Bett, redete auf sie ein und versuchte sie zum Lachen zu bringen. Küßte sie ein paarmal. Versicherte ihr ein paar hundert Male, daß ich sie liebte. Umarmte sie an der Tür, als wir uns gute Nacht sagten.

Zwischen dem Zeitpunkt unseres Abschieds und unserem nächsten Treffen trieb ich durch den Tag, füllte meine Zeit mit gedankenlosen Verrichtungen aus.

Als sie mir am nächsten Abend die Tür ihrer Wohnung öffnete, mußte ich sie in die Arme schließen, ihr erneut meine Liebe versichern. Ich küßte sie, zart und behutsam, meine Leidenschaft anschwellend, doch von meinem Herzen und meinem Verstand in Schranken gehalten. Sie hielt mich lose – aber sie hielt mich. Ihre Zunge schnippte leichthin, lockend nach meiner. Und ich sagte es ihr wieder.

»Ich weiß, es ist dir unangenehm, wenn ich es sage . . .«

Sie lächelte. »Nein, ich höre es gern.«

Ich konnte nur da stehen und grinsen wie ein Idiot.

»Sollen wir gehen?« schlug sie schließlich vor.

Der Abend war zu herrlich, um den Wagen zu nehmen – ihren Wagen, obwohl ich im Lauf der Zeit vergessen hatte, welches Possessivpronomen zu dem silbernen Porsche gehörte. Wir gingen zu Fuß zu dem Restaurant auf der anderen Seite des Capitol Hill.

»Vielen Dank für die vier Platten. Und den Brief. Wie hast du sie in meine Wohnung geschafft?«

Selbst ihr Vermieter, der einen Zweitschlüssel für die Wohnung hatte, wußte von unserem Geheimnis. Aber ich erzählte ihr nicht davon. Man soll einer kleiner Überraschung nie ihren Zauber nehmen. »Tja, manchmal finden sich eben Mittel und Wege . . .« Darauf drang sie nicht mehr weiter in mich. »Außerdem hat sich dieses Geschenk mehr oder weniger geradezu aufgedrängt. Springsteens Gruppe nennt sich doch E Street Band. Und nachdem du in der E Street wohnst . . .«

Sie lächelte mich an.

»Was hast du denn für morgen abend vor?« fragte ich dann.

»Ach, ein paar Bekannte von der Redaktion wollen morgen

in einem Restaurant essen gehen, das kürzlich in der *Post* besprochen wurde.«

Vier Schritte, fünf. »Aha . . . klingt . . . nicht schlecht.«

»Du, äh, wenn du willst, kannst du mitkommen.«

Ich hatte gut genug verstanden, um zu erwidern. »Ich weiß nicht, ob ich kann.«

Sie zuckte mit den Schultern, und wir gingen weiter.

Das Abendessen war herrlich. Es war ein lauer Sommerabend, und wir konnten draußen sitzen. Da der Oberkellner und der Koch alte Bekannte von mir waren, wurden wir besonders verwöhnt. Tara sah großartig aus, und auch ich konnte mich sehen lassen. Wir unterhielten uns angeregt, lachten viel. Wenn ich mich umschaute, wurde mir bewußt: Die Leute beobachteten uns. Alle wußten Bescheid.

Doch unter meinem Lächeln nagten bange Befürchtungen an meinem Herzen.

»Ich stelle schon mal Wasser für den Kaffee auf«, erklärte sie, als wir nach dem Essen in ihre Wohnung zurückkamen. »Wir können uns ja die Springsteen-Platten anhören.«

Sie wandte sich in Richtung Küche, zögerte und strebte dann erst auf die Stereoanlage zu. Als meine Hand sie am Ärmel berührte, erstarrte sie.

»Tara.« Sie drehte sich um, ein aufgesetztes Lächeln auf den Lippen. »Deine Antwort lautet nein, habe ich nicht recht?«

Das Lächeln verzerrte sich, ihr Kinn geriet ins Zittern. Ihre Augen füllten sich mit Tränen. »Ach, wenn du wüßtest!« schluchzte sie los. »Du weißt doch, wie wichtig du für mich bist. Das weißt du doch. Wie viel mir an dir liegt und . . . Ach, ich weiß einfach nicht! Wenn du wüßtest, wie gern ich möchte . . . Mein Gott, wie ich mich nach dir sehne! Aber ich kann nicht . . . Ich kann einfach nicht! Ich bin einfach noch nicht so weit. Es geht nicht. Ich kann nicht . . . ich . . .«

Sie war unfähig, weiter zu sprechen. Als ich sie an mich zog, drückte sie sich an meine Brust und schluchzte haltlos. »Ist ja schon gut«, versuchte ich sie zu trösten. »Ist ja schon gut.

Ich liebe dich trotzdem, Tara. So oder so. Wir bleiben trotzdem die besten Freunde. Daran wird sich nie etwas ändern.«

Ihr Kopf grub sich in meine Brust, als sie nickte. »Du bedeutest alles für mich.« Sie versuchte zu sprechen, aber ich hinderte sie daran, indem ich sie so lange gegen mich drückte, bis sie es aufgab. Da war immer noch die letzte große Chance, meine letzte große Hoffnung. Ich würde sie nicht ungenutzt verstreichen lassen. Nein, das würde ich unter keinen Umständen! »Ich weiß, daß du jetzt nicht kannst. Du sagst nur für den Augenblick nein. Aber du sagst nicht *nie.*«

»Wie könnte ich zu dir je nie sagen?«

»Der richtige Mann, die richtige Frau, der falsche Zeitpunkt.«

Sie nickte und schluchzte sogar noch heftiger als zuvor.

»Ich liebe dich, Tara. Ich weiß nicht, wie es mit uns weitergehen soll, aber irgendwie wird es weitergehen.« Sie nickte, und wir klammerten uns beide an meine Erkenntnis – diese wundervolle, einsichtige, *weise* Erkenntnis.

Und da war noch mehr, viel mehr. Ich hielt sie vielleicht noch zwei Stunden so in den Armen, während deren wir sprachen, erklärten, verstanden, rechtfertigten. Ich versprach ihr viel; sie verlangte nichts, sagte wenig. An der Tür umarmte ich sie noch einmal, versicherte ihr ein letztesmal, daß ich sie liebte, und trieb davon.

Vier Blocks, redete ich mir gut zu. Stolpere nicht so. Deine Beine sind nicht gebrochen. Du hast noch Arme. Du kannst immer noch sehen. Vier Blocks und eine Treppe zum ersten Stock. Selbst ein Sterbender kann noch vier Blocks weit kriechen. Ein Toter.

Das ist dein Zuhause. Hier lebst und arbeitest du. Nicht mehr. Nie wieder. Das ist deine Couch. Hier hat sie geschlafen. In diesem Bad hat sie geduscht. Hier hat sie gelacht. Ja, sie hat wirklich gelacht hier.

In solchen Fällen besäuft man sich doch in der Regel. Keine Lust auf Alkohol. Wie wär's mit dem Kokain in der Schublade, in der auch die Knarre liegt. Nein, das würde alles nur intensivieren. Das kann ich jetzt nicht brauchen. Das einzige, was ich brauche – ja, was ich wirklich brauche –, ist sie. Und ich kann sie nicht haben. Aber sie hat auch nicht nie gesagt; nein, das hätte sie nie gesagt, hätte sie nie sagen können – und deshalb wird es nie ein Nie geben.

Von wem ist eigentlich diese Flasche Gin noch? Von Maggie oder von Cheryl, die auf Gin Tonic stand? Aber wen interessiert das jetzt schon? Wenn sie mich jetzt so sehen könnten. Das wäre ihnen eine Genugtuung. Würden sie sich an meinem Anblick weiden. Aber wen interessiert das schon?

Keinen Gin auf den Anrufbeantworter verschütten. Halt! Vier Häuserblocks zu Fuß – das dauert eine ganze Weile – vielleicht – bitte – vielleicht hat sie . . .

Hier spricht Cliff Palefsky von der Washington Post. *Sie haben mehrfach versucht, mich zu erreichen. Allerdings war ich längere Zeit verreist. Nun bin ich für ein paar Tage in der Stadt. Wer sind Sie übrigens, und was wollen Sie von mir?*

– Mr. Rankin? Ich habe schon vorher mal angerufen. Aber der Anrufbeantworter war nicht eingeschaltet. Ich bin Fred Thomas, Senator Woodsons Anwalt. Wir haben uns in seinem Haus kennengelernt. Wie schön, daß sich diese Angelegenheit so unproblematisch klären ließ. Ich rufe im Auftrag meiner Kanzlei an. Ich habe zufällig mit Martin Mercer, dem Assistenten des Senators, darüber gesprochen, daß wir bis über den Hals in Arbeit stecken – Sie wissen schon, dieser ganze Kleinkram wie Zeugenbefragungen, Nachforschungen, Aktenstudien und so weiter. Er hat daraufhin vorgeschlagen, daß ich mich diesbezüglich mal an Sie wende. Vielleicht könnten wir uns ja auf einer für uns beide zufriedenstellenden Basis einig werden. Rufen Sie mich also bitte so bald wie möglich an.

– Hier Dog! Sie hat ja gesagt! Katie hat ja gesagt! Ich habe es geschafft! Du mußt unbedingt dabeisein, wenn wir heiraten! Ruf uns bei Katie an!

– Na, wie geht's, altes Haus? Hier spricht dein alter Kumpel Paul. Wollte nur mal sehen, wie's dir geht. Ich rufe mal wieder an.

– Hier spricht Nick Sherman. Die Sache mit der Sitte geht in Ordnung. Rufen Sie die Nummer 555-0959 an und verlangen Sie nach Detective Ben Clay. Alles weitere können Sie dann mit ihm regeln. Er ist ein guter Mann. Sie werden wieder von mir hören.

– Hey, Rankin, ich bin's. Maletta. Ich ruf demnächst mal wieder an.

Das Band surrte leise weiter. Keine Anrufe mehr. Ich schaltete den Anrufbeantworter aus und trat an meine Stereoanlage. Lärm. Leben. Irgend etwas. Ich legte eine Kassette ein.

Und beobachtete, wie sich der Inhalt meiner Eingeweide über den Fußboden entleerte. *Ausgelaugt und ausgebrannt,* war mein letzter zusammenhängender Gedanke. Die Eiswürfel in dem Glas in meiner Hand klirrten, und plötzlich begann ich schluchzend zu hyperventilieren. Ich merkte erst, daß ich auch weinte, als ich die Tränen durch mein Hemd dringen spürte. Und jedesmal, wenn ich dachte, ich würde nun endlich damit aufhören können, schien mein Inneres noch ein Stück weiter zu zerreißen, so daß alles wieder von vorn begann. Ich kippte drei oder vier Glas Gin hinunter, damit es endlich aufhörte, aber es nutzte alles nichts. Ich war zu nichts mehr in der Lage, als schluchzend immer wieder ihren Namen zu wiederholen. Ich zog mir mehrere Prisen Kokain rein. Mir war alles egal, und ich spürte auch nicht, daß ich immer weiter und weiter abstürzte. Dazu spielte ich immer wieder ein Lied von einer Raubpressung eines Springsteen-Konzerts in einem NightClub in Philadelphia, Bruces heiser gefühlvolle Interpretation von Bob Dylans Aufbegehren gegen das Schicksal »I Want You«.

Am Samstag war die Welt in dichten Nebel gehüllt. Am Sonntag stellte ich fest, daß ich immer noch auf ihr herumlief. Der Welt war das egal. Den Zeitungen zufolge, die sich inzwischen vor meiner Wohnungstür stapelten, konnte seit neuestem auf jegliche von Menschenhand geschaffene Form von Leben ein Patent angemeldet werden. *Sie* reagierte auf diese Nachricht vermutlich nicht gleichgültig, auch wenn die Welt es tat. Das genügte. Das und der unverbrüchliche Glaube, daß es für uns kein *Nie* gab. Ich war dazu geboren, sie zu gewinnen. Und dieser Bestimmung meines Geschicks würde ich folgen, auch wenn ich daran zugrunde gehen sollte. Ich würde erlöst werden, sobald sie die Augen nicht mehr davor würde verschließen können, daß wir zusammengehörten. So mußte es einfach sein, und so war es auch.

Wenn man alles will, muß man auch alles geben. Ist es nicht so? Mir sollte es nur recht sein. Wenn ich bereit war, alles aufs Spiel zu setzen, dann verdiente ich auch, alles zu gewinnen. Und ich würde es schaffen. In jedem Fall. Nachdem ich nun endlich wußte, was Liebe war, nachdem ich sie nun endlich hatte, würde ich auch alles daransetzen, sie am Leben zu erhalten und ihr zum Durchbruch zu verhelfen.

Erst schuf ich mir diese rationale Welt, und dann brachte ich auch noch die Kraft auf, mich ihren Regeln entsprechend zu verhalten. Und das brachte mich wieder in Gang. Ich räumte in meiner Wohnung auf und ging einkaufen.

Ich stand gerade vor dem Supermarkt, als sie um die Ecke direkt auf mich zukam, und gleichzeitig hörte ich Joey Malletta rufen: »Hey, Rankin!« Sie sah mich, hörte vermutlich auch Joey. Sie schien einen Augenblick unschlüssig, doch wohin hätte sie sich wenden sollen? Sie und Joey erreichten mich gleichzeitig.

»Du kannst dich doch sicher noch an Tara erinnern, Joey?«

»Na und ob.« Er lächelte uns strahlend an. »Schön, euch zu treffen.«

»Ist der Supermarkt geschlossen? Ich muß dringend ein paar Sachen einkaufen«, stotterte Tara sichtlich verlegen.

»Ich auch«, nickte Joey, »aber ich fürchte, wir haben kein Glück. Ich wollte dich übrigens demnächst anrufen, John – wegen unserer Party. Wir haben sogar eine polizeiliche Genehmigung. Mit Band, tonnenweise Essen und fässerweise Bier. Wir haben den ganzen Hinterhof unseres Hauses zur Verfügung. Das wird vielleicht ein Ding. Ihr beide werdet doch hoffentlich auch kommen?«

»Wann soll die Fete denn steigen?« fragte ich.

»Am vierten Juli natürlich! Wann denn sonst? Am Unabhängigkeitstag.«

Ich wählte meine Worte mit äußerster Bedachtsamkeit, als ich mich an Tara wandte: »Na, was meinst du, beste aller Freundinnen?«

»Ich hätte schon Lust«, gab sie leise zur Antwort.

Joeys Vorschlag, noch kurz gemeinsam auf ein Bier zu gehen, schlugen wir jedoch ab, worauf er uns allein zurückließ.

»Ich hoffe, wir werden das hinkriegen«, sagte ich schließlich zu Tara, wobei ich hoffte, daß sie mir den Grad meiner Auflösung nicht anmerken würde.

Sie lächelte. »Doch, das glaube ich auch.«

21

Sunshines Bekanntschaft machten wir während meiner dritten Nacht auf der »Pirsch«, wie es Ben Clay, der weiße Detektiv von der Sitte, und sein schwarzer Partner Willy Franklin zu nennen pflegten. Wir glitten gerade in unserer Zivilstreife gemächlich die 14th hinunter, als Ben das Schweigen im Wagen brach. »Wen haben wir denn da?« Diese Frage bezog sich offensichtlich auf zwei Frauen, die gegen den Zaun eines heruntergekommenen Hauses lehnten und uns erwartungsvoll entgegenblickten. Als die schlanke Schwarze in Hot pants unsere Funkantenne bemerkte, flüsterte sie ihrer Begleiterin, einem gedrungenen weißen Mädchen mit üppig toupiertem, hellblond gefärbtem Haar, kurz etwas zu. Darauf trat das schwarze Mädchen etwas zur Seite, während ihre weiße Begleiterin weiter wie angewurzelt stehen blieb.

»Das scheint eine Neue zu sein«, bemerkte Willy.

»Welche?« fragte ich.

»Das weiße Mädchen«, erwiderte Ben.

»Und wer ist die Schwarze?« wollte ich wissen.

»Sie ist eine von Ciscos Mädchen«, gab mir Willy Auskunft. »Sie ist in Ordnung.«

Ben hielt am Straßenrand und stieg aus. »Einen wunderschönen guten Abend, die Damen!« Wir schlenderten gemächlich auf die beiden Frauen zu.

Die Schwarze hatte ein Gesicht wie ein Fotomodell. Das üppige, braune Haar fiel ihr in dichten Locken auf die Schultern herab. Sie war vielleicht einsfünfundfünfzig groß, aber die hochhackigen Schuhe und ihre schlanken, schokoladenbraunen Beine, die in den Hot pants hervorragend zur Geltung kamen, ließen sie größer erscheinen. Die Blonde litt dagegen an einem Übermaß von allem mit Ausnahme von Intelligenz – das Haar zu weiß, die Wangen zu pausbäckig, die Lippen zu grell und zu nachlässig geschminkt, ihre Hose und ihr Pullover waren zu eng und zu leuchtend blau und ihr Verhalten zu aufgesetzt gelassen für ihre ängstlichen, feucht schimmernden Augen. Offensichtlich konnte sie sich nicht recht entschließen, ob sie an Ort und Stelle stehen bleiben oder näher an ihre schwarze Begleiterin heranrücken sollte.

»Wenn die Damen geruhen würden, kurz in mein Büro zu treten«, forderte Willy die beiden auf. Als darauf jedoch keine der zwei irgendwelche Anstalten machte, sich zu bewegen, fügte er kaum merklich lauter hinzu: »Wenn ich bitten dürfte?«

»Meinen Sie mich?« trällerte das schwarze Mädchen. Als sie lächelte, kamen ebenmäßige, weiße Zähne zum Vorschein.

»Wen sollte ich denn wohl sonst meinen, Schätzchen?« entgegnete Willy.

»Ach, ich bin mir sicher, daß ihr genügend Leute auftreiben könntet, um ihnen ein bißchen auf die Nerven zu gehen.«

»Ach«, konterte Willy. »Das ist es also, was wir tun?«

»Was denn sonst?« Sie zuckte mit den Schultern. »Ich habe mir jedenfalls nichts zuschulden kommen lassen.«

»Wird's jetzt endlich«, drängte Ben ungeduldig.

Sie zuckte erneut mit den Schultern.

»Wer ist denn deine kleine Freundin?« erkundigte sich Willy mit einer kurzen Kopfbewegung in Richtung auf die kleine Blonde, die sich noch immer nicht von der Stelle gerührt hatte.

»Keine Ahnung. Irgendein Mädchen eben. Wir haben uns nur ein bißchen unterhalten.«

»Wer sind Sie?« wandte sich Willy nun in geschäftsmäßigem Ton an die schwarze Schönheit.

»Aber Sie kennen mich doch!« Sie schüttelte fassungslos den Kopf. »Ich bin Star.«

»Na gut, Star, warum kommen Sie dann nicht mal mit mir dort hinüber, damit wir uns in Ruhe unterhalten können?« Willy führte sie ein Stück den Gehsteig hinunter und ließ uns mit der Blonden allein zurück. Ben zog nun aus einem Packen Formularkarten, der mit einem Gummiband an seinem Notizbuch befestigt war, eine weiße Karte heraus und zückte seinen Kugelschreiber. »Ihr Name, Schätzchen?«

»Meinen Sie mich?«

»Ja, Sie. Meinen Namen weiß ich schließlich – und seinen auch.«

»Was wollen Sie von mir wissen?«

»Ich habe Sie nach Ihrem Namen gefragt. Sie haben doch einen, oder nicht?«

»Natürlich.«

Ben schloß die Augen und schüttelte den Kopf. »Und wie heißen Sie nun?«

»Sunshine.«

»Ich wollte nicht Ihren Strichnamen wissen, Mädchen, den Sie von Ihrem Zuhälter gekriegt haben . . .«

»Ich habe keinen Zuhälter.«

»Ach so. Aber Sie werden doch wohl trotzdem einen richtigen Namen haben.«

»Natürlich.« Und als Bens Augen sich drohend verengten, stotterte sie: »Äh, Mary.«

»Äh, Mary. Das ist aber ein komischer Name. Haben Sie auch einen Ausweis?«

Äh, Mary kramte in ihrer billigen Handtasche herum und zog schließlich eine Ausweiskarte heraus.

»Hier steht allerdings, daß Sie Janet Grant heißen und nicht Äh, Mary – oder Sunshine.«

»Na ja, das ist mein richtiger Name.«

»Und ist das auch Ihre richtige Adresse? 531 First Street, Northwest?«

»Natürlich.«

»Eine solche Adresse gibt es nicht.«

Sunshine warf ihrer schwarzen Begleiterin einen hilfesuchenden Blick zu. Willy grinste zufrieden.

»Wie alt sind Sie denn, Sunshine?«

»Achtzehn. Das steht doch auf meinem Ausweis.«

»Nur ist der Ausweis gefälscht. Vermutlich haben Sie . . . Nein, Entschuldigung, vermutlich hat ihn Ihr Zuhälter irgendwo für fünf Dollar machen lassen.«

»Ich habe Ihnen doch schon gesagt, daß ich keinen Zuhälter habe.«

»Ist der Kerl so ein Feigling, daß Sie der Polizei nicht einmal von ihm erzählen dürfen?«

Erneut sah sie, vergeblich Hilfe suchend, zu Star hinüber.

»Wer ist diese Frau?«

»Wer, sie? Ach, nur eine Freundin.«

»Und Sie sind also achtzehn und wohnen in einem Haus, das es gar nicht gibt. Und überhaupt ist Ihr Ausweis gefälscht.«

»Ich bin erst vor kurzem umgezogen und kann mir deshalb

meine Adresse noch nicht so gut merken. Vielleicht habe ich sie aus Versehen falsch angegeben, als ich mir den Ausweis machen ließ.«

»So war es vermutlich. Woher kommen Sie denn ursprünglich?«

Ihr magerer Fundus an Lügen war nun endgültig erschöpft. Und um sich ein paar neue auszudenken, fehlte es ihr an Fantasie. »Aus Martin City in Pennsylvania.«

»Leben Ihre Eltern noch dort?«

Sie nickte. Ben kritzelte also Martin City auf seine weiße Formularkarte, die später mit Tausenden ähnlicher Karten in irgendwelchen Aktenschränken verschwinden würde. »Mal angenommen, ich würde Ihre Eltern anrufen und ihnen erzählen, daß Sie hier sind und was Sie hier machen? Was würden sie dann wohl über Janey Grant sagen?«

»Hm, sie kennen mich eigentlich gar nicht unter diesem Namen.«

»Langsam reicht's mir, Mädchen. Ein für allemal: Wie lautet dein richtiger Geburtsname?«

»Debby Grummer.«

»Erzähl mir keinen Quatsch!«

»Ich erzähle Ihnen keinen Quatsch! Mein Name ist Debby Grummer, ich komme aus Martin City, ich bin achtzehn, und die Adresse für meinen Ausweis habe ich vermutlich aus Versehen falsch angegeben.«

»Werden Sie irgendwo gesucht?«

»Nein.« Sie machte eine Pause. »Ich war mal eine Weile in einem Heim für schwer erziehbare Jugendliche, aber das war mal.«

»Und jetzt sind Sie sozusagen frei wie ein Vogel, stimmt's?«

»Jawohl, das stimmt.«

Ben ging zu unserem Wagen zurück und griff nach dem Mikrophon des Funkgeräts. Währenddessen vermieden es Sunshine und ich tunlichst, uns anzusehen.

»Stimmt tatsächlich, Schätzchen«, sagte Ben, als er wieder zurückkam. »Keinerlei Haftbefehle für eine Janey Grant oder Debby Grummer.«

»Sehen Sie! Ich hab's Ihnen doch gleich gesagt.«

»Na, ich mußte Ihnen die Würmer doch ganz schön aus der Nase ziehen. Warum müssen Sie es sich denn so schwermachen?«

»Ich wußte nicht, wer Sie sind.«

»Wissen Sie denn jetzt, wer wir sind?«

»Sie sind doch Clay, oder nicht? Der Salz-Polizist. Und der Schwarze ist der verrückte Willy. Pfeffer. Wer Sie sind, weiß ich allerdings nicht.« Damit wandte sie sich an mich.

»Hey, Willy!« brüllte Ben darauf los. »Die Kleine hat eben erzählt, sie hätte von zwei Polizisten namens Salz und Pfeffer gehört!« Willy grinste übers ganze Gesicht. Doch Ben wandte sich abrupt wieder Sunshine zu. »Wenn Sie schon keinen Zuhälter haben – von wem haben Sie dann von uns gehört?«

Darauf wußte Sunshine keine Antwort.

»Was machen Sie hier überhaupt?«

»Nichts.«

Ben senkte seine Stimme. »Das ist doch Ihre erste Nacht auf dem Strich, nicht wahr? Demnach hätten Sie sich das ganze Theater gut und gerne sparen können. Aber wissen Sie eigentlich, worauf Sie sich da einlassen?«

»Auf was soll ich mich einlassen?«

»Na, meinetwegen schalten Sie eben weiter auf stur. Trotzdem möchte ich Ihnen noch einen guten Rat für Ihre weitere berufliche Laufbahn mitgeben. Lassen Sie sich von Cisco vor allem mal einen ordentlichen Ausweis besorgen, weil wir uns sicher schon sehr bald wieder begegnen werden. Und falls Sie es sich doch noch mal anders überlegen wollen, können wir Sie gern in unserem Wagen mitnehmen.« Er machte eine kurze Pause, um ihr Zeit zum Nachdenken zu geben, aber sie nahm sein Angebot nicht an. »Jedenfalls wollen wir Ihnen keine Scherereien machen. Wenn Sie uns keine machen, machen wir Ihnen auch keine. Wenn Sie uns lassen, könnten wir Ihnen vielleicht sogar helfen.«

»Ja, klar.«

»Was machen Sie denn hier auf der Straße, Sunshine?«

»Ich stehe einfach nur hier rum.«

»Klar«, murmelte Ben und winkte Willy zum Wagen. »Ja«, nickte er, während er einstieg, »dann stehen Sie ruhig weiter hier rum.«

»Eines werde ich wohl nie begreifen«, murmelte Willy kopfschüttelnd, als wir schließlich weiter die 14th Street hinunterfuhren. »Was bringt ein Mädchen dazu, sich für so was herzugeben, zumal doch inzwischen wirklich der Blödeste weiß, daß die einzigen, die bei diesem Geschäft keinen Cent verdienen, die Nutten sind. Wie die Mädchen immer wieder auf dieselben alten Tricks und Sprüche der Luden hereinfallen, wird mir ewig ein Rätsel bleiben, obwohl ich nun wirklich schon lange genug in diesem Milieu tätig bin.«

»Haben Sie eigentlich Janet Armstrong mal persönlich kennengelernt?« fragte ich daraufhin die beiden Detektive von der Sitte, um die Gelegenheit beim Schopf zu packen.

»Klar«, erwiderte Ben Clay. »Wir haben uns mit ihr genauso unterhalten wie eben mit dieser Sunshine. Sie war übrigens keinen Deut anders als die anderen Mädchen. Na ja, vielleicht konnte man sich mit ihr etwas angeregter unterhalten. Jedenfalls wäre ich kaum sonderlich überrascht gewesen, wenn ich damals ihre Vorgeschichte gehört hätte. Dazu erlebt man hier einfach täglich die erstaunlichsten Dinge.«

»Jetzt übertreibst du aber ein bißchen«, korrigierte ihn sein Partner Willy. »So oft treffen wir auf dem Strich nun auch wieder nicht auf Studentinnen aus Harvard. Mit Männern aus Harvard ist das natürlich was anderes . . .«

»In Harvard dürfen Frauen doch erst seit kurzem studieren, oder nicht?« wollte Ben darauf wissen.

»Mich darfst du so was nicht fragen«, entgegnete Willy. »Ich war nicht mal auf dem College. Ich bin nur ein einfacher Polizist.«

»Und dieser Magic?« hakte ich nach. »Unterschied der sich auch nicht von den anderen Zuhältern?«

Die beiden schüttelten gleichzeitig die Köpfe. »Absolut nicht«, erklärte Ben noch dazu.

»Janet hat übrigens ihrem Vater erzählt, Magic wollte ein Buch schreiben«, brachte ich daraufhin vor. »Haben Sie schon mal von einem Zuhälter gehört, der . . .«

Ben lachte. »Ich wußte nicht mal, daß Magic überhaupt *lesen* kann! Und er wollte also ein *Buch* schreiben? Na, Partner, was hältst du davon?«

»Nicht schlecht! Und sie sollte darin wohl die Hauptrolle spielen«, spöttelte Willy.

»Da ist doch erst vor kurzem ein Buch herausgekommen, in dem so einem netten Zeitgenossen von Zuhälter ein Heiligenschein aufgesetzt wurde – mit all den dazugehörigen Rechtfertigungen und Rationalisierungen, versteht sich.«

»Sicher, wir kennen doch alle diese Zauberworte, mit denen sie die Mädels einfangen, wie: ›*Mir tut es doch auch leid, daß wir so etwas machen müssen – aber es ist ja nur für kurz – und ich liebe doch nur dich allein – was bedeutet das alles schließlich schon, wenn wir uns dann reich zur Ruhe setzen werden, Baby!*‹«

»Gibt es eigentlich jemanden, der sich für Magics Belange einsetzen könnte?« kam ich ohne Überleitung auf einen weiteren für mich wunden Punkt zu sprechen.

»Wie meinen Sie das?« fragte Ben erstaunt.

»Ich weiß auch nicht. Ich hätte nur gern gewußt, ob es irgend jemanden geben könnte, dem an der ganzen Angelegenheit genug gelegen sein könnte, um ... um eben etwas zu unternehmen.«

»Das halte ich für absolut ausgeschlossen«, erklärte Ben bestimmt. »Magic hat keine Freunde. Kein Zuhälter hat das. Sie mögen ja ständig zusammenhängen und cool daherreden, aber das hat noch lange nichts zu bedeuten. Diese Kerle sind wie die Haie. Sie schwimmen gemeinsam und fressen gemeinsam, aber laß einem von ihnen etwas zustoßen, so daß er zu bluten beginnt – und schon hat sich die restliche Meute auf ihn gestürzt.«

»Ich kann mir niemanden vorstellen, der auch nur einen Tropfen Schweiß für Magic vergeuden würde«, pflichtete ihm Willy bei.

»Und wie ist es mit Janet?« wollte ich darauf wissen.

»Außer ihren Familienangehörigen kümmert sich doch kein Mensch einen Dreck um die ganze Geschichte«, meinte Ben. »Abgesehen von Ihnen natürlich – und Nick Sherman.«

»Und was ist mit ihren Freiern?« fragte ich weiter.

»Was soll mit denen sein?«

»Kennen Sie ein paar davon? War vielleicht an einem von ihnen etwas Besonderes?«

»Sie waren eben Freier. Was soll an ihnen schon besonderes gewesen sein?«

Darauf wußte ich nichts mehr zu erwidern.

»Wir kennen keinen von ihnen«, erklärte Willy schließlich. »Außerdem könnte ich wetten, daß Janet selbst nicht wußte, wer oder was die meisten von ihnen waren, selbst wenn sie sich ihr mit ihrem richtigen Namen vorgestellt haben sollten. Für sie wäre es ein und dasselbe gewesen. Diese Kerle waren doch für sie nichts weiter als ein paar Dollar mehr auf Magics Bankkonto.«

»Auch wenn ich es nicht gern sage«, fiel nun auch Ben wieder ein. »Janet war nichts weiter als eine ganz gewöhnliche Nutte, wobei es nicht im geringsten zählt, ob ich das nun gern sage oder nicht. So ist es nun mal. Sie war eine stinknormale kleine Nutte – nichts weiter.«

Trotzdem konnte ich mich damit nicht ganz zufriedengeben, als ich nach Dienstschluß um drei Uhr früh mit dem silbernen Porsche nach Hause fuhr.

Als ich auf dem Weg zum Capitol Hill die 14th Street überquerte, fiel mein Blick auf Sunshine. Sie stand noch an derselben Stelle, wo wir sie wenige Stunden vorher entdeckt hatten. Nur stand sie nicht mehr gegen den Zaun gelehnt, sondern schritt auf dem Gehsteig auf und ab. Star war nirgendwo zu sehen. Sunshine hatte ihr Debüt auf dem Strich also bereits hinter sich. Mit siebzehn. Sie bedachte die dunkle Gestalt in dem silbernen Porsche, in der sie natürlich nicht mich erkennen konnte, mit einem zaghaften Lächeln, als ich an ihr vorbeifuhr. Ich sollte sie während der nächsten zwei Jahre noch mehrere Male auf den Straßen in dieser Gegend sehen, wobei der Ausdruck in ihren Augen von Mal zu Mal härter wurde.

Im Frühjahr 1982 starb Cisco, Stars und Sunshines Zuhälter, bei einem Autounfall, als er auf der Flucht vor der Polizei von Maryland mit zwei Freunden vom Highway abkam, so daß sich sein Wagen mehrmals überschlug und schließlich explodierte. Das Trio hatte im Umkreis von Washington sechs Monate lang eine Unzahl von Frauen vergewaltigt und terrorisiert, bis schließlich jemand die Polizei auf ihre Spur lenkte. Star schloß sich daraufhin einem anderen Zuhälter an und blieb dem Strich treu. Sunshine wurde seitdem nicht wieder gesehen.

22

»Na, wie geht's?« Martin Mercers braune Augen zuckten von mir zu dem aufleuchtenden Lämpchen an seinem Telefon, bevor ich noch etwas erwidern konnte. Er nahm ab und sprach in den Hörer: »Ja? ... Wie war sein Name doch gleich wieder? ... Ist er der L. A. oder der A. A.? ... Gut, lassen Sie mir noch ein paar Sekunden Zeit. Dann können Sie ihn durchstellen.« Mercer beugte sich über seinen von Papierkram überhäuften Schreibtisch und deutete auf einen Sesel. »Es wird nicht lange dauern. Kaffee?« Als ich den Kopf schüttelte, wiederholte er noch einmal seine Frage von vorhin. »Na, was haben Sie in letzter Zeit so getrieben?«

»Ach, ich war ziemlich beschäftigt.«

»Doch hoffentlich nicht mit diesem Blödsinn, dessentwegen wir uns damals kennengelernt haben?«

»Nein, nein, ich habe beileibe Wichtigeres zu tun.«

»Freut mich, das zu ... Hallo, Larry! Wie geht's? Mein Gott, ist das schon lange her! ... Ja, wir stecken hier bis über den Kopf in der Arbeit. Sie wissen ja selbst, die Wahl steht unmittelbar vor der Tür und dann noch dieser Vulkanausbruch.«

Mein Gegenüber, der Senator Woodsons offizielle rechte Hand war, sah zu dem Aquarium hinüber, das unter dem Fenster seines Büros in die Wand eingelassen war. Auf der Wasseroberfläche trieb ein toter Fisch. Ein Dutzend andere, die noch am Leben waren, schwammen unter ihm ziellos hin und her. Die Sauerstoffzufuhr blubberte gemächlich vor sich hin.

»Nein«, sprach er ins Telefon, »das dürfte nicht weiter problematisch werden ... jedenfalls nicht in der ersten Wahlperiode, zumal die Opposition nichts mit seinem Wahlteam zu tun hat ... Na, wollen wir mal hoffen, daß er ein symbolisches Opfer darstellt! ... Sie sind ja dann in zwei Jahren dran.«

Er streckte seine Hand nach dem toten Fisch aus und angelte ihn, immer noch telefonierend, mit Daumen und Zeigefinger von der Wasseroberfläche. Dabei wanderten seine braunen Augen suchend durch das Büro, bis sie schließlich auf dem Papierkorb zu meinen Füßen haftenblieben. Sein Arm steuerte wie der eines Krans auf den Abfallkorb zu, um dann direkt darüber anzuhalten. Und dann öffneten sich seine beiden Finger: *Plopp!*

Während Mercer noch eine Weile weiter telefonierte, sah ich mir die Fotografien an den Wänden seines Büros etwas genauer an.

Unter anderem war Mercer inmitten einer Gruppe von teuer gekleideten und sichtlich ernsthaften Herren zu sehen, die sich um den ehemaligen Außenminister und Architekten des Vietnam-Kriegs Henry Kissinger gruppiert hatten.

Links von dem Foto mit Kissinger hingen drei Bilder, auf denen Mercer mit den letzten drei amerikanischen Präsidenten abgebildet war: lachend bei einem offiziellen Empfang, bei dem Lyndon B. Johnson offensichtlich gerade einen Witz gerissen hatte; in einem Raum des Weißen Hauses sitzend, während Richard Nixon an einem Rednerpult einen Vortrag hielt; und inmitten einer Gruppe von leger gekleideten Golfern über den gepflegten Rasen irgendeines Country Clubs einherschreitend, den auch Gerald Ford mit seiner Anwesenheit beehrte. Und dann, an der Wand neben der Tür, hing da noch ein Foto von Mercer mit dem gegenwärtigen Präsidenten Jimmy Carter – beide Männer in Hemdsärmeln, die Krägen offen und mit einem Dutzend anderer Herren an einem runden Konferenztisch im Weißen Haus in ihre Papiere vertieft.

Da waren auch noch andere Fotos: Mercer bei einer Audienz beim Papst; Mercer beim Tontaubenschießen, über der einen Schulter eine Flinte, die Augen durch eine dunkle Sonnenbrille abgeschirmt, offensichtlich in Begleitung des ultrakonservativen Senators neben ihm; Mercer auf einer Rednertribüne, auf der sich die gesamte Führungsschicht der Nationalen Vereinigung für die Förderung von Farbigen eingefunden hatte; Mercer mit einzelnen Personen, deren Gesichter mir unbekannt waren; ein Dutzend Bilder von Mercer mit verschiedenen Senatoren, die kaum jemandem etwas gesagt hätten. Besucher von Mercers Büro, die zählten, wußten *selbstverständlich* über die Namen und Positionen all dieser Persönlichkeiten Bescheid, die an dieser Wand verewigt waren.

Die Fotos waren teils in Farbe, teils schwarzweiß und mit den einfachen, schwarzen Standardrahmen versehen, wie sie in dem mit Steuergeldern finanzierten Rahmenladen im Capitol erhältlich sind. Die meisten Fotos waren mit einer Widmung versehen, die vermutlich von einem Assistenten oder einer

Maschine gefälscht worden war; aber sie waren jedenfalls mit einer Widmung versehen, und meistens wurde darin in schwülstigem Ton der Dankbarkeit des Unterzeichnenden Ausdruck verliehen, daß es noch Männer wie Mercer gab. Bei einer zweiten näheren Betrachtung der Mercerschen Ruhmesgalerie fiel mir auf, daß unter den Fotos, die ihre Bedeutung vor allem durch die Anwesenheit einer hochgestellten Persönlichkeit des politischen Lebens gewannen, nicht ein einziges zu sehen war, auf dem Mercer mit Senator Robert Woodson abgebildet war, dem Mercer seinen Job und damit auch die Ausgangsbasis für seine Bekanntschaft mit besagten einflußreichen Persönlichkeiten verdankte.

Gibt es eigentlich auch Fotos von Ihnen und Janet Armstrong, war ich versucht, ihn zu fragen. Aber dazu war es noch zu früh. Erst mußte ich genügend Informationen in Händen halten, um zu wissen, ob ich seiner Antwort glauben konnte. Aber *eines Tages* würde es so weit sein, schwor ich mir. *Eines Tages.*

»Mhm, ich verstehe«, sprach Mercer in den Hörer, während er mit seiner freien Hand aus einer Schachtel mit Fischnahrung ein flockiges Pulver auf die Wasseroberfläche des Aquariums niederrieseln ließ. Ein Dutzend grellbunter Fische schoß hektisch an die Wasseroberfläche. »Wer kam denn damit an? ... Wer nimmt sich der Sache noch an? ... Und wer wird sich darüber aufregen? ... Sind Sie sicher, nur die? ... Ach, dann besteht nicht der geringste Anlaß zur Sorge. Die können doch machen, was sie wollen, und bekommen doch keine gute Presse ... Wen haben Sie als Cosponsoren? ... So viele? Na, dann reihen Sie uns mal besser auch noch in diese stattliche Phalanx ein. Und schicken Sie uns alle Ihre ›Liebe Kollegen‹-Briefe zu, die dazugehörige Korrespondenz, die offiziellen *statements* und den sonstigen Kram, damit wir unsrerseits unsere Alliierten mit den entsprechenden Briefen bombardieren können, damit sie davon überzeugt sind, daß wir hundertprozentig hinter ihnen stehen. Die Presseverlautbarungen natürlich auch – das wird es unseren Leuten leichter machen, unsere eigenen zu verfassen ... Ja, kein großes Aufheben. Halten Sie uns über alles weitere auf dem laufenden. Vermutlich werden wir uns der Sache nächstes Jahr gemeinsam mit Ihnen annehmen ... Selbstverständlich werden wir zur Stelle sein ...

Und sagen Sie Ihrem Boß, wenn ich ihn das nächste Mal treffe, werde ich ihn ganz unverblümt wegen der hundert Dollar anhauen, die er mir von der Super Bowl immer noch schuldet... Was soll ich dazu sagen? Er hat eben nicht auf den Sieger gesetzt.

Entschuldigen Sie mich bitte«, wandte er sich schließlich wieder mir zu, nachdem er aufgelegt hatte, »aber das war gerade ein wichtiger Anruf. Haben Sie schon mal gesehen, wie so ein Senatsbüro funktioniert?«

»Das ist schon eine Weile her«, entgegnete ich.

»Dann kommen Sie. Ich werde Ihnen mal den *wirklichen* Kongreß zeigen.«

Jedesmal, wenn wir auf ein Mitglied des Stabs trafen, stellte mich Mercer kurz, aber in durchaus herzlichem Ton vor, als wäre ich ein Bekannter, den man bald wieder zu Gesicht bekommen würde. Die Männer und Frauen sahen von ihrer Arbeit auf, schüttelten mir in einigen Fällen auch die Hand und machten dazu auf Mercers Anregung hin ein paar höfliche Bemerkungen, worauf wir unseren Rundgang fortführten. Mit Ausnahme Sues, der Sekretärin des Senators, und Mercers schien niemand im Stab des Senators älter als fünfundzwanzig zu sein. Das Büro wirkte wie ein Sommerpraktikum für Studenten mit Mercer und Sue als Ausbildungsleiter.

Nach einer langen Wanderung durch die einzelnen Büros erreichten wir schließlich das Allerheiligste, das Büro des Senators.

»Treten Sie ein«, forderte mich Mercer auf, um dann die Tür hinter mir zu schließen. Er schritt über den dicken Teppich auf den Schreibtisch des Senators zu und machte es sich in dessen drehbarem Ledersessel bequem. Zu beiden Seiten dieses Throns waren die Flaggen der Vereinigten Staaten und des Bundesstaats Washington aufgepflanzt. Mercer deutete auf zwei Sessel. »Nehmen Sie doch Platz. Schön, daß Sie gekommen sind. Weswegen wollten Sie mich sprechen?«

»Warum haben Sie Fred Thomas vorgeschlagen, mich in seine Dienste zu nehmen?«

»Ach, darum geht es also.« Er kippte im Sessel des Senators ein Stück zurück und legte einen Schuh auf die spiegelblanke Schreibtischplatte. »Er hat davon gesprochen, daß er Sie vor einiger Zeit zu erreichen versucht hat. Aber Sie hätten nicht auf seinen Anruf reagiert.«

»Ich war ziemlich beschäftigt. Was hat Sie dazu veranlaßt, mich ihm zu empfehlen?«

Mercer zuckte mit den Schultern. »Wir sind ziemlich rauh mit Ihnen umgesprungen, während Sie nur Ihrer Pflicht nachkommen wollten. Dem Boß ist das nach wie vor peinlich. Und dann habe ich Sie neulich mal mit Tara gesehen. Das war etwa vor einer Woche. Außerdem habe ich in der Zeitung von Ihrer Abreibung gelesen. Und als Tara neulich wieder mal hier war, um ihren Vater zu besuchen, sind wir bei dieser Gelegenheit auch auf Sie zu sprechen gekommen, was Sie beruflich machen und wie Sie Tara geholfen haben. Als Fred dann irgendwann erzählte, wie überlastet sie in seiner Kanzlei wären, dachte ich, warum nicht zwei Fliegen mit einer Klappe schlagen und Ihnen beiden helfen? Das ist doch die natürlichste Sache von der Welt. Der Boß hält große Stücke auf Sie. Und Tara scheint sie auch ganz sympathisch zu finden. Haben Sie sie in letzter Zeit mal wieder gesehen?«

Der Abend zuvor war nach meiner Woche bei der Sitte der erste freie Abend gewesen. Tara und ich waren nach Georgetown in ein vietnamesisches Restaurant gefahren, wo wir bis elf Uhr blieben. Dann fuhren wir in ihrem Porsche wieder nach Hause.

Vor dem Haus, in dem sie wohnte, verabschiedeten wir uns. Ich wartete noch, bis sie im Haus verschwunden war, um dann zu mir zu fahren.

Für den heutigen Abend hatten wir geplant, uns im Biograph ein Bogart-*double-feature* mit *Der Malteserfalke* und *Der Schatz der Sierra Madre* anzusehen. Morgen war Samstag abend. Sie hatte schon was vor. Mehr war aus ihr nicht herauszukriegen gewesen. Wenn nichts dazwischenkam, wollten wir uns irgendwann am Sonntag wieder treffen.

»Ja«, antwortete ich Mercer. »Ich habe sie gesehen.«

»Ein tolles Mädchen, finden Sie nicht? Ich bin wirklich froh, daß diese Geschichte sich zu allgemeiner Zufriedenheit klären ließ. Sie haben das Ganze doch ganz gut überstanden, oder nicht?«

»Wie meinen Sie das?«

»Na ja . . . Eigentlich wollten wir doch hier nicht über Tara sprechen.« Er bedachte mich mit einem verständnisvollen Lächeln von Mann zu Mann. »Doch, um auf Fred Thomas zurückzukommen. Werden Sie auf sein Angebot eingehen?«

»Dazu müßte ich erst wissen, wie es lautet.«

»Sehr vernünftig. Und Sie sind auch den Ursachen auf den Grund gegangen, weshalb er dieses Angebot ausgerechnet Ihnen gemacht hat. Auch das war sehr vernünftig. Sie haben nicht nur Verstand, sondern auch Glück.«

»Ja«, erwiderte ich.

23

Der Unabhängigkeitstag verwandelte Washington in einen gigantischen Ozean mit marmornen Stränden und einem dunstig grünen Horizont. Die Temperatur stieg über die Dreißig-Grad-Grenze, die Luftfeuchtigkeit erreichte neunzig Prozent. Die Luft war schwer von Sommer – feuchtes Gras und duftende Blumen. Die Verschmutzung hielt sich gnädigerweise in Grenzen. Und die Zeit drehte sich an jenem vierten Juli des Jahres 1980 gemächlich um sich selbst und plätscherte sanft gegen die Ufer von Morgen und Mitternacht.

Bis Mittag waren auf der Mall zwischen Lincoln Memorial und Capitol eine halbe Million Menschen auf den Beinen. Viele waren wegen der kostenlosen »klassischen« Festveranstaltung gekommen, dem Feuerwerk nach dem Dämmerungskonzert des National Symphony Orchestra. Die meisten waren jedoch wegen eines Freiluftkonzerts der Beach Boys gekommen.

Auch ich hatte mich gegen Mittag auf der Mall eingefunden, um mich mit Tara und Katie zu treffen, Mad Dogs besserer Hälfte, wie Joey Malletta sie seit neuestem zu nennen pflegte. Diese Bezeichnung auch auf Tara anzuwenden, hätte ich kaum gewagt, auch wenn wir den größten Teil der Stunden, die wir im Wachzustand verbrachten, zusammen waren. Es war nur eine Frage der Zeit, versuchte ich mir einzureden – bittersüßer Zeit. Und je mehr ich davon gemeinsam mit ihr verbrachte, desto eher würde sie die Wahrheit erkennen; erlöse uns, erlöse mich. Nach logischen Gesichtspunkten wäre es vollkommen unmöglich gewesen, Tara und Katie inmitten der halben Million Gesichter auf der Mall zu finden, aber da Logik zu dieser Zeit nicht unbedingt eine wichtige Rolle in meinem Leben spielte, hatte ich die beiden binnen kurzem aufgespürt. Überhaupt spielten einige Dinge an diesem Tag keine Rolle. Quälende, lebenswichtige Entscheidungen, die mich schon die ganze Woche geplagt hatten, schienen mit einem Mal nicht mehr zu existieren. Es war Unabhängigkeitstag.

Die seit Freitag erwachsene Zuversicht war im Verlauf der vorangehenden Woche mühsam erkämpft worden. Diese Geschichte mit Martin Mercer war einfach kaum zu glauben. Möglicherweise hatte er keine Ahnung, daß ich ihn mit einer toten Prostituierten in Zusammenhang bringen wollte – und damit auch mit dem unfairen tätlichen Übergriff auf mich. Vielleicht setzten er und sein Boß, der Senator, sich nur aus reiner Dankbarkeit so nachhaltig für mich ein. Vielleicht aber auch aus anderen Gründen.

Nachdem ich Mercer in seinem Büro verlassen hatte, hatte ich mich auf den Weg in ein anderes Büro gemacht, das mir um einiges vertrauter war. David Hendersons Sekretärin teilte mir mit, er wäre »bei einer Besprechung«. Ich machte es mir hinter Davids Schreibtisch bequem und blätterte in einem dicken Stapel Kongreßakten.

»Das sieht dir wieder mal ähnlich, Rankin.« David riß mich aus meiner Lektüre, als er das Büro betrat. »Blue jeans, offenes Hemd, Turnschuhe und die Nase bis über die Ohren in anderer Leute Papierkram.« Er warf einen kurzen Blick auf die Kongreßakte. »Aber ich muß trotzdem sagen: Du enttäuschst mich. Nicht nur, daß es sich bei dieser Schwarte um ein allgemein zugängliches Dokument handelt – es ist auch schon fast ein Jahr alt. Das gehört doch bereits zum Abfall.«

»Dann paßt es ja vorzüglich hierher«, erwiderte ich, während ich die dicke Akte auf einen Stapel anderer Dokumente auf dem Boden warf.

»Wäre es dir denn nicht lieber, sie würden den ganzen Kram nicht bearbeiten, damit man auch noch die ganzen Ähs und Achs und den sonstigen Blödsinn lesen könnte, den sie im Kongreß verzapfen? Aber ich nehme doch nicht an, daß du gekommen bist, um mit mir über die Kongreßakte zu diskutieren. Also, was willst du? Noch mehr von diesem Jonestown-Blödsinn?«

»Ich hätte eher an ein paar Minuten in deinem Privatbüro gedacht.«

Darauf zuckte er nur mit den Schultern, und wir gingen auf den Flur hinaus. Ich lehnte mich mit dem Rücken gegen die Wand, so daß ich unsere Umgebung genau im Auge hatte und sofort gesehen hätte, wenn sich uns jemand auf Hörweite genähert hätte.

»Ich habe eine Bitte an dich«, begann ich. »Und es ist nichts Geringes, worum ich dich bitte, zumal ich bereits tief in deiner Schuld stehe.«

»Kannst du das Ganze nicht etwas weniger dramatisch machen, Rankin? Das war doch eigentlich noch nie deine Art.«

»Kommt dir hin und wieder was über Senator Woodson zu Ohren?«

»Ach, du ziehst schon Erkundigungen über deinen künftigen Schwiegervater ein, Rankin? Ich habe euch zwei übrigens erst kürzlich in der Stadt gesehen. Hätte nie gedacht, daß du auf so was abfährst.«

»Wie soll ich das verstehen?«

»Mann, diesen Typ Frau kenne ich doch zur Genüge – eine von diesen Supermiezen. Ein bißchen zu groß gewachsen und magersüchtig für meinen Geschmack, aber trotzdem unwiderstehlich. Die Namen ändern sich, aber das Grundlegende bleibt immer gleich. Sexy. Chic. Immer auf dem laufenden. Immer da, wo die Action läuft, aber gleichzeitig immer schön cool und etwas abseits. Die mischen sich doch nicht unters gewöhnliche Volk. Die machen verdammt was her, aber das ist auch schon alles. Wenn sie alt werden, verschwinden sie einfach – oder sie werden zu Stein. Eine nette Zerstreuung, aber das ist auch schon alles, was man von dieser Sorte Frauen zu erwarten hat. Ich frage mich nur, was ein Kerl wie du an so einer finden kann? Schließlich bist du doch nicht auf den Kopf gefallen.«

»Ich glaube, du täuschst dich in Tara. Sie ist nicht eine von der Sorte. Sie ist einfach – was Besonderes.«

Er zuckte mit den Schultern. »Kann schon sein. Es war

schließlich dunkel. Trotzdem ist sie noch ein halbes Kind. Machst du bei ihr auf die Svengali-Tour?«

Zwar hatte ich David nicht aufgesucht, um über Tara zu diskutieren, aber das konnte ich nun doch nicht einfach auf sich beruhen lassen. »Was soll das nun schon wieder heißen?«

»Du reißt sie dir unter den Nagel, solange sie noch jung und unschuldig sind, formst sie nach deinen Vorstellungen, schwingst dich zum Retter ihrer kostbaren Seele auf – und ihres köstlichen, jungen Körpers. Auf diese Weise kannst du also den Erlöser und Messias spielen, wobei es auch noch wesentlich mehr Spaß macht, als auf dem Wasser zu wandeln.«

»Sie ist nicht unschuldig«, verteidigte ich mich. »Sie ist nicht, wie du denkst. Sie ist . . . Und ich will sie auch nicht im geringsten ummodeln. Und schon gar nicht bin ich ein Heiliger.«

»Was bist du dann? Ich habe gehört, sie hält dich hin.«

Es kam mir nicht in den Sinn zu fragen, woher er das wissen konnte. Immerhin hatte ich wiederholte Male vergeblich gegen den Drang anzukämpfen versucht, jedem Erstbesten von Tara zu erzählen.

»Ich liebe sie, David«, gestand ich ihm.

»Komm mir bloß nicht mit diesem Quatsch«, grunzte David verächtlich. »Über derlei Torheiten bist du doch längst hinaus.«

»Wieso?«

Er schüttelte den Kopf. »Was ist also mit ihrem Vater?«

»Könnte er . . . Ich meine, könnte er irgendwelchen Dreck am Stecken haben?«

»Natürlich könnte er das! Was soll denn das nun wieder . . . Falls du meinst, ob ich gehört habe oder der Überzeugung bin, daß er eine schmutzige Weste hat . . . Also, nichts gegen deine Traumfrau, aber ihr Alter Herr ist doch politisch ein absolutes Leichtgewicht. Wer sollte so jemanden schon schmieren wollen, wenn er sich um das gleiche Geld einen wirklich dicken Fisch kaufen kann?«

»Und was ist mit seinem A. A., Martin . . .«

»Martin Mercer. Ja, ich kenne Martin. Wir sind nicht gerade die dicksten Freunde, nachdem wir für ziemlich unterschiedliche Bosse arbeiten und eine etwas unterschiedliche Einstellung an den Tag legen. Laß dich auf keinen Fall auf diesen Burschen ein, Rankin, wenn du einen guten Rat hören willst. Mit einem politischen Leichtgewicht als Boß muß natürlich irgend jemand den Macker spielen, sonst wäre Woodsons politische Basis schon längst mit dem Vulkan in die Luft gegangen. Trotzdem kann natürlich auch Mercer aus seinem Boß kein Schwergewicht machen.«

»Hat Mercer eine schmutzige Weste?«

»Wen würde das schon interessieren, falls es tatsächlich so wäre? Ich weiß, ich weiß: Es stinkt mir natürlich fürchterlich, und ich würde alle diese Gauner liebend gern am Galgen baumeln sehen, damit wir mit dem Sieg der Revolution endlich einmal aufräumen – und für neue Gauner Platz schaffen könnten.«

»Weißt du irgend etwas über sein Privatleben?«

»Versuchst du dich neuerdings als Klatschkolumnist oder was?«

»Es hätte mich nur interessiert, ob du vielleicht etwas über ihn weißt . . .«

»Ich weiß jedenfalls genug über ihn, daß ich ihm keine Sekunde den Rücken zukehren würde. Ansonsten ist er nichts weiter als ein anderer Mann im Dienste des Staates. Ich habe jedenfalls keine Ahnung, ob er nun auf kleine Jungs oder Mädchen oder Schäferhunde steht, ob er seine Steuern ordnungsgemäß bezahlt, Drogen nimmt oder säuft; und, ehrlich gesagt, ist es mir auch egal. Er versteht was von seinem Job, das muß man ihm lassen, auch wenn mir seine Richtung nicht unbedingt paßt. Andererseits . . .« Davids Tonfall milderte sich etwas. »Vielleicht brauche ich nicht in dem Maß Gewißheit, wie du das brauchst. Du weißt, ich habe einen anstrengenden Tag hinter mir. Was also die Frage betrifft, ob Mercer korrupt ist, so scheint es mir auf den ersten Blick vollkommen aus der Luft gegriffen, auf den zweiten vielleicht etwas absurd, und auf den dritten besagt die Tatsache, daß ich nichts über ihn weiß, mehr oder weniger gar nichts. Mercer ist einfach zu clever, um es nur aufs Geld abgesehen zu haben. Dasselbe gilt auch für den Senator – allerdings nicht, weil ich ihn für ebenso clever halte, ihm ist einfach vor allem daran gelegen, Senator zu sein. Aber was weiß ich letztlich schon über Korruption und Gaunereien und diesen ganzen Scheiß? Das ist doch eigentlich dein Metier, Rankin, oder nicht?«

In diesem Punkt mußte ich ihm allerdings recht geben.

Also galt es, einer anderen Spur zu folgen, und die führte mich in ein heruntergekommenes Gebäude in der D Street, wo sich die Archive für die jährlichen Einkommenerklärungen der Mitglieder des Senats und des Repräsentantenhauses befanden, wobei die Archive des Repräsentantenhauses Vertretern der Presse und der Öffentlichkeit schon seit längerer Zeit für Routineüberprüfungen offenstanden. Dagegen hatte der Senat in seiner Weisheit und Würde der Öffentlichkeit einen solchen Zugang zu seinen Unterlagen standhaft verweigert, bis er sich schließlich im Zuge der Watergate-Affäre doch widerstrebend hatte bereit erklären müssen, seine Unterlagen der Öffentlichkeit zugänglich zu machen.

Ich sah mir also auf Mikrofilm sowohl Woodsons wie Mercers Einkommensteuererklärungen an, ohne daß ich irgend etwas Auffälliges an ihnen hätte feststellen können.

Fehlanzeige, dachte ich, als ich schließlich einer Archivangestellten das Geld für die Kopien gab, die ich mehr aus Gewohnheit als aus irgendeinem triftigen Grund von allen Dokumenten angefertigt hatte. Gleichzeitig überreichte ich ihr noch das Anmeldeformular, das jede Person ausfüllen mußte, die sich Einblick in eines der hier gelagerten Dokumente verschaffen wollte. Eine Kopie dieses Formulars wurde dann all den Personen zugestellt, über die jemand Erkundigungen eingezogen hatte. Ich hatte aus diesem Grund erst in Erwägung gezogen, mich unter falschem Namen einzutragen, wie es viele Personen taten, die von dieser Einrichtung Gebrauch machten. Weshalb sollte man einen Politiker wissen lassen, daß man Erkundigungen über ihn einzog? Doch was soll diese Geheimnistuerei, dachte ich. Soll sich Mercer meinetwegen ruhig seine Gedanken machen, und falls Taras Vater sich darüber ärgern und mich deswegen zur Rede stellen sollte, dann würde ich ihm eben reinen Wein einschenken. Unter den Abschnitt »Gründe für den Antrag, die Unterlagen einzusehen« schrieb ich »Neugier«.

Als nächstes fuhr ich mit der U-Bahn zur Bundeswahlkommission in der 14th, Ecke K Street, keinen halben Häuserblock von Janet Armstrongs Stammplatz entfernt.

Dort sah ich mir die Unterlagen über die Wahlspenden

Woodsons an, und auch hier konnte ich nichts Auffälliges oder Ungewöhnliches entdecken. Trotzdem kopierte ich auch hier sämtliche Unterlagen.

Es gab also keinerlei Ursachen für meine Paranoia hinsichtlich von Woodsons und Mercers Motiven, sich mit mir gutzustellen, und keinerlei Verbindungen zu Janet Armstrong oder irgendwelchen anderen weißen Flecken auf der Landkarte meines Lebens. Die beiden sind eben die typisch amerikanischen Politiker, redete ich mir gut zu, die sich mit jedem gutstellen wollen. Sie haben sich nur Sorgen gemacht, ich könnte sauer auf sie sein. Trotz meiner Bedeutungslosigkeit hatte ich immerhin ein paar Beziehungen, die sich sehen lassen konnten, und zwar zu meinem ehemaligen Chef, ihrem gegenwärtigen Senatskollegen Applegate; und was noch wichtiger war, zu meinem anderen ehemaligen Chef, dem mit tausend Zeitungen liierten Schmutzaufwirbler Ned Johnson. So viel wußten sie, und da man in Washington davon ausging, daß jeder noch weitreichendere Verbindungen hatte, als an die Öffentlichkeit drang, war es den beiden verständlicherweise angeraten erschienen, mich nicht gegen sie aufzubringen. Außerdem war da auch noch Tara. Woodson liebte seine Tochter vermutlich sehr, und seine Tochter . . .

Ich lächelte *seine Tochter* an, während wir uns mit Katie durch die anläßlich des Unabhängigkeitstages versammelte Menge einen Weg zu Joey Mallettas Hinterhoffest bahnten, wo wir uns mit Mad Dog treffen wollten. *Und seine Tochter.* Auch sie hatte keinen Grund gesehen, weshalb ich das Angebot des Anwalts ihres Vaters nicht hätte annehmen sollen, weshalb ich auch auf seinen Vorschlag eingegangen war, so daß ich nun für dreißig Dollar die Stunde allen möglichen juristischen Kleinkram erledigte, den ein Jurastudent im zweiten Semester für sieben Dollar die Stunde ebensogut gemacht hätte. Ich schluckte also meinen Verfolgungswahn hinunter und nahm die Arbeit an, womit ich nur guttat – schließlich war mein Job als Detektiv nicht gerade einträglich. Was ich mit Eddie Hamptons tausend Dollar machen sollte, war mir noch immer nicht klar. Aber die konnten auch bis später warten. Dies war ein herrlicher Sommertag und noch dazu der vierte Juli. Ich hatte keine Lust, mir Sorgen zu machen. Ich hatte Tara.

Wir hörten die Band schon eine Weile spielen, bevor wir schließlich durch Joeys Küche auf den T-förmigen Hinterhof hinaustraten, der sich über die halbe Länge des Häuserblocks erstreckte, in dem er wohnte. Dog wartete schon ungeduldig auf uns – das heißt, er wartete auf Katie. Ich sah lieber nicht hin, als die beiden sich turtelnd umarmten. Ich bedachte weder die beiden noch Tara mit einem Blick. Zum Glück bahnte sich Joey, ein Bier in der Hand, durch die Menge einen Weg auf uns zu.

»Endlich hat Mad Dog Gesellschaft gekriegt!« tönte er in übertriebener Freude. »Damit wären wir ja komplett.«

Nachdem wir uns dann eine Weile im üblichen Begrüßungs-*small talk* ergangen hatten, fragte mich Mad Dog: »Was habt ihr denn fürs Wochenende vor?« Ich wandte mich daraufhin Tara zu, die für mich antwortete: »Wir gehen ins Kino.«

»Morgen abend läuft im Kennedy Center *Die Früchte des Zorns* mit Henry Fonda«, erläuterte ich. »Und am Montag kommt im Circle *Taxi Driver*.«

»Ich habe *Taxi Driver* immer noch nicht gesehen«, fiel Katie ein.

»Robert DeNiro spielt einen verrückten New Yorker Taxifahrer, der einen Präsidentschaftskandidaten erschießen will, was ihm zwar nicht gelingt; aber dafür rettet er Jodie Foster, die eine junge Nutte spielt. Das Ganze ist wie im richtigen Leben. Die Zusammenhänge sind reichlich vage und undurchsichtig, die Motive mehr oder weniger undurchschaubar, aber irgendwie stimmt das Ganze und wirkt einfach extrem realistisch.«

»Du scheinst dich in letzter Zeit auffällig intensiv mit dem Thema Prostitution zu befassen«, lachte Dog.

Ich zuckte mit den Schultern. »Das bringt nun mal mein Job mit sich.«

»Tara!« rief Katie. Mit ihrem hellblonden Haar und dem heiteren Kichern wirkte Katie trotz ihrer siebenundzwanzig Jahre wie ein kleines Mädchen, ohne daß ihr das auch nur im geringsten zum Nachteil gereicht hätte. »Sieh dir das mal an!«

Tara trat neben Katie an einen Tisch und lachte über etwas, das ich nicht sehen konnte. Während ich ihr mit meinen Blikken folgte, spürte ich, wie Dog mich ansah.

»Mach dir keine Sorgen«, tröstete er mich. »Mit euch beiden

wird es schon noch klappen. Eine andere Möglichkeit gibt es doch gar nicht.«

»Kann schon sein«, erwiderte ich. In diesem Augenblick rief jemand seinen Namen. Dog drehte sich um und ergriff zögernd eine ausgestreckte Hand. Zweifellos Glückwünsche für die bevorstehende Hochzeit. Ich ließ mich darauf durch die Menge treiben, blieb hier kurz stehen, um einen Bekannten zu begrüßen, wechselte dort ein paar Worte mit einer Freundin.

Als dann schließlich die Band gnädigerweise eine Pause machte, rasselte die angepunkte Leadsängerin sarkastisch mit ihrem Tambourin und grinste den zerzausten Gitarristen an. Dann zog sie das Mikrophon zu sich heran.

»Übrigens vielen Dank für den frenetischen Beifall, Leute. Einige von euch wissen sicher nicht . . .«

»Und vermutlich ist es euch auch egal«, platzte der Gitarrist dazwischen.

». . . daß Ringo Starr heute bekanntgegeben hat, daß er irgend so jemanden wie eine Schauspielerin namens Barbara Bach heiraten wird oder auch schon geheiratet hat und . . .«

Der Gitarrist warf mit lüsternen Blicken um sich.

». . . deshalb wollen wir ihnen zu Ehren ein Lied singen, das Ringos ehemalige Kumpel von den Beatles, John Lennon und Paul McCartney, geschrieben haben.«

Sie begann, den Takt zu schlagen, aber die Band war noch nicht bereit. Sie setzte noch einmal von neuem an, worauf der Gitarrist die Eröffnungsakkorde herunterklampfte und »Drive My Car« zu singen begann.

Ich hätte gern gewußt, ob Tara zuhörte.

Niemand außer mir schien zu merken, daß das Lied zu Ende war. Ich fing den Blick des Gitarristen auf, der nun sein Instrument ablegte und sich ein Akkordeon umhängte. Er ließ seine Finger ein paarmal probeweise über die Tasten huschen, während sich die Sängerin wieder an die achtlose Menge wandte.

»Also, das war etwas fürs Gefühl. Wir, äh . . . Heute ist der vierte Juli, wie ihr alle wißt, oder zumindest denke ich, daß ihr das alle wißt. Man kann ja nie wissen, was ihr so alles wißt und was nicht. Aber darum geht es jetzt nicht. Wir haben uns überlegt, welches patriotische Lied wir zu diesem Anlaß singen könnten . . .«

»Leider ohne Erfolg!« unterbrach sie der Akkordeonspieler.

»... da heute nun mal Unabhängigkeitstag ist«, fuhr das Mädchen fort. »Das einzige Lied, das uns schließlich angemessen erschien, war ›Sandy: Fourth of July, Asbury Park‹ von ...«

»Dog!« brüllte ich über die Menge hinweg, und er kam auf mich zu, um neben mir stehenzubleiben, bevor sie den Satz zu Ende sprach: »... Bruce Springsteen.« Ihr Partner entlockte dem Akkordeon ein paar klagende Akkorde, während sie ein Lied über einen Mann am Scheideweg zu singen begann.

»Einen frohen Unabhängigkeitstag, Dog.« Ich versuchte die Musik zu übertönen. »Du hast es geschafft.« Er lächelte.

Ich blickte mich gerade noch rechtzeitig um, so daß ich sehen konnte, wie Tara Katie am Ärmel zupfte und auf uns deutete. Die beiden lächelten zu uns herüber – zwei Blondinen im Sonnenlicht –, und für einen Augenblick lang blieb mir das Herz stehen. Obwohl die Band ganz schön falsch spielte, stellte das keine Beeinträchtigung dar.

Nachdem wir nach Einbruch der Dunkelheit das Feuerwerk über dem Capitol angesehen hatten, fuhr ich Tara nach Hause. Ein wenig betrunken unterhielten wir uns darüber, was wir am nächsten Tag machen wollten, um schließlich in Schweigen zu verfallen. Ein Augenblick – vielleicht auch zwei – verstrichen; sie berührte leicht meine Hand, und schon war sie im Haus verschwunden. Doch mein Herz schlug immer noch. Ihr Porsche brachte mich nach Hause. Mitternacht starrte ich aus dem Erkerfenster meiner leeren Wohnung, und auf meinem Plattenspieler drehte sich gerade die Platte mit ebendiesem verfluchten Springsteen-Song von dem Mann am Scheideweg.

24

In Washington ist der Sommer selten ein reines Vergnügen. Draußen vor der dunklen Holiday Inn-Bar, in der ich wartete, war die Temperatur auf über fünfunddreißig Grad gestiegen. Die Nachmittagsluft, ein Gemisch aus Kohlenmonoxid und Dschungelfäulnis, verlockte nicht gerade zum Atmen.

Nick Sherman hatte diese Bar als Treffpunkt vorgeschlagen,

da sie eine »neutrale Zone« darstellte, in der wir uns alle einigermaßen wohl fühlen würden.

Betsy Kranz sah eigentlich nicht aufregend genug aus, um sie sich als Prostituierte vorstellen zu können. Eher hätte sie hinter die Theke eines dieser Stehimbisse gepaßt, wie sie die unzähligen freudlosen Straßen Amerikas säumen. Mit fünfundzwanzig spannte bereits ein ansehnlicher Hängebusen ihre weiße Bluse, während ihr ausladender Hintern ihre blaue Hose zu sprengen drohte. Ihre mächtigen Schenkel rieben beim Gehen aneinander und gaben dabei ein leises *Sssss-Ssssss* von sich. Bevor Nick noch Gelegenheit fand, uns vorzustellen, ließ sie sich an dem Ecktisch niederplumpsen, an dem ich gewartet hatte, und strich sich eine Strähne ihres braunen Haares aus dem Gesicht. Dann steckte sie sich eine Zigarette an und legte zwei Packungen vor sich auf den Tisch. Hinter ihrer billigen Brille lauerten zwei kleine braune Augen. Sie waren bar jeden Ausdrucks. Ihre gerundeten Backen zierten ein paar Pickel.

Nun begann Nick zu erzählen, daß sie aufgrund einer gerichtlichen Vorladung von Kalifornien nach Washington gekommen war, um vor Gericht über ihre Vergangenheit auszusagen, als sie noch, ähnlich Janet Armstrong, für einen Zuhälter namens Herbert »Magic« Murphy gearbeitet hatte. Nick hatte sie überreden können, auch mit mir zu sprechen.

»Wir haben das Ganze zwar schon mal durchgekaut, Betsy«, erklärte er, als die Bedienung unsere Biere brachte, »aber ich wäre Ihnen trotzdem dankbar, wenn wir die ganze Geschichte noch einmal mit John durchgehen könnten. Einverstanden?«

Sie zuckte mit den Schultern.

»Wann und wo haben Sie Magic kennengelernt?« fragte der Detektiv sie dann.

Sie hatte diese Geschichte schon so oft erzählt, daß ihre Stimme inzwischen bar jeden Ausdrucks war, wenn sie sie wieder einmal herunterleiern mußte. Wie einem gut abgerichteten Hund mußte man ihr kaum nachhelfen.

»Nachdem ich mit der High-School aufgehört hatte, bin ich per Anhalter von Santa Monica hierher gekommen. Damals bin ich nämlich ständig zwischen Kalifornien und hier hin- und hergependelt. Ich war ziemlich dick und hatte kurzes Haar. Und außer meiner Freundin hier in Washington hatte ich keine Freunde.«

»Wie alt waren Sie damals?« hakte Nick nach.

»Einundzwanzig. Ich ging dort in eine Bar. Sie hieß Bagdad. Wir sind auf dem Weg hierher daran vorbeigefahren. Allerdings hat sie jetzt einen anderen Namen. Den habe ich aber inzwischen schon wieder vergessen.«

»Das macht nichts«, sagte ich.

»Ich stand also an der Bar, und da stand dieser eine Typ hinter dem anderen.« Sie deutete mit ihrer Zigarette vage auf ein paar Punkte im Raum, die offensichtlich nur für sie einen Sinn ergaben. »Der eine von den beiden hat mich gefragt, wie ich heiße. Ich habe es ihm gesagt, und dabei sah ich, wie Magic mich über seine Schulter hinweg angrinste. Ich fragte ihn, warum er lachte, und so kamen wir dann ins Gespräch. Er erzählte mir, er wäre Zuhälter. Ich hatte bis dahin noch nie einen Zuhälter kennengelernt. Er war echt cool. Damals wollte ich eine große Tänzerin werden, und er konnte wirklich – ich meine, wirklich gut – tanzen. Dann sind wir ins Presidential Hotel, Zimmer Nummer 442, wo wir uns stundenlang geliebt haben. Es hat mir wirklich Eindruck gemacht, daß er mit einem so dicken Mädchen wie mir ins Bett ging.« Sie lächelte entschuldigend. »Allerdings habe ich damals auch noch etwas besser ausgesehen. Jedenfalls bin ich dann am nächsten Tag gleich zu Magic und Chris gezogen.«

»Chris war Magics Dauer . . .« Ich suchte nach dem richtigen Wort.

»Sie war seine Stammfrau«, kam mir Betsy zu Hilfe.

»Magic behauptete, er hülfe Chris, ihre kranke Mutter in New York oder Philadelphia – ich weiß nicht mehr, wo nun genau – zu unterstützen. Außerdem sagte er, Chris könnte ihn nicht heiraten, weil sie noch mit ihrem ersten Mann verheiratet sei. Und außerdem bedeutete sie ihm nichts. Wenn sich die Dinge entsprechend entwickelten, meinte er, bräuchten wir uns ihretwegen keine Gedanken zu machen. Ähnliches hat mir übrigens auch Chris erzählt. Jedenfalls saßen wir also an jenem ersten Tag in ihrer Wohnung und unterhielten uns darüber, daß ich noch nie auf den Strich gegangen war.«

Und über andere Trivialitäten, dachte ich mir im stillen.

»Chris hat mich dann eingearbeitet. Die ersten zwei Wochen wich sie nicht von meiner Seite und sorgte dafür, daß alles glatt lief und keines der anderen Mädchen mich verprügelte. Magic brachte uns in seinem Wagen zu unserem Standplatz und holte uns dann wieder ab. Chris hatte ein Tagessoll von hundert Dollar, ich von zweihundert. Magic versicherte mir, daß wir spätestens in einem Jahr im Geld schwimmen würden, so daß wir ein Geschäft aufmachen könnten. Ich könnte wieder die High-School besuchen und tanzen lernen und bräuchte mir keine Geldsorgen mehr zu machen. Wir würden einfach eine Disco, eine Bar, einen Massagesalon oder sonst irgend etwas in der Art aufmachen. Irgend etwas, um unser Geld anzulegen, damit uns die Steuer nicht auf die Pelle rückte.«

Sie steckte sich eine neue Zigarette an, um dann auf Nicks aufmunterndes Nicken hin weiterzuerzählen.

»Wir begannen in der Regel so gegen sieben mit der Arbeit. Magic brachte uns zu unserem Standplatz, blieb dann noch eine Weile und verschwand schließlich, um nach ein paar anderen Mädchen zu sehen oder um zu spielen. Wenn wir unser Soll geschafft hatten und es noch früh war, ließ er uns weiterarbeiten. Wenn wir unsere Sache gut machten, kaufte er uns etwas. Wenn wir dagegen einen schlechten Abend hatten, ließ er uns am nächsten Tag besonders früh anrücken.

Anfangs ließ er mich alles machen, solange die Kerle nur zahlten. Ich machte ein paar Fehler und wurde verletzt, so daß ich schließlich nur Vierzig- und Fünfzig-Dollar-Freier nehmen durfte. Ich habe nie gewagt, etwas von dem Geld zurückzubehalten, weil er nämlich gedroht hat, mich umzubringen, wenn ich das versuchen sollte.«

»Erzählen Sie doch von der Zeit, als Chris nach Baltimore ging«, forderte Nick sie auf.

»Ach ja, Magic hat sie losgeschickt, um ein paar neue Mädchen anzuheuern. Sie blieb aber dort bei einem anderen, worauf Magic wirklich sauer wurde. Er befahl ihr zurückzukommen. Ich war gerade zu Hause, als er sie vom Bahnhof abholte und dann in der Wohnung mit ihr auftauchte. Er hat mich ganz komisch angesehen, als er an mir vorbeigerauscht ist. Und dann hat er auf der Stelle angefangen, sie zu verprügeln. Mir hat er gesagt, ich sollte mich da bloß raushalten, wenn ich nicht wollte, daß es mir genauso ging. Und er ließ mich zusehen, wie er diese schwarzen Handschuhe anzog. Er schlug ihr so lange ins Gesicht und beschimpfte sie dabei, bis sie zu Boden fiel. Dann trat er auf sie ein, riß ihr die Kleider vom Leib und machte ihr Vorhaltungen, wie treulos sie gewesen wäre. Er hatte dabei einen irren Ausdruck in den Augen und Speichel in den Mundwinkeln – wie ein tollwütiger Gorilla. Er warf sie aufs Bett und . . .«

Sie suchte nach dem angemessenen Ausdruck für das, was sie sagen wollte.

». . . und dann hat er Analverkehr mit ihr getrieben. Das bereitete ihr schreckliche Schmerzen, da ihr Rücken ganz wund von den Prügeln war.

Darauf habe ich Magic gesagt, so eine Behandlung würde ich mir nicht gefallen lassen. Wenn er mich jemals schlagen sollte, würde ich auf der Stelle gehen. Eine Woche später hat er mich dann zum erstenmal geschlagen.«

Sie beugte sich durch den Qualm ihrer Zigarette über den Tisch, um den Sachverhalt etwas genauer zu erklären.

»So richtig hat er mich damals eigentlich noch nicht geprügelt. Er wollte, daß ich schon zu arbeiten anfing, aber ich war noch furchtbar müde. Ich war ganz schön sauer und habe meine Bürste auf den Tisch geknallt, als ich in die Küche bin. Darauf ist er von der Couch aufgesprungen und hat mir ein paar Ohrfeigen verpaßt. Ich hatte solche Angst, daß ich in die Hose gemacht habe. Ich schrie nach der Polizei, worauf er noch wütender wurde und brüllte: ›So ist das also? Du willst mich hinhängen?‹ Als er mich dann noch ein paarmal schlug, lachte er allerdings und machte sich über mich lustig, weil ich auf den Boden gepinkelt hatte. Und dann hat er es mit mir getrieben – und zwar von hinten. Das war das erste Mal, daß ich so grob behandelt wurde. Als er damit fertig war, sagte er, ich wäre so eine Nutte, daß ich nur auf diese Tour käme. Ich fühlte mich absolut elend. Wenn er und Chris dann mal guter Laune waren, zogen sie mich deswegen immer wieder auf.

Richtig verprügelt hat er mich dann erst ein paar Wochen danach. Ich hatte mir einen Tripper gefangen und sagte ihm, daß ich aufhören wollte. Ich saß gerade am Küchentisch, als er mich schlug. Der Schlag war so brutal, daß ich vom Stuhl flog und zu Boden ging. Er trat mir in den Rücken, und dann sah ich, wie er seine schwarzen Handschuhe überstreifte. Erst trat er mich noch mal, und dann riß er mich an meinen Kleidern und an meinen Haaren hoch, um mir mit dem Handrücken ins Gesicht zu schlagen. Dabei verletzte er sich am kleinen Finger, worauf er nur noch wütender wurde. Ich hatte gerade eine Pastete im Ofen, und die klatschte er nun auf meinen Rücken und verschmierte das heiße Zeug auf meiner Haut. Von damals rührt, glaube ich, auch diese Narbe an meiner Backe her, wo sich ein Zahn durchgebohrt hat. Aber ganz sicher bin ich mir nicht mehr. Er schlug mich so lange, bis er müde wurde. Nachdem er sich beruhigt hatte, ist er mit mir ins Bett, weil er Angst hatte, ich würde weglaufen.«

»Hat er seine Mädchen oft verprügelt?« fragte Nick.

»Ich habe gesehen, wie er Chris noch einmal geschlagen hat. Er hatte wieder seine schwarzen Handschuhe an und benutzte diesmal auch einen Gürtel mit einer großen Schnalle. Ich weiß nicht, was sie damals wieder falsch gemacht hatte. Daraufhin hat sie ihn für einige Zeit verlassen, um dann aber doch wieder zu ihm zurückzukehren. Das hat sie mehrmals so gemacht.

Ich bin auch mal weggelaufen, aber in Indiana ist mir dann das Geld ausgegangen. Da ich meine Eltern nicht um Geld bitten wollte, rief ich Magic an, worauf er mich in seinem Cadillac holen kam.«

»Und dann?« fragte ich, obwohl ich mir die Mühe hätte sparen können, da sie nur eine Pause machte, um sich eine neue Zigarette anzustecken.

»Dann bin ich wieder für ihn auf den Strich gegangen. Als ich dann Herpes bekam, sagte mir der Arzt, ich dürfte zwei Monate lang keinen Sex haben. Aber da Magic und Chris finanziell von mir abhängig waren – schließlich schaffte ich das meiste Geld an –, mußte ich wieder arbeiten. Das hieß, daß ich es entweder von hinten machen oder den Kerlen einen blasen mußte. Magic hat hin und wieder durchgedreht und mich geschlagen. Ich bekam den Herpes nicht los und hätte eine Ruhepause dringend nötig gehabt. Als er mich dann wieder einmal ganz schlimm verprügelte – diesmal vor dem Weißen Haus –, habe ich mich erneut abgesetzt. Ein Freier gab mir das Geld für den Bus und fuhr mich nach Baltimore, damit Magic mich nicht erwischte. Ich kam bis Arizona.

Dort blieb ich etwa eine Woche bei Verwandten. Aber ich war unfähig, auf eigenen Beinen zu stehen.

Und ob Sie's glauben oder nicht«, sie beugte sich etwas vor, »ich war immer noch in Magic verliebt. Als ich ihn schließlich anrief, schickte er mir ein Flugticket.

Wieder zurück in Washington ging ich erneut auf den Strich – mit neununddreißig-vier Fieber. Ich hatte mir wieder einen Tripper gefangen. Und ich hatte solche Schmerzen, daß ich jedesmal, wenn der Doktor mich anfaßte, laut schreien mußte. Sie meinten, ich stände dicht vor einem Nervenzusammenbruch. Magic dachte, ich spielte nur Theater, und ging gleich mal ins Bett mit mir, nachdem er mich aus dem Krankenhaus abgeholt hatte. Dann gab er mir zwei Tage frei. Da Chris sich wieder einmal abgesetzt hatte und er dringend Geld brauchte, schickte er mich wieder auf den Strich. Und dann habe ich langsam begriffen, daß er mich wirklich nicht geliebt hat.«

Dazu hast du aber reichlich lange gebraucht, Mädchen, dachte ich insgeheim. »Haben Sie Janet Armstrong eigentlich mal kennengelernt?« fragte ich sie schließlich.

Sie nickte leicht ärgerlich. Betsy war sich im klaren darüber, daß ihre Geschichte eigentlich keinen Menschen interessierte. Aber erzählen würde sie sie trotzdem – und zwar *zuerst.*

»Ich setzte mich neuerlich ab«, fuhr sie fort. »Diesmal für sechs Monate. Aber da ich nicht wußte, wohin, kehrte ich wieder zu Magic zurück. Es war kurz vor meinem Geburtstag, und Magic schmiß gerade für *sie* eine Geburtstagsfete in der Athena-Disco. Dazu lud er mich und noch ein Mädchen und einen gewissen Harry ein. Als wir dann in Janets Wohnung in die Church Street gingen, nahm mich Magic mit ins Bad. Er nannte mich seine Nutte und beschimpfte mich, ich wäre nur ein Stück Scheiße und würde ihm gehören. Er führte sich auf wie ein Irrer. Janet ließ er mit Harry in ihr Schlafzimmer gehen, wo sie eine Nummer schoben. Damit wollte er beweisen, daß es ihm nichts ausmachte, wenn sie mit einem gut aussehenden Mann umsonst ins Bett ging. Und mir hat er versichert, ich könnte mit jedem schlafen, mit dem ich wollte, wenn ich zu ihm zurückkäme. Aber ich habe mich nicht mehr einfangen lassen und nahm in einer Oben-ohne-Bar einen Job als Tänzerin an.

Im Januar traf ich dann zufällig eines der ältesten Mädchen auf dem Strich – Misty. Sie erkundigte sich nach Magic, worauf ich ihr erzählte, daß ich nichts mehr über ihn wüßte, da ich nicht mehr mit ihm ging. ›Hast du denn nicht gehört, was passiert ist?‹ fragte sie mich dann. ›Kannst du dich noch an Crystal erinnern?‹ Worauf ich erwiderte: ›Meinst du dieses hübsche Mädchen, das vom College gegangen ist, um für Magic zu arbeiten?‹ Und dann erzählte sie mir, daß Crystal vor Magics Wohnung tot aufgefunden worden war. ›Hat Magic also am Ende doch noch eines seiner Mädchen umgebracht‹, wußte ich darauf nur zu erwidern. Außerdem sagte ich zu Misty, daß ein Freier, wenn er Crystal umgebracht hätte, sicher versucht hätte, ihre Leiche zu verstecken. Abgesehen davon war Crystal immer nett zu ihren Freiern. Dagegen hätte Magic sie todsicher umgebracht, wenn sie ihm den Laufpaß zu geben versucht hätte, was vermutlich der Fall war. Magic drehte manchmal regelrecht durch. Das habe ich mehrmals am eigenen Leib zu spüren bekommen. Misty erzählte noch, daß Chris noch so lange bei Magic blieb, bis ihn die Polizei festnahm. Dann hat sie sich abgesetzt.

Ich bin wenige Tage später nach Hause gefahren. Und dort wäre ich auch geblieben, wenn – wenn ich nicht hätte zurückkommen müssen, um der Polizei und den Gerichten bei den Ermittlungen behilflich zu sein.«

»Haben Sie mal mit Janet gesprochen?« fragte ich.

»Nicht wirklich«, antwortete Betsy, womit sie auch gleich alle Hoffnungen zunichte machte, sie könnte sie vielleicht von einem Freier namens Martin sprechen gehört haben. »Ich habe sie nur das eine Mal gesehen, und da es sich um ihre Geburtstagsfeier handelte, war sie natürlich ziemlich von Leuten belagert.«

Betsy drückte in dem überfüllten Aschenbecher ihre Zigarette aus.

»Hat Magic Ihnen eigentlich irgendwelche besonderen Versprechungen gemacht?« fragte ich.

»Natürlich. Er hat mir immer und immer wieder versichert, er würde mich heiraten, was er selbstverständlich nicht tat. Er wollte mich auch schwängern, weil er mich auf diese Weise noch fester im Griff gehabt hätte. Jedesmal, wenn ich von ihm wegging, beschwor er mich, er könnte ohne mich nicht leben. Er versprach mir, daß ich schon bald nicht mehr auf den Strich gehen müßte. Er würde andere Mädchen für uns arbeiten lassen, und er behauptete, er wäre auch nur aus diesem Grund so hinter ihnen her. Ich sagte ihm aber, damit müßte es ein Ende haben, wenn er mich heiraten wollte. Aber Magic hat nur gesagt, ich könnte ihn nicht von Grund auf umkrempeln; schließlich wäre er ein Zuhälter und ein Mann.«

»Hat Magic Sie auch mal auf andere Mädchen angesetzt?« schaltete sich nun Nick Sherman ein.

»Er wollte, daß wir ihm andere Mädchen zubrachten. Chris ist deswegen auch mal nach Baltimore gefahren. Aber irgendwann wollte sie dann nicht mehr. Sie meinte, das wäre Magics Job.«

Nick beugte sich etwas zu ihr vor. »Erzählen Sie uns doch mal genau, wie Magic eine Frau verprügelt hat.«

»Meinen Sie, so richtig«, fragte Betsy. »Oder nur so ein paar kleine Ohrfeigen?«

»Gab es da denn einen Unterschied?« fragte ich zurück.

»Natürlich. Wenn er sich nur über irgendeine Kleinigkeit aufregte oder wenn er gerade keine Zeit hatte oder wenn andere Leute da waren, wie zum Beispiel damals vor dem Weißen Haus, dann schlug er einem nur ein paarmal mit der flachen Hand ins Gesicht. Er war dabei nie sonderlich grob, weil er Angst hatte, sich am kleinen Finger zu verletzen. Aber wenn es um etwas wirklich Wichtiges ging, dann streifte er sich seine Handschuhe über und verprügelte einen nach allen Regeln der Kunst. Ich habe ein paarmal gesehen, wie er das mit Chris gemacht hat, und mir hat er ja auch ein paarmal eine ordentliche Abreibung verpaßt.«

»Erzählen Sie uns doch noch genauer von seinen Handschuhen«, forderte Nick sie auf.

»Sie waren richtig schön – sehr glänzend und glatt und schwarz, aus ganz dünnem Leder. Eigentlich ganz normale Herrenhandschuhe, die er im Winter auch regulär trug, wenn er ausging. Er hatte so einen Fimmel mit seinen Händen. Er kam sich nämlich als ganz großer Gitarrist vor. Ich habe ihn allerdings nur einmal spielen gehört, und das hat mich nicht gerade sonderlich beeindruckt. Magic meinte dann, der Verstärker hätte nichts getaugt. Und er hat gesagt, so gut, wie ich tanzte, würde er noch lange Gitarre spielen. Jedenfalls hatte er seine Handschuhe immer in seiner Gesäßtasche stecken. Er wollte sich möglichst nicht die Hände schmutzig machen oder gar verschrammen. Und wenn er mal irgendwo hätte zupacken sollen, sagte er immer: ›Soll ich deswegen extra meine Handschuhe anziehen?‹ Er wollte uns auch nie mit seiner Haut berühren, wenn er uns weh tat. Dafür liebte er uns zu sehr. Deswegen zog er immer die Handschuhe an. Unseretwegen. Aber es machte ihm richtig Spaß, sich die Handschuhe überzustreifen. Manchmal habe ich ihn beobachtet, wie er sie richtig gestreichelt hat – wie eine Frau oder einen Hund.«

»Und was passierte, wenn er die Handschuhe anzog?« wollte Nick wissen.

»Er verprügelte einen nach Strich und Faden.«

»Wie – wie ging das vor sich?« drang Nick aus für mich unerfindlichen Gründen weiter in sie.

»Er riß einen hoch und begann einen mit dem Handrücken ins Gesicht zu schlagen. Und wenn man dann zu Boden ging, traktierte er einen mit den Stiefeln. Und er hat einen von einem Zimmer ins andere geprügelt. Er riß einem die Kleider vom Leib. Und mir ist dabei natürlich immer die Brille heruntergefallen.«

»Können Sie sich an irgendwelche großen Szenen erinnern, in denen Magic mal ausgerastet ist?«

»Tja, damals in Georgetown vielleicht.«

»Könnten Sie das John vielleicht noch mal genauer erzählen«, forderte Nick sie daraufhin auf.

»Wenn Sie meinen«, seufzte sie. »Wir – das heißt, er und ich und Chrissie – waren in der Athena-Disco, und dann wurde er plötzlich fürchterlich sauer auf diese Frau – bloß weil sie auf seinem Platz saß oder aus seinem Glas getrunken hatte oder irgend so was. Und dann hat er doch tatsächlich sein Ding rausgeholt . . .«

»Sein Ding?« fragte ich verständnislos.

»Na, Sie wissen schon, sein Ding eben.«

Ich schüttelte den Kopf.

»Seinen Penis!« platzte sie schließlich heraus. Offenbar verstand sie nicht, daß jemand so begriffsstutzig sein konnte. »Er zog ihn aus der Hose und schüttelte ihn hin und her. Und das gab natürlich ein Mordshallo.«

»Hat sich Magic sonst noch mal etwas ungewöhnlich benommen?« wollte Nick Sherman wissen.

Sie runzelte die Stirn und schüttelte dann den Kopf. »Nicht, daß ich wüßte.«

»Hat er sie je dazu angehalten, Drogen zu nehmen?« fragte der Detektiv weiter.

»Dreimal hat er mich Acid nehmen lassen. Und wenn ich abends zur Arbeit los bin, hat er mir immer einen Drink gegeben. Wenn ich nach Hause kam, haben wir manchmal Gras geraucht – ein paarmal auch Koks geschnupft. Aber in den meisten Fällen hat er das Kokain allein genommen.«

»Betsy«, begann ich vorsichtig, »können Sie sich irgend jemanden vorstellen, der daran interessiert sein könnte, daß die Wahrheit über Janet nicht an den Tag kommt?«

»Welche Wahrheit?« Sie sah von mir zu Nick und dann wieder zurück. »Die Wahrheit über Janet ist doch hingehend bekannt.«

»Wissen Sie sonst irgend etwas, ist Ihnen . . .« Ich suchte nach den passenden Worten. »Gibt es sonst noch etwas, das für uns vielleicht von Interesse sein könnte?«

Sie zuckte mit den Schultern. »Wieso? Was sollte das denn sein?«

Wir waren betrunken.

Das heißt, ich war betrunken, und Nick Sherman befand sich auf dem besten Weg dorthin. Nachdem wir Betsy auf ihr Zimmer gebracht hatten, bahnten wir uns in Nicks klapprigem Chevy einen Weg durch die Abendhitze. Inzwischen befanden wir uns in einem zweistöckigen Gebäude am Fuß des Capitol Hill, das einen Club für Polizisten beherbergte. Es gab dort eine Bar, eine kleine Tanzfläche und ein paar Nischen mit Tischen und Stühlen. Die Wände zierten über fünfzig gerahmte Abbildungen von polizeilichen Dienstmarken. Die Kundschaft des Lokals war ausschließlich männlich, weiß – und rauhbeinig. An der Bar saßen etwa ein Dutzend Männer; außer unserem war noch ein anderer Tisch besetzt. Wir waren von allen Seiten eingehend gemustert worden, als Nick mit einem Spezialschlüssel die Eingangstür aufgesperrt hatte. Während er mit dem einen oder anderen Lächeln oder Nicken begrüßt wurde, brachte man mir ausschließlich Mißtrauen entgegen. Aber ich war schließlich sein Gast. Er fragte mich, was ich trinken wollte, und brachte mir dann ein Bier. Seinen Bourbon brachte die vollbusige Bardame an unseren Tisch. Und sie sollte ihn den ganzen Abend hindurch mit diesem Getränk versorgen, ohne daß es auch nur eines Nickens von seiner Seite bedurft hätte. »Sie kennt mich eben«, bemerkte Nick dazu. Im Augenblick war er gerade auf die Toilette verschwunden, während ich dasaß und in meinen Plastikbierkrug starrte.

Magics anderes Pferd im Stall, dieses Mädchen namens Chris, von der Betsy uns erzählt hatte, hatte sich ebenfalls der Polizei zur Verfügung gestellt. Während ich nun auf Nicks Rückkehr von der Toilette wartete, ging ich noch einmal in Gedanken ihre Aussage durch, die ich aus der Akte Janet Armstrong kannte.

Chris hatte behauptet, länger bei Magic gewesen zu sein als sonst irgendein Mädchen. Für die anderen Frauen, die in ihrem Leben aufgetaucht und wieder verschwunden waren, hatte sie nur Verachtung übrig, während sie auf Magic absolut nichts kommen ließ. Sie stritt ab, daß er jemals Drogen genommen hätte, und rühmte sich, für ihn auf den Strich gegangen zu sein.

Über Betsy Kranz hatte Chris gesagt: »Magic erzählte mir, daß er sie in einem Club in Hot pants tanzen gesehen hatte. Er lud sie auf einen Drink ein, ging mit ihr ins Bett, und schon hatte er sie am Haken. So einfach war das. Sie hat sich Hals über Kopf in ihn verliebt.«

Chris war bereits etwas älter und schwarz, was sich ihren Aussagen zufolge auf ökonomischer Ebene folgendermaßen auswirkte: »Wissen Sie, die weißen Mädchen sahnen immer am meisten ab. So ist das nun mal.«

Sie erinnerte sich daran, wie Magic mit Janet aus Oregon zurückkam:

»Plötzlich war er verschwunden, und dann tauchte er plötzlich mit ihr auf. Magic war ein Sexmaniak; er mußte immer mindestens einmal pro Abend. Sie können sich ja denken, wenn man die ganze Nacht angeschafft hat, möchte man nicht gleich wieder mit jemandem ins Bett, sobald man nach Hause kommt. Man will dann nur noch in die heiße Badewanne und nichts mehr hören und sehen. Aber Magic wollte ständig vögeln. Manche Frauen verlassen ihre Männer, weil sie in dieser Hinsicht zu wenig bekommen. Aber wenn ich mal Magic verlassen habe, dann war das, weil ich endlich wieder mal meine Ruhe wollte. Ich bekam richtig Schmerzen. So hat er übrigens alle diese Frauen gekriegt, weil er nämlich sehr lange konnte. Janet wußte bereits über mich Bescheid, da Magic im Schlaf von mir gesprochen hatte. Als die beiden also hier anrückten, war ich es, die vorschlug, getrennte Wohnungen zu nehmen. Ein Mann möchte natürlich alle seine Frauen um sich geschart haben, damit er sich wie der große Pascha fühlen kann, aber das erzeugt sehr schnell Spannungen. Ich nehme an, daß Janet dachte, ich hätte was gegen sie, weil ich nicht mit ihr in einer Wohnung wohnen wollte. Außerdem hat sie mich von Anfang an nicht gemocht, da sie ihn nicht mehr für sich allein hatte, seit sie nach Washington zurückgekehrt waren.«

Chris' Erzählung zufolge hatte ihr wundervoller Magic Janet für übertrieben eifersüchtig gehalten, weil sie es nicht gern sah, wenn Magic sich mit anderen – das heißt, mit Chris – herumtrieb. Janets einziger Pluspunkt muß, was zumindest Chris' Aussagen betraf, ihre Fähigkeit gewesen sein, schnell viel Geld anzuschaffen. Sie hatte ihr Tagessoll in der Regel bereits um drei Uhr früh erfüllt.

Chris erzählte auch von Magics Reue, als er im Krankenhaus lag, nachdem er Janet vor einem einsamen Tod in dunkler Nacht »errettet« hatte.

»Das war das erste Mal, daß ich ihn weinen sah. Wir saßen im Warteraum – Ärzte, Schwestern, Polizei und sonst noch eine Menge Leute. Magic hätte mir bestimmt nicht erzählt, daß er sie geliebt hat – genauso, wie er ihr nicht erzählt hätte, daß er mich geliebt hat. Ich weiß jedenfalls, daß ihm viel an ihr lag, weil sie alles für ihn tat und ihn liebte.«

Magics Zuneigung für das andere Mädchen entsprang Chris' Ausführungen zufolge den mehrmaligen Phasen ihrer Abwesenheit. Davon, daß Magic sie mehrfach verprügelt hatte, sprach sie wie beiläufig. Einer Kritik an ihrem wundervollen Magic kam noch am ehesten folgende Aussage nahe: »Er hatte immer einen Hang zur Gewalttätigkeit, und alles mußte immer so sein, wie er sich das vorstellte. Er hat mir mal gesagt, daß er mich deshalb liebte, weil er mich nicht kleinkriegen konnte. Ich war das einzige schwarze Mädchen, mit dem er es aushielt. Sonst hatte er immer mit weißen Mädchen zu tun. Er ging auf eine weiße Schule, traf sich mit weißen Mädchen. Er konnte sich ihrer kaum erwehren. Und das war auch das Besondere an mir: Ich war das einzige schwarze Mädchen, mit dem er zusammen war.«

Und natürlich log Magic nicht und hatte deshalb auch Janet nicht getötet.

Die Prozeßakte hatte auch noch die Aussage einer anderen Prostituierten enthalten, die Magic in einer Disco angeheuert hatte. Diese Aussage durchzog ein roter Faden, der mich mehr als alles, was ich bis dahin in Erfahrung gebracht hatte, beunruhigte. Schon am ersten Morgen, nachdem Magic das Mädchen verführt hatte, war es *Janet*, die sie abholte und in die Wohnung in der Church Street brachte. *Janet* ging mit ihr essen. *Janet* weihte sie in die Grundbegriffe des Gewerbes ein. *Janet* nahm das neue Mädchen in ihrer ersten Nacht auf dem Strich unter ihre Fittiche, wobei sie vorerst nur alles genau zu beobachten brauchte. Und *Janet* suchte am nächsten Abend mit der Neuen und zwei Freiern ein Hotel auf. Am dritten Abend wurde das neue Mädchen verhaftet. *Janet* war diejenige, die sie am nächsten Tag vom Gericht abholte. In der vierten Nacht wurde die Neue vergewaltigt. Und in der fünften warf sie den ganzen Kram hin, obwohl Magic ihr ewige Liebe schwor und ihr versprach, seine Beziehungen spielen zu lassen und ihre Karriere als Fotomodell voranzutreiben.

Janet war es also gewesen, die ihr »geholfen« hatte. Was sollte ich daraufhin meinem Klienten erzählen, der in Eugene, Oregon, jener verträumten kleinen Stadt mit dem blitzsauberen Gebirgsfluß und den grünen Hügeln ringsum, auf meine Antwort wartete? Ihre Tochter war einem Mann treu ergeben, der wie ein tollwütiger Gorilla Schaum vor dem Mund hatte, wenn er sich seine wundervollen, schwarzen Handschuhe überstreifte, um seine Sklavinnen zu verprügeln und zu mißhandeln? Was war nur aus dem kleinen Mädchen geworden, das immer brav die Klaviernoten aufräumte, während sie darauf wartete, daß ihre Klavierlehrerin ihr Milch und Kekse brachte?

»Was ist denn mit Ihnen los?« fragte Nick, als er sich wieder an den Tisch setzte. Er wirkte nicht im geringsten betrunken.

»Ich jage hinter Gespenstern her«, gestand ich ihm. »Es scheint, als wäre ich im Augenblick zu nichts anderem in der Lage. Und gleichzeitig habe ich nicht die leiseste Ahnung, wie ich es bewerkstelligen soll, eines davon zu fangen.«

»Meinen Sie Janet?«

»Ja.« Ich nickte. »Natürlich. Janet Armstrong. Wen denn sonst?«

»Hinter Eddie Hamptons Geist sind Sie also nicht her?«

»Nein. Sollte ich das denn?«

Er zuckte mit den Schultern. »Das dürfen Sie mich nicht fragen.«

»Er ist doch nur jemand, der eben zufällig gestorben ist«, erklärte ich. »So was soll öfter mal passieren.«

»Und er sagt Ihnen immer noch nichts?«

Vielleicht hätte ich ihm an diesem Punkt reinen Wein einschenken sollen, was den Brief betraf, den ich nach seiner Ermordung bekommen hatte, was ich daraufhin unternommen hatte; und wie ich schließlich auf den Namen Martin M. in Janet Armstrongs Adreßbuch gestoßen war. Aber augenblicklich galt es in erster Linie noch, mein Bild von Tara durch nichts trüben zu lassen. An jenem Abend drängte mein Herz mich, vorsichtig mit der Wahrheit umzugehen, um sie nicht zu verdrehen oder ihres Glanzes zu berauben.

»Sie haben zwar meine Visitenkarte in seiner Westentasche gefunden, und Sie können mir glauben, daß mir das reichlich unangenehm ist, aber ich bin schon von genügend Gespenstern umgeben. Mit diesem Eddie Hampton habe ich jedenfalls abgeschlossen. Und wie ist das mit Ihnen?«

»Wir haben die Ermittlungen zu diesem Fall noch nicht abgeschlossen.« – »Was soll das nun wieder bedeuten?«

»Das hat nichts weiter zu bedeuten, als daß wir etwas tun würden, wenn wir nur wüßten, was wir tun sollten. Das heißt, wir wissen, daß der Mann tot ist, aber das wär's dann auch schon. Eddie Hampton ist eben jemand, der ermordet worden ist. Wie Sie selbst gesagt haben, passiert so etwas eben hin und wieder – genau so, wie hin und wieder Leute auf offener Straße überfallen und niedergeschlagen werden.«

»Aha, *die Ermittlungen sind also noch nicht abgeschlossen,* wie Sie das so schön ausdrücken, und sämtliche Spuren, denen ich nachzugehen versuche, erweisen sich als Sackgassen.«

»Sind Sie auch sicher?«

Ich zuckte mit den Schultern. »So sicher man eben sein kann.«

»Wollen Sie sich nun immer noch mit diesem Fall Armstrong befassen?«

»Sie meinen, nachdem ich zu dem Schluß gelangt bin, daß hier nicht die Antwort auf meine Frage zu finden ist, wer mich niedergeschlagen hat und warum? Was weiß ich? Wahrscheinlich bin ich einfach viel zu unbedeutend, als daß jemand außer ein paar Straßenräubern Notiz von mir nehmen könnte. Was Janet betrifft, ist sie bestimmt nicht die Antwort auf meine Fragen, aber irgendwie hat sie es geschafft, mich auf die Fragen neugierig zu machen, die ihre Person aufgeworfen hat. Wie kann jemand nur so verdammt klug sein und so ein dummes Ende finden?«

»Sprechen Sie im Augenblick von Janet oder von sich selbst?«

Ich lachte. »Manchmal bin ich mir dessen gar nicht so sicher. Manchmal bilde ich mir ein, sie bis ins Innere ihres Wesens zu durchschauen und zu kennen. Doch je mehr ich nach einer Antwort suche, je näher ich einer Lösung zu kommen scheine, desto mehr läßt mir die ganze Angelegenheit einen kalten Schauer den Rücken hinunterlaufen. Und trotzdem kann ich nicht mehr zurück. Noch nicht. Nicht – nicht, bis ich weiß, wer in diesem Stück welche Rolle spielt.«

Wir beide nahmen einen kräftigen Schluck aus unseren Gläsern.

»Wie könnte ich irgend jemanden dazu bringen, das alles zu glauben?« fuhr ich schließlich fort.

»Bestenfalls können Sie einfach die Wahrheit sagen«, bemerkte Nick Sherman dazu. »Ich habe es schon lange aufgegeben, andere Menschen von irgend etwas zu überzeugen zu versuchen. Entweder glauben sie einem – oder sie glauben einem nicht. Es sei denn, sie kommen auf eine bessere Lösung. Und sobald Sie gesagt haben, was Sie zu sagen haben, gibt es nicht mehr das geringste für Sie zu tun.

Sind Sie sich inzwischen eigentlich schon klarer über das große ›Warum‹ geworden, das Sie Janets Vater beantworten sollen?«

»Im Augenblick hat es den Anschein, als täte ich nichts anderes als warum zu fragen, ohne daß ich bisher auf eine einzige Antwort gestoßen wäre.«

»Sie klingen ja ganz so, als ob Sie ganz schön in der Klemme steckten«, wußte der Detektiv darauf nur zu erwidern.

Ich schenkte dem Unterton seiner Bemerkung keinerlei Beachtung und schoß sämtliche Vorsichtsmaßregeln in den Wind. Es war sowieso ein Wunder, daß ich noch nicht auf Tara und mich zu sprechen gekommen war. Aber solange ich den Detektiv keine Verbindung zwischen ihr und Eddie Hampton herstellen ließ und ihn nicht auf irgendeinen Martin M. aufmerksam machte, war alles in Butter. Also erging ich mich in einem fünfzehnminütigen Sermon über mein Problem, der richtige Mann zum falschen Zeitpunkt zu sein, während wir doch in Wirklichkeit so gut zusammenpaßten, und daß sie eben aus irgendeinem Grund nicht konnte. Ich erzählte ihm also diesen ganzen Kram, der gedruckt immer reichlich abgeschmackt wirkt.

»Wenn ich für all die Geschichten wie Ihre, die ich in dieser Bar schon zu hören bekommen habe, einen Dime gekriegt hätte, könnte ich mir schon längst die Musikbox kaufen«, bemerkte er lakonisch, als ich schließlich eine Pause in meinen Ausführungen machte. Die Bedienung brachte ihm gerade wieder einen Bourbon, und seine Augen folgten dem zitternden Hüpfen ihrer Brüste. »Sie klingen ja wie ein Country and Western-Song«, seufzte er schließlich, als die Bedienung sich wieder von unserem Tisch entfernt hatte.

»Ich stehe nicht unbedingt auf Country and Western-Musik«, erwiderte ich. Dabei versuchte ich, ein hämisches Grinsen aufzusetzen, das jedoch in ein gequältes Lächeln ausartete.

Er lachte. »Jeder hat einen Song in der Country-Hitparade. Manchmal denke ich wirklich, das einzige, worauf man außer seiner eigenen Blödheit zählen kann, sind . . .«

Ich wartete gespannt, was nun kommen würde.

». . . Baseball und Country and Western-Musik. Darauf ist mehr Verlaß als auf die alten unumstößlichen Prinzipien, die da lauten: Die Reichen zahlen nie ihre Steuern, und diejenigen, die im Besitz des wahren Glaubens sind, kennen keinen Tod.«

»Immerhin hat 1919 ein Gangster die ganze World Series so laufen lassen, wie er das wollte.«

»Das war vor meiner Zeit.« Er blinzelte, und sein zahnlückiges Grinsen wich plötzlich einem ernsteren Ausdruck. »Es hat Sie also wirklich ganz schön übel erwischt, hm?«

»Sie sind wirklich ein Spitzendetektiv.«

»Wie ist das gekommen?«

»Sie meinen, ›warum‹?« Ich mußte über meine eigene Raffiniertheit grinsen. »Dafür könnte ich Ihnen einige schlaue Antworten geben wie Schicksal, freier Wille, Macht der Umstände, Kismet und so weiter. Ich habe sie alle fein säuberlich durchdacht, und jedesmal, wenn ich auf eine Antwort zu stoßen glaubte, sah ich mich mit einer neuen Frage konfrontiert, und das Ganze ging wieder von vorn los. In diesem Fall bleibt einem wohl nichts anderes übrig, als einfach immer weiterzumachen, weil sich am Ende sowieso alles notgedrungen zum besten wendet.«

»Sie meinen, zu dem Besten, das Sie für das Beste halten. Sie kommen mir vor wie ein Fixer, der sich einen Schuß setzt und glaubt, auf diese Weise alle Probleme lösen zu können.«

»So einfach mache ich es mir nun wirklich nicht.«

»Na, seien Sie sich dessen mal nicht so sicher.«

»Sie wollen das Ganze einfach nicht begreifen«, versuchte ich ihn zu überzeugen. »Die Sache ist wesentlich komplizierter, als Sie . . .«

»Es ist schon eine Weile her, daß ich folgendes gelernt habe«, unterbrach er mich ungerührt. »Je komplizierter es zwischen einem Mann und einer Frau ist, desto höher ist die Wahrscheinlichkeit, daß sie sich in weit größerem Umfang mit ihren psychischen Problemen und Komplikationen herumschlagen werden als mit den wirklichen Anforderungen, die das Leben an sie stellt.«

»Als ob das nichts mit dem wirklichen Leben zu tun hätte«, begehrte ich gekränkt auf.

»Ach ja, Ihr großer Gefühlsüberschwang ist also der Beweis dafür, wie ernst und wahr und real diese ganze Geschichte sein soll? Machen Sie sich doch nichts vor, Rankin. Sie sind doch nicht wirklich auf den Kopf gefallen, auch wenn Sie die ganze Zeit so zu tun versuchen. Sie haben sich doch total in diese Sache verstiegen. Wenn man Sie von dieser Tara reden hört, könnte man glauben, es handelt sich bei diesem Mädchen um einen Engel und nicht um einen Menschen. Allerdings finde ich, daß Sie sie lieber als einen solchen betrachten sollten und nicht als irgendein entrücktes Fabelwesen.«

Ich starrte ihn an, als hätte ich einen Marsmenschen vor mir.

»Wie kann jemand nur so borniert sein«, fuhr er darauf fort. »Wir sprechen hier doch von Liebe, und letztlich ist das Ganze doch sehr einfach: Was ist, das ist; und was nicht ist, ist eben nicht.«

Ich wurde allmählich richtig sauer. »Für jemanden, der sich tagaus, tagein mit den Auswirkungen des Hasses befaßt, wissen Sie wirklich verdammt gut über die Liebe Bescheid!«

»Ich kenne eben beide Gefühlsregungen«, erwiderte er.

»Ach ja, tatsächlich?« Ich kam mir fürchterlich schlau vor. »Hören wir uns doch mal Ihren Country and Western-Song an. Sie leben allein? Was wissen Sie schon über die Liebe?«

»Ich war elf Jahre verheiratet.«

»Wenn Sie schon so viel über dieses Thema wissen«, setzte ich nach, »wie kommt es dann, daß es zwischen Ihnen nicht geklappt hat?«

»Weil sie gestorben ist.«

Und wieder tat sich eine Falltür unter meinen Füßen auf. Ausgeliefert und schutzlos sauste ich durch das dunkle Loch, das sich unerwartet unter mir aufgetan hatte, in die Tiefe.

»Sie hat als Krankenschwester gearbeitet«, fuhr er fort, seine schwarzen Augen unverwandt auf mich gerichtet. »Und sie hat wirklich etwas von ihrem Job verstanden. Wenn die Dinge damals für Frauen auch schon so einfach gewesen wären, wie sie es heute sind, und wenn sie das Geld gehabt hätte, hätte sie Medizin studieren können, anstatt die Schwesternschule zu besuchen. Sie hat in der Notaufnahme im George Washington Hospital gearbeitet. Ich weiß noch, wie wir immer unsere Witzchen gemacht haben, daß sich am Ende keiner davor würde drücken können, mit einem von uns beiden Bekanntschaft zu machen – so oder so.

Sie bekam Krebs. Vielleicht hatte sie ihn auch schon die ganze Zeit über. Möglicherweise war das auch der Grund, weshalb wir keine Kinder bekommen konnten. Tja, und ich habe mir die ganze Zeit Sorgen gemacht, das könnte an meinen Rohrkrepierern liegen. Das war für mich nicht gerade eine schmeichelhafte Vorstellung. Ganz schön blöd, was?«

»Nick, ich ... Das tut mir aufrichtig leid. Das wußte ich nicht.« Die intensiven Gefühle der letzten Augenblicke hatten mich plötzlich in einen Zustand erstaunlicher Nüchternheit zurückgerissen. »Ich komme mir vor wie ein richtiges Arschloch – dumm und eingebildet.«

Er bedachte mich wieder mit seinem zahnlückigen Grinsen. »Na, das Arschloch scheint sich zumindest etwas zu mausern.«

Darauf erklärte ich, daß ich keine Lust mehr hätte, noch länger weiter zu trinken oder zu reden, worauf er vorschlug, mich nach Hause zu fahren.

Sein Chevy war ein paar Häuser weiter die Straße hinunter geparkt. Auf dem Weg dorthin kamen wir an einer großen Bronzestatue eines Reihers vorbei, errichtet von der Abstinenzlervereinigung und von der Bevölkerung Washingtons unbemerkt. Als wir daran vorbeikamen, hielt ich Sherman am Ärmel fest.

»Eines verstehe ich immer noch nicht«, wandte ich mich an ihn. »Sie erwarten sich doch auch etwas von mir und von dieser Geschichte. Wie ihr Vater.«

»Kann schon sein.« Er starrte über meine Schulter hinweg, wo aus der Ferne die elfenbeinerne Kuppel das Capitols herüberschimmerte. »Kann schon sein.«

»Und was wäre das?«

Er richtete seinen Blick wieder auf mich. In seinem zahnlückigen Grinsen schwang ein bedauernder Unterton mit. »So leicht kann ich das gar nicht sagen, weil ich vielleicht das, was ich suche, schon habe – oder auch nicht. Ähnlich wie diese Antworten, hinter denen Sie immer her sind. Was ist, das ist; und was nicht ist, das ist nicht. Wir werden wohl oder übel lernen müssen, damit zu leben.«

»Ja«, gab ich darauf zur Antwort. Ich wußte genau, was er damit meinte, aber irgendwie wußte ich es auch überhaupt nicht.

25

»Wenn ich mich nicht täusche, wollten Sie mich doch sprechen.«

Der Mann, der in der Tür meines Büros stand, war jünger als ich und auch größer: schlank, gutaussehend, dunkles, gelocktes Haar, Er hatte sympathische Lachfältchen um seine strahlend blauen Augen. Obwohl auf der Temperaturanzeige an der Fassade der Bank genau gegenüber fünfunddreißig Grad aufleuchteten, trug er ein Jackett. Ich dagegen war wegen der sommerlichen Temperaturen nur mit einer Turnhose und einem T-Shirt bekleidet; Tara trug einen bunten Rock und eine ärmellose Bluse. Unsere Gesichter glänzten von Schweiß – meine Klimaanlage war defekt.

»Wie kommen Sie darauf?« Ich wandte mich vom Bücherregal ab und postierte mich zwischen Tara und dem Fremden. Er wirkte nicht bedrohlich – oder zumindest nicht gewalttätig. Aber man konnte schließlich nie wissen.

»Sind Sie John Rankin?«

»Den ganzen Tag lang.«

»Ich bin Cliff Palefsky von der *Washington Post*. Sie haben telefonisch mehrere Nachrichten für mich hinterlassen – irgend etwas wegen Janet Armstrong.«

»Ach so, natürlich.« Wir schüttelten uns die Hände, und nachdem ich seinen Blicken gefolgt war, fügte ich hinzu: »Und das ist Tara Woodson.«

»Freut mich.«

Er strahlte übers ganze Gesicht, als sie sich die Hände schüttelten. »Sind Sie auch Privatdetektivin?«

»Nein«, lachte sie. »Ich arbeite für die Zeitschrift *American Media*.«

»Oh, eine Kollegin«, bemerkte Palefsky, worauf beide lächelten.

»Was halten Sie davon?« schaltete ich mich wieder ein. »Ich lade uns auf ein Bier ein, anstatt noch länger in dieser Sauna herumzustehen.«

»Nichts dagegen einzuwenden.« Palefsky wandte sich jedoch gleich darauf wieder Tara zu. »Ich muß jedoch gestehen, daß ich von Ihrer Zeitschrift bisher noch nichts gehört habe.«

»Die *Washington Post* kennt ja nun wirklich jeder«, erwiderte sie. »Allerdings muß ich meinerseits gestehen, daß ich von Ihrer Kolumne noch nie was gehört habe.«

Darauf mußten beide lachen.

»Tja, jeder hat mal klein angefangen«, erwiderte er. »Deshalb muß auch ich mich bis auf weiteres mit Kriminalfällen und derlei Kram zufriedengeben.« Er wandte sich wieder mir zu: »Deshalb habe ich auch diesen Fall Armstrong übernommen. Als wir zu Ohren bekamen . . .«

»Warum sehen wir nicht erst zu, daß wir ein Bier bekommen, bevor wir zum geschäftlichen Teil übergehen?«

»Arbeiten Sie nur für den Lokalteil?« wollte Tara wissen.

»Nein, ich habe Glück gehabt. Einer unserer Leute wurde krank, so daß ich über diese Reagan-Bush-Kampagne in Detroit berichten konnte. Deshalb war ich auch so lange verreist.«

»Gehen wir?« Ich wandte mich zur Tür und warf Tara einen kurzen Blick zu. »Du hast ja den Schlüssel. Sperrst du ab, wenn du gehst?«

Sie nickte.

»Hat mich wirklich gefreut«, fing Palefsky wieder mit seiner Leier an, so daß unser Abgang erneut verzögert wurde. »Ich werde mir doch mal Ihre Zeitschrift besorgen müssen.«

Sie zuckte mit den Schultern. »Ich werde Ihnen ein paar Nummern in die Redaktion schicken.«

»Das fände ich sehr nett.« Er strahlte. »Vielen Dank.«

»Ganz schön heiß heute, was?« stöhnte er, als wir schließlich die Straße runtergingen.

»Das kann man wohl sagen.«

»In Kansas City sind dieses Jahr bereits hundert Personen an der Hitze gestorben.«

»Ich lese die *Post*«, bemerkte ich dazu trocken.

Darauf gingen wir wortlos weiter.

»Ich hoffe, Sie nehmen mir meine Neugier nicht übel«, setzte er schließlich wieder an, als wir das Tune Inn betraten, »arbeitet sie an einem Artikel über Sie, oder . . .«

»Sie hat ein paar Bücher bei mir liegengelassen«, erklärte ich wahrheitsgemäß, »und sie braucht sie bis heute abend.«

»Sind Sie beide verheiratet?«

Ich lächelte bedächtig. »Nein, wir sind nur gute Freunde.«
»Sie können wirklich von Glück reden.«
»Ja«, nickte ich. »Das finde ich auch.«
»Hoffentlich nehmen Sie mir meine Neugier wirklich nicht übel«, entschuldigte er sich noch einmal.
»Nein, nein, keine Sorge.« Ich lächelte wieder.
Als wir dann darauf zu sprechen kamen, was ich gerade tat, nahm er mir seinerseits meine Neugier bezüglich seines Artikels nicht übel. Er erklärte sich sogar einverstanden, keinen Nachfolgebericht über die Suche des Vaters nach einer »Erklärung« nachzuschieben. Er verstand sein Metier und gab mir gegenüber nichts als Faktum aus, was er nicht wirklich als solches ermittelt hatte – journalistischer Ethos, gepaart mit gesunder Vorsicht.
»Haben Sie jemals etwas zu Ohren bekommen, daß sie sich während ihrer Zeit als Prostituierte irgendwie besonders profiliert hat?«
Er ignorierte den Köder. »Sie meinen, abgesehen von dieser ganzen verrückten Vorgeschichte? Nein.«
»Und wie ist das mit ihrem Tod? Haben Sie darüber irgend etwas Besonderes gehört?«
»Um eine Person wie diese Janet Armstrong ranken sich in kürzester Zeit eine Unmenge von Gerüchten – und dies vor allem, nachdem sie auch noch Schlagzeilen gemacht hatte.«
»Also gar nichts Ungewöhnliches?«
»Ich könnte Ihnen die verrücktesten Geschichten erzählen, falls Sie bereit sein sollten, ihnen Glauben zu schenken.«
»Sie haben demnach also nichts Handfestes zu hören bekommen, dem näher nachzugehen sich rentiert hätte?«
Er lächelte. »Nein, nichts Derartiges. Abgesehen davon wünsche ich mir im nachhinein, ich hätte diesen Artikel nie geschrieben. Diese Geschichte hat mich mit Dingen konfrontiert, mit denen ich lieber nichts zu tun gehabt hätte.«
»Ich glaube, in diesem Punkt kann ich Sie sehr gut verstehen«, bemerkte ich.
»Je tiefer ich in diese Geschichte hineingezogen wurde, desto mehr überkam mich das ungute Gefühl, etwas davon könnte auf mich abfärben. Ich hasse nichts mehr, als wildfremde Menschen nach den Geheimnissen einer toten Person

auszuquetschen. Wie viele Stunden habe ich damit verbracht, mit jungen Leuten zu sprechen, die sie noch von Harvard her kannten. Ich habe sie zu einem Espresso eingeladen, während sie wortreich um den Kern der Sache herumredeten, als wären sie die Hüter irgendeiner höchsten Wahrheit, verborgen in einem Füllhorn, dessen Inhalt sie jedoch um keinen Preis zu enthüllen bereit waren. Ich kann mir nicht vorstellen, daß irgend jemand von diesem jungen Volk Ihnen weiterhelfen könnte.«

In diesem Punkt täuschte er sich, was ich ihm jedoch nicht sagte. Schließlich gingen wir dazu über, uns gegenseitig mit verrückten Geschichten aus dem Zeitungsalltag zu übertrumpfen, und als wir uns nach einer Weile verabschiedeten, ging ich nicht davon aus, ihn je wiederzusehen.

Palefsky hatte sich insofern getäuscht, als ich nämlich bereits über zwei auf Band aufgenommene, telefonische Interviews mit Freunden von Janet verfügte, die mir den Inhalt besagten Füllhorns so bereitwillig wie nur etwas enthüllt hatten. Schließlich war ich nicht auf der Suche nach publikumswirksamen Schlagzeilen an sie herangetreten.

Im weiteren folgen Ausschnitte aus meinem Gespräch mit Ellen, die 1980 in San Diego an einem Fortbildungskurs für leitende Bankangestellte teilnahm.

Wir waren unglaublich normale junge Leute. Eugenc war wie Disneyland. Der Universitätscharakter. Die herrliche Umgebung. Keine wirklich armen Leute – zumindest bekamen wir keine zu Gesicht. Mit Ausnahme einiger weniger Indianer keine rassischen Minderheiten.

Es ist wirklich erstaunlich, wie viele Details man im Lauf der Zeit vergißt! Ich sehe Janet heute noch vor mir, wie sie mit unglaublicher Intensität sang. Und wie sie sich über die Wahlen zum Klassensprecher lustig machte, da sie sie als eine reine Farce betrachtete. »Wie soll ich so etwas ernst nehmen«, bemerkte sie dazu, »wo doch die einzige Entscheidung, die der Klassensprecher zu fällen hat, darin besteht, welche Farbe die Klassenwimpel haben werden.«

Ihre Kontakte? Vielleicht haben sich die Gepflogenheiten geändert, seit Sie die High-School besucht haben. So etwas wie Einzelverabredungen mit einem anderen Jungen gab es eigentlich kaum. In der Regel gingen wir in größeren Gruppen aus, wenn sich darunter natürlich auch hin und wieder ein Pärchen befand. Jedenfalls kann ich mich nicht erinnern, daß Janet auf der High-School jemals so etwas wie eine »Beziehung« gehabt hätte.

Natürlich haben wir viel über Männer gesprochen. Und mir ist selbstverständlich klar, worauf Sie hinauswollen. Man denkt in diesem Zusammenhang am ehesten entweder an eine übertriebene Männerfeindlichkeit oder eine ausgesprochene Abhängigkeit von Männern. Allerdings kommt mir derlei nicht im geringsten in den Sinn, wenn ich an Janet zurückdenke. (Lachen) Ich fand sie immer völlig normal. Und das waren wir damals eigentlich alle.

In dem Sommer, als wir die High-School abschlossen, passierte dann jedoch etwas. Janet war viel mit Mary zusammen. Sie arbeiteten in Alice's Restaurant. Während ich nach der High-School eher konservativer wurde, tendierten die beiden mehr zu einem wilderen, zügellosen Leben. Ich blieb in Eugene und besuchte die dortige Universität. Deshalb sahen wir uns nur noch während der Weihnachtsferien und bei ähnlichen Anlässen. Und bei diesen Gelegenheiten fiel mir plötzlich eine gewisse Verstörtheit an Janet auf, während sie vorher immer sehr genau gewußt hatte, was sie wollte.

Selbst als sie dann Harvard den Rücken kehrte und nach Eugene zurückkam, sah ich sie kaum, obwohl ich nach wie vor an der Universität studierte. Ich weiß nicht einmal, was sie damals tat. Ob sie als Putzfrau gearbeitet hat? Oder Nachhilfe gegeben hat? Ich weiß es wirklich nicht.

Eines Abends lernte ich in besagtem Sommer in einer Bar Magic Murphy kennen. Janet stellte mich ihm vor. Ich habe ein paarmal mit ihm getanzt, und er war . . . hm, er hatte eine sehr sinnliche Art zu tanzen. Ich kam mir vor, als würde ich nach allen Regeln der Kunst angemacht. Er war sehr charmant, warf mit Komplimenten um sich. Ich kann mich noch erinnern, daß ich mir nicht recht vorstellen konnte, wie die beiden zusammenpassen sollten. Und dann fing er an, mich zu Hause anzurufen. Ich weiß nicht, woher er meine Telefonnummer wußte. Jedenfalls wollte ich nichts mit ihm zu tun haben.

Ja, ich weiß, daß manche Leute sagen, sie hätte »psychische

Probleme« gehabt. Natürlich haben wir allerlei Verücktheiten gemacht, aber das waren alles ganz normale Verrücktheiten. Wenn ich mich so zurückerinnere, was ich auf der High-School so alles angestellt habe, dann muß ich damals wirklich leicht verrückt gewesen sein.

Für Janet lief eigentlich die ganze Zeit alles bestens. In ihrem Fall war der steinige Weg zum Erfolg eher eine breite, großzügig angelegte Straße, der sie nur zu folgen brauchte. Sie hatte gegen keinerlei Widerstände anzukämpfen.

Warum hat sie also getan, was sie getan hat? Das ist die große 10 000-Dollar-Preisfrage. Vielleicht suchte sie nur irgend etwas. Vielleicht war Janet an einem Punkt angelangt, an dem ihr Leben plötzlich nichts mehr hergab.

Die folgenden Ausschnitte stammen aus meinem Telefongespräch mit Mary, die 1980 einen Abschluß in Theaterwissenschaft machte, in New York lebte und sich als Schauspielerin zu etablieren versuchte. Sie zog ein paar Jobs als Fotomodell an Land (»Im Sears-Katalog können Sie meine Hände sehen«) – an dem Abend, als wir miteinander telefonierten, posierte sie gerade für eine Strumpfhosenwerbung – besuchte eine Schauspielschule und arbeitete zwischendurch in einem schicken Café in Soho als Bedienung.

Ich benahm mich damals ziemlich aufmüpfig, was Janet sehr imponierte. Obwohl sie selbst sich nie offen gegen das Establishment auflehnte, beklagte sie sich doch bitterlich darüber. Wir lamentierten ständig über das Abschlachten von jungen Robben und Walen, über die Umweltverschmutzung und den Krieg – Sie wissen schon, welche Leier ich meine.

Musik war ihr ein und alles. Ich weiß noch, wie sie für ihre Gesangsprüfung eine große Opernarie probte. Sie stand auch auf Jazz – Billie Holliday zum Beispiel, die mal, so viel ich weiß . . . Aber das gehört hier nicht zum Thema. Janet war sehr viel an Musik gelegen, die aus ihrem Innersten kam. Sie wollte es nicht nur dem Publikum recht machen. Sie hatte ein wirkliches Gefühl für Ästhetik.

Leute, die nicht unserer Gruppe angehörten, hielten uns vermutlich für arrogant, auch wenn das nicht ganz fair ist. Gruppen setzen sich nun mal immer aus Leuten zusammen, die gewisse Dinge gemeinsam haben. Und wir taten uns nun mal nicht mit Leuten zusammen, die in Wohnwagen wohnten. Janet lehnte sich hin und wieder gegen den einen oder anderen Lehrer auf, machte sich lustig über seine Borniertheit und übte Kritik an seiner Engstirnigkeit. Sie hatte durchaus Temperament, wenn sie auch nie wirklich ausfallend wurde.

Unsere Jungfernschaft verloren wir in derselben Nacht, keine drei Meter voneinander entfernt (Gelächter), was uns während des ersten Sommers nach dem Abschluß der High-School ziemlich fest aneinanderschweißte. Wir arbeiteten damals in Alice's Restaurant als Geschirrspülerinnen. Sieht ganz so aus, als käme ich mein ganzes Leben nicht mehr von der Gastronomie los, finden Sie nicht auch? Wir fuhren also damals mit dem Koch zu den heißen Quellen vor der Stadt raus. Ich hatte einen Freund von Janet dabei (Lachen).

Sie war nicht der Typ, der irgendeinem Jungen Hoffnungen gemacht hätte. Überhaupt ließ sie sich nicht sehr weit auf Männer ein. Sie pochte sehr stark auf ihre Unabhängigkeit. Es war ihr sehr wichtig, die Dinge fest im Griff zu haben. Sie ließ sich auch nie zu etwas überreden, wovon sie nicht selbst felsenfest überzeugt war.

Einerseits war sie der blauäugige, abhängige Frauentyp, während sie gleichzeitig einfach die Liebe liebte. Sie war sehr gefühlsbetont, daher auch leicht reizbar. In ihrer romantischen Art schwärmte sie für Kunst, Musik, intelligente Menschen. Für schöne Männer und schöne Frauen und . . . für die Schönheit überhaupt.

Sie war außergewöhnlich begabt, nicht nur intelligent. Auch impulsiv, was sie manchmal in Schwierigkeiten brachte. Wir haben damals auch ziemlich viel mit Drogen experimentiert (Lachen). Sie kennen das ja sicher auch.

Bei der Abschlußfeier war Janet völlig nackt unter ihrer Robe. Und wissen Sie, was sie mit diesen Quasten an ihrem Doktorhut gemacht hat? Sie hat sie sich wie einen BH an ihrer Robe befestigt und wäre fast so in die Aula gegangen, wenn sie nicht im letzten Moment noch ein Lehrer gesehen und aufgefordert hätte, diesen Blödsinn zu lassen. Daß sie unter ihrer Robe allerdings vollkommen nackt war, hat er nicht gemerkt.

Sie freute sich auf das Studium in Harvard. Wir heulten wie die Schloßhunde, als wir uns voneinander verabschiedeten, und schworen uns hoch und heilig, immer in Verbindung zu bleiben. Sie wollte sich auf keinen Fall unterkriegen lassen. Aber sie hatte auch etwas Angst vor der Zukunft.

Während des ersten Jahres an verschiedenen Universitäten standen wir dann auch tatsächlich in sehr engem Kontakt. Janet war von ihrem Sommerabenteuer schwanger und hatte, kaum einen Monat in Harvard, eine Abtreibung. Während dieser Zeit telefonierten wir sehr viel und beteuerten uns immer wieder, wie sehr wir uns nach den schönen, gemeinsamen Zeiten in Eugene zurücksehnten.

Dann verliebte sie sich in Boston in einen Jazzmusiker, der wohl auch sehr gut zu ihr war. Ich kann mich nur noch verschwommen an all das erinnern – wann sie sich zum Beispiel in diesen Mann in Eugene verliebt hat oder auch in meinen Bruder, der damals auch dort gelebt hat.

Ich war damals nicht zu Hause, als Magic auftauchte. Ich war ganz schön baff, als mein Bruder mir erzählte: »Janet ist mit diesem Zuhälter durchgebrannt. Lois und ich wollen versuchen, sie wieder zurückzuholen.« Er war ganz durcheinander. Sie suchten damals nämlich gerade nach Magics Wagen, um ihm Zucker in den Tank zu schütten oder so was. Aber sie waren bereits weg. Etwa einen Monat später hat sie sich dann bei mir gemeldet: »Mach dir keine Sorgen«, hat sie gesagt. »Es geht mir gut.«

Sie liebte diesen Magic. Ständig redete sie davon, wie »unglaublich sensibel« er wäre. Daß er ein hervorragender Menschenkenner und überhaupt sehr intelligent wäre und daß vor allem Musik eine wichtige Rolle in seinem Leben spielte. Mein Bruder und Lois erzählten mir, daß er einer Frau sofort ihre guten Seiten aufzählen konnte. Gleichzeitig hatte er jedoch auch ein enormes Gespür für ihre Schwachstellen: »Du hast sehr schöne Augen, aber du solltest etwas abnehmen, dann wärst du wirklich atemberaubend.« Er hatte auch Ahnung von Astrologie. Wenn ich an ihn denke, sehe ich ihn immer in einem klapprigen Chevy vor mir – mit Stier-Zeichen ans Rückfenster geklebt.

Schreiben war für Janet immer schon wichtig gewesen. Irgend etwas Schriftliches hinterlassen, hatte sie immer gesagt. Man muß all diese Wahrheiten festhalten, damit sie nicht verlorengehen. Ihre Briefe lasen sich wie sorgfältig durchformulierte Essays. Doch sie schrieb mir nicht mehr, seit sie nach Washington verschwunden war. Von da an telefonierten wir nur noch. Wir unterhielten uns viel über Filme. Sie erzählte, daß sie oft ins Kino ging. Auch über den Jazz-Club, den sie eröffnen wollte, sprach sie viel. Sie wollte, daß ich mich daran beteiligte. Sie wollte sich um die Musik kümmern, ich sollte den kabarettistischen Teil übernehmen. Sie hatte vor, mit Magic eine Jacht zu kaufen. Damit wollten sie auf dem Ozean herumschippern, wo sie Ruhe gehabt hätte, um an ihrem Buch zu arbeiten. Sie wollten nach Hawaii gehen. Urlaub (Bitteres Lachen). Sie hat allerdings nie Urlaub bekommen. Sie sollte fünf Jahre lang hart arbeiten, um dann endgültig aufhören zu können. Im Kopf hatte sie sich alles schon perfekt zurechtgelegt.

Einmal hat sie zu mir gesagt: »Mary, ich bin eine Schauspielerin – genau wie du.« Und: »Ich hasse diese Männer.« Sie liebte es, den Freiern das Geld aus der Tasche zu ziehen, weil sie sie verachtete. Allerdings gewann ich langsam den Eindruck, daß sie alle Männer verachtete.

Für schwarze Männer hatte sie dagegen schon immer eine Schwäche gehabt. Das lag meiner Meinung nach einfach daran, daß sie die Schwarzen mit Jazz in Verbindung brachte – mit der Kraft, die hinter dieser Musik steckte. Ganz im Gegensatz zu ihren sonstigen Gepflogenheiten fiel sie in diesem Fall wirklich auf die dümmsten stereotypen Vorstellungen herein.

Von Magic erzählte sie eigentlich nur sehr wenig, außer daß er sehr gut zu ihr war und auf sie aufpaßte. Er lag immer hinter einem dieser von einer Seite durchsichtigen Spiegel auf der Lauer, weil es ihm Spaß machte, sie mit den Freiern zu beobachten.

Bei ihrem letzten Anruf – das war ein paar Wochen vor ihrem Tod – klang sie allerdings anders. Sie hatte mich immer schon gedrängt, sie mal besuchen zu kommen. Das wollte ich nicht, weil ich kein Geld hatte und von ihr keines annehmen wollte. Diesmal sagte sie allerdings: »Ich habe kürzlich einen tollen Film gesehen – *Julia.* Er hat mich ganz stark an uns erinnert, an die Zeit, als wir noch auf der High-School waren. Wir standen uns damals so nahe. Und ich weiß, daß wir füreinander dasein werden, wenn einer von uns Hilfe braucht.« Ich habe gesagt: »Ja, mir hat der Film auch sehr gut gefallen.« Wir unterhielten uns dann noch eine Weile, als Janet plötzlich vorschlug: »Warum kommst du mich nicht mal besuchen?« »Jetzt fang doch nicht wieder mit dieser alten Geschichte an, Janet«, entgegnete ich darauf. »Du weißt doch, wie ich dazu stehe.« Und dann ging sie mit einemmal hoch: »Wenn du nicht so verdammt stolz und eingebildet wärst, würdest du das Geld einfach annehmen und mich besuchen kommen!« »Also gut«, meinte ich darauf, »wir haben uns jetzt schon zwei Jahre nicht mehr gesehen. Ich komme in den Osterferien runter.« »Wunderbar! Wenn du genauer weißt, wann, dann schicke ich dir die Bahnkarte.« Bevor es dann jedoch dazu kam, erhielt ich die Mitteilung, daß sie ermordet worden war. Ich glaube, sie wollte, daß ich ihr half, von Magic loszukommen, und diese Sache mit dem Film über Lillian Hellman und ihre Freundin war eine Art . . . Ich weiß auch nicht, es ist schwer zu sagen.

Sie war wirklich erstaunlich intelligent – und trotzdem glaubte sie, sie könnte sich auf die Hölle einlassen und unversehrt wieder daraus hervorkommen. Ich finde, daß Sie das Ganze durchaus richtig sehen, John. Es läßt sich schwer ausdrücken, was es nun eigentlich war, aber . . . ihre impulsive Ader oder etwas in der Art. Jedenfalls muß es diese bestimmte Schwachstelle in ihr gegeben haben. Sie muß diesen Magic geliebt haben, so verrückt es auch erscheinen mag.

Ich weiß nicht, wie es dazu kommen konnte. Vielleicht . . . Vieles von dem, was sie auf der High-School erreichte, flog ihr aufgrund ihrer Persönlichkeit mehr oder weniger zu. Sie hatte dabei wohl nie so richtig das Gefühl, das alles wirklich selbst erreicht zu haben. Wissen Sie, was ich meine? Dann kam sie nach Harvard, hatte dort ein paar Liebschaften und kehrte schließlich als Putzfrau wieder nach Eugene zurück. Und dann taucht plötzlich dieser Magic Murphy auf. Ein Schwarzer, wortgewandt, sicheres Auftreten. Er kennt das Leben in der Großstadt, erzählt von Pelzmänteln, guten Restaurants und . . . Warum nicht? Warum nicht mal auf den Strich gehen? Mal was anderes versuchen, eine neue Erfahrung machen. Wenn man keine Lust mehr hat, kann man jederzeit wieder aussteigen.

Meiner Meinung nach ist sie genau so in diese üble Geschichte hineingeraten. Janet konnte sich die tatsächlichen Folgen damals wohl kaum ausmalen.

»Weißt du, was das Faszinierende an den Aufzeichnungen dieser beiden Telefongespräche ist?« fragte mich Tara an jenem Abend, als wir an der Bar des Tune Inn saßen. Ich hatte zwar bereits genügend Bier in mich hineingeschüttet, aber meine Klimaanlage war immer noch nicht repariert. Und Taras Wohnung war zu klein und intim für uns beide. Zudem hatten wir schon alle guten Filme gesehen, die zur Zeit in der Stadt liefen. Blieb also nur eine Bar und hier wiederum das Tune Inn. Es war ziemlich voll an diesem Abend. Offensichtlich waren gleich mehrere Baseballteams anwesend, die lautstark ihre sportlichen Triumphe feierten, während aus der Musikbox ein Country and Western-Song nach dem anderen dröhnte. Tara fand also die Geschichte des toten Mädchens reizvoll – ein weiterer Grund, mich ihrer weiter anzunehmen. Janet Armstrong war etwas, woran wir beide gefahrlos Anteil nehmen konnten. Ich machte mir alles zunutze, was uns irgendwie verband – oder zumindest fast alles. *Wenn Tara nur Janets verlockendstes Geheimnis gekannt hätte,* dachte ich. Zu diesem Zeitpunkt war ich zu der Überzeugung gelangt, daß Janets Geheimnis, die wahre Identität des mysteriösen Martin M., kein Bindeglied zwischen diesen beiden Frauen darstellte, die in letzter Zeit eine immer entscheidendere Rolle in meinem Leben spielten. Was Taras Person betraf, wollte ich nicht das geringste Risiko eingehen. Sie war der alles entscheidende Faktor in meinem Leben. Wenn sie nicht arbeitete, gingen wir gemeinsam essen, sahen uns einen Film an oder gingen mit Mad Dog und Katie aus. Es kam nur selten vor, daß Tara anderweitig beschäftigt war, wobei sich diese Bilanz im Lauf der letzten Woche noch zusätzlich ins Positive verschoben hatte.

»Das Faszinierende an dieser Geschichte ist«, fuhr sie in Beantwortung ihrer eigenen Frage fort, »wie zwei Menschen sich zum selben Zeitpunkt am selben Ort aufhalten können und doch zwei völlig verschiedene Welten sehen, wobei unter Umständen keiner von beiden im Recht ist.«

Ich hatte gewußt, daß sie darauf anbeißen würde. Sie hatte

zwischen diesen Zeilen etwas Bedeutungsvolles gewittert. *Wie sensibel,* mußte ich stillschweigend anerkennen.

»Was willst du als nächstes unternehmen?« fragte sie dann.

»Du meinst im Fall Janet Armstrong?«

Sie nickte.

»Wenn du durch eine Falltür stürzt, fällst du so lange, bis du auf dem Boden der Grube aufschlägst.« Ich zuckte mit den Schultern. »Ich bin gewisse Verpflichtungen eingegangen.«

»Und du stehst natürlich zu deinem Wort.« Mein Gott, wie sie lächelte!

»Tut sich in der Redaktion etwas?« Ich wechselte das Thema.

Und in welch düstere Falten sich ihre Stirn legen konnte! »Ach, immer noch dieselbe alte Scheiße! Ich kriege einfach keinen beßren Posten, weil die Herausgeberin verrückt ist, und der Chefredakteur behauptet, sie wird noch mehr durchdrehen, wenn ich zu rasch aufsteige – obwohl er durchaus der Meinung ist, daß ich zu verantwortungsvolleren Aufgaben tauge als diesem Kleinkram, mit dem ich mich augenblicklich herumschlage.«

»Zumindest würde ich mir diesen französischen Filmproduzenten warmhalten, den du neulich interviewt hast. Man kann nie wissen, wozu solche Kontakte mal nützlich sein können.«

»Ganz richtig, wie zum Beispiel auch dieser Cliff Palefsky von der *Post*«, spann sie den Faden weiter. Ich stellte meine Flasche auf die Theke zurück. »Ich werde ihm die letzten drei Nummern unserer Zeitschrift zuschicken, in denen auch mein Name erwähnt ist. Vielleicht erweist er sich auch mal als nützlicher Kontakt.«

»Kann durchaus sein«, bemerkte ich in neutralem Ton.

»Du findest . . . du findest doch nicht etwa, das könnte schaden, oder?«

Ich nahm einen kräftigen Schluck Bier. Es fühlte sich kalt und prickelnd in meiner Kehle an. »Wie sollte es das?«

»Das finde ich auch. Man muß einfach alle Trümpfe ausspielen. Was anderes bleibt einem doch gar nicht übrig.«

Ich starrte in den Spiegel hinter der Bar, als ich ihr bestätigte: »Ganz richtig.«

»Habe ich dir eigentlich erzählt, daß ich mit meiner Tante telefoniert habe? Ich habe mir nämlich Sorgen gemacht, weil der Mount St. Helens gestern wieder ausgebrochen ist. Allerdings hat sie gesagt, daß es diesmal nicht annähernd so schlimm war wie beim erstenmal. Es war nur alles von einem dünnen Aschefilm überzogen.«

»Dann wird dein Vater ja wieder einiges zu tun haben«, wußte ich dazu nur zu bemerken, um meine Worte jedoch sofort wieder zu bereuen.

»Ja«, murmelte sie. »Natürlich.«

Aus der Musikbox dröhnte ein Song von Marty Robbins, begleitet von spanischen Gitarren.

Tara sah von ihrem Glas Bier auf und starrte durch den Spiegel an der Rückwand der Bar.

»Mein Gott, ich kann mich noch so gut an dieses Lied erinnern. Ich war noch ganz klein – vielleicht sechs oder sieben. Es wurde damals ständig im Radio gespielt. Vielleicht ist das immer noch so. Würde mich nicht wundern, wenn die dort oben noch nie was von Bruce Springsteen gehört haben. Mein Bruder Jim hat dieses Lied immer verarscht, um mich zum Lachen zu bringen. ›Solange die Kleine lacht‹, sagte er immer zu Mama, ›quengelt sie nicht.‹ Wir hatten damals diesen klapprigen alten Ford Pick-up, der immer wie eine ganze Tankstelle stank – vor allem, wenn es regnete. Ich weiß heute noch nicht, wie Jim und Mama es schafften, daß diese Rostbeule nicht schon beim ersten Druck auf den Anlasser den Geist aufgab. Eine von Jims Aufgaben war es, die Zäune zu kontrollieren. Er nahm mich überallhin mit. Und wenn wir dann in dem klapprigen Pick-up die Grenzen unserer Farm abfuhren, kam immer dieses Lied, und Jim sang dann laut mit und schaffte sich richtig in den Text rein, während wir durch die Gegend fuhren. Ich konnte mich vor Lachen nicht halten und . . .«

Ich sah eine erste Träne verstohlen über ihre Wange tropfen, und dann entdeckte ich im Spiegel, wie ihr eine zweite folgte, so daß ihre feuchten blauen Augen wie Steine unter Wasser schimmerten. Ihre Wangen waren von roten Flecken überzogen, und da sie sich im Sommer immer mit Babypuder und -öl pflegte, verströmte sie deren anheimelnden, warmen Duft. Manchmal, allerdings nie abends, trug sie auch etwas Moschus. Ich berührte ihren Arm, preßte meine Hand gegen ihren zitternden Rücken. Mit weit gespreizten Fingern versuchte ich so viel wie möglich von diesen Rippen zu berühren, die ich durch ihr dünnes, rotes Top deutlich spüren konnte. Sie schüttelte den Kopf.

»Es ist nur die Hitze«, schluchzte sie leise. Doch dann bekam sie ihre Stimme wieder unter Kontrolle. »Sie ist mir auf den Kopf geschlagen – diese verdammte Hitze. Und diese Gesprächsaufzeichnungen, sie . . . Diese verdammte Hitze!« Sie verlegte sich wieder aufs Schimpfen. »Sie macht mich ganz fertig.«

26

»Sie sind sich hoffentlich im klaren darüber, daß ich mich dazu nur äußerst ungern bereit erkläre«, gab mir der Verteidiger zum viertenmal zu verstehen. Als ich nickte, ließ er sich in seinem Stuhl zurückfallen. Nick Sherman lehnte gegen eine der Plexiglastrennwände des kleinen Abteils und wandte den Blick seiner schwarz schimmernden Augen keinen Moment von dem Anwalt und mir ab, die wir an dem kleinen Tisch saßen.

»Ich hatte eigentlich nicht im geringsten vor, mich heute morgen hier einzufinden«, erklärte der Anwalt.

»Ich auch nicht«, bestätigte ich ihm. »Ich bin zu einer Hochzeit eingeladen, und das Gefängnis liegt nicht unbedingt auf dem Weg zum Standesamt.«

Der Anwalt nickte und begann sich umständlich zu räuspern.

Wir befanden uns im dritten Stock der neuen, 1980 erbauten Strafvollzugsanstalt von Washington D. C., wo die langen Reihen von Besuchszellen untergebracht waren, in denen sich die Anwälte in relativer Abgeschiedenheit mit ihren Mandanten unterhalten konnten. Jede Zelle war mit einem kleinen Tisch und zwei Stühlen ausgestattet und verfügte über schallschlukkende Trennwände aus Plexiglas. Drei Zellen weiter sah ich eine Anwältin, die sich mit ihrem Mandanten unterhielt – eine Pantomime stummer Gebärden.

Am Morgen dieses Julimontags war in Ägypten der ehemalige Schah von Persien gestorben, und ich hatte etwas frustriert meine Sachen gepackt, da die anderen nicht auf meinen und Taras Vorschlag eingegangen waren, nicht schon mittags, sondern erst abends loszufahren. Und dann war unerwartet Nick Sherman bei mir aufgetaucht.

»Sieht ja ganz so aus, als wäre ich gerade noch rechtzeitig gekommen«, stellte er mit einem kurzen Blick auf meinen halb gepackten Koffer fest. »Sie kehren unserer schönen Stadt den Rücken?«

»Ja, mein früherer Partner Mad Dog heiratet in Maine.«

»Nicht gerade der schlechteste Zeitpunkt, um vor der Hitze zu fliehen.«

»Tja, das kann man wohl sagen.«

»Sagt Ihnen der Name Tyrone P. Harris etwas?«

Ich schüttelte den Kopf. »Sollte er das denn?«

»Tyrone P. Harris, neunzehn Jahre alt, vor einer Woche wegen bewaffneten Raubüberfalls mit tödlichem Ausgang verhaftet. Er hat den Inhaber eines Alkoholausschanks erschossen. Außerdem hat Tyrone einen Wagen geklaut und wurde dabei erwischt. Da er nach mehreren Zeugenaussagen an drei weiteren Überfällen beteiligt war und seine Fingerabdrücke am Schauplatz eines Einbruchs gefunden wurden und da er wegen eines Verstoßes gegen das Betäubungsmittelgesetz sowieso nur auf Bewährung auf freiem Fuß ist, hat Tyrone starkes Interesse, sich bei der Polizei lieb Kind zu machen, um bei seinem Richter einen guten Eindruck zu erwecken. Er hat dem Staatsanwalt den Vorschlag gemacht, ihm ein paar interessante Informationen zu liefern, wenn er die gegen ihn vorliegenden Anklagepunkte fallen läßt.«

»Und?«

»Tja, in diesem Zusammenhang hat er unter anderem erzählt, wie er und zwei seiner Kumpels angestellt worden sind, um einem weißen Privatdetektiv vom Capitol Hill eine tüchtige Abreibung zu verpassen. Daraufhin konnte ich ihn und seinen Anwalt davon überzeugen, daß es sicher nicht schaden könnte, wenn Sie heute vormittag persönlich mit Tyrone sprechen würden. Was halten Sie davon?«

»Kann ich vorher noch kurz telefonieren?«

Sherman grinste: »Bei uns darf doch jeder vorher noch kurz telefonieren.«

In diesem Augenblick ging im hinteren Teil des großen Raums eine graue Stahlschiebetür mit der Aufschrift »Gefängnistrakt« auf. Ein untersetzter junger Schwarzer mit einem dünnen Schnurrbart betrat das Labyrinth aus transparenten Wänden. Seine Augen nahmen alles um ihn herum sorgfältig wahr. Nach kurzem Zögern kam er schließlich auf uns zu, als sein Anwalt ihm die Plexiglastür unserer Besucherzelle öffnete.

»Gehen wir also das Ganze noch einmal durch«, schlug der Anwalt vor. »Mr. Harris hat sich bereit erklärt, sich allein und streng vertraulich mit Mr. Rankin zu unterhalten. Mein Mandant tut dies in dem Bestreben, den Behörden bei ihren Ermittlungen behilflich zu sein und sein eigenes . . .«

»Wir alle wissen, weshalb Tyrone redet«, unterbrach ihn Sherman und lächelte den Häftling an, der sich ebenfalls ein Grinsen nicht verkneifen konnte. Dann deutete der Detektiv mit einer kurzen, ruckartigen Kopfbewegung auf den Korridor nach draußen, worauf er und Tyrones Verteidiger mich mit dem jungen Schwarzen allein in der Besucherzelle zurückließen. Sie blieben vor der Plexiglastür stehen, ohne miteinander zu sprechen und ohne uns in unserem Glaskäfig zu beobachten.

Ich setzte mich an den Tisch und wartete. Tyrone nahm auf dem anderen Stuhl Platz. Er versuchte den Stuhl nach hinten zu kippen, aber er war am Boden verschraubt.

»Haben Sie eine Zigarette für mich?« fragte er.

»Ich rauche nicht.«

Er grunzte und starrte in meine Richtung, wenn auch nicht auf mich.

»Wissen Sie, wer ich bin?« sagte ich schließlich.

»Klar.«

»Sie haben mich verprügelt.«

Er zuckte mit den Schultern. »Ich war dabei.«

Ich wartete, daß er weitersprach, aber er starrte nur vor sich hin.

»Sie sollten doch eigentlich reden, damit keine Anklage gegen Sie erhoben wird. Bisher habe ich allerdings noch nicht allzu viel von Ihnen zu hören bekommen.«

»Damals haben Sie aber keine so große Klappe gehabt.«

»Ihr habt mir ja auch keine Chance gelassen.«

»Als ob es darum ginge, Mann.« Er griff in die Brusttasche seines Drillichhemds und zog eine Zigarette heraus. Nachdem er in der anderen ein Streichholz aufgestöbert hatte, zündete er sich die Zigarette an. Den Rauch blies er in meine Richtung.

»Wie wär's, wenn wir damit anfangen, warum Sie's ausgerechnet auf mich abgesehen hatten?«

»Wir haben nur einen Auftrag ausgeführt, Mann – nur einen Auftrag erledigt. Nichts weiter. Ich habe fünfzig Dollar gekriegt – und natürlich alles, was wir Ihnen abgenommen haben.«

»Und wer hat Sie dafür bezahlt?«

»Irgendein Nigger.«

Dieses Wort, das so beiläufig aus dem Mund der unzähligen Tyrones dieser Welt kommt, ließ mich zusammenzucken. »Wer genau?«

»Dieser Nigger hing früher immer auf diesem Parkplatz in der 15th rum. Die Bullen wissen schon, wo das ist. Nicht weit von der Ecke, wo so'n anderer Bimbo Dope verscherbelt. Aber dieser andere Nigger hängt dort einfach nur rum. Genau wie ich dort rumgehangen bin.« Er grinste. »Aber inzwischen hänge ich ja hier rum.«

»Warum wollte dieser Typ, daß ihr mich verdrescht?«

»Er hat doch auch nur 'nen Auftrag erledigt.«

»Für wen?«

»Das hat er nicht erzählt. Und ich habe ihn auch nicht gefragt. Aber möglicherweise hat dieser Heini fünfzig Dollar mehr eingesteckt, als er mir und Freddy ausgezahlt hat, damit wir ihm zur Hand gehen.«

»Und wer hat ihn bezahlt? Ein Schwarzer oder ein Weißer?«

»Nee, der Kerl ist grün und heißt Ulysses Simpson Grant.« Tyrone war sichtlich stolz, daß er wußte, welcher Präsident auf dem Fünfzigdollarschein abgebildet war. »Die großen, grünen Jungs bringen es einfach.«

Inzwischen erkannte ich auch Tyrones Stimme wieder. »Sie haben doch auch meinen Wagen in die Luft gejagt.«

»Das hat einen ordentlichen Knall gegeben, was? Muß ja auch irre ausgesehen haben. Nur leider war ich zu sehr damit beschäftigt, Leine zu ziehen, als daß ich mir das Feuerwerk etwas näher hätte ansehen können.«

»Wer war denn der Boxer?«

»Das war Freddy. Ein verrücktes Arschloch. Bildet sich glatt ein, er wäre Sugar Ray Leonard. Seit der Junge die Goldmedaille bei er Olympiade gewonnen hat, bildet sich jeder Trottel, der ein bißchen boxen kann, ein, er wäre Sugar Ray persönlich. Dabei sind diese Luschen keinen Pfifferling wert.« Tyrone lächelte, als er seinen Zigarettenstummel zu Boden warf und mit dem Absatz austrat. »Obwohl er Sie ganz schön zur Sau gemacht hat.«

»Ich bin schließlich auch kein Sugar Ray.«

»Allerdings nicht.«

»Woher wußtet ihr überhaupt, wer ich bin?«

»Dieser Typ . . .«

»Wie heißt er?«

»Er hat gesagt, Jackson. Allerdings würde ich darauf nicht sonderlich viel geben.«

»Na gut, also was war mit ihm?«

»Dieser Typ wußte Ihren Namen, Ihre Autonummer und Ihre Adresse. Wir haben Ihnen an diesem Wochenende an die drei-, viermal aufgelauert. Ich habe den anderen gerade gesagt, daß ich langsam ganz schön sauer wäre von der ewigen Warterei, als Sie auch prompt aufgetaucht sind. Wir haben Sie gleich entdeckt, wie Sie um den Block gefahren sind, um nach einem Parkplatz zu suchen. Wir hatten wirklich Glück, daß Sie ziemlich schnell einen gefunden haben. Wir mußten Ihnen nämlich richtig hinterherrennen.«

»Und dann?«

»Na, dann haben wir unseren Auftrag erledigt.«

»Der lautete?«

»Hören Sie mal! Sie waren doch dabei. Was wollen Sie denn da noch groß wissen? Wir haben Ihnen eben eine Abreibung erteilt, wie uns aufgetragen war. Wir sollten Ihnen eine Nachricht übermitteln.«

»Und wie lautete diese Nachricht?«

»Wenn Sie zu blöd sind, sich das selbst zusammenzureimen, dürfen Sie mich das nicht fragen, Mann. Ich habe nur geholfen, sie zu überbringen.«

»Wie kam Jackson ausgerechnet auf Sie, als er für sein Vorhaben Helfershelfer suchte?«

»Na, mich kennt doch jeder! Jeder weiß, daß Tyrone der richtige Mann ist, wenn mal irgendwo ordentlich hingelangt werden soll!«

»Haben Sie mal von einem gewissen Magic Murphy gehört? Oder von einem Mädchen namens Janet Armstrong; sie wurde auch Crystal genannt?«

»Nee.«

»Haben Sie irgendwelche Gründe für die Annahme, dieser Auftrag könnte irgend etwas mit einem Zuhälter oder einer Prostituierten zu tun gehabt haben?«

Er bedachte mich mit einem lüsternen Blick. »Ach, darum geht es also?«

»Wenn Sie mir hier dumm kommen, Bürschchen, dann können Sie in diesem netten Etablissement bleiben, bis Sie grau anschimmeln.«

»Wie Sie meinen, Chef. Ganz, wie Sie meinen.«

Darauf versuchte ich noch weitere fünfzehn Minuten, aus Tyrone irgend etwas Brauchbares über diesen Jackson herauszubekommen. Auf Freddy, den dritten Mann, war bereits ein Haftbefehl ausgestellt, und zwar wegen des Überfalls auf mich sowie wegen zweier Raubüberfälle und Einbrüche, die ihm sein langjähriger, guter Freund Tyrone angehängt hatte.

Ich sah mich schließlich durch die Plexiglastür um, fing Shermans Blick auf und stand auf.

»Hey, Mann!« rief mir Tyrone hinterher. Meine Hand bereits am Türknopf, drehte ich mich noch einmal um. »Eines verstehe ich immer noch nicht. Sie sind doch Privatdetektiv?« Ich nickte. »Mann, was regen Sie sich dann so auf? Das war doch nur 'ne harmlose kleine Abreibung. So was passiert den Privatdetektiven in der Glotze doch Tag für Tag. Bei denen gehört das doch zum Beruf, daß ihnen hin und wieder mal ordentlich die Fresse poliert wird. Ich verstehe wirklich nicht, warum Sie sich deshalb so aufregen?«

»Weil wir hier nicht im Fernsehen sind«, entgegnete ich.

Er ließ seine Blicke über die Plexiglaswände ringsum wandern. In wenigen Augenblicken würde er wieder von Gitterstäben aus Stahl umgeben sein. »Das kann man wohl sagen«, brummte er.

Nick Sherman fuhr mich nach Hause.

»Wenn ich heute nachmittag noch mal mit Tyrone spreche«, fragte der Detektiv, »wird er mir dann vormachen wollen, er hätte Ihnen was erzählt, was ich nicht weiß?«

»Falls er das tun sollte, lügt er jedenfalls.«

»Haben Sie sonst noch irgendwelche Neuigkeiten.« Das klang nicht mal mehr wie eine Frage. »Jedenfalls scheinen wir von der Vorstellung abzukommen, daß Sie nur überfallen worden sind.«

»Wenn ich das auch noch immer nicht glauben kann.«

»Ob Sie nun daran glauben oder nicht, das ändert nichts an den Tatsachen.«

»Und was soll jetzt weiter geschehen?« fragte ich.

»Tja, falls Sie nicht mit einer Ihrer brillanten Ideen aufwarten können . . .« Ich schüttelte nur den Kopf, worauf Sherman fortfuhr. »Na ja, auf Freddy haben wir einen Haftbefehl ausstellen lassen, und dann sieht sich Tyrone noch unser Verbrecheralbum an, ob er darin nicht vielleicht diesen Jackson entdeckt. Der Parkwächter von dem Parkplatz, wo sich dieser Jackson angeblich immer rumtreibt, wird sich vermutlich kaum an diesen Kerl erinnern können. Jedenfalls wußte er auch von Tyrone und von diesem Freddy nichts. Der Parkplatz liegt übrigens nicht weit entfernt vom Straßenstrich und den Fixertreffs. Entsprechend viele zwielichtige Gestalten treiben sich demnach dort auch herum. Falls Tyrone trotzdem mit einem Foto von Jackson fündig werden sollte, können wir es dem Parkwächter ja mal zeigen. Im Augenblick fassen wir den Burschen noch ziemlich sanft an, obwohl er sich bisher nicht gerade als große Hilfe entpuppt hat. Möglicherweise läßt sich mit Freddy etwas mehr anfangen, falls wir ihn schnappen können. Schließlich geht mich diese Geschichte zwischen Ihnen und den drei Schlägertypen nichts an, weshalb ich ihnen auch nicht zu sehr auf den Pelz rücken kann.

Andrerseits haben natürlich weder Sie noch ich sonderliches Interesse an diesem Tyrone – oder Freddy oder Jackson.«

Sherman grinste. »Mir will einfach nicht die Frage aus dem Kopf, wer Sie so wenig mögen könnte, daß er gleich drei Gorillas in seine Dienste nehmen mußte, um Ihnen eine Nachricht übermitteln zu lassen.«

»In diesem Punkt geht es mir ähnlich.«

»Der Name Eddie Hampton bringt uns auch nicht weiter. Alle sagen, sie hätten noch nie was von ihm gehört.«

»Tatsächlich?«

»Sie müssen gerade reden.«

Ich lachte.

»Macht doch mordsmäßig Spaß, ein richtiger Detektiv zu sein?«

»Und ob«, erwiderte ich. »Jedenfalls mehr als im Fernsehen.«

»Könnte diese Geschichte in irgendeinem Zusammenhang mit Janet Armstrong stehen?«

»Das bezweifle ich.« Sherman hielt vor einer roten Ampel. »Ich hätte die Gelegenheit nutzen und Ihnen auch noch gleich Magic vorführen lassen sollen. Im Vergleich zu ihm ist Tyrone fromm wie ein Lamm.«

Wir glitten unter einem smaragdenen Tunnel aus Laubbäumen hindurch, die eine Straße in einem Wohnviertel säumten. Kinder und Hunde spielten in der Sommerhitze.

»Mir ist gestern abend eine Idee gekommen«, sagte ich, als wir in die Pennsylvania Avenue einbogen und in Richtung Hill fuhren.

»So?«

»Und zwar, weshalb Sie von dem Mord an Janet Armstrong nicht mehr loskommen.«

Noch zwei Häuserblocks von meiner Wohnung entfernt, hielt er vor einer roten Ampel an der 8th Street.

»Ich weiß inzwischen ganz gut über Sie Bescheid«, begann ich dann, während er die Straße hinunterstarrte. »Wie Ihre Familie auseinanderbrach, als Sie noch ein kleiner Junge waren; wie Sie arm wie eine Kirchenmaus in einem verschlafenen Nest in New Mexico aufgewachsen sind; wie Sie sich durch ein zweitklassiges Kleinstadt-College gequält haben, weil Sie zu eigenwillig und schlau waren, um auf einer dieser beschissenen High-Schools gut abzuschneiden; und wie dann Ihre Frau gestorben ist. Sie haben sich wie ein Verrückter abgerackert, um sich in der großen Stadt zum großen Detektiv hochzuarbeiten, wo Sie endlich mal von Ihrem Verstand und Ihrem Schneid Gebrauch würden machen können, und wo Sie endlich all diese Arschlöcher hinter Schloß und Riegel bringen konnten, die es wagen sollten, auf diese großen amerikanischen Träume einfach zu schießen, an die wir beide so verzweifelt glauben, obwohl wir sie nie auch nur annähernd verwirklichen werden.«

Sherman hielt gegenüber meinem Haus am Straßenrand. Seine schwarzen Augen starrten geradeaus nach vorn auf die Straße.

»Und dann passiert folgendes: Eines Nachts fahren Sie ins Krankenhaus, um sich ein Mordopfer anzusehen, und finden Janet Armstrong vor. Ein Mädchen, dem alles in den Schoß fiel – sozusagen war ihr Harvard schon in die Wiege gelegt. Beste familiäre Bedingungen, beste schulische Voraussetzungen, beste Zukunftsaussichten. Sie kam auch noch aus dem Westen – wie wir beide. Und was macht dieses vom Glück begünstigte Mädchen? Es schert sich einfach einen feuchten Dreck um den ganzen Kram.«

Die Knöchel seiner um das Lenkrad gekrampften Hände traten weiß hervor.

»Sie hat nichts Besseres zu tun, als für diesen Magic auf den Strich zu gehen und sich von ihm umbringen zu lassen. Und wenn er ungeschoren davonkommen sollte, hätte wieder einmal einer von diesen Dreckskerlen einen Sieg über die Welt davongetragen, von der wir alle träumen. Und abgesehen davon, daß Sie jeden Mordfall befriedigend zum Abschluß bringen wollen, können Sie es diesem Mädchen einfach nicht verzeihen, daß sie es diesem miesen Zuhälter so einfach gemacht hat.«

Mir gingen langsam der Atem und die Worte aus. Ohne mich anzusehen, wartete Nick, daß ich weitersprach.

»Für meine Verhältnisse denken Sie eindeutig zu viel«, bemerkte er schließlich.

»Quatsch«, entgegnete ich leise.

»Sie haben recht.«

Sein Tonfall wurde wieder bestimmter. »Das war wirklich Quatsch. Fahren Sie eigentlich mit Ihrem schnieken silbernen Porsche zur Hochzeit Ihres Freundes?« Ich nickte. »Kommt Ihre Flamme auch mit?«

»Wir sind beide Trauzeugen«, antwortete ich. Tara war in letzter Sekunde für eine Freundin Katies eingesprungen, die verhindert war. »Bei so einer Hochzeit passieren oft eine

Menge Dinge!« hatte Katie bei dieser Gelegenheit geunkt, nachdem sie mir kichernd in den leuchtendsten Farben geschildert hatte, wie ich an Taras Seite hinter ihnen an den Traualtar treten würde.

»Das hört sich ja nicht schlecht an«, schmunzelte Sherman. »Aber seien Sie trotzdem vorsichtig. Sie haben ja eben selbst von Tyrone gehört, daß Sie sich irgendwo jemanden zum Feind gemacht haben.«

Allerdings erweckte an diesem Wochenende alles nur den Anschein, als hätte ich überall nichts als Freunde. Katies Familie lebte in einem freistehenden Haus in der Nähe von Milbridge in Maine, der typischen amerikanischen Kleinstadt, in der wir alle geboren zu sein schienen. Der Garten des Hauses grenzte an eine kleine Meeresbucht, und es wimmelte dort von dem geschäftigen Treiben der Hochzeitsvorbereitungen. Ein Teil der Hochzeitsgäste sonnte sich auf den glatt geschliffenen Granitfelsen und Lavaplatten, wo der sanft rollende Atlantik gemächlich gegen die Steine plätscherte. Dreißig Meter vom Ufer entfernt tummelten sich drei Robben in der warmen New England-Sonne. In der Luft hing der frische Salzgeruch des Ozeans, welcher die modrige Sauna von Washington D. C. Lichtjahre entfernt erscheinen ließ, als wir in dem kleinen Hain, keine fünfzig Meter von Katies Haustür, der abendlichen Hochzeit entgegenharrten.

»Hier habe ich immer gespielt, als ich noch ein kleines Mädchen war«, erzählte mir Katie, als wir von den Felsen auf das Haus zugingen. Sie hatte mich gefragt, ob ich auf ein Bier mit ihr ins Haus kommen wollte, wobei der wahre Grund dafür einfach der gewesen war, daß sie einen Moment Ruhe von den anderen wollte. Sie trug einen einteiligen, schwarzen Badeanzug. Ich war in meine Hose geschlüpft und hatte mir ein Handtuch über die Schultern geworfen. Meine Haut und meine Badehose waren von der Gischt des Ozeans durchnäßt. Katie rauchte eine Zigarette, obwohl sie eigentlich vor zwei Jahren zu rauchen aufgehört hatte. »Wie oft habe ich davon geträumt, daß eines Tages mein Hochzeitstag vor der Tür stehen würde, und ich habe mir immer gewünscht, in diesem Hain zu heiraten, und daß es ein schöner Tag werden würde.«

»Sieht ja ganz so aus, als gingen deine Wünsche in Erfüllung«, witzelte ich, als wir in die Küche traten und auf den Kühlschrank voll Bier zusteuerten.

»Ja«, erwiderte sie. Ihr Bruder hatte den Rasen vor dem Haus frisch gemäht. »Sieht ganz so aus.«

Der Kies der Auffahrt knirschte unter unseren Füßen, als sie mich auf die kleine Baumgruppe zuführte. Sie ließ ihre Zigarette einfach zu Boden fallen, ohne sie auszutreten, so daß hinter uns eine schwache Rauchfahne vom Boden emporstieg.

»Spürst du, wie anders die Luft hier unter den Bäumen ist?« fragte sie mich, sobald wir den Hain erreicht hatten.

»Ja, es ist kühler.« Es kam jetzt nicht darauf an, was wir sagten. Sie mußte einfach nur sprechen.

»Ja, das muß es wohl sein.« Und dann wechselte sie abrupt das Thema: »Wie läuft es eigentlich zwischen dir und Tara?«

Ich zuckte mit den Schultern. »Ich glaube fast, besser. Jedenfalls freut es mich, daß du sie gebeten hast, deine Trauzeugin zu sein. Auf diese Weise hat sie zumindest einen Grund gehabt, zur Hochzeit zu kommen – außer mir natürlich.«

Katie sah mich eine Weile eindringlich an, um dann jedoch ihren Blick wieder abzuwenden, als wir um einen Baum herumschritten.

»Sally und Tara haben sich länger miteinander unterhalten«, begann sie darauf. Sally war eine Schulfreundin Katies, die zur Hochzeit nach Maine geflogen war. »Und zwar über dich.«

»Und soll ich jetzt fragen, was die beiden über mich gesprochen haben?«

Katie lachte. »Es kommt wohl kaum darauf an, was du sollst oder nicht sollst, Rankin, solange ich vorhabe, dich auf glühenden Kohlen sitzen zu lassen.

»Sie waren jedenfalls heute morgen gemeinsam im Haus, um ihre Kleider zurechtzumachen. Ich habe gehört, wie Sally irgend etwas in der Art gesagt hat wie: ›Sympathischer Typ, dieser Rankin.‹ Und dann hat sie Tara gefragt, wie lange ihr beide schon zusammen wärt und ob ihr vorhättet zu heiraten. Jedenfalls hat Sally nicht verstanden, was Tara darauf in ihren nicht vorhandenen Bart gemurmelt hat, und hat noch einmal genauer nachgehakt.«

Mein Gesicht glühte wie die Zigarette, die Katie eben weggeworfen hatte.

»Daraufhin hat Tara geantwortet, ihr zwei wärt noch unentschlossen, und als Sally sich damit nicht abspeisen ließ und weiter in sie drang, wollte sie nicht näher darauf eingehen und hat sich dann eher ausweichend geäußert.«

»Unentschlossen?«

»Ja, unentschlossen.«

Ich zuckte mit den Schultern. »In gewisser Weise entspricht das den Tatsachen.«

»Ich halte *unentschlossen* nicht für das richtige Wort, Rankin. Wenn es darum geht, was Tara will, ist sie doch durchaus entschlossen.«

»So viel sie eben wollen *kann*«, schränkte ich diese Aussage ein. »Sie kann eben im Augenblick über einen gewissen Punkt nicht hinaus.«

»So?« Katie trat auf eine kleine Lichtung hinaus und drehte sich langsam um ihre eigene Achse. Ihr Gesicht hatte sie dem Himmel entgegengereckt; ihre Augen streiften über die Kronen der Bäume hinweg. »Findest du es nicht erstaunlich, wozu ein Mensch letztlich in der Lage ist?«

»Natürlich«, pflichtete ich ihr bei. »Nimm zum Beispiel mich. Ich hätte mir nicht im Traum einfallen lassen, ich könnte einmal an dem Punkt sein, an dem ich heute angelangt bin.«

»Ich auch nicht.« Sie lächelte. »Ich heirate, Rankin, und zwar deinen Freund Dog.«

»Ihr beide könnt wirklich von Glück reden.«

»Das kann man wohl sagen. Aber trifft das nicht auf uns alle zu.« Sie ließ ihre Blicke erneut über die Lichtung wandern. »Ich hatte mal einen Alptraum von diesem Ort.

Aber lassen wir das jetzt lieber«, riß sie sich mit einem Lächeln von diesem Thema los. »Holen wir uns lieber ein Bier und gehen wieder zum Strand runter, sonst fangen die Leute noch an, über die Braut und den Trauzeugen zu tuscheln.«

»Keine Sorge«, beruhigte ich sie. »Ich stelle absolut keine Gefahr mehr dar.«

»Das habe ich schon mehrfach gehört.«

Den Zauber des darauffolgenden Abends zu beschreiben, fehlen mir die Worte. Die klare, frische Abendluft, vermengt mit dem Duft der Pinien und dem Salzgeruch des Meeres, erfüllte den kleinen Hain, in dem sich die etwa dreihundert

Hochzeitsgäste versammelt hatten. Ein Streichquartett spielte Vivaldi und Mozart. Zehn von uns – fünf Frauen und fünf Männer – stellten sich in Form eines Vs auf, dessen Spitze auf den eigens für diesen Zweck im Freien errichteten Traualtar zeigte – eine Mischung aus einer jüdischen *chupa* und einem kreuzlosen unitarischen Altar. Die Männer trugen blaue Smokings und schwarze Hosen, die Frauen bunte, mexikanische Baumwollkleider. Braut und Bräutigam erschienen in Weiß. Tara trug ein lavendelblaues Kleid. Ihr goldblondes Haar hatte sie mit einem ebenfalls lavendelblauen Band zu einem hohen, üppig gebauschten Pferdeschwanz aufgebunden. In den Händen hielt sie ein Bukett aus lavendelblauen Rosen und lila Flieder.

Vor der Feier hatte ich Saul im Keller des nächsten Nachbarn, der ein gutes Stück die gewundene Landstraße hinunter wohnte, die zum Haus von Katies Eltern führte, beim Ankleiden geholfen. Tara war Katie behilflich. Wir hatten eine Menge Spaß und waren guter Dinge. Ich mußte Saul ein Paar Socken leihen. Schließlich kam uns Joey Malletta abholen. »Ich werde die Wette gewinnen«, begrüßte ihn Saul. »Gleich ist es soweit. Will noch jemand setzen?« Joey lachte, aber etwas unbehaglich. In seinen Augen war dieser Anlaß zu feierlich für derlei Späße. Er berührte Saul vorsichtig am Arm und sprach nur ganz leise, wenn er überhaupt den Mund aufmachte. Katie weinte dann während der Trauung. Saul kicherte. Nervös.

Danach versammelte sich, wie es schien, die ganze Bevölkerung der näheren Umgebung im Garten des Hauses von Katies Eltern. Eine drei Mann starke Combo spielte zum Tanz auf. Die Szenerie war durch die Lichter aus dem Haus und die unzähligen bunten Lampions in den umstehenden Bäumen in warmes Licht getaucht. Tara stand bei drei Freunden Katies und Sauls, die ich kaum kannte. Ich beobachtete sie und überlegte, ob sie wohl Lust auf eine Prise von dem Kokain hatte, das in der Brusttasche meines gemieteten Smokings steckte. Ich war ein wenig angetörnt, ein wenig betrunken und insgesamt von freudiger Ehrfurcht über die Schönheit des Lebens erfüllt, als plötzlich Saul vor mir stand – verheiratet.

»Ich habe es geschafft, Rankin!«

»Das kann man wohl sagen.«

Er folgte meinem Blick. »Mach dir keine Sorgen. In deinem Fall ist es auch nur noch eine Frage der Zeit.«

Ich nickte lächelnd. »Nur schade, daß ihr beide am Montag schon wieder in Washington sein müßt.«

»Du bist witzig! Am Dienstag wird doch mein erster Artikel über die ABSCAM-Bänder veröffentlicht!«

»Das kannst du dir natürlich nicht entgehen lassen. Nicht einmal um diesen Preis.«

Er zuckte mit den Schultern. »Als erfahrener Ehemann kann ich es dir ja verraten. So eine Hochzeit ist eigentlich gar nichts Besonderes.«

Wir mußten beide lachen. Auf der anderen Seite des Gartens gesellten sich gerade Joey Malletta und Sauls Schwester, eine dralle, sinnliche Frau, die zwei Jahre jünger als ich war, zu Taras Gruppe.

»Übrigens . . .« Saul blickte sich verschwörerisch nach allen Seiten um und bugsierte mich schließlich auf das Dunkel unter den Bäumen, etwas abseits von der Hochzeitsgesellschaft, zu. »Da ist etwas . . . Ich wollte eigentlich schon mit dir reden, bevor wir letzte Woche hierher gefahren sind, aber ich konnte dich nirgendwo auftreiben.«

»Ich hatte ziemlich viel zu tun.«

»Hm, ja . . . Ich weiß nicht, was ich davon halten soll, aber . . . Es gibt da etwas, was du meiner Meinung nach wissen solltest – wegen Tara.«

Er konnte sich meiner vollen und absolut nüchternen Aufmerksamkeit gewiß sein.

»Von einem meiner Informanten weiß ich . . . Während der ABSCAM-Geschichte war einer der Namen, der wegen Korruptionsverdachts gegenüber dem FBI erwähnt wurde, der von Taras Vater. Natürlich wurden diesbezüglich keine weiteren Schritte eingeleitet«, beeilte Saul sich hinzuzufügen. »Vermutlich hatte das Ganze keinerlei Hand und Fuß.«

»Wirst du in deinem Artikel darauf zu sprechen kommen?«

»Nein, mein einziger Informant zu diesem Punkt hat nur in Form eines Gerüchts davon gehört.«

»Demnach müßte diese Anschuldigung also gar nicht unbedingt wahr sein.«

»Natürlich nicht.«

»Abgesehen davon, was hat das schon zu bedeuten? Absolut nichts! Vielleicht hegt einfach nur jemand irgendeinen Groll gegen den Senator, oder der Betreffende konnte sich gerade nicht an den Namen eines anderen Politikers erinnern oder sonst irgend etwas in der Art. Du weißt ja selbst, wie schnell so etwas manchmal gehen kann.«

»Sicher.«

»Außerdem habe ich ihn mir selbst vorgenommen – sowie seine rechte Hand, diesen Martin Mercer. Dabei bin ich nicht auf den geringsten Anhaltspunkt gestoßen, daß an der Person des Senators etwas faul sein könnte.«

»Nachdem ich Tara kenne, könnte ich mir das auch schwerlich vorstellen«, versuchte Saul, mich zu beschwichtigen. »Aber ich dachte, es wäre trotzdem besser, wenn du davon wüßtest. Man kann schließlich nie wissen, wie sich die Dinge noch entwickeln.« Während er nun in Schweigen verfiel und feststellte, wie meine Blicke zu Tara hinüberwanderten, die lachend inmitten einer Gruppe von Freunden stand, fügte er zu meiner Beruhigung hinzu: »Mach dir wirklich keine Sorgen – weder darüber, was ich dir eben erzählt habe, noch sonst wegen irgend etwas.«

»Weswegen sollte ich mir schon Sorgen machen«, entgegnete ich. »Es ist doch schließlich deine Hochzeit.«

Eine Dame mit gewaltig aufgetürmtem, blau gefärbtem Haar und einem faltigen Hühnerhals, der rot geschminkte Mund grell aus dem weiß gepuderten Gesicht hervorstechend, packte Saul am Arm. Während er sich nun höflich seiner betagten Verehrerin widmete, verschwand ich ins Haus, um mich zwei Minuten später zu Tara zu gesellen. Die Band hatte gerade ein Stück zu Ende gespielt und wartete auf Applaus, den sie jedoch nicht bekam. Darauf fiel sie in eine langsame, rhythmische Melodie aus einem Broadway-Musical ein. Von Springsteen hatten die Jungs offensichtlich noch nie etwas gehört. Tara bewegte ihre Schultern im Takt der Musik und summte die Melodie leise mit; sie lächelte mich strahlend an.

»Hast du Lust zu tanzen?« fragte ich sie.

»Gern.« Sie machte ein paar Schritte in Richtung Tanzfläche und wandte sich dann mir zu. Ich hielt sie leicht in meinen Armen, während wir uns im Rhythmus der Musik beschwingt zwischen den Tanzenden hindurchgleiten ließen, als wären wir vollkommen miteinander verschmolzen. Ihre Bewegungen paßten sich wie selbstverständlich den meinen an. Der Duft von Flieder umhüllte Tara – Flieder mit einer Spur von Moschus. Wir drehten und wiegten uns. Dort, wo ihr Arm auf meinem lag, konnte ich durch den dünnen Stoff unserer Kleidung ihre Haut spüren. Ihre Fingerspitzen preßten sanft gegen die Stelle zwischen meinen Schulterblättern. Durch den dünnen Baumwollstoff ihres lavendelblauen Kleids spürte ich das gedämpfte Glühen ihres leichten Sonnenbrands. Obwohl die Musiker aus dem Takt kamen, drehten und wirbelten wir weiter unbeirrt über die Tanzfläche, unberührt von dem Chaos der ringsum Tanzenden, nur im Kontakt mit uns selbst. Aus Taras Frisur löste sich einen Haarsträhne und streifte meinen Wange. Ich sah in ihre blauen Augen, die den ganzen Zauber dieses wundervollen Abends widerstrahlten, ihre vollen Lippen von einem seligen Lächeln verklärt und den meinen so nahe. Sie befeuchtete sie mit einer kurzen Bewegung ihrer rosa Zunge.

»Ist das nicht ein wundervoller Abend?« schwärmte sie. »Hast du überhaupt je einen wundervolleren Abend erlebt?«

»Nein«, erwiderte ich lächelnd. Und sie lächelte zurück und nickte. Und wir tanzten weiter.

Und es stimmte. Dies war der vollkommenste Abend, wie man ihn sich perfekter nicht hätte vorstellen können. Der Zauber dieser Sommernacht war unübertroffen. Ich kam mir vor wie in meinem schönsten Traum – und in meinem schlimmsten Alptraum. Einerseits war es der Himmel: Ich hielt inmitten dieser wundervollen Umgebung Tara im Arm. Und gleichzeitig war es die Hölle: Ich hielt sie nur so weit im Arm, wie sie es zuließ. Der Kreis, den meine Arme um ihre zierliche Gestalt schlossen, kennzeichnete die göttlichen Grenzen des Universums; im Tanzen war ich überall und nirgendwo zugleich.

27

Ausschnitte aus einem Gespräch mit Desmond Jones, der zusammen mit Janet Armstrong in Eugene, Oregon, aufgewachsen war. Die beiden waren die einzigen High-School-Absolventen ihres Jahrgangs, die in Harvard weiterstudierten, wobei insgesamt erst fünf Absolventen ihrer High-School in Harvard studiert hatten. 1980 hatte Desmond sein Studium dort abgeschlossen und eine Stelle als Systemanalytiker in Taos, New Mexico, angetreten. »Mein eigentlicher Beruf ist Schriftsteller«, hatte er mir gegenüber geäußert. »Obwohl niemand an meinen Sachen interessiert ist, schreibe ich einfach weiter – wie alle anderen auch.«

Janet und ich spielten gemeinsam im Schulorchester. Bei einem Konzert trugen wir neben ein paar anderen eher intellektuellen Studenten weiße Armbinden, um gegen den Vietnamkrieg zu protestieren. Das muß 1970 oder 1971 gewesen sein. Das klingt natürlich wesentlich engagierter, als es in Wirklichkeit war. Wir hatten nämlich nicht die geringste Ahnung, was wir eigentlich taten. So etwas gehörte damals einfach dazu, und man konnte das Ganze keineswegs als eine ernstgemeinte Rebellion bezeichnen, zumal wir der Zustimmung unserer liberal eingestellten Eltern gewiß waren. Eigentlich wuchsen wir damals unter idealen Bedingungen heran, obwohl wir diesbezüglich vollkommen anderer Meinung waren. Die meisten Heranwachsenden sind zu Tode unglücklich und unzufrieden, aber in der Regel sind sie das nur, weil sie es sich ständig einreden und sich gegenseitig in diesem Gefühl bestärken. Insofern unterschieden wir uns also in nichts von den anderen Jugendlichen unseres Alters.

Wir kannten uns ziemlich gut, obwohl natürlich jeder Mensch seine unergründlichen Bereiche hat. Wir interessierten uns für Musik und kamen uns als die absolut Größten vor. Das rückt mich zwar nicht gerade ins beste Licht, aber so fühlten wir uns damals tatsächlich, und genau das suggerierten uns auch die anderen. Ich war der heißeste Pianist im weiten Umkreis, und Janet galt als die beste Sängerin, und wir sollten in Harvard studieren und es denen drüben an der Ostküste mal zeigen. Vielleicht brauchten wir dieses extreme Selbstvertrauen, um den Stand zu erreichen, den wir damals erreichten. Ob das Ganze nun freilich mit der Realität übereinstimmte, stand gar nicht zur Debatte; jedenfalls verlieh uns diese Vorstellung die Kraft, die Welt im Sturm zu erobern.

Da ich Janet am Klavier begleitete, sahen wir uns praktisch zwei Jahre lang Abend für Abend, wenn wir gemeinsam übten. Ich gehörte einer Reihe von High-School-Cliquen an, wenn ich auch in keiner voll integriert war. Einer dieser Cliquen gehörte zum Beispiel meine damalige Freundin an. Die waren damals alle auf dem Jesus-Trip. Janet und ich gehörten allerdings nicht dazu.

Für damalige Verhältnisse hatte Janet den »Durchblick«. Sie wußte immer, wo es langging – oder zumindest glaubte sie, es zu wissen, was letztlich vermutlich auf dasselbe hinausläuft. Natürlich befand sie sich mit ihrer Meinung nicht unbedingt in Einklang mit dem Rest der Welt. Janet war sehr begabt und intelligent, und sie sah auch sehr gut aus. Ich habe ihr gegenüber nie irgendwelche Annäherungsversuche gestartet, aber ich wußte, daß sie sich ihrer sexuellen Anziehung durchaus bewußt war. Sie hatte auch bereits sehr genaue Vorstellungen von einer »Beziehung«.

Bei ihren Freunden war Janet sehr beliebt, aber einige der jungen Jesus-Freaks – ich weiß nicht, ob »Angst« der richtige Ausdruck ist – jedenfalls war ihnen Janet nicht ganz geheuer. Man kam sich in ihrer Gegenwart sehr schnell reichlich dämlich vor.

Nein, sie hatte keine festen beruflichen Vorstellungen. Niemand von uns hatte das damals. Ein paar meiner Klassenkameraden hatten vielleicht vor, Anwalt zu werden – oder Arzt. Aber unser Ziel war damals vor allem, aus Eugene herauszukommen – sozusagen in die große Welt, von der wir allerdings kaum konkrete Vorstellungen hatten. Möglicherweise war genau das eines von Janets Problemen, als sie nach Harvard kam und feststellen mußte, daß sie kein Ziel erreicht hatte, sondern wieder an einem Anfang stand. Das kann ganz schön beängstigend sein, plötzlich erkennen zu müssen, daß man wieder ganz klein anfangen muß, während man sich eben noch etwas auf das einbilden konnte, was man erreicht zu haben glaubte.

Wenn Janet in Harvard einen Fehler machte, dann den, daß sie sich eindeutig übernahm. Sie belegte Medizin und einen Intensivkurs in Russisch, obwohl sie in Eugene nie davon gesprochen hatte, Ärztin werden zu wollen. Eigentlich hatte sie vorgehabt, Englisch zu studieren und später einmal zu schreiben.

Übrigens traf ich mich in Harvard nur selten mit Janet. Das geschah wohl in beidseitigem stillschweigendem Einvernehmen. Fünftausend Kilometer von Zuhause will man endlich einmal auf eigenen Beinen stehen lernen, und wir wollten damals unter keinen Umständen den Anschein erwecken, als wären wir noch auf unsere alten, heimatlichen Kontakte angewiesen.

Sie werden sich vielleicht wundern, weshalb Janet in Harvard nicht Musik studierte, aber ich habe diese Entwicklung an vielen Leuten beobachtet, die auf der High-School intensiv Musik machten. Sobald sie auf die Universität kamen, packten sie ihre Geige einfach in den Schrank, um sie nie wieder hervorzuholen. Ähnlich ging es anderen mit dem Sport oder mit der Schauspielerei.

Wir hatten in Harvard keine gemeinsamen Freunde. Als dann dieser Artikel in der *Washington Post* erschien, kannte sie natürlich plötzlich jeder.

Ich weiß noch, wie sie mich damals besuchte, um mir mitzuteilen, daß sie wieder nach Eugene zurückwollte. Ich habe sie etwas beneidet. Der Wechsel von dieser Kleinstadt in Oregon nach Harvard machte mir ganz schön zu schaffen. Ich hatte mich noch nicht akklimatisiert. Und Janet hatte noch nie Geduld gehabt.

Ja, hinter dieser Entscheidung mag durchaus ein gewisser Zwang gesteckt haben – irgend etwas, das sie veranlaßt haben könnte . . . Es war schließlich nie sehr schwierig gewesen, in Eugene etwas Besonderes zu sein. Aber in der großen Welt, sei dies nun Harvard, Taos oder Washington, ist das sicher nicht so einfach. Und ich glaube, daß Janet etwas Besonderes sein wollte. Sie wollte sich von den anderen Leuten abheben; sie wollte interessanter sein als die anderen.

Da war vielleicht noch eine andere schmerzhafte Feststellung, die sie in Harvard machen mußte. Sie hat dort nämlich gelernt, daß es nicht unbedingt darauf ankam, wie intelligent man war, sondern eher, wie gut man sich durchsetzen konnte und seine Ideen und Vorstellungen an den Mann brachte. Dort zählten also nicht unbedingt Intelligenz, sondern eher Durchsetzungsvermögen und eine gewisse Aggressivität, und genau das hatte man in Eugene nicht nötig gehabt. In Eugene hatte es für Janet keine Konkurrenz gegeben. Sowohl schulisch wie musikalisch war ihre Stellung dort unangefochten gewesen.

Ich glaube, daß Janet im tiefsten Innern ihres Wesen sehr zynisch veranlagt war. Wann und wie diese Entwicklung allerdings ihren Anfang nahm, könnte ich unmöglich sagen. Ich erinnere mich jedenfalls noch genau an das letzte Mal, als ich sie sah. Das war in Eugene, als ich dort in den Ferien war und Janet gerade nach Washington wollte. Ich verstand damals nicht, weshalb sie weg wollte. Sie hatte eine nette Wohnung, und es schien ihr gutzugehen. Wir sprachen ausführlich darüber, wie wir uns unser weiteres Leben vorstellten, und ich kann mich noch erinnern, wie sie in diesem Zusammenhang sagte: »Jeder Job ist doch Prostitution, Desmond.« Zu diesem Zeitpunkt war sie offensichtlich bereits der Ansicht, daß man sich im Grunde immer verkaufte, ganz gleich, welchen Beruf man nun ausübte. Ich halte das nicht gerade für eine sehr rationale Schlußfolgerung und schon gar nicht für eine, die einen in letzter Konsequenz dazu bringt, sich als Prostituierte seinen Lebensunterhalt zu verdienen. Zynismus ist, glaube ich, nicht der richtige Ausdruck, um Janets damalige Lebenseinstellung zu beschreiben. Verzweiflung wäre vermutlich eher angebracht.

Ehrlich gesagt, kann ich mir nicht recht vorstellen, wie es während der Zeit in Washington in ihr ausgesehen haben muß. Allen Angaben zufolge muß es ihr Spaß gemacht haben . . . Ich weiß nicht. Jedenfalls kann ich das Bild, das sich mir von Janet in der Erinnerung am stärksten eingeprägt hat – am Flügel stehend und eine Arie singend –, nicht mit dem Bild in Einklang bringen, das Sie von ihr haben – als Prostituierte auf den Straßen von Washington.

Die Kassette mit diesem Telefongespräch lag in dem silbernen Porsche, der vor dem kleinen Haus am Meer stand. Katie und ich saßen im Wohnzimmer vor dem Fernseher. Ringsum lagen noch Unmengen von Pappkartons und Geschenkpapier von den Hochzeitsgeschenken verstreut. Mad Dog war bereits wieder nach Washington zurückgefahren, um sich weiter seiner ABSCAM-Geschichte zu widmen. Auch Tara war in die Stadt zurückgekehrt.

»Hat sich eigentlich während der Hochzeit nichts zwischen dir und Tara getan?« fragte Katie.

»Nichts, was du nicht selbst gesehen hättest.«

»Ich war doch nicht ständig hinter euch her«, versuchte sie, doch noch etwas aus mir herauszulocken.

»Auch in diesem Fall hättest du wohl kaum etwas Ungewöhnliches bemerkt.«

»Das muß doch schrecklich für dich sein!«

Ich zuckte mit den Schultern. »Im Augenblick ist dieser Zustand das Beste, was ich zu erwarten habe.«

»Also wenn dieser Zustand das Beste sein soll, was du zu erwarten hast, dann möchte ich nicht das Schlechteste sehen.«

»Ich habe keinen Grund, mich zu beklagen. Ich bin auf ihre Bedingungen eingegangen. Also halte ich mich auch an die Regeln. Mehr kann ich nicht verlangen.«

»Na, ich weiß nicht.«

»Was willst du damit sagen?«

Katie zögerte einen Moment.

»So kann das einfach nicht mehr lange weitergehen, John. Auf die Dauer hältst du das einfach nicht aus. Du sagst, du liebst sie; sie sagt, sie weiß noch nicht so recht – wenn sie sich dazu überhaupt äußert. Ist dir das eigentlich noch nicht aufgefallen? Zum Beispiel neulich abends, als ich mich länger mit ihr unterhalten habe. Wenn sie etwas gesagt hat, dann hat sie immer nur Fragen gestellt – nie mal eine Antwort gegeben. Ihr Bruder und ihre Mutter, stimmt's? Er ist in Vietnam gefallen, sie hat Selbstmord begangen. Die großen Tragödien. Ich habe auch einen Bruder verloren – bei einem Autounfall. Und ich habe schön brav alle von Taras Fragen beantwortet, wie ich darüber hinweggekommen bin. Aber als ich sie dann auf ihren Bruder hin ansprach, wollte sie ›nicht weiter darüber sprechen‹.«

»Das liegt ganz einfach daran, daß sie das alles noch nicht so richtig verdaut hat, daß sie den Schmerz . . .«

»Ach, komm mir doch nicht damit. Die Trauer über den Verlust eines geliebten Menschen kann auch eine faule Ausrede sein, um sich nicht mit den Problemen, die das Leben mit sich bringt, auseinandersetzen zu müssen. Der Schmerz muß dann dafür herhalten, nichts mehr an sich heranlassen zu brauchen.«

Ich klang merklich aufgebracht, als ich Tara in Schutz nahm. »Was heißt hier, nichts mehr an sich heranlassen zu müssen. Wenn man nur noch diesen Schmerz hat, wovor sollte man sich dann schützen müssen? Was sollte man dann nicht mehr an sich heranlassen?«

»Alles zum Beispiel.« Katie zuckte mit den Schultern. »Vielleicht muß so jemand sich davor schützen, noch mehr Schmerz zugefügt zu bekommen. Oder überhaupt, sich ausgeliefert zu fühlen. Ich halte das zwar für eine etwas zweifelhafte Sicherheit, aber es gibt trotzdem genügend Leute, die darin Schutz suchen.«

»Du glaubst also, daß hierin Taras Problem zu suchen wäre?«

»Ich weiß auch nicht, John.« Sie schüttelte den Kopf. »Das einzige, was ich weiß, ist, daß euch diese Schwierigkeiten nur noch stärker aneinander binden. Du hast doch sowieso eine Schwäche dafür, Probleme zu lösen, alles wieder ins rechte Lot zu bringen. Du weißt, daß sie nach etwas sucht in ihrem Leben, und genau diese Lücke möchtest du ausfüllen. Aber auf Dauer kann das mit euch beiden nicht so weitergehen, wenn sie sich nicht endlich für eine ihrer beiden Welten entscheidet – das heißt, für dich oder für ihre Trauer, hinter der sie sich noch bis an ihr Lebensende wunderbar verstecken kann.«

Darauf verfielen wir beide in längeres Schweigen, das Katie nutzte, ein weiteres Geschenk auszupacken – den vierten Toaster.

»Weißt du, was mir am meisten Angst macht?« brach ich schließlich das Schweigen. »Mein ganzes Leben lang habe ich an eine bestimmte Idee geglaubt, die eigentlich mein ganzes Handeln bestimmt hat – die große Liebe, diese einzigartige, ganz besondere Frau, die nur für mich geschaffen ist. Darauf habe ich die ganze Zeit gewartet. Darum habe ich gekämpft. Und du spürst genau, wenn sie in dein Leben getreten ist, weil nämlich von dem Augenblick an alles andere an Bedeutung verliert. Und dann hast du keine Wahl mehr – auch trotz der auftretenden Probleme, und ich weiß, daß es ohne Probleme nicht geht – aber das weißt du selbst besser als ich . . .«

Katies Gesichtsausdruck veränderte sich nicht.

»Dann kommt es nur noch darauf an, sich selbst seinen Himmel zu gestalten«, fuhr ich deshalb fort. »Ich habe diese Frau gefunden. Aber irgend etwas hat nicht hingehauen. Der richtige Mann, die richtige Frau – nur der Zeitpunkt war falsch gewählt. Und jetzt hänge ich völlig in der Luft. Wenn ich von Anfang an einem falschen Glauben angehangen habe, worauf soll ich dann im weiteren mein Leben bauen?«

Ich mußte über mich selbst lachen. »Und ich kann mich auch nicht damit trösten, daß ich vollkommen einzigartig bin und noch niemand so etwas je erlitten hat.«

»Ich weiß, was du meinst.« Katie ließ ihre Blicke über die Bilder gleiten, die inzwischen die Wände des Wohnraums zierten. »Ich weiß, was du meinst.«

Und nach einer kurzen Pause fuhr sie etwas eindringlicher als zuvor fort: »Du entwirfst dir ein fest umrissenes Bild von dir und tust nichts, das diesem Bild zuwiderlaufen könnte. Darin hast du es zu einer solchen Meisterschaft gebracht, daß du dich damit sogar selbst hinters Licht führen kannst – dich und alle anderen auch –, obwohl du letztlich ein Gefangener deines eigenen Bildes von dir bleibst.«

»Diesmal übertreibst du aber eindeutig«, erklärte ich bestimmt, obwohl mir nicht ganz klar war, was sie eigentlich meinte.

»Na gut«, erwiderte Katie darauf. »Um so besser für dich.«

28

Der August wurde noch heißer als der Juli, und auch die ersten Septembertage konnten sich sehen lassen. Ziellos verstrich die Zeit, und wenn ich mir im Spiegel über dem Waschbecken im Bad Morgen für Morgen erneut gegenübertreten mußte, war mein einziger Trost: »Wenigstens kannst du nicht noch kleiner werden, als du sowieso schon geschrumpft bist.« Und wenn ich mich dann am nächsten Morgen wieder aus dem Bett kämpfte, mußte ich dennoch feststellen, daß ich nur noch halb so groß war wie am Tag zuvor.

»Hast du meinen Artikel schon gelesen?«

In der offenen Tür stand Mad Dog. Ich hatte nicht gehört, wie er die Treppe heraufgekommen war und die Tür geöffnet hatte. Zum Glück war er nicht jemand, der mir den Schädel einschlagen wollte. Ja, ich konnte wirklich von Glück reden.

»Dieser Leitartikel über die Probleme bei der Giftmüllbeseitigung?« – Er nickte.

»Ich wußte gar nicht, daß du das geschrieben hast. Nicht schlecht. Gratuliere.«

»Ach was.« Er grinste. Doch sein Lächeln verflog rasch wieder, als es meinerseits nicht erwidert wurde. »Ich wollte noch die letzten ABSCAM-Bänder holen.«

»Du weißt ja, wo sie sind.« Ich nickte in Richtung Wohnung.

»Ob der FBI wohl auch unter deiner schmutzigen Wäsche nachgesehen hätte, wenn die Jungs mit einem Hausdurchsuchungsbefehl angerückt wären? Das wäre echt eine Leistung gewesen.« Er grinste mich wieder an und wartete auf eine Reaktion.

»Schon möglich«, entgegnete ich lustlos, worauf er in meinem Schlafzimmer verschwand.

Als er wieder zurückkehrte, hatte ich mich bereits etwas besser im Griff. »Wie geht's dir und Katie?« erkundigte ich mich.

»Na, du weißt ja, wie das so ist. Wir . . . Es tauchen da eben immer Probleme auf. Du hast vermutlich recht. Es ist wirklich nicht gerade einfach, mit mir auszukommen. Aber in gewisser Weise gilt das auch für Katie. Wir haben immer wieder – wie nennst du das? – bewegte Zeiten.«

»Zumindest habt ihr überhaupt Zeiten.«

»Das allerdings«, nickte Saul. »Kommst du noch mit auf einen Kaffee?«

»Ich kann auch welchen machen. Ich will zwar selbst keinen, aber . . .«

»Nein, nein, ich dachte nur . . . Wir können ja auch einen kleinen Spaziergang machen – oder etwas in der Art.«

»Draußen ist es aber ganz schön heiß.«

»Das bißchen Hitze wirst du wohl noch überleben.« Als ich immer noch zögerte, setzte er nach: »Jetzt komm endlich, du kannst doch nicht ewig hier hocken bleiben. Wir sind schon seit ewigen Zeiten nicht mehr gemeinsam ausgegangen.«

»Woran arbeitest du eigentlich zur Zeit?« erkundigte er sich, als wir die Treppe hinunterpolterten. Ich mußte mich ziemlich beeilen, um nicht zu weit zurückzufallen.

»An nichts – oder an allem möglichen. Teils mache ich irgendwelchen Kleinkram für diese Kanzlei, der mich Taras Vater empfohlen hat, teils arbeite ich für Art Dillon. Und dann ist da immer noch diese Janet Armstrong-Geschichte. Jedenfalls habe ich einiges zu tun. Schließlich muß ich ja auch meine Brötchen verdienen.«

Wir traten auf die Straße hinaus und gingen in Richtung Seward Square.

»John, ich . . .« Mad Dog berührte mich am Arm. »Eine Menge deiner Freunde machen sich Sorgen um dich.«

Natürlich hätte ich gern gewußt, welche Freunde das genau waren, wenn mir auch klar war, daß Mad Dog es mir nicht sagen würde. »Was soll das nun wieder heißen? Mir fehlt doch nichts.« Und als diese Feststellung seine besorgte Miene nicht zu vertreiben vermochte, fügte ich noch mit Nachdruck hinzu: »Wirklich!«

»Bist du wirklich sicher?«

»Natürlich. Das siehst du doch.«

»Genau das, was ich sehe, ist es doch, was mir Sorgen macht.«

»Was nützt es schon, sich Sorgen zu machen. Was mich betrifft, habe ich diesen unnützen Zeitvertreib ein für allemal aufgegeben.«

»Was willst du im weiteren tun?«

»Ich werde sehen, was sich machen läßt.«

»Du – du trinkst doch hoffentlich nicht und nimmst auch nicht zu viel Koks, oder?«

»Mach dir deswegen mal keine Sorgen«, erklärte ich mit einem beruhigenden Lächeln. »Ich bin bereits süchtig. Und man kann nie mehr als einer Sucht frönen. Es fällt mir, weiß Gott, schwer genug, mit meiner am Leben zu bleiben.«

»Und du kannst an gar nichts anderes mehr denken?«

Am liebsten hätte ich Saul und jeden, der sich um mich sorgte, in diesem Augenblick in die Arme geschlossen, aber mir fehlte einfach die Kraft dazu. Gleichzeitig durchzuckte mich der Gedanke, daß es vielleicht doch schlimmer um mich stand, als mir bewußt war. Wenn meine Freunde schon begannen, sich um mich zu sorgen.

»Wenn ich nicht am Ball bleibe«, erklärte ich, »werde ich doch nie wissen, wie die Geschichte ausgeht. Du kennst mich doch – mich und meine unersättliche Neugier.«

»Jeder von uns würde doch alles tun, um . . .«

»Das weiß ich, und es tut mir schrecklich leid, daß ich euch überhaupt Grund zur Besorgnis gegeben habe.«

»Du würdest dich doch melden . . . Ich meine, du würdest doch erst darüber sprechen, falls du irgend etwas vorhaben solltest . . .«

Ich mußte lachen. »Habt ihr es nicht schon gründlich satt, mich immer über das eine Thema reden zu hören?«

»Versprich mir . . . ja, du mußt mir versprechen, daß du nichts . . . nichts Größeres tun wirst, ohne vorher mit mir darüber zu sprechen.«

»Saul . . .«

»Versprich es mir!«

»Ist dir mein Wort immer noch so viel wert? Also gut, versprochen. Ich verspreche dir, nichts zu tun, was du meinst . . . Und ich verspreche dir auch, über alles mit dir zu reden. Außerdem«, fügte ich nach einer Weile hinzu, »ist das doch das einfachste von der Welt. Du hast mich doch schon zur Genüge über diese Geschichte sprechen gehört.«

»Ist sie das wirklich wert, John?« Und dann fügte er hastig hinzu: »Ich meine, sie ist natürlich wirklich ein tolles Mädchen – intelligent, begabt, gut aussehend. Ihr paßt auch wirklich gut zusammen, aber – aber sie ist nun mal trotzdem nicht die Welt.«

»Du kennst sie eben nicht, wie ich sie kenne. An ihr ist mehr, als du denkst.«

»Du warst doch noch nicht mal im Bett mit ihr.«

»Ich will ja auch etwas mehr von ihr.«

»Für den Anfang wäre es aber trotzdem nicht schlecht.«

»Wir sind eben ein ganz besonderes Paar!«

»Natürlich, aber ist dir das die Sache wirklich wert?«

Ich starrte meinen Freund an, der sich um mein Seelenheil ernste Sorgen zu machen schien. »Sie ist alles, was ich habe«, konnte ich ihm nur zur Antwort geben.

Und ich hatte alles, was ich hatte, an jenem Abend. Tara und ich saßen in der drückenden Abendschwüle an einem kleinen Tisch vor einem Jazzclub. Die anderen Tische auf dem Gehsteig waren unbesetzt; nur an einem hatte sich eine der Bedienungen mit zwei Freunden niedergelassen. Aus der offenen Tür drangen Zigarettenrauch und die Musikboxklänge von Duke Ellingtons »Take the A Train«.

»Wir haben jetzt schon September«, sagte ich. »Langsam könnte die Hitze wirklich nachlassen.«

Sie zuckte mit den Schultern; unkonzentriert, nervös.

Erzähle einfach irgend etwas, um sie abzulenken, dachte ich. »Was wirst du eigentlich tun, wenn sich bei der Zeitschrift nicht bald etwas ändert?«

»Ich weiß nicht«, erwiderte sie.

»Ich auch nicht«, witzelte ich. »Ich kenne dich zwar besser als irgend jemand sonst, aber alles weiß ich nun auch wieder nicht.«

»WAS WILLST DU EIGENTLICH!!?« Ihre rechte Hand tastete nach mir, ihre Gesichtshaut schien zum Zerreißen gespannt. »Willst du endlos um den heißen Brei reden oder ...« Sie schüttelte den Kopf und vergrub ihr Gesicht in den Händen. Ihre Wangen überzog plötzlich ein feuchter Schimmer. Die Bedienung, die eben auf unseren Tisch zugesteuert war, um uns zu fragen, ob wir noch etwas zu trinken wollten, blieb abrupt stehen und kehrte wieder zu ihren Freunden an den Tisch zurück, die alle so taten, als bemerkten sie das Drama nicht, das sich ein paar Meter von ihnen entfernt abspielte.

Tara ließ zu, daß ich ihr die Hände vom Gesicht zog. Nun ruhten sie zitternd in meinen Handflächen. »Was ist denn?«

»Es ist ... Ach, nichts. Ich – ich weiß selbst nicht!« schluchzte sie.

Aber ich wußte es. Ein Mann mit einer Aktentasche ging an unserem Tisch vorbei und starrte mich ungeniert an. Mir war sein indiskretes Verhalten völlig egal.

»Es ist unseretwegen, stimmt's? Du möchtest gern und ...«

»Glaubst du denn, ich säße hier, wenn ich mir *schlüssig* wäre!«

Sie begann neuerlich zu weinen. »Ich weiß, was du durchmachst.« Ich versuchte sie zu trösten. »Und ich weiß, daß du es versuchst. Aber so etwas braucht nun mal seine Zeit. Vielleicht sollte ich das jetzt nicht sagen, vielleicht tut es dir weh – aber ich liebe dich. Du bist einfach anders als ...

»Nein, das bin ich nicht.« Geäußert in Formm einer unumstößlichen Feststellung.

»Tara, ich ...«

»Begreifst du denn immer noch nicht, daß ich nichts Besonderes bin. Du siehst alles mögliche in mir, das ich gar nicht bin. Ich bin lediglich *hier* – das ist alles.«

»Ich finde, das ist eine Menge.«

»Ach was. Ich bin innerlich hohl und leer – im Gegensatz zu dir. Du hast etwas, das dich lebendig und anders macht. Du hast diese Vision, diesen Traum in dir, der dir Kraft gibt, so daß du ... Verstehst du das denn nicht?«

»Jeder hat ...«

Sie schüttelte den Kopf.

»Glaubst du nicht, daß auch du etwas in dir hast?«

Sie schüttelte heftig schluchzend den Kopf.

»Wenn du nur wüßtest, wie sehr du dich in dir täuschst, wie sehr ...«

»Sicher«, wiegelte sie mich bitter ab. »Natürlich.«

»Du würdest doch nicht weinen, wenn dir das alles egal wäre, wenn du nicht auch so einen Traum in dir trügst.«

»Na und?« Ihre Stirn legte sich in Falten. »Dann hat eben jeder seinen Traum. Aber das ändert nicht das geringste daran, daß keiner von uns zählt. Am Ende verschwinden wir doch alle wieder in der Versenkung.«

»Für mich zählst du aber – und zwar für immer.« Ich brachte die Worte, mühsam mit den Tränen ringend, nur ganz leise hervor. Ich spürte sie ganz nahe bei mir – doch im nächsten Moment war sie mir bereits wieder entglitten.

»Ja.« Sie schniefte ihre Tränen zurück. »Ich war ja auch so schrecklich gut zu dir.«

»Doch, das warst du.«

Als sie darauf erneut zu weinen begann, beugte ich mich

über den Tisch und legte vor aller Leute Augen beide Arme um sie.

»Ich liebe dich über alles, Tara! Durch dich ist plötzlich alles anders geworden. Du bist mein Traum!«

»Bitte, sag das nicht! Bitte nicht!«

»Ich kann aber nicht anders – weil es die Wahrheit ist.«

»Ich kann einfach nicht«, stöhnte sie fast. »Ich weiß nicht warum, aber ich kann nicht.«

»Du wirst eines Tages können.« Ich preßte meinen Kopf gegen ihre Halsbeuge, spürte ihre tränenfeuchte Wange an meiner Schläfe. »Glaub mir, eines Tages wirst du es können.«

»Sicher«, schluchzte sie. »Sicher.« Aber sie hörte nicht auf zu schluchzen.

Ich legte fünf Dollar zu viel auf den Tisch. Niemand am Tisch der Bedienung sah uns an, als wir über den Gehsteig davontaumelten. Aus dem Innern der Bar hörte ich Billie Holliday »All of Me« singen. Der Porsche stand um die nächste Ecke. Im Schatten eines Baugerüsts blieben wir noch einmal stehen. Ich hielt Tara in meinen Armen, während sie haltlos schluchzte, und dann drehte ich ihr schönes, von Tränen überströmtes Gesicht behutsam herum, so daß sie mir in die Augen sehen mußte.

»Ich weiß, wie weh das tut.« Ihre Lippen zitterten. »Aber es ist alles, was wir haben. Trotz allem sind wir füreinander geschaffen. Und keiner von uns kann durch irgend jemanden anderen ersetzt werden. Wir gehören einfach zusammen.« Sie versuchte ihren Blick abzuwenden, aber das ließ ich nicht zu. »Und daran hat sich in all der Zeit, die wir uns kennen, nichts geändert – mit einer Ausnahme vielleicht.« Ich versuchte das leichthin zu sagen, um sie nicht zu verletzen. »Ich liebe dich nur noch mehr.« Ich spürte, wie ein Schaudern ihren Körper durchlief, aber ich zwang sie, mich weiter anzusehen. »Ich weiß, du bist dir nicht schlüssig. Aber du willst auch nicht das endgültige Nein sprechen. So ist es doch?«

»Ja.« Ein kaum hörbares Flüstern. Sie drückte sich fester an mich.

Und so hielten wir einander umschlungen, während sie weiter weinte.

Ich hörte das Telefon bereits klingeln, als ich unten die Haustür aufschloß. Ich hatte ziemlich lange nach einem Parkplatz suchen müssen, nachdem ich Tara zu Hause abgeliefert hatte. Sie ging sicher davon aus, daß ich ebenfalls schon zu Hause sein mußte, falls sie mich anrief, um mir zu sagen . . . Ich nahm drei Stufen gleichzeitig und wäre auf dem letzten Treppenabsatz um ein Haar gestürzt, so übereilt hastete ich zu meiner Wohnung hoch. Fast hätte ich noch den Schlüssel im Schloß abgebrochen, bevor ich schließlich ans Telefon stürzte und den Hörer von der Gabel riß. »Hallo?«

»Sie haben sich übrigens getäuscht, Rankin«, quakte mir eine Männerstimme entgegen.

»Das glaube ich fast auch«, erwiderte ich, mühsam nach Atem ringend. Im Hintergrund waren die Geräusche einer Bar zu hören, während ich überlegte, wer der Anrufer sein könnte.

»Wo haben Sie denn gesteckt?«

»Ich war aus.« Detective Nick Sherman, schoß es mir plötzlich durch den Kopf, obwohl mir seine Stimme irgendwie verändert vorkam.

»Mit Ihrer hübschen Freundin?«

»Ja.«

»Sie sind wirklich ein Glückspilz, Rankin.«

»Sind Sie besoffen oder was?«

»Zumindest bin ich auf dem besten Weg dorthin. Und wie steht's mit Ihnen?«

»Ich bin absolut nüchtern. Worin habe ich mich übrigens getäuscht?«

»Können Sie sich noch an unseren Freund Magic Murphy erinnern? Gegen den in siebzehn Punkten Anklage erhoben wurde? Unter anderem wegen Mordes an Janet Armstrong?«

»Natürlich.«

»Er wird nun wohl doch ungeschoren davonkommen.«

Für einen Moment schien mir der Boden unter den Füßen zu entgleiten.

»Ich habe gehört, daß sich seines Falls inzwischen der fünfte Staatsanwalt annimmt, nachdem seine Vorgänger versetzt, befördert oder sonst irgend etwas geworden sind, und der Neue kommt noch ziemlich frisch von der Uni und hat etwas Bammel, sich bei diesem Fall in die Nesseln zu setzen, zumal unser Freund Magic und sein Verteidiger sich während des einen Jahres, das Magic inzwischen in U-Haft sitzt, bestens auf die Verhandlung vorbereiten konnten.«

»Was ist passiert, Nick?«

»Sie haben sich geeinigt, die Anklagepunkte bis auf lächerliche zwei fallenzulassen. Und darunter ist natürlich nicht der wegen Mordes an Janet Armstrong. Magic wird also spätestens in ein paar Monaten wieder auf freiem Fuß sein und sein Unwesen treiben können. Deshalb haben Sie sich also getäuscht.«

»Weshalb?«

»Sie haben sich in dem Punkt getäuscht, weshalb ich angeblich nicht mehr von dem Fall Janet Armstrong losgekommen bin.«

»Das ist doch jetzt vollkommen egal.«

Dann hörte ich, wie er sich murmelnd mit jemandem unterhielt, der wohl neben ihm an der Bar stand. Als er schließlich wieder zurückkam, versuchte ich, ihn noch weiter auszuquetschen. »Hatte die Anklage denn irgendwelche triftigen Gründe . . .«

»Und ob!« platzte Sherman los. »Natürlich hatten sie ihre Gründe. Der feine Herr Staatsanwalt ist sich Magics Schuld keineswegs mehr so sicher. Er glaubt nicht, daß er ihm anhand seiner schönen, schwarzen Handschuhe den Mord anhängen kann. Da es ein kalter Abend war, könnte er sie doch auch wegen der Kälte angezogen haben. Und wer würde schon den Aussagen seiner Mädchen glauben, daß Magic diese Handschuhe immer nur für einen ganz speziellen Zweck überstreifte. Und wer erklärt schon jemanden aufgrund der Aussagen von ein paar Nutten eines Mordes für schuldig, wenn es sich dabei auch noch um einen Zuhälter handelt. Mit derlei Lappalien belastet doch kein Geschworener sein Gewissen.

Und genau das ist der Punkt, weshalb mir diese Janet Armstrong nicht gleichgültig ist. Das ist der Punkt, in dem Sie sich getäuscht haben, Rankin. Dieses Mädchen hat besseres verdient, als ermordet in irgendeinem Hinterhof zu enden. Wie konnte es dazu kommen? Das ist doch die Frage, die Sie beantworten sollten. Und diese Frage hat auch mich mehr und mehr zu interessieren begonnen, zumal es nun auch noch so weit zu kommen scheint, daß ihr Mörder ungestraft davonkommt. Was ist eigentlich heute noch Recht und Unrecht? Ich komme mir vor, als hätte man mir den Boden unter den Füßen weggezogen. Bis jetzt dachte ich immer noch, ich könnte durch meine Arbeit etwas erreichen. Ich hatte das Gefühl, daß das, was ich tat, richtig war, aber jetzt weiß ich nicht einmal mehr, was ich überhaupt getan habe.«

»Ich finde, Sie haben genau das richtige getan. Sie haben Ihre Sache gut gemacht.«

»Dafür hat es aber verdammt wenig genützt.«

»Man kann nie wissen«, war das einzige, was ich darauf noch zu erwidern wußte.

»Es ist einfach alles zum Kotzen.«

»Tja, ich fände es auch besser, wenn die Dinge anders wären.«

»Das brauchen Sie nicht zweimal zu sagen.«

»Was ich Ihnen übrigens noch sagen wollte«, begann Sherman nach längerem Schweigen wieder. »Ich habe bereits mit den Armstrongs in Eugene gesprochen. Sie brauchen sie also nicht mehr anzurufen. Ich habe ihnen auch gesagt, daß Sie gute Arbeit leisten – was auch immer das sein mag.«

»Danke.«

»Wofür?«

»Ich finde es schön, daß Sie angerufen haben.«

»Ja«, brummte er. »Das finde ich auch.«

29

Im Oktober neigte sich ein weiterer Abschnitt des Jahres dem Ende zu. Das Laub färbte sich im Sterben rot und gold – ein herrlicher Anblick.

An jenem Sonntag, dem 19. Oktober, regierte der Herbst. In dem vollen Bewußtsein, daß ich dazu verdammt war, zwischen lediglich zwei Möglichkeiten wählen zu können, lag ich im Bett. Die eine bestand darin, mit dem Laub zu vertrocknen und davongeblasen zu werden. Die andere war, an den Frühling zu glauben – eine zweifelhafte Annahme bar jeden Trostes. Das

Telefon neben mir klingelte. Meine Arme waren starr und träge wie Äste, als ich sie bewegte, um den Hörer abzunehmen.

»Guten Morgen!« zwitscherte Taras Stimme mir entgegen. »Du hast doch hoffentlich nicht mehr geschlafen?«

»Nein, nein, ich bin schon eine Weile wach.«

»Hat dein Freund die Karten für das Springsteen-Konzert besorgt?«

»Ja, das geht in Ordnung.«

»Äh, hast du schon gefrühstückt?«

»Nein.«

»Wenn du Lust hast, kannst du ja bei mir vorbeischauen. Ich bin den ganzen Tag zu Hause.«

»Mache ich.«

Und dann legten wir auf.

Sobald ich mich aus dem Bett hochgekämpft haben würde, war es überstanden. Der Rest würde sich dann von selbst erledigen. Das Gewicht der sterbenden Welt lastete schwer auf meiner Brust. Ich lag einfach da, bis sich mein rechtes Bein schließlich rutschend über das Laken bewegte, den Bettrand erreichte und abknickte, so daß mein Fuß den Parkettboden berührte.

Die Bücher, die ich mir von ihr ausgeliehen hatte. Ab in die Schachtel. Die Billie-Holliday-Platte, die sie mir vorbeigebracht hatte, um Janet Armstrong eher verstehen zu können. Ab in die Schachtel. Der blaue Jogginganzug, den sie bei mir gelassen hatte, wenn sie beim Laufen vom Regen überrascht worden war. Ab in die Schachtel. Eine Kasserolle von einem gemeinsamen Abendessen mit Saul und Katie. Ab in die Schachtel. Die verschiedenen kleinen Geschenke, die sie mir im Lauf der Zeit gemacht hatte – ein Springsteen-Button, ein Roman, den sie schätzte, ein kleiner Kunstdruck zum Dank für die freundliche Aufnahme, als sie gerade in die Stadt gekommen war. Auch diese Dinge hätte ich gern in die Schachtel wandern lassen, um alle Beweisstücke unserer gemeinsamen Vergangenheit aus dem Weg zu räumen. Aber das konnte ich ihr nicht antun. Dann steckte ich zwei Karten für das Springsteen-Konzert in einen Umschlag und füllte ein paar Gramm Kokain in ein Medikamentenfläschchen, das ich ebenfalls in den Umschlag steckte. Power und Dichtung, ein paar kristallene Augenblicke der Illusion – meine letzten Geschenke an sie. Dann befestigte ich den Umschlag mit Klebstreifen an der Schachtel. Ich schnupfte zwei Reihen Koks, bevor ich die Tüte in die Schublade zurücklegte, holte sie wieder heraus und zog mir noch einmal zwei Reihen rein. Mir war alles egal. Wie gebannt starrte ich auf die Plastiktüte, die in der Schublade neben dem Revolver lag, dem schweren, schwarzen Revolver. Zuletzt nahm ich den Schlüssel für den Porsche von meinem Schlüsselring.

Tara saß auf der winzigen Betonfläche vor ihrer Souterrainwohnung, eine dampfende Tasse Kaffee neben sich, die Zeitung auf dem Beton ausgebreitet. Als sie mich sah, winkte sie mir zu. Sie trug Turnschuhe und Jeans. Die Ärmel ihres blauen Jeanshemds hatte sie hochgekrempelt, um möglichst viel von den letzten warmen Sonnenstrahlen des Jahres einzufangen.

Ich stellte den Motor ab. Meine Stirn sank auf das ledergepolsterte Lenkrad nieder. Und dann hörte ich das Quietschen des gußeisernen Gartentors, gefolgt von ihren leisen Tritten auf dem Pflaster des Gehsteigs. Ich stieg aus und taumelte halb auf die Stelle zu, wo sie mich mit fragender, besorgter Miene erwartete. Sie sah erst mich an, dann den Wagen, wo die überquellende Schachtel auf dem Beifahrersitz lag. Als ich meine Hand ausstreckte, kam mir die ihre fast automatisch entgegen, und genauso automatisch schlossen sich ihre Finger um den Schlüssel für den Porsche, den ich in ihre Hand legte. Ihre Lippen zitterten.

»Bitte, sag jetzt nichts.« Mühsam bahnten sich meine Worte einen Weg durch meine zugeschnürte Kehle. »Nicht jetzt. Nicht nach dieser langen Zeit. Außerdem gibt es sowieso nichts, was du sagen oder tun könntest. Ich liebe dich, und du liebst mich, aber das ist jetzt auch egal, weil einfach nichts daraus wird. Du bist nicht bereit, ja zu sagen; du bist aber auch nicht bereit, nein zu sagen. Wenn du dich nicht entscheiden kannst, dann kannst du dich eben nicht entscheiden. Ich liebe dich zwar immer noch, aber ich kann einfach nicht mehr so weitermachen. Ich bin am Ende und ich kann nicht mehr. Es ist alles aus.« Ihre Schultern begannen zu beben, über ihr Gesicht legte sich ein feuchter Schimmer. Ich schlang meine Arme um sie und drückte ihren kraftlosen, zitternden Körper an mich.

Sie roch nach Meer und Sonne. Meine Tränen kannten kein Halten mehr. »Ich liebe dich«, flüsterte ich.

Dann wandte ich mich zum Gehen. Für sie die letzte Gelegenheit, die Hand auszustrecken, mich zurückzuhalten. Doch keine Hand legte sich auf meine Schulter. Und ich ging davon.

30

Lois hatte es sicher nicht verdient, mich in der Verfassung anzutreffen, in der ich zu unserer Verabredung erschien. Sie war auf dem Weg nach Atlanta, wo sie bei IBM eine leitende Stellung antreten sollte. Lois war zusammen mit Janet Armstrong aufgewachsen, hatte ebenfalls an der Ostküste studiert (allerdings nicht in Harvard), hatte Janet mehrmals in Washington besucht und hatte ihr für den Fall, daß sie Magic verlassen wollte, ihre Unterstützung zugesagt.

Das einzige, was mich noch in dem Glauben ließ, am Leben zu sein, als ich mit der U-Bahn zum Flughafen hinausfuhr, war die Bitterkeit, die aus dem zerfetzten Loch floß, das ich mir zwei Tage zuvor in mein Innerstes gerissen hatte. Jedenfalls war in mir kaum Sympathie oder Anteilnahme übrig für eine tote Nutte und ihre Geheimnisse oder für eine junge Frau ihres Alters, die wie Janet – und Tara – intelligent, schön und auf dem besten Weg zum Erfolg war. Über wie viele gebrochene Herzen – oder Körper – war dieser Weg wohl verlaufen, fragte ich mich, als ich Lois' dichtes, schwarzes Haar, die schlanke Gestalt und die klassischen Gesichtszüge mit den hohen Backenknochen gewahr wurde. Dazu war sie noch auffallend schick angezogen. Ein halbes Dutzend Geschäftsleute, die an der Bar der Flughafen-Cafeteria vor ihren Martinis und Whiskys standen, dachten sicher im Augenblick gerade an nichts anderes, als wie sie dieses Mädchen in die Flugzeugtoilette oder gar eine dunkle Ecke des Flughafengebäudes manövrieren könnten. Sie hielt mich sicher für einen von ihnen, als ich auf sie zusteuerte – schäbiger zwar als die meisten, dafür aber auch eindeutiger, was meine Absichten betraf. Doch zur Verblüffung der lechzenden Meute an der Bar zogen wir uns in eine abgeschiedene Ecke des Wartesaals zurück.

Instinktiv spürte Lois, in welcher Verfassung ich war. »Was ist, wenn ich Ihnen nicht weiterhelfen kann?« warnte sie mich.

»Ich erwarte keine kosmischen Antworten von Ihnen«, beruhigte ich sie.

»Die werden Sie auch nicht kriegen.«

Pessimismus war genau das, was ich jetzt am besten vertragen konnte. Ich stellte ihr darauf die üblichen Routinefragen, auf die ich die gewohnten Antworten erhielt.

»Was ihre Musikleidenschaft betrifft, muß ich leider passen«, gestand ich. »Ich habe zwar ein wenig Ahnung von Jazz, aber was klassische Musik betrifft . . .«

»Was wissen Sie über die Oper?«

»Na ja, Juan liebt Maria, weshalb er sie umbringt und dann vier Stunden auf Italienisch singt.«

»Ich finde das nicht witzig.«

»Natürlich nicht«, entschuldigte ich mich. »Sie haben gesagt, Janets Vater wäre ein wunderbarer Mensch, und sie hätte sehr an ihm gehangen. Er hatte alle seine Hoffnungen auf sie gesetzt.«

»Das ist richtig.« Sie war offensichtlich nicht gewillt, zu viel von Janets Geheimnissen preiszugeben, die zu einem großen Teil auch ihre, Lois', waren. Sie hatte sich auf dem Weg nach oben die unnahbare Blasiertheit angeeignet, die alles auf eine deutlich umrissene, unantastbare intellektuelle Effizienz reduziert, die durch nichts angetastet werden kann. Ihre Festung war aus Glas – vollkommen uneinnehmbar, bis jemand den richtigen Stein nach ihr warf.

»Aber zwischen der Welt Janets und der ihres Vaters bestehen doch unvereinbare Gegensätze«, hielt ich dem entgegen.

»Wenn dem so gewesen sein sollte, so hat Janet nur darüber hinwegrationalisiert. Sie hat zum Beispiel immer davon gesprochen, daß sie ihren Drang nach Unabhängigkeit von ihrem Vater hatte.«

»Aber sie hat ihre Unabhängigkeit doch dann für Magic ziemlich schnell aufgegeben – und ohne große Gegenleistung.«

»Vielleicht war das für sie anders.«

So kommst du nicht weiter, dachte ich. Themawechsel: »Als Teenager, was haben sie damals so alles getrieben? Wie stand es zum Beispiel mit Drogen?«

»Janet hat erst ziemlich spät angefangen, Gras zu rauchen«, erwiderte Lois mit unverkennbarem Trotz. »Kokain war zu teuer. Hin und wieder haben wir Acid genommen, aber eigentlich haben wir vor allem Tequila getrunken.«

»War Janet eine gute Freundin?«

»Sie konnte ganz schön gemein sein, und sie zögerte nicht, jemandem unverblümt ihre Meinung zu sagen. Aber den Personen, an denen ihr lag, war sie auf jeden Fall eine gute Freundin.«

»Hat sie damals je irgend etwas besonders Aufmüpfiges oder Rebellisches gemacht?«

»Tja, im letzten Jahr auf der High-School hatten wir alle unser erstes Techtelmechtel. Janet war damals mit Marys älterem Bruder Karl zusammen. Sie schlich abends immer von zu Hause weg, um sich mit ihm zu treffen. Und an dem Morgen, an dem sie nach Harvard abreisen sollte, kam sie nicht zurück. Ihre Eltern konnten sie nirgendwo finden. Das Fenster ihres Zimmers stand offen, und Janet war weg. Vielleicht war sie einfach eingeschlafen. Vielleicht war es ihr auch egal. Vielleicht wollte sie auch ertappt werden, um ihren Eltern etwas zu demonstrieren. Wie dem auch sei, ihre Eltern waren ziemlich schockiert. Sie riefen um sechs Uhr früh bei uns an, worauf ich mich auf die Suche nach Janet machte, um sie dann gerade noch rechtzeitig nach Hause zu bringen, so daß sie ihren Flug nicht versäumte.«

»Wie würden Sie die Janet von damals beschreiben?«

»Humorvoll, witzig, aber mit einem sarkastischen Unterton. Intelligent. Unbeugsam und sehr stolz. Impulsiv. Nicht immer sehr überlegt in ihren Entscheidungen, sondern eher überstürzt. Couragiert. Im Gegensatz zu ihren Eltern glaubte sie nicht an Gott, auch wenn man sie nicht als atheistisch hätte bezeichnen können, da sie eine durchaus religiöse Einstellung zum Leben hatte. Sie machte davon nicht viel Aufhebens. Trotzdem glaube ich, daß dieses Gefühl in ihr sehr stark und prägend war.

Sie war sich ihrer Anziehung auf Männer sehr bewußt. Und vor allem in ihrem selbstbewußten Auftreten übte sie eine starke Wirkung auf sie aus. Sie verstand es auch, jemanden abblitzen zu lassen, was einen ja nur begehrenswerter macht.«

Dazu fiel mir keine schlauere Bemerkung ein als: »War sie sich in diesem Zusammenhang des Problems von Ursache und Wirkung, der Konsequenzen davon, bewußt?«

Lois runzelte die Stirn. »Ich denke schon. In welchem Umfang dies freilich der Fall war, kann ich nicht sagen. Sie konnte sehr rücksichtslos sein. Für Janet zählte nur die unmittelbare Gegenwart.«

Über Lautsprecher wurden die Passagiere für den Flug nach Portland, Oregon, aufgerufen. Weniger als zwei Fahrtstunden südlich von Portland lag Eugene, wo Lois und Janet aufgewachsen waren. Alles war grün dort, und mitten durch die Stadt floß ein kleiner, sauberer Fluß.

»Warum ging sie eigentlich nach Harvard?«

»In Harvard bekam sie ein besseres Stipendium als in Yale. Außerdem reizte sie Boston, die Ostküste. Und Harvard war damals einfach *in*.«

»Sie ist aber trotzdem nicht geblieben.«

»Sie war enttäuscht.« Lois beugte sich leicht vor, um ihre Erklärung zu unterstreichen. »Sie fand, daß die anderen Studenten die ihnen gebotene Chance nicht ernsthaft genug nutzten. Sie bedauerte die Professoren, weil sie fand, daß die Studenten nicht genügend Interesse zeigten.

Die Gründe, weshalb sie Harvard den Rücken kehrte, waren teils persönlicher Natur, teils lag es aber auch an diesem Gefühl der Enttäuschung. Sie verliebte sich in Harvard mehrfach ernsthaft . . .«

»Wieso sagen Sie in diesem Zusammenhang *ernsthaft*?« unterbrach ich sie.

»Weil sie wirklich überzeugt war, daß sie den jeweiligen Mann liebte. Wenn Janet verliebt war, kannte sie keine Zweifel, wobei ich glaube, daß es ihr mehr um die Liebe als solche ging als um den Mann, den sie liebte. Nachdem sie sich in den Ferien in Byron verliebt hatte, der in Eugene einen Job hatte, kehrte sie erst wieder nach Harvard zurück, um dann jedoch seinetwegen doch wieder nach Hause zurückzukommen. Ich glaube, daß Byron sie mochte, aber als Janet seinetwegen ihr ganzes Leben umstieß, wurde ihm die Verantwortung zu groß.

Sie hatte natürlich auch in Harvard verschiedene Freunde,

zum Beispiel eine Affäre mit einem Schwarzen, der verheiratet war und innerhalb des Campus eine prominente Stellung innehatte, so daß die beiden ihre Beziehung geheimhielten.«

»Wie praktisch für ihn.«

Lois zuckte mit den Schultern. »Ich habe es auch nie verstanden.«

»Zu *verstehen* gibt es dabei doch nicht viel. In der Regel ist der Mann verheiratet und kann sich nicht von seiner Frau scheiden lassen, *weil* ... Das ist doch das Alltäglichste von der Welt. Welche Einstellung hatte Janet zum Sex?«

»Sie war ganz versessen darauf!« Lois lachte. Vermutlich mußte sie an irgendeine geheime Unterredung unter vier Augen zurückdenken. »Sie ging mit einer ganzen Menge Männer ins Bett. An ein paar von ihnen war ihr auch sehr viel gelegen. Wenn ihr ein Mann nicht sehr viel bedeutete, hinderte sie das jedoch keineswegs, mit ihm zu schlafen. In dieser Hinsicht war sie den Männern sehr ähnlich.«

»War das, bevor sie als Prostituierte anfing?«

Lois nickte. »Verstehen Sie mich nicht falsch. Sie trieb es keineswegs mit jedem Erstbesten. Es mußte schon etwas mehr dabei sein als eine rein sexuelle Anziehung. Wir waren damals natürlich noch sehr jung, und in diesem Alter ist man bekanntlich nicht sehr wählerisch.«

Als ich dazu nichts sagte, fuhr sie fort: »Als Prostituierte erzählte sie mir einmal, sie könnte völlig von dem rein körperlichen Geschehen abschalten. Vielleicht hatte sie das auch früher schon gekonnt. Vielleicht dachte sie dabei an ein Baseballmatch oder einen Film oder irgendein Ereignis aus der Schule. Sie war mit Männern im Bett gewesen, die sie später wohl kaum noch interessiert hätten, aber was kann ein lauschiger Sommerabend oft nicht alles bewirken ...«

»Wie war sie, nachdem sie in Harvard aufgehört hatte?«

»Extrem deprimiert. Sie konnte niemandem erklären, was sie eigentlich zu Hause wollte. *Was war an Harvard verkehrt gewesen? Wieso hatte sie alles hingeworfen?* Doch wie soll man sich oder den anderen auf rationaler Ebene seine Beweggründe erklären, wenn man sich für das Irrationale und Unverständliche entschieden hat? Man tut diese Leute einfach damit ab, daß sie ja sowieso nichts verstehen. Dadurch wurde Janet natürlich mehr und mehr in die Isolation getrieben. Möglicherweise hätte sie in Harvard auch ohne Byron aufgehört. Sie wäre dann vielleicht nur in eine andere Stadt gezogen. Als es zwischen den beiden dann nicht klappte, saß sie nur zu Hause herum und suhlte sich in ihrem Leid. Nicht nur in ihrer Trauer um Byron, sondern über die Welt im allgemeinen. Byron bot sich nur am ehesten als Gegenstand ihrer Unzufriedenheit und Niedergeschlagenheit an. Sie war deprimiert, weil sie nicht wußte, wer sie war – und weil sie nicht wußte, wer sie war, war sie deprimiert.« Lois lachte bitter. »Das war der Teufelskreis, in dem sie gefangen war.«

»Hatte sich nach Byron Janets Einstellung zu Männern – oder zur Liebe – geändert?«

»Nein. Sie hat sich in den nächsten Mann wieder genauso intensiv verliebt. Und das war Magic – der große Magic.«

»Der *große* Magic?«

»Na ja, für Janet war er wohl die große Liebe«, erwiderte Lois mit einem bitteren Lächeln. »Nach Byron hatte sie erst ein paar belanglose Liebschaften, bis sie den Diskjockey eines Night Clubs in Eugene kennenlernte, in dem ich während der Sommerferien als Bedienung arbeitete. Wir machten unsere Witze über ihn, daß er der einzige richtige Schwarze in Eugene war. Er machte auf die extrem coole Tour und erzählte jedem, daß er mal an der Nadel gehangen hatte und Jazz spielte. Für Eugene war er jedenfalls ziemlich ausgeflippt.

Janet kam fast immer in den Club, wenn ich dort arbeitete. Wenn sie ausging, machte sie sich sehr zurecht. Sie fiel wirklich auf in Eugene, obwohl dazu nicht viel gehörte. Ein enger Rock und das dazu passende Top, und dann natürlich ihre Art, sich zu bewegen. Eines Abends tauchte dann Magic im Club auf. Und er fiel wirklich auf. Er war nämlich der zweite Schwarze in Eugene und trug Knickerbockers.« Sie lachte. »Ja, einen dreiviertellangen Overall in Goldvelour – mit Stiefeln. Und er hatte haufenweise Ringe an den Fingern. Einer davon hatte die Form einer Schlange mit Diamanten als Augen. Und er hing also mit einem Drink an der Bar rum. Als er dann bei mir seinen ersten Drink bestellte, machte er eine Bemerkung, die eine Antwort erforderte, und auf diese Weise verwickelte er mich in eine kleine Redeschlacht. Und darauf verstand Magic sich wirklich. Janet sah ihn an diesem Abend ebenfalls. Er unterhielt sich länger mit mir, tanzte zwischendurch mit anderen Frauen. Als die Bar schloß, fragte er mich, ob ich noch auf einen Drink mit ihm kommen wollte. Als ich ablehnte, lud er mich für den nächsten Abend ein. Ich versuchte ihn mit einer dieser Bemerkungen abzuwimmeln wie: *Vielleicht ein andermal.* Sie kennen das ja. Wenn man eigentlich kein sonderliches Interesse hat und nicht so direkt nein sagen will.

»Aber am nächsten Abend folgte er dann Janet und mir von einer Bar zur anderen und setzte sich an unseren Tisch. Ich saß zwischen ihm und Janet. Sie hatten sich bis dahin noch nicht kennengelernt. Janet konzentrierte sich ganz auf die Band, als langweilte sie unsere Unterhaltung, um ihm die kalte Schulter zu zeigen. Aber er ließ nicht locker. Erzählte eine Menge Zeug über Sternzeichen und was man für eine Art Persönlichkeit war und diesen ganzen Kram. Unter anderem säuselte er mir ständig was vor, wie *anders* ich wäre – wirklich einzigartig und was Besonderes. Und ob wir denn nicht mal gemeinsam ausgehen und dies und jenes unternehmen könnten. Einfach uns nur unterhalten. Währenddessen stieß mich Janet bereits unter dem Tisch ans Bein und verdrehte die Augen über dieses Geschwafel. Als wir ihn dann schließlich doch losgeworden waren, bemerkte sie mir gegenüber: ›Das ist doch wirklich die letzte Zuhälterleier, die ich schon tausendmal gehört habe. Wie man nur auf so was reinfallen kann.‹«

»Demnach wußte sie schon von Anfang an Bescheid?«

Lois nickte. »Ich konnte es damals erst gar nicht glauben, aber irgendwie beunruhigte es mich doch. Jedenfalls sagte ich am nächsten Abend, an dem ich wieder arbeiten mußte, dem Türsteher, er sollte mir Magic vom Leib halten. Als er dann schließlich ankam und keinen Einlaß fand, führte er sich fürchterlich auf, so daß sie ihn schließlich doch hereinließen. Er machte mir natürlich sofort Vorhaltungen, warum ich das getan hätte und weshalb ich ihm nicht gesagt hätte, er solle mich in Frieden lassen, wenn ich etwas gegen ihn hätte.«

»Er hat sozusagen das Heft umgekehrt und Sie in Ihrer eigenen Falle gefangen.«

»Ja, er war wirklich gerissen. Er tauchte dann die nächsten Abende immer wieder im Club auf und machte sich über den schwarzen Diskjockey an Janet heran. Auf diese Weise bekam ich wieder Kontakt mit ihm, wobei er sich jedoch nun auf Janet konzentrierte.

Als ich Janet ein paar Tage später wieder traf, erzählte sie mir, daß sie ans Meer gefahren waren. Ich hatte nicht geahnt, daß sie sich so häufig sahen. Und wieder ein paar Tage später teilte sie mir mit, daß sie mit ihm die Stadt verlassen wollte. Aus heiterem Himmel. Ich fiel aus allen Wolken, aber ihr Entschluß stand unumstößlich fest.

Die beiden spürten natürlich meine Bedenken, und deshalb schlug Janet vor, uns zu einer gemeinsamen Aussprache zu treffen – zu dritt. Wir verabredeten uns also in einer Bar.«

»Hatte er sich zu diesem Zeitpunkt schon als Zuhälter zu erkennen gegeben?«

»Wir wußten es damals zumindest schon alle.«

»Und hat er gesagt, daß sie für ihn arbeiten würde?«

»An diesen Punkt werde ich gleich kommen. Janet erzählte mir, daß ihr während des Ausflugs ans Meer klargeworden wäre, daß sie ihn liebte. Es war keine Liebe auf den ersten Blick. Nachdem sie ihn näher kennengelernt hatte, war sie zu der Überzeugung gelangt, daß er ganz anders war, als alle anderen dachten. Sie meinte, wir verstünden ihn einfach nicht, weil wir ihn nicht so gut kannten wie sie.

Als ich mich dann mit den beiden traf, nahm mich Magic für ein Gespräch unter vier Augen beiseite und verwickelte mich in eine extrem intime Unterhaltung über Dinge, die ich damals einfach noch nicht im Griff hatte – Dinge, über die vermutlich Janet schon mit ihm gesprochen hatte. Er brachte mich so weit, daß ich ihm gegenüber Sachen zur Sprache brachte, über die ich damals mit keinem Menschen gesprochen hätte. Einerseits schüchterte er mich ein, andererseits konnte er mich jedoch auch wieder stärker für sich gewinnen. Er brachte mich zu der Einsicht, daß er doch nicht so schlecht war, wie ich dachte. *Er war doch so verständnisvoll und sensibel!* Jedenfalls verstand er es bestens, mich zu ködern. Und sein ganzes ›verständnisvolles‹ Getue diente natürlich rein manipulatorischen Zwecken.

Unser ›klärendes‹ Gespräch verlief also eindeutig zu seinen Gunsten, so daß Janets Zweifel stärker denn je aus dem Weg geräumt waren. An dem Abend, bevor sie abreisen wollten, ging ich noch mit Janet Marys Bruder Karl besuchen. Sie wollte sich von ihm verabschieden. Er erklärte sie für vollkommen verrückt. Sie würde als eine billige Nutte enden; darauf würde am Ende alles hinauslaufen. Er hatte sie schon fast so weit, daß sie doch nicht fahren wollte. Doch dann ging sie wieder zu Magic zurück. Angeblich haben die beiden sich daraufhin die ganze Nacht durch unterhalten. Ich jedenfalls ging an diesem Abend mit der Hoffnung zu Bett, daß sie es sich vielleicht doch noch anders überlegen würde. Aber am nächsten Morgen rief sie mich an, um mir zu sagen, daß sie abreisen würden.

Ich half ihnen also packen. Was hätte ich denn machen sollen? Selbst heute, wenn ich rückblickend sagen kann, welch schlimmes Ende die ganze Geschichte nahm, frage ich mich immer noch: *Was hätte ich denn tun sollen? Was hätte irgend jemand anderer unter diesen Umständen getan?* Ich glaube, ich würde mich heute durch dieses Problem noch genauso überfordert fühlen wie damals. Ihren Eltern, die zu der Zeit gerade verreist waren, hinterließ Janet eine Nachricht, sie würde in einem Restaurant in Washington eine Stelle antreten und sie so bald wie möglich anrufen.

Mir hat sie gesagt, sie würde mit Magic gehen, weil sie ihn liebte und weil er wirklich klug und intelligent sei. Er hatte ein ... Gespür für bestimmte Dinge, das sie an ihm bewunderte. Und im Bett muß es wohl auch hervorragend geklappt haben. Sexuell fand sie es einfach toll mit ihm. Irgend etwas war zwischen ihnen – wie ein Geheimnis, das nur sie beide teilten und das als Beweis dafür diente, daß sie nichts falsch machen konnten, daß zwischen ihnen alles in Ordnung war. Und auch, daß sie sich liebten.«

»Und was hatten sie für die Zukunft vor?«

»Als sie losfuhren, sagten sie – nein, er sagte das –, daß sie *nie* etwas Derartiges tun müßte – als Prostituierte ihr Geld verdienen. Sie wollten an die Ostküste zurückkehren, um dort eine Menge Geld zu machen. Sie wollten einen kleinen Jazz-Club eröffnen, in dem Janet dann als Sängerin auftreten könnte. Sie wollten sich ein schönes Leben machen, in dem Geld kein Problem darstellen würde. Sie würde sich den Dingen widmen können, die sie schon immer interessiert hatten. Jazz und Literatur.«

»Hatte sie zuvor schon über Prostitution mit Ihnen gesprochen?«

»Sicher. Wir hatten diese Möglichkeit *hypothetisch* durchaus in Erwägung gezogen und spaßeshalber durchgespielt. Das tun, glaube ich, viele Frauen. Deshalb stellte sich mir auch die Frage, ob ich mit ihnen kommen sollte. Wir zogen diese Möglichkeit ebenfalls in Erwägung. Aber darauf wollte ich mich unter keinen Umständen einlassen, wenn die Sache auch nicht eines gewissen Reizes entbehrte. Aber als ich mir das Ganze dann etwas genauer durch den Kopf gehen ließ, wurde mir sehr schnell klar, daß dieses Abenteuer gewaltige Schattenseiten hatte. Vor allem hätte ich dadurch vielen Menschen, die mir am Herzen lagen, sehr weh getan. Und darauf habe ich auch Janet aufmerksam gemacht. Aber sie war der Ansicht, den richtigen Weg gefunden zu haben, dem zu folgen alle Mittel rechtfertigte.«

»Vermutlich kam sie sich auch wie die Heldin eines höchst dramatischen Theaterstücks vor.«

»Ganz richtig. Für sie war das Ganze ein großes Abenteuer. Man fährt mit einem schicken Cadillac los, um einen Hauch von großer Welt zu schnuppern. Man würde sich ein schönes Leben im Reichtum machen, nach Europa reisen – an die Riviera – sich ein Landhaus in Skandinavien mieten, eine Villa in Spanien. Wie im Theater.«

»Ich würde eher sagen, wie auf der Schmierenbühne.«

»Und Sie? Haben Sie sich noch nie so ein Schmierenstück vorgespielt?«

Lois hatte mich unvermittelt an einem schwachen Punkt getroffen. Ich zuckte innerlich zusammen und versuchte ihre Bemerkung mit einem gewitzten Lächeln zu parieren. Jedenfalls entspannte sich die Atmosphäre zwischen uns beiden etwas.

»Und was passierte dann weiter?« fragte ich.

»Sie wollte eigentlich ihre Eltern anrufen, sobald sie aus dem Urlaub zurückkamen.« Sie schüttelte nachdenklich den Kopf, während sie wieder in die Vergangenheit zurücktauchte. »Das tat sie aber nicht. Auch drei Tage nach ihrer Rückkehr hatten ihre Eltern noch nichts von ihr gehört. Mich erinnerte das sehr unangenehm an jenen Morgen ihrer Abreise nach Harvard, als sie nachts nicht nach Hause zurückgekommen war. Ihre Eltern riefen mich sicher fünfzehn- bis zwanzigmal am Tag an, so daß Karl und ich uns schließlich dazu durchrangen, ihnen reinen Wein einzuschenken, damit sie vielleicht zur Polizei gehen konnten. Es war schließlich nicht ganz ausgeschlossen, daß Janet etwas zugestoßen war.

Mein Gott, es war einfach entsetzlich, vor ihre Eltern hinzutreten und zu sagen: ›Janet arbeitet nicht in einem Restaurant.‹ Ihnen zu sagen, mit wem sie aufgebrochen war, Amerika zu erobern. Als ich gerade damit fertig war, klingelte das Telefon: Janet. Ihre Eltern erwähnten ihr gegenüber jedoch mit keinem Wort, daß sie Bescheid wußten, als Janet ihnen erzählte, sie wäre an die Ostküste zurückgekehrt, um dort einen Job zu suchen. Sie gaben ihr nur zu verstehen, daß sie sich große Sorgen um sie machten.«

»Hat sie gesagt, sie wäre allein losgezogen?«

»Nein, sie erzählte ihnen, sie wäre mit Freunden unterwegs. Zu diesem Zeitpunkt hat sie ihnen noch nicht das geringste von dem erzählt, was sie wirklich tat. Als sie mich am selben Abend bei mir zu Hause anrief, erzählte ich ihr allerdings, daß ich ihren Eltern alles gesagt hatte.

Als sie mich dann das nächste Mal anrief, gab sie mir die Adresse ihres Hotels in Chikago durch. Ich war gerade nicht zu Hause, und meine Mutter notierte die Nummer für mich. Als ich dann zurückrief, war Magic am Apparat. Ganz beiläufig fragte er mich, ob ich ihren Eltern erzählt hätte, was er tat. Ich sagte ja. Darauf er: ›Nein, ich meine, ob du ihnen gesagt hast, was ich tue – was ich *wirklich* tue?‹ Er wurde allmählich richtig böse. ›*Hast du ihnen gesagt, was ich tue?*‹ Zu meiner Rechtfertigung führte ich an, Janet hätte nicht, wie versprochen, angerufen und ich hätte mir Sorgen gemacht. Ich sagte: ›Ich habe ihnen alles über dich erzählt, was ich weiß und mir vorstellen kann.‹ Darauf schrie er mich an: ›Versuche bloß nicht, noch mal hier anzurufen!‹ Und dann knallte er den Hörer auf die Gabel.

Ein paar Tage später rief dann Janet an. Vermutlich hatte er sich wieder etwas beruhigt. Später einmal hat mir Janet dann gestanden, daß die ersten Monate in Chicago sehr hart für sie gewesen waren. Sie mußte sich erst einmal einarbeiten. Da ich dann ein Semester in Rom studierte, hörte ich erst wieder von

Janet, als ich im darauffolgenden Januar nach Eugene zurückkehrte. Sie rief mich von Washington aus an.

An Ostern machte ich dann mit einer Freundin Urlaub in Florida. Wir blieben auf dem Weg dorthin eine Nacht in Washington. Ich besuchte Janet, und Magic überschlug sich förmlich vor Freundlichkeit. Er versuchte immer noch, mich zu überreden, für ihn zu arbeiten.

Abends gingen wir in eine Disco in Georgetown. Da meine Freundin etwas anderes vorhatte, war ich mit Janet und Magic allein. Wir waren ziemlich aufgetakelt und fuhren in seinem schnieken weißen Cadillac vor. Janet war sehr stark geschminkt, und ich hatte mir etwas zum Anziehen von ihr geborgt. Ich war eine Studentin auf Ferienreise. Wie hätte ich mich schon groß herausputzen sollen? In der Disco schien jeder zu wissen, wer Magic war. Wir wurden sehr zuvorkommend behandelt. Magic machte immer schwer was her, wenn er ausging. Er kannte alle Bedienungen beim Namen. Und wir waren seine Mädchen. Das war völlig klar.«

»Hat er Ihnen denn Anweisungen erteilt, wie Sie sich zu verhalten hätten?«

»Nein, aber man wird sowieso automatisch in diese Rolle gedrängt. Was denken sich die Leute schließlich, wenn sie nachts einen Schwarzen mit zwei mordsmäßig aufgedonnerten weißen Frauen durch die Gegend stolzieren sehen?« Sie zuckte mit den Schultern. »Was will man schon dagegen tun, wenn man genau weiß, daß es das ist, was die Leute von einem denken? Man paßt sich der Rolle einfach an.

Janet und ich und meine Freundin übernachteten an jenem Abend in der Wohnung in der Church Street. Während Magic bei seinem anderen Mädchen schlief – ich glaube, sie hieß Chris. Am nächsten Morgen sind wir dann weitergereist.

Dann habe ich Janet erst wieder im Mai gesehen, obwohl wir häufig telefonierten. Als ich mit der Universität fertig war, flog ich für ein paar Tage nach Washington. Wir gingen viel aus, unterhielten uns. Das letzte Mal habe ich sie im August gesehen. Damals blieb ich etwa eine Woche zu Besuch. Wir blieben aber bis zu ihrem Tod telefonisch in Verbindung.«

»Wie hat Magic sie behandelt?« – »In meiner Gegenwart immer sehr gut. Ich habe sie nie streiten gehört.«

»Was hat Janet Ihnen erzählt, wenn Sie allein mit ihr gesprochen haben?«

»Ich fragte sie natürlich, ob sie viel Drogen nehme, aber sie versicherte mir, daß sie sehr auf ihre Gesundheit achtete. Das mußte sie auch, denn sie arbeitete am Ende sieben Tage die Woche. Sie hatten selbstverständlich eine Menge laufender Kosten und gaben auch sonst eine Menge aus. Außerdem spielte Magic.

Ich fragte sie, ob er sie schlug. Sie sagte, das wäre nur einmal der Fall gewesen, als ihm eine Sicherung durchgebrannt wäre. Und er hätte sich nachher schrecklich geschämt. Aber er hat sie nicht nur einmal geschlagen. Dessen bin ich mir inzwischen ganz sicher. Er hat sie mehrere Male grün und blau geschlagen. Aber anfangs wollte sie mir davon nichts erzählen.«

Lois machte eine Pause und beobachtete die Fluggäste, die einen der langen Korridore auf ihre Maschine zueilten. Sie sah mich nicht an, als sie fortfuhr:

»Einmal, als Magic nicht dabei war, hat mir Janet gestanden, daß sie eines Abends so deprimiert war, daß sie mit ihrem Volkswagen zum Potomac rausfuhr und Schlaftabletten nahm, weil sie . . . weil sie es einfach satt hatte und nicht mehr leben wollte. Sie schlief ein. Aber dann kam ein Polizist vorbei und weckte sie. Sie hatte nicht genügend Tabletten genommen. Ich weiß nicht, wie stark ihr Wunsch zu sterben wirklich gewesen war. Ich weiß auch nicht, wie oft sie einen derartigen Versuch unternommen hat. Sie versprach mir bei dieser Gelegenheit, mich vorher anzurufen, falls sie je wieder an diesen Punkt kommen sollte.

Sie sprach ständig davon, ob sie aufhören sollte. Diese Tendenz verstärkte sich gegen Ende zu merklich. Aber so ganz hat sie den Absprung nie geschafft.«

»Hat sie eigentlich auch später noch davon gesprochen, daß sie Magic liebte?«

»Ja, aber es gab immer mehr Dinge, die sie an ihm störten. Zum Beispiel, daß er immer noch Chris, diese andere Frau, hatte, zumal Janet mehr oder weniger auch noch für ihren Unterhalt aufkommen mußte. Janet verstand einfach nicht, wieso Magic sie die ganze Zeit mitzog, obwohl ich nicht glaube, daß Janet eifersüchtig auf sie war.«

»Hatten Sie den Eindruck, daß Janet sich eine Art separate

Identität zu wahren versuchte? Schuf sie sich gewisse Freiräume?«

»Sie erzählte mir, daß sie Geld beiseite brachte. Ihr war klar, daß sie in aller Heimlichkeit verschwinden müßte, falls sie einmal aussteigen sollte. Ihr war vollkommen klar, daß er gewalttätig werden würde, wenn sie ihn verließ.«

»Was dachte sie über die Männer, die zu ihr kamen?«

»Die Tatsache, daß sie ihre Dienste in Anspruch nahmen, gab sie automatisch Janets Verachtung preis, da sie nur zu ihr kamen, weil sie in irgendeiner Weise einsam und unaufrichtig waren.

Es gab jedoch auch Freier, die sie mochte«, fuhr sie nach kurzem Nachdenken fort. »Männer mit interessanten Berufen, in hohen Stellungen. Leute, die ihr anboten, sie nach Panama fliegen zu lassen und ihr dort eine neue Existenz aufbauen zu helfen, ohne daß sie dafür eine andere Gegenleistung erwartet hätten, als für sie sorgen zu dürfen.«

»So viel anders als Magics Leier klingt das auch nicht unbedingt.«

»Wer weiß? Sie erzählte, daß manche Männer auch wegen ihrer Vergangenheit Interesse an ihr zeigten. Einige darunter verliebten sich regelrecht in sie, machten ihr Geschenke und versuchten sie zum Aussteigen zu bewegen.«

»Hat sie je von einem Freier vom Capitol Hill gesprochen?«

»Sie sagte, sie hätte mit den unterschiedlichsten Leuten zu tun.«

»Sagt ihnen der Name Martin oder Martin M. irgend etwas?«

»Nein.«

Damit hatte ich eigentlich auch nicht gerechnet.

»Wie sah ihr Alltag aus?«

»Arbeit, nichts als Arbeit. Ihre Einnahmen pro Nacht schwankten zwischen zweihundert und fünfhundert Dollar. Sie hatte zwei Apartments – eines in Georgetown und eines in der Church Street. Sie stand meistens in der Regency, hatte aber auch ein umfangreiches Adreßbuch mit Stammkunden – mindestens sechzig Männer.«

Wesentlich mehr, dachte ich unwillkürlich. Die sechsseitige Liste ihrer Freier hatte ganze vierhundertvier Namen beinhaltet.

»Diese Stammkunden riefen sie häufig an. Es machte ihr jedoch auch nichts aus, auf den Strich zu gehen. Sie hatte dort eine Menge Freunde. Sogar ein paar Polizeibeamte mochten sie ganz gern.«

»Beschäftigte sie sich noch weiter mit Musik?«

»Dazu hatte sie nicht mehr die Zeit – vor allem gegen Ende zu. Die Tatsache, daß sie keine Zeit mehr für ihre musikalischen und literarischen Interessen hatte, beunruhigte und frustrierte sie. Sie wurde der Sache immer überdrüssiger. Sie arbeitete und schlief praktisch nur noch, so daß sie mehr und mehr daran zu zweifeln begann, ob sie je Licht am Ende des Tunnels sehen würde.«

»Hat Janet eigentlich später noch einmal versucht, Sie anzuwerben?«

»Nein. Sie wußte, daß ich für so etwas nicht zu haben war. Sie hat sogar Magic ausdrücklich verboten, mich noch weiter damit zu belämmern.«

»Hatte sie Angst vor Magic, vor den Freiern oder überhaupt vor dem Leben auf der Straße?«

»Nun, sie wußte natürlich, daß Magic leicht gewalttätig wurde. Aber insgesamt war sie der festen Überzeugung, daß ihr nichts passieren könnte, solange sie sich in brenzligen Situationen nur richtig verhielt. Sie erzählte mir auch von ein paar prekären Zwischenfällen, die sie aber mit erstaunlicher Kaltblütigkeit gemeistert hatte.«

»Und Sie?« wandte ich mich nun direkt an Lois. »Hatten Sie eigentlich nie Angst, wenn Sie Janet besuchten. In diesem Milieu bedarf es doch sicherlich keines großen Anlasses, und man wird einen Kopf kürzer gemacht.«

»Dazu kann ich Ihnen nur eines sagen, Mr. Rankin: Janet war meine Freundin. Ich mochte sie immer noch genau so wie früher, auch wenn sie sich auf gefährliches Gelände vorgewagt hatte. Glauben Sie, ich hätte deswegen einfach den Kontakt mit ihr abgebrochen?

Ich kann natürlich auch nicht ganz verhehlen, daß dieses Halbweltmilieu einen gewissen Reiz auf mich ausübte. Vielleicht liegt das an meiner rebellischen Ader, an meinem Hang zum Abenteuer.«

»Wie bringen Sie das alles eigentlich in Einklang mit Janets

›religiöser‹ Lebenseinstellung, ihrem Hang zu Moral und Aufrichtigkeit, der in ihr doch ganz offensichtlich ziemlich stark ausgeprägt war?«

»Sie glaubte wohl, Zugang zu einer wirklicheren Welt gefunden zu haben – die nackte Realität des Lebens auf der Straße, oder wie auch immer Sie das nennen mögen. Sie glaubte, das Leben in seinen tiefsten Tiefen ausgekostet zu haben.

Ich glaube durchaus, daß sie ehrlich und anständig leben wollte, wenn sie diese Anständigkeit auch sicher anhand anderer Kriterien definiert hätte, als dies gemeinhin der Fall ist. Sie wollte sich einfach selbst treu bleiben – und das Leben jeden Augenblick in seiner vollen Intensität auskosten. Das war es, glaube ich, was sie an diesem Leben reizte.«

»Sie haben diese Entwicklung von Anfang an mitverfolgt, Lois«, versuchte ich, ein Resümee aus unserem Gespräch zu ziehen. »Haben Sie eine Vorstellung, was Janet zu diesem Leben bewegt haben könnte?«

»Ich könnte nicht einmal sagen, wie ›dieses Leben‹ überhaupt ausgesehen hat. Für mich war diese Entwicklung keine Überraschung; für mich verlief Janets Leben nicht in verblüffenden Sprüngen und Wendungen. Alles schien sich harmonisch aus dem Vorhergegangenen zu entwickeln. Ausgehend von den Menschen, mit denen sie zu tun gehabt hatte, und von ihrer Art zu denken, erscheint mir ihre Entwicklung als durchaus logisch, so verrückt das in Ihren Ohren auch klingen mag.«

»Beantwortet das auch die Frage nach dem Wie und Warum ihres Todes?«

»Sie war an dem Punkt angekommen, an dem es angeraten schien, abzuspringen und etwas Neues zu beginnen.«

»Ich habe Sie schon einmal gefragt, ob Sie sich an Momente erinnern können, in denen für Sie das Wesen Janets besonders augenfällig zum Ausdruck kam.«

Lois schwieg eine Weile nachdenklich. »Ja«, seufzte sie schließlich. »Es gibt für mich drei solche Momente oder Situationen. Einmal in Eugene, als wir noch die High-School besuchten. Janet, Mary und ich, wir fuhren damals in Janets Volkswagen in die Wälder der Umgebung, tranken Tequila und führten ausgelassene Gespräche über Gott und die Welt.

Dann sehe ich Janet in Harvard vor mir – in einem bunt bestickten Folklorerock und in hohen Stiefeln. Irgendwie bewegte sie sich als Teil dieser Umgebung, ohne daß sie wirklich dazugehört hätte. Und dann in ihrer Wohnung in Washington, als sie mir von ihrer Fahrt hinaus zum Potomac erzählte und . . .«

Lois versagte die Stimme. Sie wandte den Blick ab. Nach einer Weile sah sie auf ihre Uhr, als müßte sie sich beweisen, daß die Zeit nicht stillgestanden war.

»Wissen Sie«, begann sie schließlich zögernd. »Ich . . . Das war alles, was ich Ihnen zu erzählen habe. Mehr gibt es beim besten Willen nicht mehr. Ich kann nicht . . . Ich darf meine Maschine nicht versäumen.«

Damit stand sie auf, griff nach ihrer Handtasche und verschwand in der Menge.

31

Als ich mit der U-Bahn zu meinem Termin mit Art Dillon in die Stadt zurückfuhr, ging mir mein Gespräch mit Lois noch eine Weile durch den Kopf. Ich hatte zwar ein paar neue Aspekte von Janet Armstrongs Persönlichkeit zutage gefördert, aber den Schleier des Geheimnisses, der sich um ihre Person rankte, hatte ich damit noch keineswegs gelüftet. Zumindest war ich durch dieses Gespräch zu der Überzeugung gelangt, daß ich noch so viele ihrer alten Bekannten befragen und noch so sehr in Janets Vergangenheit wühlen konnte, ohne je auf Grund zu stoßen. Das große Warum, das Janets Vater von mir beantwortet haben wollte, ließ sich nicht beantworten.

Wie üblich begann Art Dillon sofort draufloszureden, sobald er die Tür zu der Bibliothek öffnete, in der ich auf ihn wartete. »Hast du gestern abend die Phillies im Fernsehen gesehen? Ein tolles Spiel!«

»Ich habe einen Teil davon bei Saul gesehen«, erwiderte ich. Ich hatte ihm seinen Wagen zurückgebracht, nachdem ich ihn mir kurz ausgeliehen hatte, wenn ich das Art auch nicht erzählte.

Art nahm seine Brille ab und sah mich von oben bis unten prüfend an. »Warst du krank?«

»Ich bin ziemlich viel gelaufen.«

»Ich würde eher sagen, zu viel. Du siehst ja richtig ausgemergelt aus. Bist du sonst ziemlich beschäftigt?«

»Ich bin für ein paar Tage zum Ausspannen ans Meer gefahren.« – »Na, hoffentlich hat dir das gutgetan. Der Fall, wegen dem ich dich heute früh angerufen habe, hat sich in der Zwischenzeit mehr oder weniger von selbst erledigt, aber nachdem du schon extra hierhergekommen bist – könntest du ein paar Autonummern für mich überprüfen?«

Das hätte sich selbstverständlich auch telefonisch erledigen lassen, aber er fühlte sich mir gegenüber verpflichtet. Und ich war zu sehr am Boden zerschlagen, um ihn vom Gegenteil überzeugen zu können. – »Klar«, antwortete ich.

Ich fuhr also ins Hauptverwaltungsgebäude der Polizei, begab mich in die entsprechende Abteilung und füllte die nötigen zwei Formulare mit den Autonummern aus, die Art mir gegeben hatte. Draußen fegte der schmutzige Oktoberwind das trockene Laub über den Gehsteig.

Man mag es Sentimentalität, Nostalgie oder Idiotie nennen, jedenfalls holte ich mir noch ein drittes Formular und trug die Nummer von Taras Porsche darauf ein. Ich wußte bereits, was der Computer auf dem geduldigen Papier ausdrucken würde, wenn ich auch keine Ahnung hatte, was mich trotzdem dazu verleitet hatte. Vielleicht wollte ich noch einmal schwarz auf weiß bestätigt bekommen, daß der Porsche nicht mir gehörte.

Eine Angestellte brachte mir als erstes die beiden Formulare mit Arts Autonummern, die ich zusammen mit der Quittung für die Gebühren in einen Umschlag steckte.

Und dann bekam ich nach einer Weile das Formular mit der Nummer von Taras Porsche in vierfacher Ausführung – weiß, gelb, rosa und orange – zurück. Auf jedem Durchschlag stand das gleiche. Der silberne Porsche, Baujahr 1978, Coupé, amtliches Kennzeichen 813–407, Fahrgestellnummer 394 857 029 387, gehörte der Panchax, Inc., deren Büro in der K Street lag. Zufällig kannte ich die Adresse. Ich hatte dort mal gearbeitet. Die Kanzlei von Fred Thomas, dem Anwalt von Taras Vater, lag in diesem Gebäude. Von einer Panchax, Inc. hatte ich jedoch noch nie etwas gehört.

Wessen Wagen hatte ich nun eigentlich gefahren?

32

Ich machte mich auf die Suche nach der Wahrheit, indem ich erst einmal sämtliche Lügen als solche entlarvte.

Washingtons Verwaltungsbehörden scharen sich um den Fuß des Capitol Hill. Dort begann meine Jagd, die ich nun mit derselben Zielstrebigkeit durchführte wie meine ersten Schritte nach jenem denkwürdigen 19. Mai 1980, an dem alles begonnen hatte.

Die Flagge, die anzeigte, daß der Senat tagte, flatterte immer noch über dem Capitol, als ich mit meinen Nachforschungen in den Akten dreier städtischer Behörden zu Ende war. Die Panchax, Inc. war eine ordnungsgemäß eingetragene »Investitionsmanagement«-Gesellschaft, die sich im Besitz dreier Männer befand – Martin Mercer, der als Präsident der Gesellschaft fungierte, Robert Woodson, der das Amt des Vizepräsidenten innehatte, und Fred Thomas, der als Geschäftsführer zeichnete und seine Kanzlei als Firmensitz angegeben hatte. Nichts daran auszusetzen.

Natürlich hatten weder Senator Robert Woodson noch sein Assistent Martin Mercer ihre Anteile und Posten bei der Panchax, Inc. in ihren Steuererklärungen angegeben, die ich mir erst kürzlich angesehen hatte. Woodson hatte dafür unter Umständen eine Erklärung parat: Vielleicht gehörte sein Anteil an dieser Gesellschaft zu den verschiedenen anonymen Kapitaleinlagen, die er gemeldet hatte. Trotzdem hätte er seine Vizepräsidentschaft angeben müssen. Im Falle Mercers war keine derartige Hintertür vorhanden.

Mit Ausnahme eines Antrags auf einen Parkplatz und eine Lizenz für den Verkauf von Videospielen konnte ich keinerlei detailliertere Angaben über die Panchax, Inc. aufspüren, deren Gründung vor sechs Jahren erfolgt war, als Senator Woodson gerade seine zweite Amtsperiode angetreten hatte. Und in weniger als einer Woche würde er vermutlich ein drittes Mal in dieses Amt gewählt werden.

Oder vielleicht auch nicht.

Zwanzig Minuten später saß ich in einem Büro, ähnlich dem Senator Woodsons, und wartete auf das Ende der nachmittäglichen Senatssitzung.

»Hallo, John! Das ist aber eine Überraschung.«

Die Tür ging auf, und ein Bär von einem Mann, das Haar von ereignisreichen vierundsechzig Jahren ergraut, schritt auf mich zu.

»Guten Tag, Senator Applegate. Wie geht's Ihnen?«

Er ließ sich in seinen gepolsterten Ledersessel nieder und gab mir mit einer kurzen Handbewegung zu verstehen, ich sollte wieder Platz nehmen. Seufzend ging er dann auf meine Frage ein: »Ich habe es gründlich satt. Sie glauben gar nicht, wie satt ich das alles habe. Wann wird das alles nur einmal ein Ende nehmen?«

»Das dürfen Sie mich nicht fragen, Sir.«

Wir waren uns beide darüber im klaren, daß er sich die Antwort auf diese Frage nie eingestanden hätte. Seine Amtszeit dauerte noch zwei Jahre, und nur sein Verantwortungsgefühl hinderte ihn daran, auf der Stelle sein Amt niederzulegen und zu den Bergen und Tälern zurückzukehren, die er über alles liebte.

»Sie sind die einzige Person, die je für mich gearbeitet hat und dann etwas völlig Unerwartetes getan hat«, bemerkte er schmunzelnd und schüttelte dazu den Kopf. »Zur Presse zu gehen, ging ja noch, aber dann diese Geschichte als Privatdetektiv . . .«

»Senator, ich – ich habe da eben einen dicken Fisch an der Angel. Normalerweise würde ich Sie mit so etwas unter keinen Umständen behelligen, aber . . .« Sein Lächeln verflog, und ein kurzes Nicken gab mir zu verstehen, nicht lange zu fackeln. Seine Zeit war in Sekunden bemessen.

»Senator, ist Ihnen je etwas Ungewöhnliches oder Bedenkliches an der Art, in der Senator Woodson seine Geschäfte abwickelt, aufgefallen?«

»Hm.« Er rieb sich seine Augen, deren Blick sich unerbittlich durch mich bohrte. »Sie wissen selbst am besten, John, daß der Senat eigentlich nicht als Umschlagplatz für Tratsch über das Privatleben seiner Mitglieder herhalten sollte.«

»Der Anlaß meiner Anfrage ist durchaus schwerwiegend.«

»Davon sind Sie sicher überzeugt. Sind Sie sich jedoch auch im klaren darüber, was diese Frage zu bedeuten hat? Ich bin ebenso gewissen Prinzipien verpflichtet, wie Sie das sind,

John. Da ich jedoch großes Vertrauen in Sie habe, kann ich Ihnen jedenfalls so viel sagen: Ich habe Senator Woodson nie irgend etwas tun gesehen, das als unehrenhaft oder korrupt zu bezeichnen wäre. Andrerseits weiß ich natürlich sehr wenig darüber, wer in unseren Kreisen nun korrupt ist und wer nicht. Ehrlich gesagt, möchte ich es auch gar nicht wissen. Es wäre also in diesem Fall besser, Sie würden sich an jemanden anderen wenden.« Er hob seine Hand, um meine Einwände abzuwiegeln. »Was ich Ihnen sagen kann, ist folgendes: Als Senator halte ich nicht gerade viel von Woodson. Soviel ich informiert bin, hat er sich vor allem auf Betreiben seiner Frau aufs politische Parkett begeben. Meine Frau und ich kannten sie flüchtig. Sie wollte, daß er Großes *leistete,* während er nur etwas *darstellen* wollte. Meiner Meinung nach hat diese Erkenntnis seine Frau letztlich in den Tod getrieben. Sie hat Selbstmord begangen.«

»Das weiß ich bereits«, gab ich zu.

»Ja, Peggy hat mir erzählt, daß Sie mit seiner Tochter befreundet sind, weshalb ich auch davon ausging, daß Sie Bescheid wissen.«

Er seufzte schwer und starrte dann ins Weite, um mich schließlich zu schockieren:

»Woodson ist ein ausgemachter Idiot. Ein Idiot mit durchaus guten Absichten zwar, aber trotzdem ein Idiot. Es fehlt ihm an jeglicher Substanz – und zwar sowohl was Intelligenz, Charakter oder Persönlichkeit betrifft und demnach vielleicht auch in Hinblick auf Moral und Integrität. Ihm scheint es vor allem auf die Wahrung einer perfekten Oberfläche anzukommen, was ja heutzutage im Senat leider keine Seltenheit mehr ist. Nun weiß ich natürlich nicht, hinter welchem faulen Ei Sie nun genau her sind, John, aber ich bezweifle doch, daß Woodson die Mühe wert ist. Meiner Ansicht nach fehlt ihm sogar für eine Betrügerei im größeren Maßstab das Format.«

»Immerhin bekleidet er das Amt eines Senators der Vereinigten Staaten.«

»Ja«, entgegnete der Mann, der mir gegenüber saß und auf den das ebenfalls zutraf. »Das tut er allerdings.«

Ein maßgeschneiderter Dreiteiler mit Krawatte nach dem anderen schwirrte an meiner Telefonzelle in einem Korridor des Senatsgebäudes vorbei; all diese hektische Betriebsamkeit galt einer Gesetzesänderung, welche selbst für die Lösung der Probleme von vorgestern zu spät kommen würde. Ich faßte jede vorbeihuschende Gestalt ins Auge, ohne daß eine davon mich ihrerseits eines Blickes gewürdigt hätte.

Nur jetzt nicht die Ruhe verlieren, redete ich mir gut zu, während ich wartete, daß das Gespräch durchgestellt wurde. Laß dir nicht anmerken, wie es in dir rumort. Laß dich nicht von denen unterkriegen. Das Summen im Hörer verstummte, und es meldete sich eine spröde, wachsame Männerstimme.

»Sie werden sich vermutlich nicht an mich erinnern, Mr. Shaughnessy«, stellte ich mich vor, »aber . . .«

»Meine Sekretärin hat mir gesagt, John Rankin wäre am Apparat.«

»Das ist richtig, Sir.«

»Natürlich kann ich mich noch an Sie erinnern. Sie arbeiten doch für Ned Johnson. Wie geht's Ned denn so? Ich habe schon Monate nichts mehr von ihm gehört.«

»Soviel ich weiß, geht es ihm hervorragend. Allerdings muß ich gestehen, daß ich schon seit einiger Zeit nicht mehr für ihn arbeite.«

»Das wußte ich nicht.« Es bestand auch kein Grund, weshalb er das hätte wissen sollen. »Ich hoffe, bei Ihnen läuft nach wie vor alles bestens.«

»Das kann man durchaus sagen. Es ist mir zwar schrecklich peinlich, aber ich wollte Sie dringend um einen Gefallen bitten. Die Sache ist wichtiger . . .«

»Als ich mir vorstellen kann?« Er lachte in den Hörer. »Also, worum dreht es sich, John?«

»Ich wollte mich mit Ihnen über die Korruption in Washington unterhalten.«

Er lachte erneut schallend los. »John, ich bin inzwischen dreiundsiebzig, und ich wage zu bezweifeln, daß mir noch einmal so viele Jahre beschieden sein werden, um dieses Thema auch nur annähernd erschöpfen zu können.«

»Das ist auch gar nicht nötig, Sir. Mich interessieren nur ein paar Männer.«

»Ach, so ist das also.« Er dachte kurz nach. »Und sicher wäre es das beste, wenn wir uns unter vier Augen sprechen könnten. Gibt es einen speziellen Grund, weshalb Sie sich in dieser Sache ausgerechnet an mich wenden?«

»Ned hat mir gesagt, daß Sie besser über Washington Bescheid wüßten als sonst irgendein Lebender.«

»Nun, das ist natürlich höchst schmeichelhaft für mich, wenn ich auch die Genauigkeit seiner Aussage zu bezweifeln wage. Trotzdem, kein schlechter Köder für einen alten Mann. Mal sehen . . .« Vermutlich konsultierte er gerade den Terminkalender auf dem Schreibtisch seiner teuren Anwaltskanzlei in der K Street. »Könnten Sie sich morgen zum Mittagessen frei machen?«

»Kein Problem.«

»Kennen Sie den Club 116, und wo er liegt?«

»Ja, Sir, ich habe davon gehört, wenn ich auch noch nicht dort gewesen bin.«

»Na, dann wird unser Treffen zumindest nicht ganz umsonst für Sie gewesen sein.«

Ich suchte das Archiv für die öffentlich zugänglichen Aufzeichnungen auf. Ich brauchte eine Stunde, um die Lohnzahlungsbücher für die letzten zwölf Jahre durchzusehen, und ich stieß auch auf eine brauchbare Eintragung.

Sie hieß Carol Kenwood und hatte im März 1976 für Senator Woodson zu arbeiten begonnen. Im September des gleichen Jahres gab sie ihre Stellung wieder auf. Sie war also selbst für Capitol Hill-Maßstäbe nicht gerade lang geblieben. Ich lieh mir gleich an Ort und Stelle das Verzeichnis für Kongreßmitarbeiter aus und wurde erneut fündig: KENWOOD, Carol, immer noch im politischen Geschäft tätig. Ihre Biographie deutete darauf hin, daß sie bereits seit Mitte der sechziger Jahre in diesem Metier heimisch war, und führte auch ihre sämtlichen Arbeitgeber auf.

Eine zusätzliche Überprüfung der Lohnabrechnungen resultierte in einer Liste von Personen, die mit Carol Kenwood zusammengearbeitet hatten. Darunter befand sich auch ein flüchtiger Bekannter von mir, der nun wohl oder übel als Informationsquelle herhalten mußte.

Er war nicht gerade bester Stimmung, als ich ihn am späten

Nachmittag von meinem Büro aus anrief. Der Wagen seiner Frau war abgeschleppt worden oder irgend etwas ähnlich Erfreuliches. Jedenfalls bedurfte es all meiner Überredungskünste, um etwas über Carol Kenwood aus ihm herauszubekommen. Er nahm mir meine Gründe, weshalb ich meine Erkundigungen über sie einzog, nicht ab und beantwortete demnach meine Fragen auch entsprechend ausweichend. Seinen Aussagen zufolge war Carol Kenwood clever, unnachgiebig und durch nichts von einem einmal ins Auge gefaßten Vorhaben abzubringen.

Als ich mich für seine Auskünfte bedankte und auflegte, war es sechzehn Uhr fünfundfünfzig. Ich bekam die Empfangsdame von Carol Kenwoods Büro an den Apparat.

»Können Sie mir sagen, ob Carol da ist?« Ich hoffte sie durch meine Unverblümtheit zu überrumpeln.

»Äh . . . ich glaube schon. Soll ich sie mal kurz anläuten?«

»Das wäre natürlich . . .« Ich streckte den Hörer auf Armeslänge von mir und brüllte in mein leeres Büro: »Hey, Paul! Warte noch einen Augenblick!«

»Entschuldigen Sie«, sagte ich dann hastig ins Telefon; die Empfangsdame am anderen Ende der Leitung war noch ganz Ohr. »Paul will eben weg. Aber ich muß ihn unbedingt noch sprechen. Ist Carol morgen im Büro?«

»So viel ich weiß, ja.«

»Wunderbar.« Das hieß, daß sie an diesem Abend in der Stadt bleiben würde. Vermutlich konnte ich sie unter der im Telefonbuch angegebenen Adresse erreichen. »Dann bis morgen also.« Bevor die Empfangsdame darauf noch etwas erwidern konnte, hatte ich bereits aufgelegt.

Carol Kenwood wohnte in einem dieser anonymen, zwölfstöckigen Wohnsilos auf der anderen Seite des Potomac in Virginia. Ich rief sie über das Haustelefon in ihrer Wohnung an. Der herbstliche Abend war kühl, und die Chancen, daß sie sich von der Notwendigkeit meines Besuches überzeugen lassen würde, standen schlecht.

»Ich weiß, daß Sie mich nicht kennen«, gestand ich ein. »Und ebenso ist mir bewußt, daß es schon spät ist. Aber ebenso wichtig ist es, daß ich mit Ihnen sprechen kann. Wir haben im übrigen einen gemeinsamen Bekannten.« Ich ließ den Namen des Mannes fallen, bei dem ich früher an diesem Nachmittag meine ersten Erkundigungen über sie eingezogen hatte. »Rufen Sie ihn meinetwegen an. Er wird für mich bürgen, auch wenn er nichts über die Gründe meines Kommens weiß. Ich muß Sie unbedingt sprechen, Miß Kenwood. Bitte. Ich bin extra mit dem Taxi von Washington hier rausgefahren. Ich habe nicht sehr viel Zeit, und es ist wirklich wichtig.«

»Für wen? Für Sie oder für mich? Ich meine, es ist immerhin schon neun Uhr abends.«

»Ich war früher schon mal hier, aber Sie waren nicht zu Hause.«

»Aufdringlich und hartnäckig sind Sie auch noch.« Als sie darauf kurz nachdachte, fürchtete ich schon, verspielt zu haben. Und ich wollte eben ein Treffen für den nächsten Tag vorschlagen, als sie sagte: »Also gut, warten Sie unten am Eingang.«

Während ich das tat, kamen und gingen unzählige Bewohner des großen Wohnblocks. Ich hätte mich also ohne weiteres in die Eingangshalle und am Portier vorbei zum Lift schleichen können, um Carol Kenwoood in ihrem Apartment aufzusuchen. Aber das hätte sie mit Sicherheit nur dazu veranläßt, die Nummer 911 zu wählen und mich mit der Polizei von Arlington bekannt zu machen. Der Portier ging gerade ans Telefon und sprach ein paar Sätze hinein. Gleichzeitig spähte er zu mir nach draußen. Dann gestikulierte er in meiner Richtung und nickte, als ich auf das Telefon neben dem Eingang deutete. Ich wählte erneut Carol Kenwoods Nummer.

»Ihr Freund war nicht zu Hause«, teilte sie mir mit. »Sein Sohn hat gesagt, es hätte irgendwelche Schwierigkeiten mit dem Parken gegeben.«

»Sie haben den Wagen seiner Frau abgeschleppt.«

»Sein Sohn kennt Sie nicht. Aber er weiß, daß Sie hier sind. Ich habe seinem Vater ausrichten lassen, daß ich ihn später heute abend noch einmal anrufen werde.«

Und durch den Portier hast du mich auch unter die Lupe nehmen lassen, dachte ich. »Können wir uns jetzt treffen? Bitte!«

Sie zögerte zwar, aber mir war klar, daß sie sich bereits über ihr weiteres Vorgehen im klaren war. »Warum nicht?«

»Normalerweise lasse ich keine Fremden in meine Wohnung«, begrüßte sie mich an der Tür ihrer Wohnung. Sie war sorgsam darauf bedacht, mir nicht näher als drei Schritte zu kommen, als sie mich auf die Sitzgruppe zuführte und mir mit einem Nicken zu verstehen gab, ich sollte auf der Couch Platz nehmen. Sie ließ sich mir gegenüber in einem Sessel nieder, der in unmittelbarer Türnähe stand. Ihr Fluchtweg war also gesichert. Das Apartment war aufgeräumt, die Bücher in den Regalen zahlreich und fein säuberlich geordnet, die Pflanzen üppig und sorgfältig gepflegt. Ich ließ mich also auf der Couch nieder, schlug die Beine übereinander und gab mir Mühe, möglichst harmlos zu wirken. Aus der Ecke starrte mich der tote Bildschirm des Fernsehapparats an. Darunter schlief eine graue Katze.

Carol Kenwood war über Vierzig und alles andere als eine Schönheit, was sie jedoch keineswegs daran hinderte, eine unverhohlen erotische Ausstrahlung an den Tag zu legen. Sie war ziemlich groß, etwa einsfünfundsiebzig, und kräftig gebaut unter ihrem zeltartigen, geblümten Kleid. Das braune Haar trug sie kurz geschnitten, aber auftoupiert; vielleicht war es auch gefärbt – aber was soll's? Ihr rundes Vollmondgesicht war durch die wulstigen, hängenden Lider und die schweren, alles andere als attraktiven Lippen geprägt. Obwohl sie leichte Hängebacken und einen dicken Hals hatte, bewegte sie sich mit der schwülen Grazie einer Tänzerin. Was sie zu bieten hatte, hatte länger Bestand als die Schönheit der meisten Frauen und übte auf die glücklichen Männer, die sie in ihre Wohnung ließ, wohl eine stärkere Anziehungskraft aus als die Gunstbezeigungen irgendeines ätherischen Nymphchens.

»Ich bin Ihnen zu größtem Dank verpflichtet, Miß Kenwood.«

»Kommen wir zur Sache.« Sie steckte sich eine Zigarette an und nahm einen kräftigen Zug. »Die Höflichkeiten können wir uns für später aufsparen. Weshalb sind Sie hier?«

»Sie haben doch mal für Senator Robert Woodson gearbeitet.« – »Und?«

»Sie haben Ihre Stellung sehr rasch wieder aufgegeben. Sie müssen selbstverständlich nicht mit mir darüber sprechen . . .«

»Erzählen Sie mir doch zur Abwechslung mal etwas, das ich nicht schon weiß«, unterbrach sie mich barsch.

»Ich bin mir gar nicht so sicher, ob ich dazu überhaupt in der Lage bin«, tastete ich mich behutsam vor. »Aber vielleicht könnten wir gemeinsam zu bestimmten Schlüssen gelangen.«

»Und die wären?«

»Daß der Senator zum Beispiel korrupt ist.«

»Aha.« Sie sah mich unverwandt an. »Sie sagten, Sie sind Privatdetektiv?«

Ich nickte.

»Für wen arbeiten Sie? Worum geht es hier?«

»Ich habe mal als Reporter für Ned Johnson gearbeitet.« Sie schürzte die Lippen, wobei mir nicht klar war, wie ich das interpretieren sollte.

»Und für wen arbeiten Sie jetzt?«

»Diese Sache verfolge ich eigentlich nicht im Auftrag eines Klienten.«

»Sie haben sich die Kopfjägerei sozusagen als Hobby ausgesucht?«

»Ich habe so meine Gründe.« Sie wartete. »Triftige Gründe.« Sie schwieg immer noch. »Ich bin einem gigantischen Betrug auf der Spur.«

»Woher soll ich wissen, daß Sie keinen Blödsinn reden? Sie sind zwar nett, aber trotzdem könnten Sie nur Unsinn erzählen.«

»Was diesen Punkt betrifft, kann ich Ihnen leider keine Gewißheit verschaffen. Aber zumindest kann ich Ihnen versichern, daß Sie nichts zu verlieren haben.«

»Verschonen Sie mich mit Ihren Versicherungen. Sie wollen also einem gigantischen Betrug auf der Spur sein. Die ganze Welt ist auf Betrug gebaut. Wie soll ich daran groß etwas ändern?«

»Indem Sie mit mir sprechen.«

»Worüber?«

»Über Woodson, seinen Helfershelfer Mercer, ihr Büro, über die Gründe Ihres frühzeitigen Ausscheidens dort und über alles, was an der ganzen Geschichte faul ist.«

»Und das alles soll ich Ihnen aus reiner Herzensgüte erzählen?«

»Ihre Beweggründe sind mir eigentlich egal.«

Sie starrte mich unverwandt an, drückte dann ihre Zigarette in dem Aschenbecher neben ihrem Sessel aus und trat auf die Kochnische zu, wo ein Telefon auf der Theke stand. Ich dachte erneut, verspielt zu haben. Doch sie öffnete eine Schranktür über der Theke und nahm ein großes Glas heraus.

»Trinken Sie?« fragte sie, während sie an den Kühlschrank trat.

»Kaum.« Das war taktisch ungeschickt, aber die Worte waren bereits draußen.

»Ich schon.« Sie kam mit einem Glas voller Eiswürfel in der einen und einer offenen Flasche mit einer braunen Flüssigkeit in der anderen Hand zurück. »Ich trinke Scotch und nicht gerade wenig. Und ich trinke gern. Sie stehen vermutlich auf dieses andere Zeug. Sie brauchen sich nicht zu rechtfertigen; es ist mir, ehrlich gesagt, völlig gleichgültig. Falls Sie Saft oder Mineralwasser wollen, bitte, bedienen Sie sich.«

»Danke.«

Sie füllte ihr Glas mit Scotch, setzte sich und steckte sich eine neue Zigarette an. »Wie viel glauben Sie eigentlich zu wissen?«

»Ich weiß, daß etwas faul ist. Ich kenne Woodson und Mercer, auch ihren Anwalt Fred Thomas. Ich habe alle öffentlich zugänglichen Unterlagen studiert. Ich war in ihrem Büro.«

»Sie haben ja schon einiges von der Welt gesehen.«

»Nicht unbedingt immer aus freien Stücken.«

Sie lachte, und ich wußte, daß ich nun freie Bahn hatte – wozu dies auch immer führen mochte.

»Lassen Sie mich Ihnen erst mal erzählen, wie ich zu Woodson gestoßen bin und wie die Arbeit dort war. Dann können Sie mir Ihre Fragen stellen.

Ich arbeitete damals für ein Mitglied des Repräsentantenhauses, das sich in den Ruhestand zurückziehen wollte. Zufällig hörte ich, daß Mercer jemanden suchte, der ihm half, Woodsons Laden zu schmeißen. Also bewarb ich mich um die Stelle. Und ich sollte sie auch bekommen. Ich sollte allerdings die zweite Geige neben Mercer spielen, wobei mir aber nicht klar war, was sich Mercer erwartete, als er mich in seine Dienste nahm. Vielleicht brauchte er jemanden, der dafür sorgte, daß der Kaffee nicht ausging und die Tassen immer sauber gespült waren. Mir war natürlich schon vorher klar gewesen, daß Woodson keine große Leuchte war, aber ich hätte nie gedacht, daß es ... Nicht daß er faul oder dumm wäre, aber er interessierte sich einfach nicht im geringsten für legislative Aufgaben. Und so etwas steht einem Senator eigentlich nicht gut an.

Da in meinen Aufgabenbereich nun genau die legislativen Aktivitäten fielen, war ich über Woodsons Einstellung alles andere als glücklich. Der Herr Senator brachte natürlich seine Anträge vor, die wir mit allem Nachdruck unterstützten, aber letzten Endes war das Ganze eine einzige Farce!

Mercer ist im übrigen niemandes rechte Hand. Er hat den Laden für den Senator geschmissen. Die anderen Mitglieder des Stabs haben ihn immer Eisen-Mercer genannt – oder Rammbock. Aber das waren ja im wesentlichen alles noch halbe Kinder – außer ihm und Sue natürlich. Kennen Sie eigentlich Sue, seine *Privat*sekretärin?«

Sie hatte das *Privat* mit einem speziellen Unterton gesprochen. Ich nickte.

»Verstehen Sie mich nicht falsch. Ich mag Sue. Sie macht ihre Arbeit als Sekretärin des Herrn Senators gut. Falls sie darüber hinaus noch anderen Pflichten nachkommen sollte ... nun ja, es geschieht zumindest zu aller Zufriedenheit. Und insbesondere zu Martin Mercers, der sie eingestellt hat. Es sähe ihm durchaus ähnlich, sie Woodson unterzuschieben und die beiden dann gemeinsam abzuservieren. Damit wäre er zumindest ein Problem los, und er hätte mehr Zeit, sich seinem verdammten Aquarium zu widmen.

Jedenfalls dreht sich alles um Mercer. Er hält den Stab mit Belanglosigkeiten auf Trab – Belanglosigkeiten freilich, die eine Wiederwahl des Senators garantieren. Woodson tritt zum Beispiel als Schirmherr der Nationalen Woche des Haustiers auf. Mercer versteht es, Woodson immer dort ins Scheinwerferlicht zu rücken, wo niemand auf ihn schießt. Und aus eben demselben Grund stellt Mercer nur Leute ein, die entweder noch grün hinter den Ohren sind oder nichts mehr zu verlieren haben. Erstere blicken noch nicht hinter die Kulissen dieser Komödie, und letzteren ist es egal.

Sobald irgend etwas von Bedeutung anstand, wurden alle Informationen an Mercer weitergeleitet. Der Senator sollte mit derlei nicht behelligt werden.«

»Können Sie sich dabei vielleicht noch an einen konkreten Fall erinnern?«

Sie grinste, steckte sich eine neue Zigarette an und schenkte sich eine ordentliche Portion Scotch nach. »Sie wissen also doch etwas, stimmt's?«

»Lediglich so viel, um die richtigen Fragen stellen zu können.«

»Tja, aus ähnlichen Gründen habe ich dort dann auch schleunigst gekündigt. Ich hatte nichts Konkretes in der Hand. Aber für dumm verkaufen lasse ich mich schon lange nicht mehr.

Woodson gehört dem Finanz-Bewilligungsausschuß für Washington D. C. an. Er hat den Vorsitz in diesem und einem anderen Ausschuß übernommen, kurz bevor ich angestellt wurde. Vermutlich wurde ich genau deswegen gebraucht. Aber ich bekam nie etwas von diesem Ausschuß in die Finger. Und nun frage ich Sie: Was hat ein Senator aus dem Bundesstaat Washington in einem Ausschuß der Bundeshauptstadt Washington D. C. zu suchen. Finden Sie nicht auch, daß das nicht gerade das nächstliegende Betätigungsfeld ist? Der Senator hätte doch sicher wichtigere und lohnendere Aufgabenbereiche finden können.

Wie dem auch sei – alles, was diesen Ausschuß betraf, ging direkt an Mercer. Komisch, nicht wahr? Der Boß kümmert sich um die Angelegenheiten, die eigentlich von der geringsten Dringlichkeit sein müßten. Er begleitete Woodson in alle Sitzungen, flüsterte dem Senator ins Ohr, wenn die Unterlagen nicht genügend ausgearbeitet waren. Das war doch reichlich eigenartig. Und ich fand es auch eigenartig, daß alle Anrufer, die sich wegen dieses Ausschusses an uns wandten, ausschließlich Mercer zu sprechen wünschten. Als ich ihn eines Tages daraufhin ansprach, speiste er mich mit zwei fadenscheinigen Erklärungen ab. Natürlich entging ihm nicht, daß ich ihm diesen Blödsinn nicht abnahm. Und dann begannen die anderen Mitarbeiter plötzlich einen weiten Bogen um mich zu machen. Mir war natürlich klar, daß sie das nicht aus freien Stücken taten. Mercer wollte mich also loswerden. Mich einfach zu feuern, dazu war er selbstverständlich zu schlau. Weiß Gott, wo ich am Ende landen würde und worüber ich mir möglicherweise den Mund zerreißen könnte.« Sie grinste. »Oder wen ich spätabends noch in meine Wohnung lassen würde. – Das wäre es eigentlich schon«, erklärte sie dann abrupt. »Für mich standen einfach zu viele Fragen offen, auf die ich keine befriedigenden Antworten finden konnte, um noch länger für Woodson arbeiten zu können. Nicht, daß ich gegen Woodson persönlich etwas gehabt hätte. Er hat durchaus etwas Sympathisches an sich. Dagegen ist Mercer jemand, der eindeutig über Leichen gehen würde. Und dazu bedarf es keines großen Anlasses.«

»Und Sie wissen auch nicht, auf welchem Gebiet sie ihre krumme Tour durchziehen könnten?« fragte ich.

»Ich wüßte nicht einmal, warum sie es tun sollten, wenn wirklich etwas an den beiden faul ist«, entgegnete sie. »Geld stellt für Woodson bestimmt keinen sonderlichen Anreiz dar. Mercer fährt zwar immer einen dicken Schlitten, und er hat seine exotischen Fische, aber er war nie verheiratet, hat keine Kinder und frönt, so viel ich weiß, keinerlei kostspieligen Lastern. Er trinkt zwar nicht schlecht, aber man könnte ihn nicht als Alkoholiker bezeichnen. Vielleicht nimmt er irgendwelche Drogen.«

»Sie haben so wissend genickt, als ich vorher auf Fred Thomas zu sprechen kam, den Anwalt des Senators.« Sie nickte auch diesmal wieder. »Hat er sich oft im Senatsbüro blicken lassen?«

»Ich habe zwar oft von ihm gehört, ihn aber nie zu Gesicht bekommen.«

Die meisten Mitarbeiter eines Senators wissen nicht einmal, ob ihr Boß einen Anwalt hat. »Haben Sie je von einer gewissen Panchax, Inc. gehört?«

»Haben Sie also doch einen spezifischen Anhaltspunkt. Nein, habe ich nicht.«

»Sagt Ihnen der Name Janet Armstrong etwas?«

Sie schüttelte den Kopf.

»Und Eddie Hampton? Hektisch, heruntergekommen, eindeutig Alkoholiker.«

»Ich kenne nicht jeden Alkoholiker in dieser Stadt.«

»Ich wollte damit nicht sagen . . .«

»Jetzt kommen Sie schon! Wo bleibt denn Ihr Sinn für Humor?« Wir grinsten uns gegenseitig an. »Der Name Eddie Hampton sagt mir jedenfalls nichts. Haben Sie sonst noch was zu bieten?«

»Im Augenblick noch nicht.«

Der Club 116 befand sich ursprünglich in einem großen Gebäudekomplex in unmittelbarer Nähe der Senatsbüros – eine durchaus passende Lage für den Privattreffpunkt von Washingtons Schwergewichtslobby. Bis Ende der sechziger Jahre hatten diese Räume den Quorum Club beherbergt, doch als dessen Geschäftsführer, ein gewisser Bobby Baker, wegen Steuerhinterziehung und ähnlicher Vergehen für fünfzehn Monate hinter Gitter mußte, wurde die alte Tradition des Quorum Clubs zwar unter dem neuen Namen Club 116, aber ansonsten unverändert fortgeführt, einschließlich einer Bar und eines Restaurants, das für sein Krabbenbrot berühmt war.

Als das alte Gebäude, in dem sich der Club befand, im Zuge städtebaulicher Sanierungsmaßnahmen abgerissen wurde, mußte sich der Club 116 nach einer neuen Bleibe umsehen, die er glücklicherweise binnen kürzester Zeit zwei Häuserblocks weiter an der Ecke von Third und D Street fand, immer noch in unmittelbarer Nähe des Capitols. Im Restaurant des Clubs bekam man nach wie vor das beste Krabbenbrot der ganzen Stadt.

Der Barkeeper lächelte, als er mir mein Glas Mineralwasser reichte. Als ich auf einen Ecktisch deutete, nickte er. Ich setzte mich und wartete auf Jack the Mack. Es war elf Uhr vormittags, doch der Club 116 beherbergte bereits fünf Gäste – ausschließlich Männer, alle über Fünfzig, alle mit einem Drink vor sich; und sie sahen nicht aus, als tränken sie Mineralwasser. Ich hoffte nur, daß niemand in unserer Nähe sitzen würde, wenn Shaughnessy kam.

Ich mußte nicht lange auf ihn warten, und nachdem wir kurz die Speisekarte studiert und bestellt hatten, kam er ohne Umschweife zur Sache.

»Nun, was kann ich für Sie tun, außer natürlich darauf bestehen, daß dieses Essen auf jemandes Rechnung geht, der keinen von uns beiden sonderlich mögen dürfte und für dieses Privileg meine Spesen bezahlt?«

»Ich möchte wissen, wer in Washington korrupt ist – und warum?«

»Irgend jemand ist das immer, und was das Warum betrifft, gibt es unzählige Erklärungen. Sie müssen schon mit mehr Fakten aufwarten. Sonst dürfte es nicht viel zu bereden geben.«

Shaughnessy war ein Mann, in dessen Hand viele Fäden zusammenliefen. Möglicherweise hatte er sogar seine Finger in genau dem Komplott stecken, das ich auffliegen lassen wollte. Mir blieb keine andere Wahl, als ihm zu vertrauen. »Ich denke dabei an Senator Robert Woodson, seinen Assistenten Martin Mercer und möglicherweise auch seinen Anwalt Fred Thomas. Ich bin überzeugt davon, daß sie Dreck am Stecken haben, wenn ich das auch erst noch beweisen muß.«

»Beruht Ihre Annahme lediglich auf Verdachtsmomenten?«

»Nein, ich habe eine eindeutige Schwachstelle, an der ich sie packen kann. Außerdem erscheint mir die Art, wie Woodson den Vorsitz in diesem Bewilligungsausschuß führt, etwas arg eigenartig.«

Shaughnessys Stirn legte sich in Falten. »Ich glaube, ich beginne langsam zu verstehen.«

Und nach einer kurzen Pause fuhr er mit einem leichten Seufzen fort: »Washington D. C. ist sozusagen eine Kolonie in der Hand auswärtiger Kongreßabgeordneter, die für ihre Arbeit nur unzureichend entlohnt werden. Die lokalen Machthaber sind lediglich Marionetten, die an den vom Kongreß bewilligten Budgetfäden hängen. Doch mehr, als etwas aufmüpfig zu werden, steht nicht in ihrer Macht. Der zweite Einflußfaktor in der Bundeshauptstadt sind die Geschäftsleute, die sich an den Gesetzen des freien Marktes orientieren und sich in halböffentlichen Vereinigungen organisieren, wie zum Beispiel dem Handelsausschuß, der seinerseits von einem kleinen, harten Kern von Roßtäuschern dominiert wird. Das alles war kaum der Rede wert, bis die Regierung hier zu einem dermaßen aufwendigen und auch allerlei Anreize bietenden gigantischen Apparat anschwoll.

Der Kongreß bestimmt, wer in dieser Stadt wie Geld macht. Wie viele Polizisten und Feuerwehrmänner in Washington Dienst tun. Ob ein Millionen von Dollar verschlingendes Kulturzentrum gebaut wird und mit welchen bundesstaatlichen Mitteln. Und ähnliches mehr.

Vielleicht sind mir gewisse Gerüchte zu Ohren gekommen, wenn ich auch nichts weiß, das mich veranlassen könnte, mich an den Staatsanwalt zu wenden. Ich könnte nicht mit dem Finger auf irgend jemanden deuten und sagen: ›Dieser Mann ist in unsaubere Machenschaften verwickelt.‹ Ich hatte auch nie mit diesen ... *Vertretern der Öffentlichkeit* zu tun, deren Namen Sie eben fallen ließen.« Er sprach die letzten Worte mit betonter Deutlichkeit aus. »Oder auch mit gewissen Städteplanern und Bauunternehmern, die sich mit durchaus vielversprechenden und einträglichen Projekten mit der Bitte um Befürwortung an mich gewandt haben.

Was könnte ich Ihnen also dazu schon groß sagen, junger Freund? Wenn ich der clevere, ehrliche Mensch wäre, für den Sie mich halten, und nicht einfach nur ein gerissener, alter Fuchs von einem irischen Advokaten, wäre das mindeste, was ich tun könnte, Sie in Ihrem Argwohn zu bestätigen und vielleicht ein paar versteckte Hinweise in unser Gespräch einzuflechten, wo Sie mit Ihren Nachforschungen am besten weitermachen sollten. Aber so kann ich Ihnen nur Glück und Erfolg bei Ihrem sicherlich lobenswerten Vorhaben wünschen.

Außerdem hoffe ich«, wir waren inzwischen beide aufgestanden und strebten auf den Ausgang des Clubs zu, »daß unser Gespräch keine reine Zeitverschwendung für Sie dargestellt hat.«

»Keineswegs«, erwiderte ich. »Keineswegs.«

Ich sah David über den kleinen Tisch in einer der Cafeterias des Senats hinweg an und sagte: »Angenommen, dein Boß gehörte immer noch dem Bewilligungsausschuß für Washington D. C. an – auf welche Weise könntet ihr beide am leichtesten eine ordentliche Summe in eure eigene Tasche abzweigen?«

David blinzelte verwirrt, blinzelte noch einmal und schob schließlich seine Tasse Kaffee beiseite, um sich weiter über den Tisch beugen zu können. »Was führst du im Schilde, John?«

»Ich will nur etwas zu Ende bringen, das jemand anderer nicht hätte beginnen sollen.«

»Ihrem Vater einzuheizen, wird dich auch nicht weiterbringen.« Demnach wußte David – wie vermutlich alle meine Freunde – bereits Bescheid.

»Das hat nichts mit dieser Geschichte zu tun«, erwiderte ich.

»Bist du da sicher?«

»Ja«, log ich.

»Warum willst du dann Woodsons Grab schaufeln?«

»Das hat er sich selbst geschaufelt. Ich möchte nur verhindern, daß mein Name auf seinem Grabstein steht.«

David sah sich im Raum um, in dem es von anderen Senatsangestellten wimmelte, die gerade ihr Mittagessen einnahmen. »Also, was willst du wissen, John?«

»Wie kann man am besten Gelder des Bewilligungsausschusses für Washington abzweigen. Ich denke dabei vor allem an das geplante Kulturzentrum und andere Bauvorhaben der Regierung.«

»Eigentlich macht man über so etwas nur seine Witze, wenn man im Suff mal ordentlich seinen ganzen Frust abladen will ... Na ja, aber wenn du unbedingt meinst.« Er seufzte schwer.

»Man kann sich für verschiedene Dinge bestechen lassen – zum Beispiel dafür, daß man einem kostspieligen Projekt wie dem Kulturzentrum, an dem sich eine Menge Leute gesundstoßen werden, seine Zustimmung erteilt. Als eine weitere einträgliche Einnahmequelle kann es sich erweisen, wenn man in Erfahrung bringen kann, auf wessen Grund und Boden ein solches Bauvorhaben verwirklicht werden soll.

Dann läßt sich bei der Vergabe der Bauaufträge einiges deichseln. Sagen wir, der Kostenvoranschlag für ein Bauvorhaben beläuft sich auf zehn Millionen. Nun gibt es aber eine höchst sinnvolle Einrichtung wie die Möglichkeit einer Baukostenmodifikation, die sich der Bauunternehmer vom Bewilligungsausschuß genehmigen lassen muß.

Nehmen wir einmal an, die ausführende Firma stellt einen Modifikationsantrag auf vier Prozent. Das klingt eher harmlos, auch wenn diese vier Prozent bei einem Zehnmillionendollarprojekt eine Summe von vierhunderttausend Dollar bedeuten, die Vater Staat zusätzlich aus der Tasche gezogen werden. Und frag mich nicht, in welche Taschen dieses Geld dann fließt, wobei es keineswegs unüblich ist, übers Jahr verteilt oft bis zu vier solcher Modifikationsanträge zu stellen. Weißt du übrigens, wie der Ausschuß in der Regel mit solchen Anträgen verfährt? Sie lassen sämtliche Anträge durch den Vorsitzenden überprüfen und bestätigen, was . . .«

»Aha!«

». . . woran sicher nicht das geringste auszusetzen ist, solange der Vorsitz in einigermaßen gewissenhaften und gottesfürchtigen Händen liegt.«

»Und wenn der Herr Vorsitzende nun nicht gerade sehr gewissenhaft und gottesfürchtig ist?«

»Dann stehen dem Fiskus harte Zeiten bevor. Das entsprechende Bauunternehmen setzt seinen Kostenvoranschlag so niedrig wie möglich an, so daß die Konkurrenz unmöglich mithalten kann. Damit fällt ihr also auf völlig legalem Wege der Auftrag zu, obwohl er eigentlich von Anfang an durch Korruption zustande gekommen ist. Die Baufirma zieht also einen niedrig angesetzten Bauauftrag an Land, um dann jedoch im Lauf der Jahre die Kosten mittels besagter Modifikationsanträge so weit wie möglich in die Höhe zu schrauben. Es ist keineswegs ungewöhnlich, daß sich die Kosten für das Projekt auf diese Weise verdoppeln, was jedoch im nachhinein niemanden mehr interessiert.«

»Es bedarf dazu also nur eines korrupten Vorsitzenden und des entsprechenden Entgegenkommens von seiten der Baufirma?«

David zuckte nur frustriert mit den Schultern.

»Und wie kann man so ein Ding auffliegen lassen?«

»Du mußt zum einen die unangemessene Bewilligung dubioser und übertriebener Kostenmodifikationsanträge nachweisen. Das ist schon schwierig genug. Dann mußt du beweisen, daß diese Bewilligungszusagen erkauft waren. Du mußt den Zaster aufspüren, mit dem besagtes Geschäft besiegelt wurde. Und schließlich mußt du noch den Beweis erbringen, für welchen Zweck die entsprechende Summe gezahlt wurde. Und so etwas muß erst einmal bewiesen werden.«

»Und wo fängt man dabei am besten an?«

David grinste. »Der Anfang ist noch das einfachste.«

Besagter Anfang, der nach Davids Aussagen noch das »einfachste« war, nahm den Rest des Donnerstags und den ganzen Freitagvormittag in Anspruch.

Sämtliche Kostenmodifikationsanträge – und ihre Bewilligungen – sind in einem Archiv der Öffentlichkeit zugänglich. Zwar wurden durch den Bewilligungsausschuß, in dem Woodson saß, Dutzende von Projekten bearbeitet, aber ich konzentrierte mich fürs erste voll auf das neue Kulturzentrum von Washington, an dem mindestens ein Dutzend größerer Firmen beteiligt waren. Jack Shaughnessys stillschweigenden Fingerzeig auf dieses Projekt konnte ich einfach nicht unbeachtet lassen. Als mir der Archivangestellte die entsprechenden Unterlagen brachte, bildeten sie immerhin einen zehn Zentimeter hohen Papierstapel, den zu fotokopieren eine ganze Stunde in Anspruch nahm.

Auf ähnliche Weise begab ich mich am darauffolgenden Morgen in die Computerzentrale des Rechnungshofs, wo es diesmal allerdings eines nachdrücklichen Hinweises auf Senatsassistent David Henderson bedurfte, bis der stellvertretende Rechnungsprüfer schließlich einen mindestens fünfzig Zentimeter hohen Aktenstapel vor mir auf die Ausgabetheke knallte.

Diese zwei Tage intensiver Kopiertätigkeit ließen also meine Akte über die Machenschaften der Herren Woodson, Mercer und Thomas beträchtlich anschwellen. Die Kopierkosten zweigte ich von den tausend Dollar ab, die Eddie Hampton mir zugeschickt hatte.

Doch das war erst der Anfang, der einfache Teil.

Pam war genau das, was man ein *nettes Mädchen* bezeichnete. Sie kam aus einem kleinen Ort in Virginia, wo sonntags noch die Kirchenglocken zur Messe läuteten und niemand seine Haustür absperrte. Sie war zwanzig. Das einzig Auffallende an ihrem Gesicht war ihre konstant freundliche Miene. Sie trug eine Brille und hätte als Kind eine Zahnspange tragen sollen. Außerdem wog sie zwanzig Kilo zuviel. An den Wochenenden blieb Pam meistens zu Hause, wo sie hauptsächlich strickte. Wenn sie ausging, dann in die Kirche. Sie kam mit dem Großstadtleben nicht zurecht, wenn sie sich auch bemühte, sich das nicht anmerken zu lassen. Sie rauchte nicht, trank nicht, ließ sich leicht zum Lachen bringen, noch leichter für sich gewinnen. In Pams Augen war im wesentlichen jeder ein guter Mensch. Dem allgemeinen Bürotratsch zufolge war Pam noch nie *richtig* geküßt worden. Jeder mochte sie. Pam war die Empfangsdame in Fred Thomas' Anwaltskanzlei. Und ich hatte vor, sie, so gut es ging, für meine Zwecke einzuspannen.

Am Freitagnachmittag hatten die meisten Angestellten der Kanzlei gegen sechzehn Uhr zwanzig das Büro verlassen, wie ich von meinem Stehplatz in der Cafeteria gegenüber beobachten konnte. Fred Thomas verließ das Gebäude um sechzehn Uhr zehn. Als ihm dann in kurzem zeitlichen Abstand sämtliche seiner Angestellten folgten, war mir klar, daß er an diesem Abend nicht mehr zurückkommen und die Kanzlei sich schleunigst leeren würde.

Um sechzehn Uhr fünfundzwanzig stand ich dann im Flur des fünften Stockwerks vor dem pompösen Eingang der Kanzlei. Von meiner linken Hand baumelte ein leerer Aktenkoffer. Das ist deine letzte Chance, sagte ich mir. Du kannst es dir noch einmal überlegen und umkehren, oder du stürzt dich mitten hinein. Ich drehte den Türgriff und überschritt die Schwelle zu einer anderen Welt.

Der Vorraum allein war so groß wie mein ganzes Büro. Und mit all den Couchen, Sesseln und Stühlen standen dort auch mindestens genau so viele Möbel herum wie in meiner Wohnung. Pam saß an ihrem Schreibtisch, ein extravagant gestyltes Telefon vor sich. Seitlich von ihr thronte der unvermeidliche Computer – für ein Büro des Jahres 1980, das etwas auf sich hielt, ein absolutes Muß. Um ihren allwissenden Datenspeicher zu erreichen, bedurfte es nur einer Vierteldrehung ihres Schreibtischstuhls. Pam trug ein formloses braunes Kleid, das in seinem konservativen Schnitt das Flair einer respektablen Anwaltskanzlei wirkungsvoll zu unterstützen vermochte. Für die nötige optische Auflockerung waren dagegen die langbeinigen Privatsekretärinnen in ihren maßgeschneiderten Röcken zuständig. Sie waren alle schon gegangen – zum Teil, um sich mit ihren Chefs noch einen vergnügten Abend zu machen. Pam würde die Kanzlei um fünf Uhr schließen und sich bis dahin um alles Nötige kümmern. Und auf Pam war Verlaß.

»Hallo, wie geht's?« Ich schlenderte zur Tür herein, eine besorgte Miene aufgesetzt, die jedoch gleichzeitig unverhohlene Freude widerspiegelte, Pam mal wiederzusehen. Meine Stimme troff vor gutmeinender Aufrichtigkeit. Magic Murphy hätte es sicher kaum besser hingekriegt.

»John!« Ein strahlendes Lächeln blitzte in ihrem Gesicht auf, während ihre Hände nervös in ihren Schoß huschten, um irgendwelche nicht existenten Falten glattzustreichen und dann scheu wieder auf den Schreibtisch zurückzukehren. Sie war der selbstlose, aufopfernde Engel, wie er im Buche steht. Wenn sie jemandem einen Gefallen tun konnte, dann tat sie das gern. Zusätzlich setzte ich jedoch auch noch auf den Umstand, daß sie in meiner Gegenwart schon des öfteren errötet oder ins Stottern geraten war, daß sie sich mir gegenüber immer besonders hilfsbereit und dienstbeflissen gezeigt hatte und schließlich, daß ich sie schon einige Male ertappt hatte, wie sie mir mit unverhohlenem Interesse nachsah, wenn sie sich unbeobachtet glaubte. Ich war während der Zeit, in der ich für ihren Boß gearbeitet hatte, immer nett und freundlich zu ihr gewesen, aber nun versuchte ich mir ihre Zuneigung auf höchst obszöne Weise zunutze zu machen. Ich hatte zu diesem Zweck sogar eigens das blaue Hemd angezogen, von dem Maggie einmal behauptet hatte, daß es meine Augen unwiderstehlich machte. Das letzte Mal, daß ich es mit Absicht angelegt hatte, war der Abend gewesen, an dem ich Tara gestanden hatte, daß ich sie liebte.

Sieh zu, daß du das blöde Hemd heute nutzbringender zur Anwendung bringen kannst, stählte ich mich innerlich für mein Vorhaben. »Was gibt's Neues, Pam?«

»Ich . . . Ach, ich bin einfach . . . Na ja, Sie wissen ja. Eigentlich nichts Besonderes. Und wie geht's Ihnen so?«

Ich ließ dunkle Wolken der Besorgnis meine Miene verdüstern. »Ich habe schon bessere Zeiten gesehen.« Mit gerunzelter Stirn sah ich mich in dem geräumigen Empfangsraum um. »Ist Mister Thomas noch da?«

»Nein, er ist schon nach Hause gegangen.«

»So was Blödes! Ist wenigstens seine Sekretärin oder sein Stellvertreter zu sprechen?«

»Tut mir leid. Sie sind leider alle bereits außer Haus. Ist denn . . . ist denn etwas schiefgelaufen?«

Als ich nur in einer hilflosen Geste die Hände ausbreitete und mit einem Ausdruck des Selbstvorwurfs den Kopf schüttelte, drang sie weiter in mich: »Mir können Sie es doch sagen.«

»Können Sie sich noch an den letzten Fall erinnern, den ich zu bearbeiten hatte?«

Sie nickte zwar, aber ich wußte, daß sie dies nur aus Höflichkeit tat. Deshalb fuhr ich fort: »Ich habe festgestellt, daß sich jemand, mit dem ich gesprochen habe, getäuscht hat. Das Ganze ist nicht sonderlich schwerwiegend, aber immerhin doch ausreichend, um meinen Bericht gründlich zu verfälschen. Die Anwälte werden den Fehler sicher sofort entdecken, und dann ... Na ja, ich hätte mich eben nicht belügen lassen dürfen.«

»Aber so etwas kann doch jedem mal passieren.«

»Kann schon sein. Es ist mir jedenfalls trotzdem schrecklich peinlich. Entschuldigen Sie, wenn ich Sie damit belastet habe.«

»Aber das tun Sie doch gar nicht«, tröstete sie mich. Sehr sanft. »Wollten Sie deswegen Mister Thomas sprechen?«

»Er ist sicher schrecklich wütend auf mich. Aber ich dachte, bevor er mich deswegen gleich auf die Straße setzt, läßt er mich den Bericht noch mal überarbeiten, um auf diese Weise der Kanzlei unnötige Kosten und Scherereien zu ersparen.«

»Aber sicher würde er das!«

»Na, ich bin mir nicht so sicher, ob er mir nicht gleich ein Verfahren anhängt.«

Der Hinweis auf ein »Verfahren« verfehlte bei Pam die gewünschte Wirkung keineswegs. Sie wußte nur zu gut aus eigener täglicher Berufserfahrung, wozu Anwälte in der Lage waren.

»So etwas würde Mister Thomas doch nie tun!«

»Ich hoffe nur, Sie haben auch tatsächlich recht, Pam. Es würde mir ... Verflucht!«

Sie biß an. »Können Sie denn noch irgend etwas tun, um das Unheil abzuwenden?«

»Klar«, seufzte ich. »Oder zumindest hätte ich noch eine Möglichkeit dazu gehabt. Die Anwälte nehmen sich den Bericht am Montag vor. Wenn ich noch Zugang zum Computer erhalten hätte, so daß ich meinen Bericht hätte korrigieren können, wäre die Sache aus der Welt geschafft gewesen. Die ganze Geschichte hätte sich einfach in eitel Wohlgefallen aufgelöst.«

»Das ist alles? Sie bräuchten nur Ihren Bericht zu korrigieren?«

»Genauer gesagt, auf den neuesten Stand bringen, da ich ja keinen richtigen Fehler gemacht habe.«

»Natürlich nicht«, stärkte sie mir den Rücken.

»Aber das nützt mir jetzt alles nichts mehr«, klagte ich weiter. »Wenn nur Mister Thomas hier wäre – oder sein Assistent. Ist wenigstens einer der anderen Anwälte da – irgendeiner?«

»Ich bin noch die einzige im Büro. Sie wissen ja selbst: Freitags wollen alle so bald wie möglich nach Hause. Es ist zwar im Augenblick nicht ganz so schlimm wie während des Sommers, aber . . .«

»Schlimm genug ist es immer noch.« Ich starrte ins Unendliche, als würde ich eben Zeuge meiner eigenen Exekution. Und nun kam Pam der rettende Gedanke.

»John?«

»Ja?«

»Falls Sie Zugang zum Computer hätten – könnten Sie dann alles wieder ausbügeln?«

»Natürlich. Allerdings müßte einer der Anwälte seinen Code zur Verfügung stellen, damit ich an die entsprechenden Daten herankäme. Aber leider ist ja keiner mehr von den Herren in der Kanzlei. Wenn ich mit dem Code eines der Anwälte die entsprechenden Daten abfragen und korrigieren könnte, wäre nachträglich keine Spur von meinem Fehler mehr zu finden. Solange nur der Bericht in Ordnung wäre, würde sich kein Mensch um das Ganze kümmern.«

Pams Zunge spitzte zwischen ihren Lippen hervor. Diese Geste höchster Konzentration war ihr selbst vollkommen unbewußt, so daß ihr erst, als sie meinen Blick bemerkte, klar wurde, was sie getan hatte. Diese Erkenntnis ließ sie erröten. »Ich – ich habe da eine Idee.«

»Was?«

»Angenommen, Sie hätten den Zugangscode eines der Anwälte, und der Computer wäre noch an – könnten Sie dann den Bericht korrigieren?«

»Natürlich. Das Ganze würde vermutlich nicht einmal eine ganze Stunde in Anspruch nehmen.« Das war reine Spekulation. »Allerdings bräuchte ich auch den Zugangscode für den Zentralindex. Ich weiß leider nicht, wo überall mein Bericht bereits gespeichert worden ist.«

»Das läßt sich machen!« flüsterte sie.

»Was?!« Ich versuchte, in diesem Ausruf sowohl Hoffnung wie Dank mitschwingen zu lassen, gepaart mit einem Unterton intimer Überraschung.

»Ja, das läßt sich machen! Wir kriegen das hin, ohne daß irgend jemand von der ganzen Sache Wind bekommt. Sie werden also nicht das geringste zu befürchten haben.«

»Das wäre ja großartig!« schwärmte ich wahrheitsgemäß. »Aber wie wollen Sie das machen, Pam?«

»Eine Sekretärin eines der Teilhaber von Mister Thomas ist nicht sehr ... Verstehen Sie mich nicht falsch, ich mag sie durchaus, und sie ist wirklich ein netter Mensch, aber sie ist ... sie ist eben sehr hübsch, und hübsche Frauen sind nun mal ab und zu vergeßlicher, als sie eigentlich sein sollten.«

»Die meisten hübschen Frauen sind nun mal leider nicht auch nur annähernd so intelligent, wie sie gut aussehen«, erklärte ich abschätzig.

Pam errötete erneut. »Ich ... äh ... Sie ist aber trotzdem ganz in Ordnung. Jedenfalls kann sie sich ihre Codes nie so recht merken. Anstatt sie sich einzuprägen, wie das alle anderen auch tun, hat sie sich den ihren verbotenerweise auf die Unterseite ihrer Schreibtischauflage geklebt.« Meine Augenbrauen schnellten in die Höhe, und Pam fuhr kichernd fort: »Ich habe sie mal beobachtet, wie sie dort nachgesehen hat, und dann hat sie mir alles gestanden! Ich kann Ihnen also den Code besorgen. Dann brauchen Sie sich nur noch in einem der Büros an den Computer zu setzen und können Ihren Bericht in Ruhe korrigieren.«

»Aber das können Sie doch unmöglich für mich tun, Pam.«

»Ach, solange das Ganze unter uns bleibt ...« Sie warf mir einen schüchtern verlegenen Blick zu.

Die Uhr auf ihrem Schreibtisch zeigte fünf Uhr sieben an. Der Computer hätte eigentlich um fünf Uhr ausgeschaltet werden müssen – eine Aufgabe, die Pam zugeteilt worden war, da man sich auf sie verlassen konnte. Jedenfalls kam sie nun nervös hinter ihrem Schreibtisch hervor, um erst die Eingangstür abzuschließen und dann in dem Korridor zu verschwinden, von dem die einzelnen Büros abgingen. Ich konnte ihre Anspannung förmlich spüren, als sie an mir vorbeirauschte. Wenig später kam sie mit einem kleinen Papierstreifen zurück.

»Das sind sowohl ihr Zugangscode wie der ihres Chefs sowie der Code für den Zentralindex. Und ich habe mich noch einmal vergewissert: Außer uns beiden . . . Wir sind die einzigen hier.«

»Großartig!«

»Äh . . . Wo wollen Sie sich denn an die Arbeit machen?«

»Am besten gleich in der Computerzentrale. Auf diese Weise bringe ich niemandes Büro in Unordnung.« Und ich habe gleich ein Kopiergerät zur Hand, dachte ich insgeheim.

»Gut. Soll . . . Soll ich mit Ihnen kommen?«

»Ich habe eine bessere Idee; Sie bleiben einfach hier. Auf diese Weise können Sie mir gleich Bescheid geben, falls doch noch jemand auftauchen sollte.«

Die Notwendigkeit solcher Sicherheitsvorkehrungen weckten ihre Besorgnis wieder etwas, weshalb ich mich beeilte, sie zu beruhigen: »Es geht schließlich niemanden etwas an, was wir hier tun.« Die Logik dieser Feststellung erschien ihr zwar keineswegs ganz schlüssig, aber nachdem sie sich schon einmal so weit vorgewagt hatte, schluckte sie ihre Angst wieder hinunter. »Wenn ich hier fertig bin, sollten wir auf jeden Fall noch gemütlich essen gehen.«

Ihre Hände fuhren in einer Geste verlegener Unschuld an ihrem zeltartigen Kleid hinab. Jedenfalls hatte ich sie nicht mit dem Versprechen eines gemeinsamen Abendessens geködert, sondern dieses nur als eine nachträgliche Belohnung ins Spiel gebracht.

»Gut«, wisperte sie zaghaft.

Nun war mein Wissen über das Datensystem der Kanzlei, sicherlich auf Fred Thomas' ausdrücklichen Wunsch hin, sehr beschränkt. Um an bestimmte Daten heranzukommen, war es notwendig, die entsprechenden Codewörter in den Terminal einzutippen, wobei der Zugang zu den einzelnen Daten stufenweise beschränkt war. So hatten die verschiedenen Sekretärinnen in geringerem Maße Zugang zu gespeicherten Daten als zum Beispiel die Anwälte, wobei auch deren Informationsmöglichkeiten wiederum von ihrer Stellung innerhalb der Hierarchie der Kanzlei abhingen. Jeder Angestellte der Kanzlei verfügte über ein spezielles Codewort, das er erst einmal in den Computer eingeben mußte, damit dieser dann »wußte«, mit wem er es zu tun und zu welchen Daten der betreffende Zugang hatte. Mit dem Codewort eines Teilhabers der Kanzlei stand mir nun der Zugang zum Zentralindex offen, über den ich die nötigen Zugangscodes für sämtliche Datensysteme in Erfahrung bringen konnte und was ich sonst noch wissen mußte, um an die gewünschten Informationen heranzukommen. Du kannst wirklich stolz auf dich sein, dachte ich, als ich die Tür der Computerzentrale mit ihrem Verhau aus hochtechnisierten Geräten hinter mir schloß und absperrte. Du machst dich eben solcher Vergehen wie Betrugs, schweren Diebstahls, Hausfriedensbruchs und weiß Gott was sonst noch allem schuldig. Schlimmer noch, ich hatte mir die Hilfsbereitschaft einer jungen Frau auf schamloseste Weise zunutze gemacht, sie ihrer schönsten Träume beraubt und sie vor allem auch selbst zum Straftäter gemacht. Du kannst wirklich stolz auf dich sein, Rankin.

Ein grün flimmernder Bildschirm fragte mich in den eckigen Buchstaben der Computerschrift, was ich wollte.

»Generalindex«, tippte ich ein, gefolgt von den Codewörtern für die Kartei der Klientenkarten, und dann noch spezifischer: »Alle Akten Robert Woodson.«

Ich wartete kurz, während der Computer meine Eingaben zur Kenntnis nahm. Währenddessen blieb mir nur zu hoffen, daß niemand merken würde, wer da genau was mit dem Datensystem angestellt hatte, bis es endgültig zu spät sein würde. Und vor allem hoffte ich, daß Pam aus der ganzen Geschichte doch noch irgendwie mit intakter Ehre, wenn nicht gar Unschuld hervorgehen würde.

Eine flimmernde Buchstabenreihe leuchtete auf dem grünen Schirm auf:

»Unzureichender Zugang.«

Offensichtlich handelte es sich hier um Dinge, die meinen Teilhaber nichts angingen.

»Zureichenden Zugang identifizieren«, tippte ich darauf ein.

»Zugang beschränkt auf Frederick Thomas, Firmenpräsident.«

Und zu den Informationen, die im Zentralindex nicht enthalten waren, gehörten die einzelnen privaten Codewörter. So würde ich also nicht weiterkommen.

»Sämtliche Akten Panchax Inc.«

»Unzureichender Zugang.«

So ging es also nicht. Ich mußte mir etwas einfallen lassen, um vielleicht auf Umwegen an die gewünschten Informationen heranzukommen. Vielleicht konnte ich mir den Umstand zunutze machen, daß der Computer sämtliche buchhalterischen Funktionen separat von den »substantiellen« Funktionen speicherte. Mit etwas Glück würde er auf dem Umweg über die Finanzen auf meine Fragen antworten.

»Sämtliche Ausgaben von Zahlungen an Konten unter/für Panchax Inc. bestätigen und melden.«

Um das zu verdauen, brauchte der Computer geschlagene zehn Sekunden – seinen Zeitmaßstäben entsprechend eine Ewigkeit.

»Zugang genehmigt. Daten abrufbar.«

Warum denn nicht gleich? Wenn ich jetzt nur keinen Fehler machte, konnte ich der Maschine vielleicht ihr Geheimnis entlocken . . . wenn, wenn, wenn. Und vor allem hatte ich nicht mehr viel Zeit. Pam konnte jeden Augenblick die Geduld verlieren. Außerdem mußte ich ständig damit rechnen, daß jemand merkte, daß der Computer immer noch in Betrieb war.

»Abruf sämtlicher Daten in Zusammenhang mit HAMPTON, EDDIE einschließlich Korrespondenz.«

»Keine Akte vorhanden zu diesem Gegenstand.«

Wieso das? Er mußte doch ziemlich tief in die Angelegenheit verwickelt gewesen sein. Aber diese Leute waren natürlich nicht auf den Kopf gefallen. Schließlich bestand kein Grund, ihn im Computer zu speichern, der seine Auskünfte lediglich seiner Programmierung entsprechend erteilte.

»Sind je andere Eingaben/Anfragen bezüglich HAMPTON, EDDIE eingegeben worden?«

»Bestätigt.«

»Abruf aller diesbezüglicher Eingaben.«

»Sämtliche Daten/Eingaben bezüglich HAMPTON, EDDIE gelöscht.«

»Von wem?«

»Unzureichender Zugang.«

Trotzdem konnte ich mir die Antwort auf meine letzte Frage an den Fingern abzählen. Von keinem anderen als Fred Thomas höchstpersönlich. Allerdings war er beim Verwischen der Spuren etwas schlampig vorgegangen. Mir war nicht recht klar, ob ich damit durchkommen würde. Jedenfalls gab ich dem Computer nun ein: »Von diesem Zeitpunkt an sämtliche Eingaben/Anfragen zu HAMPTON, EDDIE speichern. Neue Löschbefehle zu diesem Gegenstand auf jedem Zugangslevel ablehnen.« Der Computer nahm meine Eingabe zur Kenntnis, wenn mir auch nicht klar war, ob er ihr auch nachkommen würde. Aber zumindest kam vielleicht ein Teil der Wahrheit an den Tag, wenn im Zuge behördlicher Ermittlungen irgend jemand mit einem Durchsuchungsbefehl in Erfahrung bringen wollte, was der Computer über Eddie Hampton wußte. Ich tippte noch ein, die Maschine sollte unseren Austausch zum Thema Eddie Hampton ausdrucken. Die Kopien kringelten sich gerade aus dem Auswurfschlitz, als das Lämpchen am Telefon aufleuchtete.

»John!« zischte mir Pam durch den Hörer ins Ohr. »Mr. Walters ist eben aufgetaucht. Er hat das Geburtstagsgeschenk seiner Frau in seinem Büro vergessen; es liegt gleich neben dem Computerraum und . . .«

»Schalten Sie den Computer aus!« Ich knallte den Hörer auf die Gabel zurück, riß die Kopien an mich . . .

Ein Klopfen an der Tür. Dann ein Rütteln an der Klinke, auf die meine Augen wie gebannt starrten. Ich drückte mich neben der Tür gegen die Wand, als nach einem neuerlichen, kurzen Rütteln ein kratzendes Geräusch ertönte. Ein Schlüssel fuhr ins Schloß und drehte sich. Die Klinke bewegte sich nach unten. Und dann ging die Tür auf und bewegte sich auf mich zu. Näher, näher, näher . . .

Blieb stehen. Nur durch die Tür von mir getrennt, stand jemand im Eingang des Computerraums. Er konnte mich nicht sehen, ich konnte ihn nicht sehen. Noch nicht. »Mr. Walters«, einer von Fred Thomas' Teilhabern, dessen Bekanntschaft ich nie gemacht hatte. Was wollte er in diesem Raum, in dem sonst andere die Laufburschenarbeiten für ihn erledigten? Ob er das leise Summen der Geräte hören konnte, während sie langsam abkühlten? Roch er das elektronische Sirren, die Hitze eben noch laufender Maschinen in der Luft?

Und wie weit zu gehen, war ich bereit?

Mit einem mürrischen Schnauben streckte der Mann auf der anderen Seite der Tür seine Hand nach dem Lichtschalter aus, und plötzlich war ich von undurchdringlichem Dunkel umgeben. Die Tür wurde wieder zugezogen, der Schlüssel drehte sich im Schloß. Zum erstenmal seit Pams Notruf wagte ich wieder zu atmen.

Fünfzehn Minuten später rief sie mich erneut an, halb übergeschnappt vor Erleichterung und Angst. Mr. Walters hatte ihr einen Rüffel erteilt, weil sie die Lichter im Computerraum nicht ausgeschaltet hatte. Er hatte einen schwachen Lichtschein durch den Türspalt dringen gesehen. Guten Abend, hatte er dann gesagt. Ein schönes Wochenende, hatte er gesagt. Bitte, bitte, machen Sie jetzt endlich Schluß, flehte Pam mich an, und ich sagte: Ja, ich bin fertig.

Und dann lud ich sie zum Abendessen ein, beruhigte sie einigermaßen, heiterte sie sogar etwas auf. Brachte sie zum Erröten, zum Kichern. Sogar zu einem Glas Wein ließ sie sich überreden und versicherte mir auf diese Weise ihre endgültige Bündnistreue, während ich mir doch auf schamloseste Weise ihre unschuldige Zuneigung zunutze gemacht hatte. Ich lächelte sie gewinnend an – und wissend; sie lächelte zurück, aufrichtig und ohne Hintergedanken, Kopf und Herz so voller Träume von einer herrlichen Zukunft, daß sie das Blut in meinen Augen nicht sah.

33

Wütend riß Martin Mercer die Tür seiner Wohnung auf, aber sobald er mich auf dem Flur stehen sah, wich sein Selbstbewußtsein plötzlicher Angst. Gespenstische Fernsehechos von Reagan und Carter, verstrickt in eine Diskussion über den nuklearen Weltenbrand, umplätscherten sanft unsere Gestalten.

»Was zum Teufel wollen Sie hier!« fuhr mich Mercer an. Der Drink in seiner Hand sah nach einem Scotch aus.

»Alles!« Und so sah ich auch aus – vom Regen triefendes Haar, Lederjacke und Jeans mit Wasser vollgesaugt, die Turnschuhe schmatzend vor Nässe und dazu ein leicht irrer Ausdruck im Gesicht.

»Dann kommen Sie gefälligst in mein Büro!« Er wollte die Tür schwungvoll ins Schloß werfen. Doch dem kam meine Schulter zuvor. Die schwere Eichentür schnellte zurück und ließ Mercer ein paar Schritte in seine Wohnung zurücktaumeln, bis er gegen ein Zweihundertliteraquarium stieß, das seinen unfreiwilligen Rückzug endlich bremste. Die Zirkulationspumpe geriet leicht ins Vibrieren, spuckte jedoch weiterhin unbeirrt eine Luftblase nach der anderen aus. Mercer hatte ein paar Tropfen aus seinem Glas verschüttet – keine nennenswerte Menge –, und als er nun kurz auf seine Hand hinabblickte, dann war dies eher eine Reflexhandlung als eine bewußte Reaktion.

»Sie haben sich eben einer Straftat schuldig gemacht, Rankin!« zischte er mich an. »Gewaltsam verschaffter Zutritt, tätlicher Übergriff . . .«

»Gerade Sie müssen mir mit dem Gesetz kommen! Gerade Sie müssen mir erzählen, was rechtens ist und was nicht!«

Er warf einen kurzen Blick auf seine Uhr. »Ich erwarte Besuch.«

»Auf diese Weise habe ich gleich einen Zeugen.«

»Woher wissen Sie, daß ich allein in meiner Wohnung bin?«

»Weil Sie mir eben mit diesem dummen Trick gekommen sind, von wegen Sie bekämen Besuch. Und weil niemand angelaufen gekommen ist, um sich zu vergewissern, was hier eigentlich los ist. Und weil ich Sie schon eine ganze Weile beschattet habe, auf Sie gewartet habe. Sie sind allein angekommen, haben Ihren roten Maserati vom Türsteher wegbringen lassen, sind allein zur Wohnung raufgefahren.«

Die Tatsache, daß er beschattet worden war, machte sichtlichen Eindruck auf Mercer. Eigentlich wollte er es nicht so recht glauben, aber manchmal zählte eben nicht im geringsten, was man wahrhaben wollte oder nicht. Drei Stunden hatte ich an jenem Dienstagabend des 28. Oktober 1980, sechs Stunden am Abend zuvor, in einem tristen Hinterhof inmitten von überquellenden Abfalleimern gewartet, daß Martin Mercer endlich seine schicke Wohnung in der Connecticut Avenue gegenüber von meinem Beobachtungsposten aufsuchen würde. Geduldig hatte ich völlig durchnäßt im Regen gestanden und gewartet.

»Was ist eigentlich los mit Ihnen, Rankin? Sind Sie verrückt geworden, oder was?«

»Ja«, entgegnete ich und öffnete gleichzeitig den Reißverschluß meiner klatschnassen Lederjacke. Die Kimme meines .357er Magnum-Revolvers kratzte über meine Haut, als ich die Waffe aus dem Gürtel riß. Der Revolver lag schwer in meiner Hand – gefährlich, aber massiv; er fühlte sich gut an. Mit einer .357er Magnum bringt man selbst einen Grizzlybär zur Strecke, und entsprechend sah das Ding in meiner Hand auch aus. Das schwarze Loch der Mündung starrte direkt auf Mercer, und ich sagte: »Ich bin so verrückt, daß Sie von jetzt an tun werden, was ich sage.«

»Das ist eine Schußwaffe«, flüsterte Mercer, als wollte er mir die Existenz des Revolvers bestätigen.

»Allerdings.«

»Was – was haben Sie damit vor?«

»Alles, wonach mir gerade ist.«

Seine braunen Augen zuckten von meiner Knarre zu meinem unrasierten Gesicht hoch, aus dem ihm ein bedrohliches Augenpaar entgegenblitzte – ein Anblick, der ihm offensichtlich noch weniger zusagte. Ich hatte das Wochenende damit verbracht, einen Berg von kopierten Akten durchzusehen, die ich mir auf allen möglichen Wegen beschafft hatte. Ich hatte nur gegessen, wenn ich zufällig einmal daran dachte, und geschlafen, wenn mir gerade danach war. Als ich dann sonntags erschöpft zusammenzubrechen drohte, griff ich auf das Kokain in meiner Schreibtischschublade zurück. Ich zog mir gerade genügend rein, um so lange wach zu bleiben, bis ich die Antworten auf alle meine Fragen gefunden hatte. Ich ging nicht ans Telefon, vermied jeglichen Kontakt mit Menschen, stand im McDonald's um die Ecke für einen Cheeseburger Schlange und hatte das Gefühl, daß ich dazugehörte. Montag nacht war Mercer nicht aufgetaucht. Wilde Kriegsgesänge in meinem Herzen heulend, hatte ich gewartet, geduldig wie der Pfeil an der gespannten Sehne – und bereit, jeden Augenblick loszuschnellen. Doch keine kosmische Schlacht um die Erlösung fand statt. Vergeblich wartete ich in jenem verregneten Hinterhof. Zu lange hatte ich in diesem Jahr schon auf die Erlösung *gewartet.* Als ich dann Dienstag abend Mercer gegenübertrat, flackerten in meinen Augen die Flammen der Hölle, und es hätte wohl niemanden gegeben, dem ihr bedrohlicher Schein entgangen wäre.

»Was wollen Sie?« fragte Mercer erneut.

Zu meiner Linken lag das Wohnzimmer – Couch, Sessel, Couchtisch. Ein riesiger Farbfernseher, gedämpfte Beleuchtung, Gemälde an den Wänden. Direkt vor mir lag ein Gang, der vermutlich in die Küche führte, möglicherweise auch zu einem Eßzimmer und zu den Schlafzimmern. Zu meiner Rechten befand sich ein Durchbruch, zu dem zwei Stufen hinaufführten. In dem dahinterliegenden Raum, der ganz mit Holz vertäfelt war, brannte ebenfalls Licht.

»Da rein!« Ich deutete mit der Magnum auf den Durchbruch.

Der dahinterliegende Raum war wohl Mercers private Schaltzentrale. An den Wänden wieder die obligatorischen Fotos mit bekannten Persönlichkeiten, bei denen es sich zum Teil um Duplikate der Aufnahmen in seinem Büro handelte. Ein gigantisches Bücherregal und zwei weitere Aquarien, eines an einer Seitenwand, das andere in die Wand eingelassen, über der Couch neben der Türöffnung. In beiden schwammen grell bunte Fische zwischen dem Geblubbere aus Luftblasen und gemächlich sich wiegenden Wasserpflanzen hin und her, beleuchtet von einem gespenstisch fluoreszierenden Schimmer. Auf einer Ecke des ausladenden, antiken Schreibtisches stand ein tragbarer Schwarzweißfernseher, auf dessen Bildschirm sich die beiden Präsidentschaftskanditaten ihre Wortgefechte lieferten. Da ich den Einschaltknopf nicht finden konnte, stellte ich lediglich den Ton ab, so daß die beiden Kandidaten ihren Wettstreit um die Gunst des Wählers nun pantomimisch austragen mußten, während ich mit dem Revolver auf die Couch deutete.

Mercer ließ sich darauf nieder und stellte wie automatisch sein Glas auf dem Couchtisch ab. Daß er noch nicht erschossen worden war, stellte offensichtlich einen gewissen Trost für ihn dar. Er blickte neuerlich auf seine Uhr, was ihn erstaunlicherweise noch zuversichtlicher werden ließ. Ich trat hinter seinen Schreibtisch und überflog die verschiedenen Stapel mit Papieren, die darüber verstreut waren. Nachdem ich nichts von Interesse darunter entdeckt hatte, trat ich wieder vor den Schreibtisch, um die Magnum zu heben und direkt auf Mercer zu richten. Ein Ausdruck äußerster Panik zuckte über sein Gesicht. So war es recht. Der Bursche war mir in seinem Privatbüro doch wieder etwas zu zuversichtlich geworden.

»Halt! Warten Sie!«

»Worauf?« Ich stützte meinen Ellbogen auf meiner Hüfte auf, die Magnum weiterhin auf Mercer gerichtet.

Sein Atem verlangsamte sich etwas, und er ließ sich in die Couch zurücksinken. »Eben dachte ich noch, Sie würden mich tatsächlich erschießen!«

»Das könnte ich immer noch tun.«

»Warum?«

»Warum nicht?«

»Wenn Sie nicht einmal die Antwort darauf . . .«

»Es gibt einige Fragen, auf die ich noch keine Antworten habe.«

Er dachte kurz nach und befeuchtete sich mit der Zunge die Lippen. Dann sah er erneut auf seine Uhr und lächelte. Ich traute seinem Nicken und seinen Worten nicht. »Hören Sie, alles . . . alles, was Sie wissen wollen . . .«

»Werden *Sie* mir erzählen!«

»Natürlich.« Seine Spannung wich noch mehr von ihm, während er sich tiefer in die Couch zurücksinken ließ. »Natürlich.« Er deutete mit einer kurzen Kopfbewegung auf das Glas auf dem Tisch vor ihm. »Was dagegen, wenn ich meinen Scotch austrinke.«

Das war etwas, wovon nur er etwas hatte. Ich trat mit dem Fuß gegen das Glas, so daß sein Inhalt über Mercers Hose spritzte, während es selbst auf den Rand des Couchtisches zurollte und mit einem dumpfen Aufschlag auf den Tippichboden fiel, ohne zu zerspringen. »Sie sind erledigt«, sagte ich und lehnte mich gegen den Schreibtisch zurück.

»Was wollen Sie eigentlich von mir?« fuhr er mich an. Doch er hatte Mühe, seine Angst unter einer Maske der Unerschrokkenheit zu verbergen.

»Warum haben Sie die Panchax Inc. gegründet?«

»Dieser Präsidententitel ist doch eine reine Formalität, begreifen Sie das denn nicht? Es handelt sich hier um Gelder Woodsons, die auf diese Weise . . .«

»Woodson ist zu blöd, um sich einen so raffinierten Plan auszudenken«, schnitt ich ihm scharf das Wort ab. »Bleiben also nur noch Fred Thomas, dem es für so etwas jedoch eindeutig an der nötigen Courage fehlen dürfte – und Sie. Warum haben Sie es also getan?«

Er lehnte sich zurück und lächelte mich an: »Warum hätte ich es nicht tun sollen?«

Ich spannte den Hahn der .357er. Er erbleichte merklich, als ich ihn anknurrte: »Damit wir uns für den weiteren Verlauf unseres netten kleinen Gesprächs ein für allemal klar sind. Auf eine Frage haben Sie nur eine Antwort. Verstanden?«

Er schluckte schwer und nickte. Ich ließ den Hahn wieder in die Ruheposition zurücksinken. »Also, warum haben Sie es getan?«

»Auf diese Weise war eine Menge Geld zu machen.« Für einen Moment versagte ihm die Stimme. »Wesentlich mehr, als Sie sich vorstellen können.«

»Unterschätzen Sie meine Fantasie nicht. Die Parkplätze, die Videospiele – Sie haben das alles nur als Geldwaschanlage für Ihre zwielichtigen Einnahmen benutzt?«

»Woher wissen Sie das?«

»Sogar Zuhälter wissen, wie man so etwas macht. Wozu haben die sonst alle ihre Massagesalons? Und jetzt erzählen Sie mir von Eddie Hampton.«

»Von wem . . .« Mercer zögerte.

»Von ihm ist in sämtlichen Dokumenten die Rede, die mir in

die Hände gekommen sind«, sagte ich und verdarb ihm seine geheuchelte Ahnungslosigkeit. »Einer Ihrer Kumpel hat sogar seinen Computerkontrakt abgewandelt, damit Hampton einen Teil seines Anteils am Kuchen höchst offiziell als Wirtschaftsberater einstreichen konnte. Woodson hat sich mit dieser Vertragsmodifizierung einverstanden erklärt. Aber Eddie war doch noch etwas mehr als das. Er hat wesentlich mehr einkassiert, einschließlich dessen, was Sie ihm aus dem Kapital der Panchax für seine Dienste als ›Wirtschaftsprüfer‹ gezahlt haben.«

»Eddie war sozusagen unser Kassierer«, begann Mercer nun mit seinem Geständnis. »Er – er hat immer das Bargeld einkassiert – von den Bauunternehmern und Beratern, von Anwälten, die sich in einem schwierigen Einwanderungsfall etwas unter die Arme greifen lassen wollten . . . Immer war es Eddie, der das Geld einkassiert hat. Auf diese Weise ließ sich anhand der finanziellen Transaktionen keine direkte Verbindung zwischen unseren Kunden und Panchax feststellen. Und aufgrund seiner Position innerhalb der Firma konnte Eddie das Bargeld dann auf die Firmenkonten schmuggeln, so daß das Finanzamt an unserer Buchführung nicht das geringste auszusetzen hatte.«

»Hatten Sie denn keine Angst, Eddie könnte mehr einstreichen, als ihm zustand?«

»Nein. Auf Eddie war absolut Verlaß. Wenn Eddie sagte, er würde etwas machen, dann konnte man sich darauf verlassen, daß er es genau so tat.«

»Das habe ich auch schon gehört. Haben Sie ihn deswegen umgebracht?«

»Ich habe nie jemanden umgebracht!«

Der Lauf des Revolvers war voll auf Mercer gerichtet. »Zu diesem Punkt werden wir später noch kommen. Warum hat Eddie mich aufgesucht?«

Mercer leckte seine Lippen. Er war unfähig, seinen Blick von dem schwarzen, runden Loch vor seinen Augen abzuwenden. »Das war ein absolut unüberlegter und höchst törichter Schritt. Eddie – Eddie stand nahe davor, am Alkohol zugrunde zu gehen. Er sah schon rote Schlangen aus den Wänden kommen. Dann kamen die GSA-Ermittlungen, die wir mit links abschmettern konnten. Und dann die ABSCAM-Geschichte. Die beiden Affären begannen sich zu überlappen. Außerdem tauchte Tara in Washington auf. Sie mußte sich auch noch ausgerechnet mit dem Chefkopfjäger des Repräsentantenhaus-Unterausschusses einlassen, der für die GSA-Affäre zuständig war. Dieser Bursche brauchte nur auf die richtigen Unterlagen zu stoßen, sich seinen Teil dazudenken und vielleicht auch noch einen Zusammenhang mit der ABSCAM-Geschichte wittern . . . Ein falsches Wort von Tara hätte genügt, selbst wenn ihr gar nicht bewußt gewesen wäre, was sie damit verraten hätte . . . Er brauchte nur auf die richtige Fährte gestoßen zu werden . . . Die Folgen wären jedenfalls verheerend gewesen. Ich versicherte Eddie, daß wir nichts zu befürchten hätten, sobald wir nur alle dichthielten. Aber Eddie fing an durchzudrehen. Ich habe alles versucht, ihn wieder zur Vernunft zu bringen. Ich habe ihm gesagt, er sollte Augen und Ohren aufsperren und zusehen, daß wir hinreichend abgesichert waren. Ich wollte ihn doch nur wieder zur Vernunft bringen! Und er kam doch tatsächlich auf diese schwachsinnige Idee, sich an Sie zu wenden, damit Sie sich ein wenig umhörten . . . Wer weiß, auf was für brillante Ideen Eddie in seinem Suff sonst noch gekommen ist.« – »Er hat mich belogen.«

»Das ist in dieser Stadt doch nicht weiter unüblich.«

»Gilt das auch für Mord?«

Er leckte sich neuerlich die Lippen und wandte mühsam seinen Blick von meinem Revolver ab, um mich anzusehen. »So war es keineswegs.«

»Und *wie* war es dann?«

»Es war ein Unfall.« Ihm entging nicht, daß ich diesen Erklärungsversuch nicht ganz ernst nahm. »Einer dieser tragischen Zufälle, die immer wieder mal vorkommen, aber . . .«

»Eigentlich gar nicht so tragisch sind«, sprach ich den Satz für ihn zu Ende, worauf er sich sofort an den rettenden Strohhalm klammerte, den er sich von mir hingehalten glaubte.

»Das ist natürlich vollkommen richtig! Mein Gott, Eddies Leber konnte wirklich jeden Tag ihren Geist aufgeben, und das gleiche galt für seinen Verstand. Ich habe ihn an jenem Abend getroffen – auf diesem . . .«

»Auf dem Parkplatz, der Ihnen gehört.«

»Ja, ganz richtig. Er war sturzbesoffen und hat mir immer

wieder vorgejammert, er würde es nicht mehr machen; er wäre kurz vor dem Durchdrehen. Ich habe ihn dann in die Zufahrt geführt, wo niemand uns sehen konnte. Ich meine«, fügte Mercer eilig hinzu, »wo niemand hören konnte, worüber wir sprachen.«

Meine Lider senkten sich flüchtig, was er für ein Zeichen der Zustimmung hielt, so daß er fortfuhr:

»Er wollte auf keinen Fall mehr weitermachen, wobei es ihm völlig egal war, was danach kam. Er sagte, es täte ihm leid, aber er könnte einfach nicht mehr so weitermachen. In diesem Zusammenhang hat er auch erwähnt, daß er sich an Sie wenden wollte. Er meinte, Sie könnten vielleicht in Erfahrung bringen, wie schlimm es um uns bestellt wäre. Ich ließ ihn an diesem Punkt gar nicht mehr erst lange weiterreden, sondern sagte ihm, er wäre verrückt. Das brachte ihn nur noch mehr durcheinander. Er würde ständig lauter und versicherte mir immer wieder, wie leid ihm das alles täte. Dieses blöde Arschloch! Wenn Eddie sich mal was in den Kopf gesetzt hatte, konnte man sicher sein, daß er sein Vorhaben auch durchführen würde. Ich versuchte ihm gut zuzureden. Aber dann ist er vollends durchgedreht und hat angefangen, auf mich einzuschlagen. Er hat ein Eisenrohr vom Boden aufgehoben. Ich habe es ihm entrissen und ihm einen Schlag damit versetzt. Er ging sofort zu Boden und war tot.«

Wir schwiegen beide eine Weile, während der Widerhall seiner Geschichte sich langsam setzte.

»Sie haben ihn mit einem Schlag niedergestreckt?« fragte ich schließlich.

»Ja, er war sofort hinüber.« Mercer nickte. »Notwehr.«

»Und wer stand dann über ihm und hat ihm den Schädel zertrümmert, während er auf dem Boden lag?«

Mercer ließ sich für seine Antwort mindestens eine halbe Minute Zeit. »Was für einen Unterschied macht das schon? Er ist tot.«

»Danach haben Sie ihm seinen Schlüsselbund und seine Brieftasche mit dem Geld abgenommen. Hierfür dürfte es vermutlich vielerlei Gründe geben. Vermutlich sollte das Ganze nach einem Raubüberfall aussehen. Gleichzeitig sollte Eddies Identifizierung verzögert werden, damit Sie genügend Zeit hatten, in seinem Büro entsprechend aufzuräumen.« Das waren selbstverständlich alles nur Vermutungen meinerseits, aber Mercer nickte. »Sie ließen Fred Thomas sogar die entsprechenden Daten in seinem Computer löschen. Was hat der feine Herr sich eigentlich dabei gedacht, sich der Beihilfe zu einem Mord schuldig zu machen?«

»Fred ist eben ein Realist. Er spürt instinktiv, wenn etwas unbedingt nötig ist.«

»Und dann tauchte ich auf. Hat Eddie Ihnen eigentlich erzählt, daß er mir bereits Geld geschickt hatte, bevor Sie ihn umgebracht haben?« Mercer schüttelte den Kopf. »Jedenfalls tauchte ich plötzlich aus der Versenkung auf. Deshalb haben Sie schnellstens ein paar Leute angestellt, um mich ebenso plötzlich dort wieder verschwinden zu lassen.«

»Wenn ich Ihren Tod gewünscht hätte, hätte ich diesbezüglich schon mit den richtigen Leuten zu verhandeln gewußt.«

»Das brauchen Sie mir nicht zweimal zu sagen. Aber vermutlich wollten Sie nicht noch mehr dicke Fische in diesen prekären Fall hineinziehen als unbedingt nötig. Deshalb haben Sie zur Abwechslung mal ein paar ortsansässigen Amateuren eine Chance gegeben. Wie viel haben Sie eigentlich dem Geschäftsführer des Parkplatzes für seine Vermittlertätigkeit gezahlt? Ein paar Hunderter?«

»Ich weiß nicht, von wem Sie überhaupt reden.«

»Vielleicht tatsächlich nicht. Vielleicht hatten Sie den Namen dieses Amateurkillers auch nur von Eddie Hampton.«

»Kein Mensch hat versucht, Sie umzubringen.«

»Sie meinen, das wären plötzlich zu viele Leichen auf einen Schlag gewesen?«

»Was wollen Sie eigentlich? Für den Verlust Ihres Wagens ist die Versicherung aufgekommen, und was Sie betrifft, haben Sie Schmerzensgeld bekommen. Sie können wirklich nicht klagen.« Er drehte mehr und mehr wieder auf. »Schon allein der Umstand, daß Sie sich mit Tara auch die Protektion ihres geschätzten Herrn Vaters, Senator Robert Woodson, geangelt haben, ist doch nicht mit Gold aufzuwiegen. Das Mädchen ist übrigens verrückt nach Ihnen. Spielen Sie Ihre Trümpfe richtig aus. Heiraten Sie das Mädchen und sichern Sie sich den Anteil an der Beute Ihres Vaters.«

Meine Hände begannen zu zittern.

»Verschonen Sie mich bloß mit Ihrem ehrenhaften Getue«, fuhr Mercer ungerührt fort. »Denken Sie vielleicht, ich nehme Ihnen Ihr aufrechtes Gehabe ab. Ich möchte nicht wissen, wie vieler Gesetzesübertretungen Sie sich schon schuldig gemacht haben, um an den Punkt zu gelangen, an dem Sie jetzt stehen.

Wie stellen Sie sich das Ganze im weiteren eigentlich vor? Mich dem starken Arm der Gerechtigkeit ausliefern? Und das, nachdem Sie sich gewaltsam Zutritt zu meiner Wohnung verschafft und mich mit einer Waffe bedroht haben? Wenn es hart auf hart geht, wird Ihr Wort gegen meines stehen. Sehen Sie diese Uhr hier? Zweitausend Dollar hat das Ding gekostet. Zweitausend Dollar, die ich von dem Ertrag eines kleinen Vertragsabschlusses abgezweigt habe, die der GSA einen Anteil am Kuchen des Kulturzentrums beschert hat. Ist Ihnen klar, daß es vollkommen unerheblich ist, ob ich Ihnen das nun sage oder nicht? Weil Sie nur Ihr Wort als Beweis anführen werden können. Diese Uhr ist mit einem Gerät ausgestattet, daß sofort durch ein Lichtsignal zu erkennen gibt, wenn in Hörweite ein Tonbandgerät eingeschaltet ist. Mich hört niemand ab. Sie tragen keine Wanze bei sich, und selbst wenn dem so wäre, hätten Sie sich Ihre ›Beweise‹ auf unrechtmäßige Art und Weise verschafft.

Demnach bleibt Ihnen die Wahl zwischen drei Möglichkeiten. Sie kommen zur Vernunft – das heißt, Sie steigen bei uns ein und nutzen die Möglichkeiten, die eine Heirat mit Tara mit sich brächte . . .!«

»Sie weiß über Panchax nicht das geringste!« In dieser Behauptung schwang unüberhörbar die Furcht mit, er könnte mich eines Besseren belehren.

Mercer lachte. »Wieso sollte sie auch? Ich habe ihr jedenfalls mit Sicherheit nichts davon erzählt. Vermutlich will Sie auch gar nicht wissen, woher Ihr Daddy sein vieles Geld hat oder weshalb Mami unversehens den Abgang gemacht hat. Sie haben Woodson völlig richtig eingeschätzt. Der Kerl kann zwei und zwei nicht zusammenzählen. Ich sage ihm, wann und wo er zu scheißen hat, und selbst dann ist ihm noch nicht klar, was er eigentlich tut. Der gute Senator war nie etwas anderes als unser Aushängeschild – für den Fall, daß einmal alle Stricke reißen sollten. Etwas anderes hat Woodson im übrigen auch nie interessiert; er will nur repräsentieren. Aber derjenige, der den ganzen Laden schmeißt, bin ich. Als Sie damals mit Ihrem ach so aufrechten Anliegen um das Wohl des Senators bei uns auftauchten, dachte ich, wenn Sie sich schon nicht einschüchtern ließen, würde sie zumindest dieser unübersehbare Schimmer in Ihren Augen, wenn Sie von Tara sprachen, zum Spuren bringen. Wie es scheint, habe ich mich in diesem Punkt allerdings getäuscht. Trotzdem haben Sie keinen Grund, sich zu beklagen.«

Ich rang mühsam um meine Selbstbeherrschung.

»Wie gesagt, Sie können zwischen drei Möglichkeiten wählen. Die erste: Sie sind ein kluger Junge und steigen bei uns ein. Die zweite: Sie können unverrichteter Dinge wieder nach Hause gehen in dem Wissen, daß Sie absolut keine Handhabe gegen mich haben, wobei Ihnen ansonsten nur zu hoffen bleibt, daß ich Sie eines Tages nicht doch endgültig von der Bildfläche verschwinden lasse. Und Möglichkeit Nummer drei besteht darin, daß Sie von Ihrer Spielzeugkanone Gebrauch machen, womit wir mit Sicherheit bezüglich Ihrer Beschwerde hinsichtlich Eddie Hamptons quitt wären.« Er grinste mir mitten ins Gesicht.

»So leicht kommen Sie mir nicht davon«, zischte ich ihn an. »Ich habe es schwarz auf weiß – die Mauscheleien mit der Panchax Inc., die frisierten Einkommensteuererklärungen . . .«

Mercer zuckte gelangweilt mit den Schultern. »Glauben Sie im Ernst, daß sich für diesen Blödsinn jemand interessiert?«

»Außerdem ist da noch Eddie Hampton!«

»So? Sie haben seine Leiche. Aber versuchen Sie erst mal, mich damit in Verbindung zu bringen.«

»Sie haben ihn gekannt. Sie hatten ein Motiv.«

»Na und! Was beweist das schon. Begreifen Sie doch endlich, daß Sie nicht die geringste Chance gegen mich haben.« Rational war mir vollkommen klar, daß seine Zuversicht nur aufgesetzt war. Dennoch nahm sie mir etwas den Wind aus den Segeln. »Sie können mir absolut nichts anhängen.«

»Und was ist mit Fred Thomas?« Meine Stimme zitterte leicht. »Sie haben doch selbst gesagt: Er ist Realist. Ich habe genügend Beweise, um zu veranlassen, daß er nie wieder als Anwalt tätig sein wird. Was glauben Sie, wie er das aufnehmen wird? Eine schwache Stelle, und ihr feines Komplott fliegt auf wie nichts!«

»Seien Sie sich dessen mal lieber nicht so sicher. Aber eines können Sie mir glauben: Sie werden das Mädchen verlieren. Sie wollen Ihren Vater ans Messer liefern – ihren unschuldigen Vater, wohlgemerkt! – Und was glauben Sie, wird Sie danach von Ihnen denken? Wenn Ihnen das Mädchen je etwas bedeutet hat, dann können Sie sie als erste vergessen. Denn ihren Vater wird es am schlimmsten treffen, und davon wird auch sie nicht unbehelligt bleiben.«

»Sie hat nichts mit der Sache zu tun!«

»Und ob sie das hat«, zischte Mercer verächtlich. »Jeder wird in diese Sache hineingezogen werden – ob er will oder nicht.«

Ich schüttelte den Kopf – mehr, um mich selbst in meiner Meinung zu bestätigen, als seine Behauptung zu verneinen. Ich deutete vage mit dem Revolver im Raum herum. »Ist das der Grund, warum Sie das alles getan haben? Eine Wohnung, ein Sportwagen . . . und ein paar Fische?«

»Was ändert das schon an der Sache? Sagen wir mal, ich habe es einfach zum Spaß gemacht. Also, was soll's? Sie sind hier derjenige, der etwas zu gewinnen oder zu verlieren hat. Entscheiden Sie sich also gefälligst mal.«

Mein ganzes Wesen wurde mit einemmal von schmerzhaften Rissen durchzuckt, mein Leben ein Vulkan aus Puzzlesteinen, kurz vor dem Ausbruch.

»Und was ist mit Janet Armstrong?« kreischte ich fast.

»Wer zum Teufel soll Janet Armstrong sein?« Seine Stirn legte sich in Falten, und meine Stimme begann zu zittern.

»Machen Sie mir nichts vor!« drängte ich. Er *mußte* Janet gekannt haben! »Sie wissen ganz genau, wovon ich rede. Sie war eine Nutte, die Sie in ihrem Adreßbuch stehen hatte.«

»Was faseln Sie da eigentlich für einen Unsinn!«

Ich spürte instinktiv, daß seine Worte der Wahrheit entsprachen, und diese Erkenntnis erschütterte mich bis auf die Knochen.

»Na und, dann stehe ich eben im Adreßbuch irgendeiner Nutte«, fuhr er mich an, unsicher, auf welchen Spalt er da plötzlich in meiner Rüstung gestoßen war, obgleich er fest entschlossen war, sich diese meine Blöße zunutze zu machen. »Ich stehe vermutlich in den Adreßbüchern mehrerer Nutten. Aber können Sie mir vielleicht sagen, welchen Strick Sie mir daraus drehen wollen?«

»Sie wissen sehr wohl, was ich meine«, stieß ich hervor, aber mir war längst klar, daß nun Mercer Oberwasser hatte. Er wußte das, ich wußte es, und jeder von uns wußte, daß es der andere wußte.

»Ich habe zwar keine Ahnung, wer Janet Armstrong sein soll, aber ich weiß, wer Sie sind, Rankin! Sie sind ein mieser, verlassener Köter, der von Tara und ihrem Vater und Eddie Hampton und mir und weiß Gott wem noch allem umringt ist. Und jetzt wissen Sie nicht, ob Sie nun bellen oder beißen sollen oder davonlaufen oder sich totstellen oder sich uns einfach anschließen, damit Ihnen vielleicht jemand den Kopf krault oder einen Knochen vorwirft. Sie sind nichts als ein . . .«

PENG! Der erste Schuß fiel aus dem Nichts. Ich kann mich nicht erinnern, den Abzug gedrückt zu haben. Die Kugel schoß an Mercers Kopf vorbei und zerschmetterte das Aquarium hinter ihm. Eine 357er Magnum explodiert regelrecht, wenn man sie abfeuert; die Waffe in meiner Hand wurde unter ohrenbetäubendem Krachen von einem orangenen Lichtblitz eingehüllt. Vom Rückstoß wurde mein Arm senkrecht nach oben gerissen. Mercer warf sich auf den Boden, um zwischen dem Couchtisch und der Couch verzweifelt Deckung zu suchen, während sich unter dem verzweifelten Gezappel der sterbenden Fische das Wasser aus dem Aquarium über ihn ergoß.

Der Arm, in dem ich die Waffe hielt, senkte sich wieder. Ich packte den Revolver nun mit beiden Händen und wirbelte herum. PENG! Durch ein zackiges Loch ergoß sich der Inhalt des zweiten Aquariums samt Fischen, Pflanzen und Ziersand über die Wohnung. Ich richtete die Magnum auf den Schreibtisch. PENG! Das Telefon flog in Stücke. Die Luft im Raum war inzwischen von Rauch und Pulverdampf erfüllt. PENG! Das kleine Fernsehgerät, auf dem gerade ein paar Journalisten die Debatte der beiden Präsidentschaftskandidaten analysierten und kommentierten, starb einen gewaltsamen Tod. Es wurde mit solcher Wucht von seinem Platz auf dem Schreibtisch gerissen, daß das Stromkabel aus der Steckdose zuckte, während der Fernseher mit implodierender Röhre auf dem Boden aufschlug. Ich wirbelte zu Mercer herum, der sich kriechend in Sicherheit zu bringen versuchte. Zehn Meter hinter ihm, direkt gegenüber der Wohnungstür stand ein weiteres 200-Liter-Aquarium. Ich zielte. PENG! Ein Lichtblitz zuckte durch den Flur, und das letzte Aquarium entleerte seinen Inhalt. Peng! Und gleich noch einmal, weil es so schön war. Und Mercer versuchte vergeblich, im weichen Teppich seines Büros zu versinken ... hörte das *klick,* als ich die Trommel herausschnellen ließ, das spritzende Geräusch, mit dem die ausgeworfenen, leeren Patronenhülsen auf dem unter Wasser stehenden Boden aufschlugen. Meine Hand fummelte in der Tasche meiner Jacke nach neuen Geschossen von der Größe meines kleinen Fingers, und gleichzeitig hob sich sein von Panik verzerrtes, totenbleiches Gesicht, um mich anzustarren, während ich den Revolver lud.

Mercer sprang auf und stürzte sich auf mich. Doch er hatte keine Chance. Ich wich seinem Ansturm aus und versetzte ihm mit dem eineinhalb Kilo schweren Revolver einen Schlag über den Kopf. Um seinen abrupten Sturz abzufangen, klammerte er sich an der Schreibtischkante fest, doch ich rammte ihm das Knie gegen die Brust, so daß er ruckartig herumschnellte und gegen die Frontseite des Schreibtisches fiel. Er unternahm einen zweiten Versuch, sich auf mich zu stürzen. Diesmal versetzte ich ihm mit dem schweren Revolver einen Schlag quer übers Gesicht, worauf er erneut auf den überfluteten Teppich niedersank, umgeben von zappelnden Fischen und glitschigen Wasserpflanzen. Aus seinem linken Ohr floß ein schwaches Blutrinnsal – eine Folge des ersten Schlags, vom zweiten rührten die Blutbäche aus seiner Nase und von seinem rechten Bakkenknochen her. Sein Atem ging mühsam und röchelnd. Seine angsterfüllten Augen konnten sich nicht von meinem Revolver abwenden, dessen Trommel ich erneut herausschnellen ließ, um die sechs fingerdicken Geschosse eines nach dem anderen in die hierfür vorgesehenen Öffnungen zu schieben. Die Trommel schnappte wieder zurück, und ich kauerte nieder, so daß er mir in die Augen sehen konnte. Mühsam nach Luft ringend, schrie ich ihn an:

»Ich lasse mir nicht sagen, wer ich zu sein habe!«

Ich watschelte drei Schritte in Richtung Tür zurück. Mit einem schmatzenden Geräusch setzte ich meine Füße dabei in den Tod der Wasserwelten, die er hinter Glas gefangen gehalten hatte.

Dann richtete ich mich breitbeinig auf, die .357er in beiden Händen weit von mir gestreckt, so daß sie nur einen knappen Meter von Mercers Nase entfernt war. Sicher konnte er jetzt den Geruch des heißen Stahls und des verbrannten Kordits ganz deutlich riechen. Das todbringende schwarze Loch war genau auf die Stelle zwischen seinen Augen gerichtet, und die Waffe ruhte mit unerschütterlicher Ruhe in meinen Fäusten, als ich mit dem Daumen den Hahn zurückzog und mich in den Schultern wiegte. Seine Lider klappten über die angsterfüllten Augen, sein Kinn sackte nach unten, und er begann unter lautem Stöhnen zu hyperventilieren, während ich schrie:

»Das ist mein Job!«

Und dann schoß ich dreißig Zentimeter über seinem Kopf ein Loch in die Seitenwand des Schreibtisches, drehte mich um und verließ den Raum, während er sich unter hysterischem Schluchzen und leisen, spritzenden Geräuschen in der Wasserlache auf dem Teppichboden wälzte.

34

»Das Ganze wird sicher nicht ganz so laufen, wie Sie sich das vorgestellt haben«, meinte Nick Sherman.

»Wann wäre das auch schon mal der Fall gewesen?« erwiderte ich.

Mit Sicherheit war Sherman eher an Enttäuschungen gewöhnt als an spätdienstagabendliche Anrufe von kampfesmüden Kriegern, worauf wir den darauffolgenden Mittwoch gemeinsam in den Büros der Staatsanwaltschaft verbrachten, wo ich nach allen Regeln der Kunst durch die Mühlen der Bürokratie gedreht wurde. Irgendwann im Lauf des Tages hatte Sherman sich dann abgesetzt, um sich anderen Pflichten zu widmen. Inzwischen war es Freitag, und wir saßen in meinem Büro.

»Was haben Sie denn in letzter Zeit so alles getrieben?« fragte ich den Detektiv.

»Ach, ich war ziemlich beschäftigt. Unter anderem habe ich Ihrem Freund Mercer einen Besuch abgestattet. Da er mittwochs nicht zur Arbeit erschien, habe ich ihn in seiner Wohnung aufgesucht.«

Nicks Lippen öffneten sich wieder einmal zu seinem unvergleichlichen zahnlückigen Grinsen. »Er sah aus, als hätte er eben einen kleinen Ausflug durch die Hölle hinter sich – versengte Augenbrauen, eine Verbrennung an der Backe, ein blaues Auge und übel geschwollene Ohren und Nase. Seine Wohnung sah aus, als hätte dort ein Hurrikan getobt. Und jetzt frage ich mich, was sich dort wohl zugetragen haben könnte.«

»Das dürfen Sie mich nicht fragen.« Ich hielt Shermans Blick stand, ohne mit der Wimper zu zucken.

»Tja, Mercer erwies sich diesbezüglich leider als nicht sehr gesprächig. Er wollte mir nicht erzählen, wie es dazu gekommen war. Also habe ich danach noch in Fred Thomas' Kanzlei vorbeigeschaut. Der feine Herr Anwalt wollte mir jedoch nicht einmal einen guten Tag wünschen, wenn er nicht einen seiner Kollegen bei sich hatte. Und auch Thomas' Sprecher erklärte, er hätte hierzu nichts zu sagen.«

»Wieso haben Sie sie überhaupt aufgesucht?«

»Jetzt wissen sie zumindest, daß wir Bescheid wissen. Vielleicht wird ihnen der Boden doch etwas zu heiß unter den Füßen und sie versuchen, belastendes Material zu vernichten, womit sie nicht mehr auf unschuldiges Nichtwissen plädieren könnten.«

»Lassen Sie sie überwachen?«

»Dazu fehlt uns leider das Geld. Nur auf Senator Robert Woodson paßt jemand auf. Gestern morgen wurde ihm zu verstehen gegeben, daß es mit seiner rechten Hand und seinem Anwalt ernsthafte Probleme gäbe und daß auch er mit Schwierigkeiten zu rechnen hätte.«

»Und was weiter?«

»Solange wir nichts aus dem Geschäftsführer dieses Parkplatzes herausbekommen, den wir gerade in die Mangel nehmen, und solange uns die Fotos von Mercer, die wir augenblicklich herumreichen, nicht weiterbringen, sieht es schlecht aus für uns. Zumindest bis nach der Wahl wird sich kaum etwas Nennenswertes tun. Das ist ja auch durchaus verständlich.

Die Jungs vom FBI haben momentan genug mit der ABSCAM-Affäre zu tun, als daß sie auch noch unmittelbar vor der Wahl einen Senator ans Kreuz schlagen, dessen einziges wirkliches Verbrechen kolossale Blödheit ist.«

»So blöd ist er nun auch wieder nicht«, hielt ich dem entgegen. »Er wollte nur nichts von der ganzen Sache wissen.«

»Tja, wenn Sie alle Fälle von wissentlicher Ignoranz einsperren wollten, wären unsere Gefängnisse noch mehr überfüllt, als sie das sowieso schon sind.«

Ähnliche Töne bekam ich dann noch am selben Nachmittag von Mad Dog zu hören.

»Natürlich ist das eine großartige Story!« stimmte er mir zu.

»*FBI und Polizei ermitteln wegen Korruptionsverdachts gegen Senator!* Aber wie du selbst weißt, müssen wir nach dem Eingehen einer solchen Meldung erst vier Tage verstreichen lassen, bevor wir sie auf die Titelseite setzen können. Demnach können wir also frühestens nächsten Montag oder Dienstag über den Fall berichten. Das sind wir Woodson unmittelbar vor der Wahl nun mal schuldig. Nicht, daß sich Ned auch nur einen Dreck um Woodson schert, aber wir wollen nun mal nicht als billige Sensationshascher dastehen.«

Saul verstummte und fuhr nach kurzer Pause mit leiserer Stimme fort: »Weiß eigentlich Tara davon?«

Ich zuckte mit den Schultern. »Das ist längst nicht mehr meine Aufgabe.« – »John . . .«

»Sie – sie hat nichts mit der ganzen Geschichte zu tun.«

»Aber . . .«

»Ich kann es ihr nicht sagen, Saul. So ist es nun mal.«

Das konnte er nicht verstehen, aber er begriff dennoch, was ich meinte.

Im Zuge des relativ rasch eingeleiteten Gerichtsverfahrens gegen die Beschuldigten konnten Martin Mercer schließlich nur Steuerhinterziehung, Schiebung und in zwei Fällen Bestechung nachgewiesen und angelastet werden. Er wurde zu einer Haftstrafe von fünf Jahren mit Bewährung plus einer Geldstrafe verurteilt. Fred Thomas konnten Steuerhinterziehung, Betrug und Schiebung angelastet werden. Er wurde zu einer Geldstrafe und drei Jahren Haft verurteilt.

Gegen Senator Robert Woodson, der sich unverzüglich bereit erklärt hatte, die Polizei in ihren Ermittlungen mit allen ihm zu Gebote stehenden Mitteln zu unterstützen, wurde nicht wegen eines einzigen Punktes Anklage erhoben. Er sprach in aller Ausführlichkeit mit den Leuten vom FBI sowie von der Washingtoner Polizei, konnte ihnen aber mit dem, was er wußte, kaum weiterhelfen. Seine nervös gewordenen Senatskollegen stimmten seiner Bitte um ein öffentliches Hearing vor dem Ethik-Ausschuß zu, das schließlich im März 1981 über die Bühne gehen sollte (schließlich wollte jeder wissen, wie die genaue Reihenfolge der Abschußliste beschaffen war). Mercer und Thomas sprachen in sorgfältig ausgearbeiteten öffentlichen Verlautbarungen den Senator von jeder Schuld frei. Ebenso verlas der Senator eine lange und aufrechte Rede, verfaßt von seinem neuen Anwalt und seinem neuen Assistenten, in der er sein Bedauern darüber kundtat, über seiner Sorge über den gravierenden Problemen seines politischen Alltags seine Verantwortlichkeiten für die unmittelbaren verwaltungstechnischen Obliegenheiten in Verbindung mit seiner Senatorenwürde vernachlässigt zu haben. Im weiteren kündigte Woodson seinen Rücktritt an, sobald die Arbeit des Ausschusses abgeschlossen wäre und die Behörden seine Mitarbeit entbehren könnten.

Das Komitee äußerte sich lobend über seine Aufrichtigkeit, seine Gewissenhaftigkeit und seine langen, treuen Jahre im Dienste des Staates. Außerdem mahnte er feierlich, daß sich künftig eine nachhaltigere Aufsicht über die Senatsangestellten und eine größere Effektivität in der Erfüllung der Regierungsaufgaben für nötig erweisen würden. Nach Abschluß der Untersuchungen wurde ein umfangreicher Bericht über den Fall in Druck gegeben und veröffentlicht.

Ich fand in diesem umfangreichen Dokument mit keinem Wort Erwähnung. Ebensowenig Tara. Im Lauf des Jahres 1981 wurden dann die Verfahren gegen verschiedene in den Bestechungsfall verwickelte Bauunternehmer eröffnet. Fünf von ihnen wurden zu Geldstrafen und Haftstrafen von einigen Monaten verurteilt. Der Geschäftsführer des Parkplatzes, der meine Killer vermittelt hatte, kam ungeschoren davon. »Wir können ihm nicht wirklich etwas anhängen«, erklärte mir dazu

Nick Sherman. »Der Fall steht auf zu wackligen Beinen.« Die drei Kerle, die mich fertiggemacht hatten, saßen wegen aller möglichen Vergehen mehrere kürzere Haftstrafen ab.

Eddie Hampton blieb tot und begraben.

Tara kam mich an einem Sonntag, dem 16. November 1980, besuchen.

»Ich kann nicht lange bleiben«, erklärte sie bereits in der Tür. Sie trat ein paar Schritte in mein Büro. »Mein Vater . . .« Sie schüttelte den Kopf. »Ich komme keineswegs nur, weil er mich darum gebeten hat. Und vorher . . . das war nicht der Grund, weshalb ich . . . vorher.«

»Ich weiß«, nickte ich.

Sie sah sich in meinem Büro um, als wollte sie sich vergewissern, ob sich in der Zwischenzeit etwas verändert hatte.

»Es tut mir leid«, sagte ich.

»Es tut dir leid!« Wie schon so oft traten Tränen in ihre Augen. Sie wandte ihren Blick ab, schritt nervös im Raum auf und ab, blieb abrupt wieder stehen. »Was sollte dir leid tun?«

»Daß es zu diesen bedauerlichen Vorfällen kommen mußte.« Sie trocknete sich die Tränen, während ich sprach. Ihr Haar hatte immer noch diesen goldenen Schimmer; ihre Figur war immer noch schlank und zierlich. »Und daß ausgerechnet du davon betroffen sein mußtest.«

»Mein Vater – mein Vater möchte, daß ich dir sage, es tut ihm leid.«

Darauf erwiderte ich nichts.

»Er ist kein schlechter Mensch!« beharrte sie. »Nicht wirklich. Er ist kein . . . Er ist einfach nur . . . Er ist einfach mein Vater. Er hat sich immer redlich bemüht.«

»Ich nehme an, daß er das getan hat.«

Sie schüttelte den Kopf und sah mich aus ihren blauen Eisbergaugen heraus forschend an: »Du weißt doch, daß auch mir das alles schrecklich leid tut?«

»Wem täte es das nicht?«

»Du klingst nicht gerade so, als würdest du mir glauben.«

»In diesem Punkt täuschst du dich.«

»Mein Gott, wie mir dieser Auftritt unangenehm ist!« Mir fiel nichts ein, was ich darauf hätte erwidern sollen. Also wartete ich. So geschäftsmäßig, wie ihr das irgend möglich war, fuhr Tara schließlich fort: »Mein Vater steht noch in deiner Schuld.«

»Er hat mich nie in seine Dienste genommen.«

»Darum geht es hier nicht.«

»Für mich aber schon.«

»Würdest du mir jetzt bitte endlich mal zuhören!« Tara traten neuerlich Tränen in die Augen.

»Es geht nicht darum, was du getan hast, sondern darum, was mein Vater getan hat, was er zugelassen hat. Er und ich ... Wir haben ausführlich über die ganze Geschichte gesprochen. Wir hatten keine andere Wahl. Er ... Du hast eine Menge durchgemacht, eine Menge verloren.«

»Das gehört zu meinem Job.«

»Das glaube ich nicht«, flüsterte sie.

Was hätte ich darauf erwidern sollen?

»Mein Vater möchte dir eine angemessene Entschädigung zukommen lassen.« – »Ich will sein Geld nicht.«

»Das haben wir uns bereits gedacht.« Sie lächelte. »Deshalb hat er mit seinen neuen Anwälten – nicht mit Fred Thomas' Bande – etwas ausgearbeitet. Das Ganze ist sogar schon mit der Staatsanwaltschaft geklärt.

Sie haben das recht gut hingekriegt«, fuhr sie fort, während sie einen dicken braunen Briefumschlag auf meinen Schreibtisch legte. »Da es sich dabei um eine Entschädigung handelt, wirst du dafür nicht einmal Einkommensteuer zahlen müssen. Der Umschlag enthält die Schlüssel, den Kfz-Schein und die neuen Nummernschilder, außerdem eine drei Jahre im voraus abgeschlossene Versicherung. Für den Porsche«, fuhr sie fort, als ich nichts sagte.

»Der Wagen steht vor dem Haus. Das Ganze ist doch ein fairer Tausch. Mein Wagen gegen deinen. Eigentlich gehörte er meinem Vater. Ich habe ihn nie gewollt. Und jetzt will ich ihn erst recht nicht mehr. Du kannst ihn also stehen lassen, bis er vor Rost auseinanderfällt oder abgeschleppt oder gestohlen oder was sonst auch immer wird.« Mit einem etwas gequälten Lächeln spielte sie auf unsere früheren Watergate-Parodien an: »Das könntest du natürlich tun, aber es wäre nicht richtig.«

Sie schüttelte den Kopf. »Mein Vater ... Er hat nie beabsichtigt, etwas Unrechtes zu tun.«

Ich war seit ihrem Erscheinen hinter meinem Schreibtisch verharrt. Das schien nun nicht mehr länger nötig oder richtig. Also trat ich auf sie zu. Sie muß meine Nähe ebenso gespürt haben wie ich die ihre.

»Euch beiden wird noch einiges bevorstehen«, erklärte ich besorgt. Zu diesem Zeitpunkt stand das Erscheinen ihres Vaters vor dem Ethik-Ausschuß noch bevor. »Und zwar gilt das für dich ebenso wie für deinen Vater.«

»Na und?« Tara war ebenso sehr darauf bedacht, nicht zu viel von ihrem Inneren preiszugeben, wie sie Angst hatte, selbst sehen zu müssen, was dort vor sich ging.

»Es tut mir wirklich leid für dich«, versicherte ich ihr erneut. Sie nickte. Ihr Kinn, ihre vollen Lippen zitterten, ein neues Tränenrinnsal tropfte über ihre Wangen.

»Danke«, flüsterte ich.

»Mein Gott!« stieß sie darauf atemlos hervor und lehnte sich mit geschlossenen Augen an mich. Ihr Schluchzen erschütterte meinen Körper, ihre Tränen drangen durch mein Hemd auf meine Haut. Behutsam nahm ich ihre angespannten, schmalen Schultern in meine Hände und roch erneut den Salzgeschmack ihrer Tränen, die feuchte Wärme ihres Gesichts, das gegen meinen Hals gepreßt war. Ihr goldenes Haar streifte meine Wange.

Nach einem Augenblick – vielleicht dauerte er auch etwas länger – wich sie von mir zurück, und ich ließ sie los. Sie sah zu mir auf, ohne daß unsere Blicke sich wirklich trafen.

»Du warst der einzige«, flüsterte sie. »All die anderen ... Du warst der einzige. Das weißt du doch?«

Vor noch nicht allzu vielen Tagen hätte ich um alles in der Welt gewettet, daß ich genau wußte, was sie meinte. Aber inzwischen war das nicht mehr so, und ich wußte das mit absoluter Klarheit. Es hätte keinen Sinn gehabt, ihr das zu erklären, also nickte ich höflich.

Ihre zitternden Lippen verformten sich zu einem Lächeln, und nun sahen mich diese Eisbergaugen wieder an. Sie nickte, eine letzte Träne im Augenwinkel. Und dann drehte sie sich um und ging.

Niemand rief mich an, niemand besuchte mich, während ich wie angewurzelt an der Stelle stehen blieb, an der sie mich zurückgelassen hatte. Eine Viertelstunde verstrich, vielleicht auch mehr. Und als Gott immer noch keine Antwort auf meine Wand geschrieben hatte, verließ ich das Büro, um nach unten zu gehen.

Der Porsche stand vor dem Haus am Straßenrand. Ich starrte erst auf den Wagen, dann die Pennsylvania Avenue hinauf.

»Ich dachte, sie hätte Sie verlassen.« Rich war unbemerkt von hinten an mich herangetreten. Er deutete mit einer kurzen Kopfbewegung auf den Porsche. Die näheren Einzelheiten würde ich ihm später erklären.

»Das hat sie auch«, antwortete ich. Er blieb abwartend und etwas besorgt neben mir stehen.

»Ja, und ich dachte, sie wäre die Richtige gewesen.« Ich starrte immer noch unverwandt die Pennsylvania Avenue hinauf.

»Tja«, lächelte Rich. »So ist das manchmal im Leben.«

Jedesmal, wenn ich von diesem Zeitpunkt an in dem Porsche saß, glaubte ich, vermischt mit dem Leder der Sitze, einen Hauch von Tara riechen zu können. Viele Tage vergingen auf diese Weise; die Nächte waren schlimmer. Wenn ich auf einer Party in einer überfüllten Küche einen bestimmten Goldschimmer auf dem Haar eines Mädchens bemerkte, dessen Gesicht durch den breiten Rücken eines Mannes verdeckt war, begann mein Herz plötzlich wie wild zu schlagen, und wenn dann der Mann etwas zur Seite rückte, war sie es doch nicht. Wenn an einem einsamen Abend zu Hause das Telefon klingelte, stieg sofort eine ebenso hoffnungsvolle wie bange Frage in mir auf. Ich saß allein in einem dunklen Kino, kaute mein Popcorn und dachte daran, wie ich früher damit nach ihrem Gesicht geschnippt hatte, um sie zu ärgern. Einmal sah ich sie nicht weit von der Stelle, wo wir uns kennengelernt hatten, die Pennsylvania Avenue hinuntergehen. Eines Tages brachte mir Joey Malletta schonend bei, daß er sie auf einer Party gesehen hatte, die ein paar Leute von der *Washington Post* veranstaltet hatten. Sie war vor allem von einem *Post*-Reporter namens Cliff Soundso umschwirrt worden. Die beiden hatten viel miteinander gelacht. Joey meinte, dieser Reporter hätte vielleicht an einem Artikel über ihren Vater gearbeitet oder sonst etwas in der Art.

Ich mußte ihm jedoch sagen, daß besagter Cliff Soundso einfach nur ein sympathischer Bursche war. Im Frühjahr 1981 schließlich erzählte mir Katie, daß Tara nach Paris gegangen war, wo sie bei einem Truffaut-Film als Skriptgirl mitwirkte. Ich bin nie in Paris gewesen. Jedenfalls war Tara für viel zu viele Herzschläge wie ein dunkles, steifes Leichentuch um mich geschlungen, das ich nicht abzuschütteln vermochte.

Und dann gelang es mir eines Tages doch. Plötzlich war der ständige Schmerz weg, ganz im Gegensatz zu dem Schmerz in meinen Knien, als ich die Mall hinunterjoggte, vor dem Lincoln Memorial den Reflecting Pool umrundete und wieder zurücklief – ganz *plötzlich* ohne diesen Schmerz, ganz *plötzlich* mit vollen, ungehemmten Atemzügen, ganz *plötzlich* von Sonnenschein umgeben, die Gebäude ringsum an ihrem richtigen Platz und wieder in ihrer angemessenen Größe. Der Schmerz verlor nicht seine Bedeutung, er verlor nur seine Macht.

Eine Woche nach Taras letztem Besuch, am Montag, den 24. November 1980, fand ich mich pünktlich um acht Uhr im Gericht ein, um der Verkündung des Urteils über Herbert Jerome »Magic« Murphy beizuwohnen, der jeweils in einem Fall der Kuppelei und der Tätlichkeit für schuldig befunden worden war.

Als Magic schließlich um acht Uhr vierunddreißig in den Saal geführt wurde, war er bereits der fünfte Fall an diesem Tag. Seine Vorgänger waren wegen Vernachlässigung der Unterhaltspflicht, wegen Trunkenheit am Steuer, wegen Nichterscheinens vor Gericht und wegen Einbruchs abgeurteilt worden. Magic war kleiner, als ich ihn mir vorgestellt hatte – etwa einsfünfundsiebzig, stämmig, mit einem gutgeschnittenen Gesicht von auffallend tiefem Schwarz, aus dem die Kobraaugen besonders auffallend hervorstachen. Siegesgewiß bewegte er sich mit tänzerischer Leichtigkeit auf die Anklagebank zu. Offensichtlich hatte sein Anwalt veranlaßt, daß er nicht in der üblichen Anstaltskleidung vor Gericht erschien, sondern in einem maßgeschneiderten, dunkelblauen Nadelstreifenanzug mit Weste, weißem Hemd und dunkler Krawatte. Nachdem erst die Anklage die einzelnen Anklagepunkte sowie eine zusammenfassende Darstellung des Falls verlesen und ihr Einverständnis mit dem von seiten des Angeklagten als Gegenleistung angebotenen, teilweisen Schuldgeständnisses geäußert hatte, nachdem dann die Verteidigung in aller Ausführlichkeit auf das ihrerseitige Einverständnis zu diesem Tauschgeschäft hingewiesen und vor allem nicht zu erwähnen vergessen hatte, wie Mr. Murphy doch wegen einer völlig unbegründeten und durch nichts zu rechtfertigenden Mordanklage über ein Jahr im Gefängnis hatte schmachten müssen, was doch wohl unzumutbar für einen unbescholtenen Bürger sei, der seine vollste Bereitschaft zur Unterstützung der behördlichen Ermittlungsarbeit kundgetan hatte (auch wenn er sich, gegen Zahlung einer Kaution auf freien Fuß gesetzt, aus Washington abgesetzt hatte, so daß er nach seiner neuerlichen Festnahme wieder an die Behörden von Washington D. C. ausgeliefert werden mußte), nachdem also die Verteidigung mit Nachdruck auf all dies verwiesen hatte, ergriff der Richter das Wort. Er begann Teile aus dem Bewährungsbericht über »Mr. Murphy« zu verlesen und kam bis zu der Stelle: ». . . hat sich als fester Bestandteil in einer Subkultur erwiesen und läßt es von daher als äußerst unwahrscheinlich erscheinen, daß er sich je von dem durchgehend erkennbaren ausbeuterischen Verhalten eines Zuhälters abwenden . . .«

Denn an diesem Punkt wurde das Hohe Gericht von Magic lautstark unterbrochen: »Entschuldigen Sie, Euer Ehren, aber das ist einfach nicht wahr!«

Selbst die Anwälte, die sich auf den hinteren Bänken leise flüsternd die Zeit bis zu ihrer Verhandlung zu vertreiben versuchten, verfielen in abruptes Schweigen. Ich sah, wie Magics Anwalt erbleichend die Augen schloß.

»Ich weiß nicht, ob ich Sie recht verstanden habe, Mr. Murphy?« entgegnete der Richter.

»Es stimmt einfach nicht, was Sie da eben vorgelesen haben!« Magics Anwalt legte seinem Mandanten begütigend die Hand auf den Arm. Doch die hörbare Wut des Angeklagten ließ sich dadurch nicht bremsen. »Darf ich dazu etwas sagen, Euer Ehren?«

»Aber gewiß, Mr. Murphy«, erwiderte der Richter, eher neugierig als wütend über diese Unterbrechung. Wie oft kommt es schließlich vor, daß ein Angeklagter sein mildes Urteil aufs Spiel setzt, indem er dem würdigen Herrn in der schwarzen Robe widerspricht.

»Was in diesem Bericht steht.« In Magics Stimme schlich sich ein unverkennbar lüsterner Unterton ein. »Von wegen, ich wäre ein *Zuhälter.* Der andere ausbeutet. Das stimmt einfach nicht. Ich habe meinen Charme nie dazu benutzt, andere dazu zu bringen, etwas zu tun, was sie nicht sowieso schon taten oder zumindest zu tun vorhatten.«

»Tatsächlich? Gehe ich demnach recht in der Annahme, daß Sie Ihr Geständnis abwandeln wollen?«

Der Anwalt packte Magic heftig am Arm und flüsterte ihm aufgeregt ins Ohr. Wenige Sekunden später erklärte der Angeklagte: »Äh, nein, Sir, doch nicht, Euer Ehren.«

»Ist es demnach in Ihrem Sinne, wenn wir mit der Verhandlung fortfahren?«

Magic nickte.

Der Richter fuhr darauf mit seinem Bericht über Magics bisherige Laufbahn fort, mit den verschiedenen kleineren Diebstählen, nachdem er vorzeitig die High-School verlassen hatte, mit einem Schuldspruch wegen Drogenmißbrauchs, mit der kurzen Haftstrafe in einem französischen Gefängnis wegen unerlaubten Besitzes einer Handfeuerwaffe und versuchten Mordes.

»Die Anklage hat mich ausdrücklich darum gebeten, mit Ihrem Fall ein Exempel zu statuieren, Mr. Murphy«, wandte sich der Richter schließlich dem Angeklagten zu. »Ich zweifle nicht im geringsten daran, daß für irgendeine der in diesem Gerichtssaal anwesenden Personen auch nur die geringfügigste Unklarheit hinsichtlich Ihres Lebenswandels herrschen könnte, wie er aus diesen Dokumenten und Ihrem eigenen, wenn auch nur teilweisen Schuldgeständnis hervorgeht, was auch immer an Gegenteiligem Sie in diesem Zusammenhang behaupten mögen. Meines Wissens – und ich habe diesen Sachverhalt ordnungsgemäß überprüfen lassen – sind Sie in diesem Jahr erst die vierte Person, die in dieser Stadt wegen Kuppelei oder Zuhälterei belangt wird. Angesichts der Hunderten, vielleicht sogar Tausenden von derartigen potentiellen Angeklagten, mit deren Existenz das Gericht im Lauf der Jahre konfrontiert wurde, ist es mir eine besondere Freude, Sie heute vor mir stehen zu sehen. Und nicht weniger gilt dies für Ihr Schuldgeständnis, das mir die Möglichkeit gibt, eben dieses

›Exempel zu statuieren‹, wie viel oder wenig dadurch auch bewirkt werden mag.«

Damit verurteilte der Richter Herbert Jerome »Magic« Murphy zur Höchststrafe von fünf Jahren Haft. Unter Berücksichtigung des Jahres, das Magic in Untersuchungshaft abgesessen hatte, und unter Berücksichtigung seiner »guten Führung« verkürzte sich die Haftzeit auf vierzehn Monate, nach denen Magic wieder auf freien Fuß gesetzt wurde.

Die Bäume waren schon fast völlig kahl, als ich an jenem kühlen Herbstvormittag zu Fuß in mein Büro zurückging. Der Himmel war von dicken, grauen Wolken verhangen; es sah nach Regen aus. Der Wind zerrte an meiner Lederjacke. Nick erklärte, er würde Tom Armstrong in Eugene, Oregon (es gibt dort einen kleinen Gebirgsfluß, der mitten durch die Stadt fließt, und die Landschaft bleibt das ganze Jahr über grün) Bescheid sagen, was aus dem Mann geworden war, der seine Tochter umgebracht hatte. »Ich werde mich um die Fakten kümmern.« Nick legte mir die Hand auf die Schulter. »Sie haben mit den *Warums* schon genug am Hals.«

Er hatte vollkommen recht. In meinem Aktenschrank hatten sich inzwischen Berge von Tonbandaufzeichnungen, Briefen, gerichtlichen und polizeilichen Unterlagen, Gesprächsaufzeichnungen und privaten Notizen aufgetürmt, einschließlich des Wissens, daß ich mich durch ihr Notizbuch mit den Adressen ihrer Freier auf eine Fährte hatte führen lassen, die ganz andere Erkenntnisse zutage gefördert hatte. Ich sah nun eine Frau vor mir, die von niemandem je so richtig ausgelotet worden war und die sich so ganz anders entwickelt hatte, als alle Welt von ihr erwartet hatte. Vielleicht hatte sie geglaubt, in einem anderen Menschen ihre Erlösung zu finden, in diesem Fall in Magic. Tatsache ist, daß so etwas nie klappt, selbst wenn man es die große Liebe nennt. Für diese Lektion mußte ich in jenem ereignisreichen Jahr 1980 einen wesentlich geringeren Preis zahlen als Janet Armstrong.